W0364750

Une (irrésistible) envie de sucré

Meg Cabot

Une (irrésistible) envie de sucré

Traduit de l'anglais (américain)
par Florence Schneider

hachette
ROMANS

Titre original :
SIZE 12 IS NOT FAT

(Première publication : Avon Trade, an imprint
of HarperCollins Publishers Inc., New York, 2006)

1

Chaque fois que je t'aperçois
J'ai une envie de sucré
Tu es ma barre de nougat
J'ai qu'une envie, c'est de te croquer !
J'oublie les calories !
Pas moyen de résister
À une envie de sucré !

« Une envie de sucré »
Interprété par Heather Wells
Paroles et musique : Valdez/Caputo
Extrait de l'album *Une envie de sucré*
Disques Cartwright

– Ohé, il y a quelqu'un pour me renseigner ?

La cliente, dans la cabine d'essayage voisine de la mienne, a une voix de dessin animé.

– Ohé...

On croirait entendre Titi.

Un vendeur s'approche : je distingue le bruit de son porte-clés, cliquetant au rythme de ses pas.

– Oui, madame. Je peux vous aider ?

– Ouais.

La voix haut perchée – toujours sans corps et sans visage – de la fille me parvient par-dessus la cloison séparant nos deux cabines.

– Dites, ce jean extra-small, vous l'auriez dans une plus petite taille ?

Je me fige, une jambe en dedans et une jambe en dehors du jean dans lequel je m'efforce de rentrer. Waouh... Je me fais des idées, ou c'est limite une question existentielle ? Parce qu'au-dessous de l'extra-small, qu'est-ce qu'il peut y avoir ? On quitte le monde matériel, non ?

– Parce que normalement je fais du trente-quatre ou de l'extra-small, commence à expliquer Titi au vendeur. Et pourtant, je nage dans ce jean ! Ce qui est bizarre. Vu que je n'ai pas perdu de poids depuis que je suis venue dans votre boutique pour la dernière fois.

Miss Extra-small n'a pas tort, me dis-je tandis que j'achève d'enfiler le jean dans la cabine. Je ne sais plus quand je suis rentrée dans un quarante-deux pour la dernière fois. À vrai dire, si, je me souviens. Mais ça correspond à une période de ma vie que je préfère oublier.

Petit problème... D'habitude, je fais du quarante-six. Or, quand j'ai essayé le quarante-six, il était beaucoup trop large. Idem avec le quarante-quatre. Ce qui est étrange, car je n'ai pas fait le moindre régime amincissant récemment – à moins de compter la Sucrette que j'ai mise dans mon café au lait ce matin.

Mais je parierais que le petit pain au fromage et bacon qui l'accompagnait a annulé l'effet de la Sucrette !

Et je suis loin d'être accro aux clubs de gym, ces temps-ci. Non que je ne fasse jamais de sport. Simplement, je m'entraîne en dehors des salles de gym. Savez-vous qu'on brûle autant de calories en marchant qu'en pratiquant le jogging ? Alors, à quoi bon courir ? Il y a un bout de temps que j'ai fait le calcul : pour me rendre à la sandwicherie de Bleecker Street, histoire de voir ce qu'ils proposent comme « Spécial du jour », il me faut dix bonnes minutes de marche.

Et, de la sandwicherie à la boutique Betsey Johnson, dans Wooster Street – j'adore son velours stretch ! –, je dois encore marcher dix minutes.

Après le déjeuner, dix autres minutes sont nécessaires pour aller déguster un cappuccino chez Dean & Deluca à Broadway – et m'assurer qu'ils font toujours ces écorces d'orange confites enrobées de chocolat noir, dont je raffole !

Et ainsi de suite, jusqu'à avoir accompli, sans même m'en rendre compte, soixante minutes d'exercice physique. Ce qui prouve qu'il n'est pas sorcier de se conformer aux recommandations du gouvernement en matière de santé publique. Si j'en suis capable, c'est à la portée de tout le monde !

Mais toute cette marche à pied a-t-elle pu me faire perdre deux tailles depuis mon dernier achat de jean ? Je sais bien que j'ai réduit ma consommation quotidienne de matières grasses d'environ la moitié depuis que j'ai remplacé les chocolats, dans la bonbonnière de mon bureau, par les préservatifs gratuits du centre médical universitaire, mais tout de même...

– Eh bien, madame, répond le vendeur à miss Extra-small, ces jeans sont extensibles. Ce qui signifie que vous devez les choisir deux tailles au-dessous de votre taille habituelle.

– Hein ?

Miss Extra-small paraît complètement perdue. Je la comprends.

– Ce que je veux dire par là, reprend le vendeur d'un ton patient, c'est que si vous faites habituellement du trente-quatre, il vous faudra un jean extensible deux tailles au-dessous.

– Pourquoi ne pas indiquer les vraies tailles ? demande miss Extra-small – à juste titre, à mon avis.

Si le trente-quatre est en réalité un trente-huit, et l'extra-small un small, pourquoi ne pas l'inscrire sur l'étiquette ?

– C'est pour flatter l'ego des clientes, explique le vendeur, en baissant la voix.

– Hein ?

Elle aussi a baissé la voix – qui n'en demeure pas moins perçante.

– Vous comprenez... chuchote le vendeur à son intention (mais je distingue tout de même ses paroles). Nos clientes plus enrobées se réjouissent de pouvoir enfiler un trente-huit. Alors qu'en fait elles font du quarante-deux, vous me suivez ?

Une seconde ! *C'est quoi, cette histoire ?*

J'ouvre soudain la porte de ma cabine d'essayage, sans prendre le temps de réfléchir, et lance à la figure du vendeur :

– Je fais du quarante-six !

Il a l'air surpris. Rien d'étonnant à ça, j'imagine. J'embraye :

– En quoi c'est un problème, de faire du quarante-six ?

– Ce n'est pas ça ! rétorque le vendeur, saisi de panique. Loin de là ! Je voulais juste dire que...

– ... Qu'on est grosse, si on fait du quarante-six, c'est ça ? je lui demande.

– Non, insiste le vendeur. Vous vous méprenez... Je voulais dire que...

– Parce que, quarante-six, c'est la taille moyenne des femmes américaines. (Comme je viens tout juste de l'apprendre, grâce à un article du magazine *People*.) Est-ce que vous insinuez que la majorité des femmes sont grosses ?

– Non ! s'égosille le vendeur. Ce n'est pas du tout ce que je voulais dire. Je...

La porte de la cabine voisine de la mienne s'ouvre et je vois enfin qui est la personne dotée d'une voix de dessin animé. C'est une jeune fille, guère plus âgée que les gamines à qui j'ai affaire dans mon travail. Elle ne se contente pas d'avoir la voix de Titi. Elle lui ressemble. Vous voyez le genre, mimi et guillerette. Et assez petite pour qu'on puisse facilement la glisser dans sa poche.

– Et comment expliquez-vous qu'il n'y a même pas sa taille ? je demande au vendeur, en désignant miss Extra-small d'un geste du pouce. Après tout, je préfère avoir des mensurations moyennes qu'être carrément ignorée !

Miss Extra-small commence par paraître un peu déconcertée.

– Mmm, ouais... finit-elle par lancer au vendeur.

Celui-ci avale nerveusement sa salive. Et bruyamment, qui plus est. Il est clair qu'il passe un mauvais quart d'heure. Après le travail, il s'arrêtera sûrement dans un bar pour boire un verre en racontant ses misères : « Il y a ces deux hystéros qui m'ont tanné avec des histoires de tailles de jean... L'horreur, quoi ! »

À nous, il se contente de dire :

– Je... euh... je crois que je vais aller voir si on a les jeans que vous cherchez... euh... en réserve.

Et il s'empresse de décamper.

Je regarde miss Extra-small. Elle me regarde. Elle est blonde, et doit avoir dans les vingt-deux ans. Moi aussi, je suis blonde – grâce aux shampooings décolorants. En revanche, voilà plusieurs années que je n'ai plus vingt ans.

Pourtant, il est clair qu'au-delà des différences d'âge et de mensurations miss Extra-small et moi sommes désormais unies par un lien indissoluble : cette histoire de tailles de jean nous a sérieusement gonflées !

– Vous comptez le prendre ? s'enquiert miss Extra-small, en désignant le jean que j'ai sur moi.

– Je pense que oui. De toute façon, il m'en fallait un nouveau. On a vomi sur le dernier qu'il me restait, au boulot.

– Mon Dieu ! s'exclame miss Extra-small. Vous travaillez où ?

– Euh... dans un dortoir. Enfin... dans une résidence étudiante.

– C'est vrai ? s'écrie miss Extra-small, visiblement intéressée. À l'université de New York ?

J'acquiesce, et la voilà qui glapit :

– J'étais sûre de vous avoir déjà vue ! J'ai obtenu mon diplôme l'année dernière. Vous bossez dans quel dortoir ?

– Euh... dis-je, hésitante. En fait, j'ai commencé cet été.

– Ah bon ? demande miss Extra-small, confuse. C'est bizarre. J'étais sûre de vous avoir vue quelque part...

Avant que j'aie pu lui expliquer pourquoi, la sonnerie de mon portable fait entendre les premières notes de la chanson des Go-Go's *Vacation* (« Les Vacances », spécialement choisie pour me rappeler que je n'en aurai pas avant d'avoir accompli ma période d'essai de six mois, laquelle ne s'achève que dans trois mois). Sur l'écran, je vois s'afficher le nom de ma patronne. Qui m'appelle un samedi !

Une urgence, sans aucun doute...

Sauf que ce n'est probablement pas le cas. OK, j'adore mon

nouveau boulot – c'est génial de bosser avec des étudiants, parce qu'ils s'emballent sur des trucs dont personne ne se soucie, tels que libérer le Tibet ou faire obtenir des congés de maternité aux ouvrières surexploitées, etc.

Mais l'un des gros inconvénients de mon travail à Fischer Hall, c'est que mon appartement est situé à moins de cent mètres. Et qu'être trop facilement accessible me complique beaucoup la vie. C'est une chose d'être joignable en permanence quand vous êtes médecin, et qu'un patient a besoin de vous. C'est une autre paire de manches, quand on vous appelle en dehors des heures de boulot parce que le distributeur de boissons fraîches a avalé la monnaie de quelqu'un, et qu'on a besoin de vous pour parvenir à mettre la main sur les formulaires de réclamation.

Je suis néanmoins consciente que certaines personnes rêveraient d'habiter assez près de leur lieu de travail pour pouvoir intervenir en cas d'incident de distributeur. Surtout à New York. La résidence n'est qu'à deux minutes à pied de chez moi. Soit quatre minutes de sport à ajouter à mon entraînement quotidien !

À propos de situation idéale, la mienne est quelque peu tempérée par la modestie de mon salaire. Je ne touche que vingt-trois mille dollars brut par an (soit environ douze mille dollars après déduction de la totalité des charges) et à New York, avec douze mille dollars par an, on peut tout juste se payer de quoi manger et, de temps à autre, un jean comme celui que je suis sur le point de m'offrir – quelle que soit la taille indiquée sur l'étiquette. Je n'aurais pas les moyens de vivre à Manhattan sans mon second boulot, lequel me permet de payer mon loyer. Je n'ai pas de logement de fonction car à l'université de New York seuls les directeurs de dortoir – euh... de résidence universitaire –, et non les directeurs adjoints, ont le « privilège » de pouvoir y loger.

Et cependant, j'habite assez près de Fischer Hall pour que ma chef se sente le droit de m'appeler quand bon lui semble, et de me demander de passer dès qu'elle a besoin de moi.

Le samedi par exemple. Alors que, par une belle journée de septembre, je m'apprête à acheter un nouveau jean, parce que la veille au soir un étudiant de première année est tombé ivre mort après avoir bu quelques gins tonic de trop au Corbeau ivre. Et qu'il a eu la mauvaise idée de tout vomir sur moi au moment où, accroupie auprès de lui, je lui prenais le pouls.

Avant de répondre, je pèse le pour et le contre. Le pour : peut-être Rachel m'appelle-t-elle afin de me proposer une augmentation – c'est très improbable. Le contre : sans doute Rachel va-t-elle me demander de conduire à l'hôpital un gamin de vingt ans plongé dans un coma éthylique – très probable. C'est alors que miss Extra-small pousse un cri perçant.

– Oh mon Dieu ! Je sais pourquoi j'avais l'impression de vous connaître ! On ne vous a jamais dit que vous étiez le sosie d'Heather Wells ? Vous savez, la chanteuse...

Je décide, vu les circonstances, de laisser la boîte vocale répondre à ma place. Les choses vont déjà assez mal comme ça, avec cette histoire de taille. Et maintenant... ça ! Décidément, j'aurais mieux fait de rester chez moi, et de commander ce nouveau jean sur Internet !

– Ah oui, vous trouvez ? je réponds, avec un manque d'enthousiasme évident, auquel elle semble peu sensible.

– Oh mon Dieu ! s'exclame-t-elle à nouveau. Vous avez aussi sa voix ! C'est vraiment troublant. Mais, ajoute-t-elle dans un gloussement, pourquoi Heather Wells irait-elle travailler dans un dortoir ?

– Dans une résidence universitaire.

J'ai corrigé machinalement. Après tout, c'est comme ça qu'on est censé les appeler, le mot « résidence » donnant l'impression de rapports chaleureux et solidaires entre les étudiants – à qui l'idée de vivre dans un dortoir pourrait paraître froide et institutionnelle.

Comme si le fait que les Frigidaires sont fixés au sol n'était pas une sacrée preuve de froideur institutionnelle !

– Ohé, reprend miss Extra-small en recouvrant ses esprits. Il n'y a pas de honte à ça... Être directrice adjointe d'un dortoir, je veux dire. Et ça ne vous a pas vexée, j'espère, que je vous compare à Heather Wells. En fait... j'avais tous ses albums. Et un grand poster d'elle sur le mur de ma chambre... quand j'avais onze ans.

– Je ne suis pas du tout vexée.

Miss Extra-small est visiblement soulagée.

– Tant mieux ! dit-elle. Eh bien, je crois que je vais devoir me mettre en quête d'une boutique qui vende des vêtements à ma taille.

– Ouais, je rétorque, à deux doigts de lui suggérer le rayon enfant du magasin Gap.

Mais je me ravise. Après tout, ce n'est pas sa faute si elle est si menue. Pas plus que la mienne, si je suis dans la moyenne des femmes américaines.

Ce n'est qu'une fois devant la caisse que j'écoute ma messagerie pour savoir ce que Rachel, ma chef, attend de moi. Sa voix, d'habitude parfaitement maîtrisée, dissimule mal un tremblement de panique :

– Heather, je t'appelle pour te dire qu'il y a eu un décès dans le bâtiment. Quand tu recevras ce message, appelle-moi tout de suite, je t'en prie.

Je laisse le jean taille quarante-deux à la caisse et accomplis quinze minutes d'entraînement supplémentaire en me précipitant hors du magasin, et en courant – oui, en courant – jusqu'à Fischer Hall.

2

Je vous ai vus, tous les deux
Enlacés, amoureux
Tu dis que c'est ta cousine !
Tu me prends pour une crétine ?
Qu'est-ce que tu t'imagines ?
Qu'est-ce que tu t'imagines ?
Si tu voulais m'aimer
Fallait me dire la vérité
Qu'est-ce que tu t'imagines ?

« Qu'est-ce que tu t'imagines ? »
Interprété par Heather Wells
Paroles et musique : Valdez/Caputo
Extrait de l'album *Une envie de sucré*
Disques Cartwright

En tournant à l'angle de Washington Square West, la première chose que j'aperçois est un camion de pompiers garé sur le trottoir. Si le véhicule se trouve sur le trottoir, et non sur la chaussée, c'est à cause de cet étal qui encombre la rue, proposant des strings à imprimé léopard à cinq dollars pièce – une affaire, sauf qu'en y regardant de plus près on remarque que les strings en question sont bordés d'une dentelle noire rêche, qui doit démanger là où je pense.

Il est rare que la municipalité fasse fermer Washington Square West – la rue de Fischer Hall – à la circulation. Mais pour ce samedi-ci, l'association des habitants du quartier a dû se ménager les bonnes grâces d'un conseiller municipal ou un truc dans ce goût-là, vu qu'ils sont parvenus à faire bloquer toute cette partie de la place, laquelle accueille une grande braderie. Vous voyez le genre : pleine de vendeurs d'encens, de marchands de chaussettes, de caricaturistes et de gens qui fabriquent et vendent des clowns en fil de fer.

La première fois que je suis allée à une braderie à Manhattan, je devais avoir l'âge des gamins avec qui je travaille. « Oh, un marché en plein air ! Ce que c'est chouette ! » m'exclamai-je alors, saisie d'enthousiasme. Je ne savais pas encore que les stands de chaussettes du marché pratiquent des tarifs encore plus élevés que les magasins les plus chics.

Et, à dire vrai, quand vous avez vu l'une des braderies de Manhattan, vous les avez toutes vues.

Rien ne pourrait détonner davantage qu'un étalage de strings devant Fischer Hall – c'est un bâtiment si austère. Sa silhouette en brique rouge domine majestueusement Washington Square depuis les années 1850. J'ai appris, dans des fichiers trouvés dans mon bureau lors de mon tout premier jour de boulot, que la municipalité oblige l'université à faire venir une entreprise, tous les cinq ans, pour retirer le vieux mortier et le remplacer par du nouveau, pour éviter que les briques de Fischer Hall ne se détachent du bâtiment et ne fracassent la tête des passants.

En soi, ce n'est pas une mauvaise idée. Sauf qu'en dépit des efforts de la municipalité toutes sortes de choses tombent de Fischer Hall, pour atterrir sur la tête des gens – et ce n'est pas aux briques que je fais allusion. On m'a signalé la chute de bouteilles, de canettes de bière, de vêtements, de livres, de

CD, de légumes, de sachets de bonbons et même, une fois, d'un poulet rôti entier.

Croyez-moi, chaque fois que j'approche de Fischer Hall, je jette un coup d'œil en l'air, au cas où.

Mais pas aujourd'hui, cela dit : aujourd'hui, j'ai les yeux rivés sur l'entrée du bâtiment tandis que je me demande comment parvenir à la franchir, vu la densité de la foule amassée devant, et la quantité de flics présents. On dirait qu'une bonne moitié des étudiants habitant la résidence sont là – à attendre qu'on les laisse rentrer chez eux –, mêlés aux dizaines de badauds venus assister à la grande braderie. Ils n'ont pas la moindre idée de ce qui se passe. Je le devine aux questions qu'ils échangent, s'égosillant pour se faire entendre par-dessus le son de la flûte de Pan. Celui-ci provient d'un autre stand installé devant le bâtiment, lequel vend des – euh – des cassettes de flûte de Pan.

– Qu'est-ce qui se passe ?

– J'en sais rien. Il y a peut-être un début d'incendie.

– Quelqu'un a encore dû oublier sa ragougnasse sur le feu !

– Non, c'est Jeff. Il a laissé tomber son joint.

– Tu crains, Jeff !

– Cette fois-ci, j'y suis pour rien, juré !

Ils ignorent sans doute qu'il y a eu un mort dans le bâtiment, ou ils ne seraient pas là, à échanger des blagues stupides. Du moins, j'imagine.

Enfin... j'espère.

C'est alors que je repère un visage familier. Vu son expression, sa propriétaire est au courant de ce qui est arrivé. Elle n'est pas simplement contrariée par le refus des pompiers de la laisser entrer dans le bâtiment. Elle est décomposée, parce qu'elle SAIT.

– Heather !

M'apercevant dans la foule, Magda agite vers moi sa main aux longs ongles vernis.

– Oh, Heather, c'est épouvantable !

Magda est plantée là, vêtue de la blouse rose de la cafétéria et d'un fuseau panthère, à secouer ses boucles décolorées en tirant nerveusement des bouffées de la cigarette extra-fine qu'elle tient entre ses ongles extra-longs. Chacun est décoré d'un mini-drapeau des États-Unis. Car Magda a beau se rendre en République dominicaine – son pays natal – chaque fois qu'elle en a l'occasion, elle n'en est pas moins très attachée à son pays d'adoption, et tient à le faire savoir au moyen de ses ongles.

C'est comme ça qu'on s'est rencontrées, à vrai dire. Il y a environ quatre mois, chez la manucure. C'est aussi comme ça que j'ai entendu parler du poste au dortoir (euh... je voulais dire à la résidence universitaire). Celle qui l'occupait avant moi, une certaine Justine, venait d'être renvoyée après avoir détourné sept mille dollars de la caisse du bâtiment – ce qui n'avait pas manqué de scandaliser Magda, la caissière de la cafétéria du dortoir – euh... de la résidence universitaire.

– C'est incroyable, non ! se plaignait-elle à quiconque voulait bien l'écouter, tandis que je me faisais vernir les ongles des orteils en rouge vif – parce que, après tout, ce n'est pas parce qu'on a toute sa vie qui s'écroule (comme la mienne, à cette époque-là) qu'on ne peut pas avoir de jolis orteils !

À quelques chaises de moi, Magda se faisait peindre de

mini-statues de la Liberté sur l'ongle des pouces, et déblatérait à n'en plus finir au sujet de Justine.

– Elle a commandé vingt-sept radiateurs céramique à nos fournisseurs ! Et les a offerts à ses amies comme cadeaux de mariage !

J'ignore toujours ce qu'est un radiateur céramique, ou qui pourrait en vouloir comme cadeau de mariage. Mais, en entendant que quelqu'un avait été renvoyé sur le lieu de travail de Magda, j'ai sauté sur l'occasion. Car, outre vingt jours de congé par an et une couverture sociale à cent pour cent, l'un des avantages d'un tel boulot c'est qu'il vous dispense de payer les droits d'inscription à la fac.

J'admets que je dois beaucoup à Magda. Pas seulement parce qu'elle m'a aidée à obtenir le job, ou parce qu'elle me laisse manger gratis à la cafétéria chaque fois que ça me chante (ce qui explique en partie pourquoi je ne fais plus du quarante-deux, sauf lorsqu'une marque de jeans souhaite flatter mon ego), mais parce qu'elle est devenue l'une de mes meilleures amies.

– Mag, je chuchote en me glissant vers elle. C'est qui ? La personne qui est morte ?

Je redoute de la connaître, c'est plus fort que moi. Et si c'était l'un des employés de l'équipe d'entretien – lesquels acceptent toujours si gentiment de nettoyer le vomi des étudiants, même si ce n'est pas censé faire partie de leurs attributions ? Ou bien l'un des RE – les responsables étudiants, employés par la résidence, que je suis censée superviser ? J'ai bien dit *censée*, vu que je compte sur les doigts de la main ceux qui ont daigné obéir à mes ordres depuis trois mois que je travaille à Fischer Hall, la plupart étant demeurés loyaux envers Justine la cupide.

Et quand l'un d'entre eux finit par faire ce que je lui demande, c'est seulement parce que ça l'arrange. Comme quand il s'agit de vérifier l'état des chambres après le départ d'un résident pour s'assurer qu'il n'a rien oublié – l'oubli le plus fréquent consistant en des bouteilles encore à moitié pleines.

Ce qui explique que le lendemain matin, je n'arrive pas à en faire descendre un seul pour m'aider à trier le courrier : tous ont la gueule de bois.

Il y a deux ou trois gosses auxquels j'ai tout de même réussi à m'attacher, des boursiers qui ne sont pas arrivés à la fac avec la carte Visa de papa-maman en poche, et qui ont vraiment besoin de travailler pour payer leurs livres et leurs frais d'inscription. Ceux-là sont prêts à tenir la réception de seize heures à minuit sans que j'aie à me mettre à genoux.

– Oh, Heather, murmure Magda. (Si elle murmure, c'est parce qu'elle ne veut pas que les gamins puissent deviner ce qui se passe – et allez savoir ce qui se passe !) C'est une de mes petites stars de cinéma !

– Un étudiant ?

Je vois des gens, dans la foule, regarder Magda avec curiosité. Pas parce qu'elle a une allure excentrique – ce qui est effectivement le cas, vu qu'elle est tellement maquillée que Christina Aguilera, à côté, paraîtrait presque naturelle. En plus, elle a ces ongles archi-longs et tout le reste...

Mais à Greenwich Village, les tenues de Magda paraissent presque sobres.

Ce que les gens ne saisissent pas, c'est cette histoire de

« stars de cinéma ». Chaque fois qu'un étudiant entre dans la cafétéria de Fischer Hall, Magda prend sa carte magnétique, la passe dans le lecteur, et se met à chantonner : « Visez un peu toutes les belles stars de ciné qui viennent manger ici ! Quelle chance on a, à Fischer Hall, d'avoir toutes ces stars ! »

Au début, je croyais que Magda cherchait à flatter les nombreux étudiants en art dramatique – et à l'université de New York, il y en a des flopées, bien plus qu'en médecine ou en économie.

Et puis, un jour où nous nous gavions de crèmes glacées chantilly, Magda a lâché la bombe : Fischer Hall était, à sa façon, un lieu célèbre. Pas pour les raisons que vous imaginez, à savoir parce qu'il est situé sur Washington Square, la place historique où a vécu Henry James ; ou parce qu'il se trouve juste en face du fameux arbre aux Pendus où, au XVIIIe siècle, on exécutait les condamnés à mort ; ou parce que son parc a autrefois servi de cimetière pour les indigents – eh oui, les bancs et les stands de hot dogs sont dressés sur des fosses communes...

Rien de tout cela. À en croire Magda, Fischer Hall doit sa célébrité au fait qu'on y a tourné une scène des *Tortues Ninja*. Donatello, ou Raphael ou l'une des autres tortues – je ne sais plus laquelle –, s'élançait vers l'immeuble voisin depuis le toit en terrasse de Fischer Hall. Les gamins du bâtiment avaient tous été employés comme figurants, levant les yeux et désignant du doigt la prouesse de la tortue.

Sans blague. Fischer Hall a vraiment une histoire passionnante !

Sauf que les gamins ayant figuré dans le film ont obtenu leur diplôme et quitté Fischer Hall il y a un bail.

Je comprends donc que des gens trouvent bizarre que Magda parle toujours de ça, après toutes ces années.

En même temps, vous imaginez que, pour quelqu'un comme Magda, le fait qu'une scène d'une grosse machine hollywoodienne se déroule sur son lieu de travail est une preuve de plus de la grandeur de l'Amérique.

Mais vous pensez bien que, pour quelqu'un qui ignore le pourquoi du comment, ces histoires de star de cinéma peuvent paraître cinglées.

Ce qui explique probablement pourquoi on nous fixe avec curiosité, suite à l'exclamation de Magda.

Par crainte que les gamins ne réalisent qu'il se passe quelque chose de très grave, je prends Magda par le bras et l'entraîne à l'écart des regards indiscrets, vers l'un des pins en pot qui décorent l'entrée du bâtiment – et que les étudiants ont trop souvent tendance à prendre pour des cendriers.

– Qu'est-ce qui s'est passé ? je lui demande à voix basse. Rachel m'a laissé un message pour dire que quelqu'un est mort. Sans rien préciser d'autre. Tu sais qui c'est ? Et comment c'est arrivé ?

– Je ne sais pas, murmure Magda en secouant la tête. J'étais assise à ma caisse, j'ai entendu un hurlement, et quelqu'un a dit qu'une fille gisait au fond de la cage d'ascenseur, et qu'elle était morte.

– Oh mon Dieu !

Je suis soufflée. Je m'attendais à un décès dû à une overdose, ou à une agression – les gardiens ont beau surveiller le bâtiment vingt-quatre heures sur vingt-quatre, impossible d'empêcher qu'un type louche, de temps à autre, parvienne à s'y faufiler. On est à New York, après tout.

Mais une mort par ascenseur ?

Magda, les yeux embués de larmes, s'efforce de ne pas éclater en sanglots – ce qui indiquerait aux étudiants, par ailleurs enclins aux démonstrations bruyantes, que quelque chose cloche sérieusement. Et puis, vu les innombrables couches de mascara de Magda, mieux vaut éviter ça.

– Ils racontent qu'elle... bredouille-t-elle. Comment on appelle ça, déjà ? Quand on grimpe sur le toit de l'ascenseur ?

– Elle surfait ?

C'est encore pire que ce que je croyais.

– Elle surfait dans l'ascenseur ?

– Oui.

D'un ongle peint avec un art consommé, Magda frôle délicatement le coin de son œil afin d'écraser une larme.

– C'est pour ça qu'ils ne laissent personne entrer dans le bâtiment. Les petites stars de cinéma ont besoin de l'ascenseur pour atteindre les vestiaires, mais il faut d'abord déplacer le...

Magda laisse échapper un sanglot. Je passe un bras sur son épaule et la fais pivoter vers moi, autant pour la réconforter que pour étouffer le bruit de ses sanglots. Les étudiants continuent à nous observer. Il ne faut pas qu'ils sachent à quel point c'est grave. Ils l'apprendront bien assez tôt.

Seulement, ils auront sans doute moins de mal que moi à digérer ça.

À vrai dire, ça ne devrait pas m'étonner autant. Les étudiants qui surfent dans l'ascenseur, c'est un problème sur les campus – pas juste à l'université de New York, mais dans toutes les facs du pays. Des ados, qui n'ont rien de mieux à faire, se défoncent et se défient de grimper sur les cabines, tandis que celles-ci montent et descendent dans les cages d'ascenseur obscures et menaçantes. Sans cesse, on signalait des cas de gamins décapités au cours de ces défis d'ivrognes.

Fallait bien que ça arrive un jour à Fischer Hall.

Sauf que...

Sauf que Magda n'arrête pas de dire « elle ». C'est une *fille* qui est morte.

Ce qui est bizarre, vu qu'aucune fille, à ma connaissance, n'a jamais joué à ce genre de jeu. Du moins, pas à Fischer Hall.

Magda relève la tête.

– Oh...

Je fais volte-face et, voyant ce qu'elle a vu, je prends une grande bouffée d'air. Car Mme Allington, la femme de Phillip Allington – qui occupe depuis le printemps la fonction de président de l'université –, s'avance sur le trottoir dans notre direction.

Je sais pas mal de choses sur les époux Allington car j'ai aussi trouvé, dans les dossiers de Justine – juste avant de les balancer à la corbeille –, un article découpé dans le *New York Times*. Il soulignait que le nouveau président avait choisi d'habiter en résidence étudiante, plutôt que dans l'un des prestigieux bâtiments que possédait l'université :

« Phillip Allington est un universitaire qui ne souhaite pas perdre le contact avec la population étudiante. Lorsqu'il rentre chez lui, une fois sa journée finie, il prend le même ascenseur que les étudiants auprès de qui il réside. »

Ce que le *Times* négligeait totalement de mentionner, c'est que le président et sa famille vivent dans l'appartement terrasse de Fischer House – lequel occupe la totalité du vingtième étage. Et qu'ils ont tellement râlé de voir l'ascenseur s'arrêter à tous les étages à cause des étudiants avec qui ils le partageaient, que Justine leur a donné la clé permettant l'accès direct au vingtième.

Hormis se plaindre de l'ascenseur, Eleanor Allington, l'épouse du président, semble n'avoir pas grand-chose à faire. Chaque fois que je la croise, elle sort du grand magasin Saks, sur la Cinquième Avenue. Ou s'apprête à s'y rendre. Elle se consacre à ses emplettes avec un zèle singulier – semblable à celui d'une athlète s'entraînant pour les jeux Olympiques.

Mais son sport favori, en dehors du shopping, c'est de vider des bouteilles entières de vodka. Lorsque le docteur Allington et elle reviennent, tard dans la soirée, d'un dîner avec les administrateurs, Mme Allington pique invariablement une petite crise dans le hall, dans laquelle il est en général question de ses cacatoès – du moins, c'est ce que m'a raconté Pete, mon agent de sécurité préféré.

– Mes oiseaux ! lui a-t-elle balancé un jour. Mes oiseaux, ils peuvent pas te blairer, Bouboule !

Ce qui est plutôt méchant, à la réflexion. Et injuste : Pete n'est pas gros du tout. Il est simplement... dans la moyenne.

Les attaques verbales avinées de Mme Allington font beaucoup rire à l'accueil, où se relaient vingt-quatre heures sur vingt-quatre les RE – les responsables étudiants, que je dois superviser. Tard dans la nuit, si le docteur Allington n'est pas rentré, il arrive que Mme Allington appelle le standard, pour leur signaler les incidents les plus surprenants : quelqu'un a mangé ses artichauts farcis, il y a des coyotes sur sa terrasse, des nains minuscules et invisibles martèlent sa tête de lit...

D'après Pete, les étudiants étaient, au tout début, déconcertés par de telles réclamations. Ils appelaient le responsable de leur étage, un de ces étudiants de dernière année qui, en échange du gîte et du couvert, sont censés faire office de chaperons. Les responsables d'étage prévenaient le responsable du bâtiment – lequel prenait l'ascenseur afin d'aller voir, au vingtième étage, de quoi il retournait.

Or, lorsque Mme Allington ouvrait la porte, le regard éméché, en peignoir de velours-éponge (je sais ! En velours-éponge ! Ça vaut presque le velours Stretch), elle se contentait de dire :

– Je ne sais pas de quoi vous voulez parler, Bouboule !

Pendant que, derrière elle (selon les nombreux RE qui ont raconté la scène), les cacatoès sifflaient frénétiquement.

Drôlement flippant !

Enfin, pour nous plus que pour elle, apparemment. Car elle est comme frappée d'amnésie les lendemains de cuite, et reprend tranquillement le chemin de Saks, telle une reine – la reine de Fischer Hall.

Comme à présent, par exemple. Les bras chargés de sacs de shopping, Mme Allington foudroie du regard le flic posté devant la porte, et lui lance :

– Vous permettez... J'habite ici.

– Désolé, m'dame, dit l'agent. Seuls les secours sont autorisés à entrer. Les résidents n'ont pas encore le droit de pénétrer dans le bâtiment.

– Je ne suis pas une résidente, proteste Mme Allington, en bouillonnant de rage au milieu de ses sacs. Je suis... je suis...

Mme Allington ne semble pas se rappeler qui elle est. Mais le flic ne s'en soucie visiblement guère.

– Désolé, m'dame, répète-t-il. Profitez donc un peu de la braderie, hein ? Ou bien des jolis bancs, là-bas, dans le parc.

Allez donc prendre un peu le soleil, jusqu'à ce qu'on nous donne le feu vert pour laisser entrer les gens, d'accord ?

Mme Allington a l'air si mal en point que je me précipite vers elle. J'abandonne Magda, Mme Allington ayant encore davantage besoin de moi. Elle reste plantée là, dans son jean griffé trop moulant, son top en soie, et ses tonnes de bijoux en or. Les sacs de shopping lui tombent des mains et, dans son trouble, elle ouvre et ferme la bouche. Elle est décidément très mal en point.

– Vous m'avez entendu, m'dame, insiste le flic. Personne n'a le droit d'entrer. Vous voyez tous ces gamins, là ? Eux aussi, ils attendent. Alors, soit vous attendez avec eux, soit vous circulez.

Or, Mme Allington a de toute évidence perdu la faculté de « circuler ». À peine tient-elle sur ses pieds, si vous voulez mon avis. Je m'avance vers elle et lui prends le bras. Elle n'est même pas consciente de ma présence. Je doute qu'elle soit en mesure de me reconnaître. Et ce, bien qu'elle m'adresse chaque jour un signe de la tête quand elle sort de l'ascenseur, situé juste en face de mon bureau, afin de se lancer dans une nouvelle razzia – euh... séance de shopping – en me gratifiant d'un sempiternel « Bonjour, Justine » (j'ai beau la reprendre). Je suppose que le fait de me voir dehors, et un samedi, l'aura déconcertée.

– Son mari est le président de l'université, monsieur l'agent, dis-je en agitant la tête en direction de Mme Allington, laquelle regarde fixement un étudiant aux cheveux violets et au sourcil orné d'un piercing. Phillip Allington, vous connaissez ? Il habite l'appartement terrasse, au dernier étage. Je crois qu'elle ne se sent pas très bien. Je ne pourrais pas... je ne pourrais pas l'aider à entrer ?

Le flic me scrute.

– On s'est déjà vus quelque part, non ? demande-t-il.

Ce n'est pas de la drague. Quand les gens me sortent ça, ce n'est jamais pour me draguer.

– On a dû se croiser dans le quartier, dis-je avec une gaieté forcée. Je travaille dans ce bâtiment.

J'exhibe ma carte de membre du personnel de la fac, avec la photo où je parais bourrée, alors que je ne l'étais pas. Du moins, pas avant d'avoir vu quelle tête j'avais sur la photo !

– Vous voyez ? Je suis la directrice adjointe de la résidence.

Il ne paraît guère impressionné par le titre, mais lâche avec un haussement d'épaules :

– Si vous le dites. Faites-la entrer, si ça vous chante ! Mais je vois pas comment vous allez pouvoir la conduire là-haut. Les ascenseurs sont fermés.

Moi non plus, je ne vois pas comment ramener Mme Allington chez elle, vu qu'elle tient à peine sur ses pieds. Je vais pratiquement devoir la porter. Par-dessus mon épaule, je jette un coup d'œil à Magda. Me voyant ainsi empêtrée, elle lève les yeux au ciel. Mais écrase tout de même sa cigarette et se dirige vaillamment vers nous, prête à venir nous aider dans la mesure de ses moyens.

Avant qu'elle ne soit parvenue jusqu'à nous, deux jeunes femmes, arborant ce que je considère comme le look officiel des étudiants new-yorkais – jean taille basse et piercing au nombril –, se précipitent hors du bâtiment, le souffle court.

– Nom de Dieu, Jeff ! crie l'une d'elles, à l'adresse du type censé avoir laissé tomber son joint. Qu'est-ce qui se passe avec les ascenseurs ? On a dû descendre dix-sept étages à pied.

– Je vais mourir ! annonce l'autre fille.

– Sérieusement, reprend la première d'une voix haletante, avec tout ce qu'on paie en droits d'inscription et d'hébergement, le président pourrait tout de même investir dans des ascenseurs qui ne tombent pas constamment en panne.

Je remarque son regard hostile, dirigé droit sur Mme Allington. Celle-ci a fait l'erreur de laisser *La Gazette du campus* publier sa photo, ce qui en fait une cible aisément repérable.

– Allez, madame Allington, dis-je aussitôt, la tirant un peu par le bras. Entrons dans le bâtiment.

– C'est pas trop tôt ! rétorque-t-elle.

Elle trébuche, et Magda vient lui prendre l'autre bras. Nous lui faisons toutes deux franchir l'entrée, parmi les protestations des étudiants : « Hé ! Pourquoi elles rentrent, et pas nous ? », « Nous aussi, on habite ici », « C'est pas juste ! », « Fascistes ! ».

À sa façon prudente de placer l'un devant l'autre ses pieds chaussés d'escarpins à petits talons, je jurerais que Mme Allington est déjà un peu éméchée, bien que midi n'ait pas encore sonné. Mes soupçons se confirment, lorsqu'une fois parvenue dans le hall elle se penche et vomit son petit déjeuner sur l'une des plantes vertes de l'entrée.

On dirait que Mme Allington a accompagné ses œufs brouillés de quelques bloody mary ce matin !

– *Santa Maria !* s'exclame Magda, horrifiée – et qui pourrait s'en étonner ?

Je ne sais pas comment ça se passe pour les autres mais, lorsqu'il m'arrive de vomir (ce qui – désolée d'avoir à le reconnaître – se produit invariablement tous les 31 décembre), j'aime sentir autour de moi un minimum de compassion, même si je suis seule responsable de mon état.

Je tapote donc l'épaulette de Mme Allington :

– Voilà... Vous ne vous sentez pas mieux à présent ?

Mme Allington me regarde en plissant les yeux, comme si elle ne m'avait pas remarquée auparavant.

– Vous êtes qui, nom d'un chien ?

– Euh... Je suis la directrice adjointe... Heather Wells. Vous vous souvenez ? On a fait connaissance, il y a deux mois ?

Mme Allington paraît perdue.

– Et Justine, où est-ce qu'elle est ?

– Justine a trouvé un autre emploi.

C'est un mensonge. Justine a été renvoyée. Mais, à vrai dire, je ne connais pas sa version à elle. Qui sait ? Peut-être avait-elle réellement besoin de cet argent ? Il se peut qu'elle ait de la famille qui vit en Bosnie ou dans un autre endroit très froid. Imaginez qu'ils n'aient pas de quoi se chauffer, et que ces radiateurs céramique leur aient permis de tenir tout l'hiver ? On ne sait jamais.

Mme Allington me fixe toujours.

– Heather Wells ? Vous ne seriez pas... vous ne seriez pas cette fille... celle qui chantait dans les centres commerciaux ?

Je réalise alors que Mme Allington m'a enfin reconnue... mais pas en tant que directrice adjointe du bâtiment dans lequel elle vit.

Waouh. J'aurais jamais soupçonné Mme Allington d'écouter de la pop pour ados. Je la voyais plutôt dans le trip Barry Manilow – de la pop pour vieux ados.

– Oui, c'est moi, je lui réponds (elle me fait de la peine,

avec le coup du vomi, et tout le reste...), mais j'ai arrêté de me produire.

– Pourquoi ? demande-t-elle, soudain curieuse.

Magda et moi échangeons un regard. Celle-ci paraît retrouver son sens de l'humour, car le coin de ses lèvres dessinées au crayon se relève distinctement.

– Euh... je commence. C'est une longue histoire, à vrai dire. En deux mots, j'ai perdu mon contrat...

– Parce que vous êtes devenue grosse ? renchérit Mme Allington.

C'est alors, je l'avoue, que j'ai cessé d'avoir pitié d'elle.

3

Je te dis que je ne peux pas
Mais tu ne l'entends pas
Je te dis que je ne peux pas
Et tu fais comme si j'étais pas là
Je peux pas t'attendre toujours
Je t'attendrai pas toujours
C'est maintenant ou jamais !
Dis-moi que tu m'aimes, bébé,
Ou bien rends-moi ma liberté !

« Je ne peux pas »
Interprété par Heather Wells
Paroles et musique : O'Brien/Henke
Extrait de l'album *Une envie de sucré*
Disques Cartwright

Par chance, l'arrivée de ma chef, Rachel Walcott, me dispense d'avoir à répondre à la réflexion de Mme Allington. Rachel se précipite vers nous, ses sandales en cuir verni claquant sur le marbre de l'entrée.

– Heather ! clame-t-elle en m'apercevant. Merci mille fois d'être venue !

Elle paraît effectivement soulagée de me voir. Ça fait du bien de réaliser qu'on a vraiment besoin de moi, même si je ne vaux guère que vingt-trois mille cinq cents dollars par an.

– C'est normal, je dis. Je suis désolée. Était-ce... est-ce... c'est quelqu'un qu'on connaît ?

Mais Rachel m'adresse un regard de mise en garde – du type : « On ne discute pas des histoires de famille devant les étrangers », en l'occurrence, Mme Allington et Magda (les employés de la cafétéria ne font pas partie de l'équipe de direction, et les épouses des présidents de l'université encore moins) – puis elle se tourne vers Mme Allington.

– Bonjour, madame Allington ! crie-t-elle, comme si elle parlait à une femme très âgée, alors que Mme Allington a soixante ans à peine. Je suis vraiment désolée pour tout ça. Vous allez bien ?

Mme Allington est loin d'aller bien mais, aussi vexante qu'ait pu être sa remarque au sujet de mon poids, je ne veux pas vendre la mèche. Elle reste, après tout, l'épouse du président.

Je me contente donc de dire :

– Mme Allington est légèrement indisposée.

J'accompagne cette déclaration d'un coup d'œil éloquent en direction de la plante verte sur laquelle Mme Allington vient de vomir, en espérant que Rachel saisira le message. Nous ne faisons pas équipe depuis si longtemps, Rachel et moi. Elle a été embauchée une semaine ou deux avant moi pour remplacer l'ancienne directrice, partie juste après le départ de Justine – pas par solidarité, ou quoi que ce soit dans ce goût-là. La directrice avait lâché son poste parce que son mari avait trouvé un boulot de garde forestier dans l'Oregon.

Je sais. Un mari garde forestier. Mmmm... Moi aussi, j'aurais tout abandonné pour le suivre !

Or, si Rachel fait ses premières armes en tant que directrice de Fischer Hall, elle a déjà une bonne expérience du milieu universitaire. La dernière résidence étudiante qu'a dirigée

Rachel, diplômée de Yale, se trouvait à Richmond, dans l'Indiana.

Rachel m'a raconté quel choc ç'avait été pour elle de débarquer à New York après avoir travaillé à Richmond, où les gens ne ferment même pas leur porte à clé avant d'aller se coucher. Mais, selon toute apparence, Rachel n'a pas trop souffert de son séjour prolongé dans l'Indiana. Elle possède une garde-robe qui ferait pâlir de jalousie n'importe quelle New-Yorkaise, remplie de vêtements Armani et d'escarpins Manolo Blahnik ce qui, vu son salaire (à peine plus élevé que le mien, étant donné que les directeurs du personnel ont droit à un logement de fonction dans le bâtiment, lequel est considéré comme un complément de salaire), relève du tour de force. Grâce à une fréquentation assidue des ventes privées des grandes marques, Rachel fait en sorte de demeurer à la pointe de la mode. Sa fidélité aux substituts de repas et à ses deux heures d'exercices quotidiens lui permet de conserver une taille mannequin, et de se glisser dans les modèles de défilé invendus.

Rachel prétend que si je voulais bien arrêter de manger toutes ces sucreries et passer une demi-heure par jour sur un stepper, j'aurais tôt fait de retrouver ma taille quarante-deux. Et que ça me serait d'autant plus facile que l'adhésion gratuite au club de gym de l'université fait partie des avantages en nature de mon boulot.

Sauf que j'y suis allée, au fameux club de gym, et que ça m'a fait flipper. Toutes ces filles qui ont la peau sur les os, et agitent leurs bras épais comme des cure-dents dans des cours d'aérobic ou de yoga... sérieusement, un de ces quatre, il y en a une qui risque de crever l'œil de quelqu'un.

Toujours est-il que Rachel prétend qu'à condition de perdre suffisamment de poids, je n'aurai aucun mal à me trouver un petit ami sexy. C'est exactement ce qu'elle a l'intention de faire : dégoter, à Greenwich Village, un mec qui ne soit ni gay ni dégarni. Et qui gagne au moins cent mille dollars par an.

Mais comment diable pourrais-je renoncer aux nouilles froides au sésame ? Même pour un gars qui pèse cent mille dollars par an ?

Par ailleurs, ainsi que je le répète fréquemment à Rachel, ce n'est pas parce qu'on fait du quarante-six qu'on est grosse. C'est la moyenne des femmes américaines. Eh oui ! Et un grand nombre d'entre nous (les filles qui font du quarante-six) ont des petits copains, merci !

Pas moi, d'accord. Mais des tas d'autres filles qui font du quarante-six, voire plus.

Or, bien que nos objectifs diffèrent, à Rachel et moi (elle veut un petit ami et je me contenterais, pour le moment, d'une équivalence de bac), ainsi que nos critères en matière de repas (pour elle, trois feuilles de salade sans vinaigrette ; pour moi, un falafel avec double dose de sauce au sésame, un pita fourré à l'houmous et de la crème glacée pour le dessert), je dirais que nous nous entendons plutôt bien. En tout cas, elle semble avoir saisi le sens de mon coup d'œil en direction de la plante verte.

– Madame Allington, dit-elle. On va vous raccompagner chez vous, d'accord ? Je vais vous conduire là-haut. Ça ira, madame Allington ?

Celle-ci hoche mollement la tête, ayant perdu tout intérêt pour mes changements de plan de carrière. Rachel saisit la femme du président par le bras tandis que Pete contient une flopée de pompiers, afin que toutes deux puissent s'engouffrer dans l'ascenseur – que l'on a remis en service pour Mme Allington. Je ne peux me retenir de glisser un œil à l'intérieur au moment où les portes s'ouvrent. Et s'il y avait du sang ? Je sais qu'ils ont dit l'avoir trouvée au fond de la cage d'ascenseur, mais si une partie d'elle était restée dans la cabine ?

Mais il n'y a pas de sang, à ce qu'il semblerait. L'ascenseur est tel qu'il a toujours été, avec ses panneaux en imitation acajou et garnitures de cuivre, sur lesquels des centaines d'étudiants de première année ont griffonné leurs initiales, ou des obscénités, avec la pointe des clés de leur chambre.

Comme la porte se referme, j'entends Mme Allington dire, d'une voix très faible :

– Les oiseaux...

– Mon Dieu ! s'exclame Magda, pendant que nous regardons les numéros au-dessus des portes s'allumer tour à tour, alors que la cabine se dirige vers le dernier étage. J'espère qu'elle ne va pas se remettre à vomir là-dedans !

J'acquiesce.

– T'imagines ? Vingt étages, ça risque de paraître long !

Magda secoue la tête, comme si elle venait d'avoir une pensée désagréable – le vomi de Mme Allington, sans doute –, et jette un coup d'œil à la ronde.

– Ce que c'est calme ! fait-elle remarquer en serrant ses bras sur sa poitrine. Ça n'a pas été aussi calme depuis que les petites stars de ciné sont revenues pour la rentrée.

Elle a raison. Pour un bâtiment qui héberge une telle quantité de jeunes gens – sept cents, pour la plupart de moins de vingt ans –, le hall est étrangement silencieux. Personne pour brailler parce qu'il faut une éternité aux RE pour trier le courrier (environ sept heures, mais j'ai entendu dire qu'il n'en fallait que deux, sous le règne de Justine – parfois je me demande si elle n'avait pas signé un pacte avec le diable) ; personne pour se plaindre du changeur de monnaie cassé, dans la salle de jeux ; pour faire du roller sur les sols en marbre ; ou pour se chamailler avec Pete quant aux entrées et sorties des visiteurs dans l'immeuble.

Non que le hall soit désert. Bien au contraire, il grouille d'activité. Des flics, des pompiers, des administrateurs, des employés de l'équipe de sécurité en uniforme bleu ciel et une poignée d'étudiants – tous RE – vont et viennent dans l'entrée de marbre et d'acajou. Ils sont livides...

... et silencieux. Parfaitement silencieux.

– Pete, dis-je en m'avançant vers l'agent de sécurité, au poste de contrôle. Tu sais qui est la victime ?

Les agents de sécurité sont au courant de tout ce qui se passe dans les bâtiments où ils travaillent. Ce n'est pas leur faute. Tout est là, sous leur nez, sur les écrans de circuit fermé, des étudiants qui fument dans les cages d'escalier aux doyens qui se curent le nez dans l'ascenseur, en passant par les bibliothécaires qui s'envoient en l'air dans les cabines d'étude...

Vachement ragoûtant !

– Bien sûr.

Comme à son habitude, Pete surveille l'entrée, tout en gardant un œil sur les nombreux moniteurs de son bureau. Chacun montre une partie différente du bâtiment, de l'entrée de l'appartement terrasse des Allington à la buanderie située au sous-sol.

– Alors ? demande Magda, visiblement angoissée. C'est qui ?

Pete s'assure que les RE ne peuvent pas l'entendre.

– Kellogg, dit-il enfin. Elizabeth. Une étudiante de première année.

Je me sens soulagée. Je n'ai jamais entendu parler d'elle.

Je m'en veux aussitôt de cette pensée. Elle vient tout de même de mourir à dix-huit ans, qu'elle ait ou non travaillé pour moi !

– Qu'est-ce qui s'est passé ? je l'interroge.

Peter me jette un regard ironique.

– À ton avis ?

– Mais... je balbutie.

C'est plus fort que moi. Il y a quelque chose qui me chiffonne :

– Les filles ne font pas ça. Surfer dans les cages d'ascenseur, je veux dire.

– Celle-là, oui, réplique Pete en haussant les épaules.

– Pourquoi elle serait allée faire un truc pareil ? s'écrie Magda. Un truc aussi idiot ? Elle se droguait ?

– Qu'est-ce que j'en sais ?

Pete semble agacé d'être ainsi assailli de questions, mais je sais que c'est parce qu'il flippe autant que nous. Ce qui est inquiétant, quand on pense à tout ce qu'il a dû voir. Ça fait vingt ans qu'il travaille à la fac. Comme moi, ce sont les avantages en nature qui l'ont attiré. Veuf et père de quatre enfants, il y a vu le moyen de leur garantir des études brillantes (et gratuites). C'est, avant tout, pour cette raison qu'il s'est fait embaucher dans une structure universitaire, après qu'une blessure au genou l'a contraint à exercer son métier de policier dans un bureau. Nancy, sa fille aînée, veut devenir pédiatre.

Mais cela n'empêche pas Pete de bouillonner de rage chaque fois qu'un des étudiants, mécontent de s'être vu refuser l'accès au bâtiment à cause d'une lampe à halogène d'avant-garde ne correspondant pas aux normes anti-incendie, le traite de « sale vigile ». Ce qui n'est pas juste, car Peter fait vraiment très bien son boulot. Les seules fois où les livreurs de pizza parviennent à entrer dans Fischer Hall et à glisser des menus sous les portes des résidents, c'est quand Pete n'est pas de service.

Pourtant, c'est le gars le plus sensible du monde. Lorsque des gamins descendent de leurs chambres en tenant du bout des doigts des pièges à glu sur lesquels gigotent des souris vivantes, Pete emporte les pièges dans le jardin public, et graisse les petites pattes des rongeurs afin de leur rendre leur liberté. Il ne supporte pas l'idée qu'une créature puisse mourir (ne serait-ce qu'une souris !) pendant qu'il est de garde.

– Le médecin légiste va certainement effectuer des tests pour savoir s'il y a eu consommation de drogue ou d'alcool, dit-il en s'efforçant, sans y parvenir, de conserver un ton neutre. Du moins, s'il se décide à arriver.

Je suis horrifiée.

– Tu veux dire qu'elle... qu'elle est toujours là ? Enfin... le corps ?

Pete hoche la tête.

– Tout en bas. Au fond de la cage d'escalier. C'est là qu'ils l'ont trouvée.

– Qui ça, « ils » ?

– Les pompiers, répond Pete. Après que quelqu'un a déclaré l'avoir vue.

– L'avoir vue tomber ?

Non, l'avoir vue qui gisait là... Quelqu'un a jeté un coup d'œil... vous savez... dans l'interstice entre le sol et la cabine... et l'a aperçue.

Je suis stupéfaite.

– Personne n'a signalé l'accident quand ça s'est produit ? Les gens qui étaient avec elle...

– Qui ça ? me coupe Pete.

– Les gens avec qui elle surfait dans l'ascenseur. Fallait bien qu'elle soit accompagnée. Personne ne pratique ce jeu débile en solitaire. Ils n'ont rien signalé, alors ?

– Personne ne m'a rien dit, insiste Pete. Jusqu'à ce matin, quand un des gamins l'a vue, par l'interstice.

Je suis affligée.

– Ce qui signifie qu'elle est restée étendue là pendant des heures ? je demande d'une voix brisée.

– Elle était déjà morte, rétorque Pete, comprenant aussitôt où je veux en venir. Elle est tombée la tête la première.

– *Santa Maria !* s'exclame Magda, en se signant.

Cela me paraît à peine moins horrible.

– Alors... À quoi l'a-t-on identifiée ?

– Elle avait sa carte d'étudiante dans la poche, explique Pete.

– C'est ce qui s'appelle être prévoyante ! fait remarquer Magda.

– Magda !

Je suis choquée, mais Magda se contente de hausser les épaules.

– C'est vrai. Quitte à jouer à un jeu aussi débile, autant

garder sa carte d'étudiante sur soi, pour pouvoir être identifiée une fois morte, non ?

Avant que Pete ou moi ayons pu répliquer, Gerald, qui dirige la cafétéria, en surgit soudain, à la recherche de cette caissière qui n'en fait qu'à sa tête.

– Madga ! s'écrie-t-il lorsqu'il la repère enfin. Qu'est-ce que vous fichez ? Les flics disent qu'on va pouvoir rouvrir d'une minute à l'autre, et j'ai personne à la caisse !

– Oh, j'arrive tout de suite, mon chou ! rétorque Magda avant d'ajouter, dès qu'il s'est éloigné : Tête de nœud !

Puis, nous saluant à regret du bout des doigts, Magda retourne à son poste, à la cafétéria, située juste au-delà du poste de contrôle.

– Heather ?

Faisant volte-face, j'aperçois l'une de mes RE qui m'adresse de grands signes de détresse depuis l'accueil. L'accueil, c'est un peu le cœur du bâtiment. C'est là que l'on trie le courrier des résidents, que les visiteurs appellent les chambres de leurs amis, et où tous les incidents doivent être signalés. L'une de mes premières tâches, après mon embauche, avait consisté à taper une longue liste de numéros de téléphone, à laquelle l'employé de garde devait se référer en cas d'incident grave, quelle que soit sa nature. Apparemment, Justine avait été trop occupée à détourner les fonds de la fac afin d'acheter des radiateurs céramique à ses copines pour trouver le temps de s'occuper de ça.

Incendie ? Le numéro des pompiers était sur la liste.

Viol ? Le numéro de la ligne d'urgence était sur la liste.

Vol ? Le numéro du commissariat de quartier était sur la liste.

Chute dans une cage d'ascenseur ?

Pour ça, il n'y avait pas de numéro.

– Heather...

L'étudiante de service, Tina, parle d'une voix aussi geignarde que lorsque, la rencontrant pour la première fois, je lui avais expliqué qu'elle ne pouvait pas mettre les appels en attente pendant qu'elle finissait ses parties de Tetris sur sa Game Boy (ça n'avait jamais gêné Justine, m'étais-je entendu répliquer !).

– Quand est-ce qu'ils emmènent le corps ? Ça me rend dingue de savoir qu'elle est toujours étendue là.

– On a vu sa camarade de chambre... glisse Brad à voix basse, en se penchant vers moi. (Brad, c'est le malheureux RE qui est de garde ce week-end – ce qui signifie qu'il ne doit sous aucun prétexte sortir du bâtiment, au cas où on aurait besoin de lui... si un étudiant venait à mourir, par exemple.) Elle ne savait même pas que Beth... c'est le nom de la morte... que Beth était au courant de ces histoires de surf dans l'ascenseur. Elle n'aurait jamais pensé que Beth fréquentait des gens pareils. D'après elle, Beth était plutôt du genre BCBG.

– Eh bien, dis-je mollement, consciente que les gamins voudraient que je les rassure.

Mais je n'ai aucune compétence pour les aider à surmonter la mort d'un camarade de classe. Je flippe autant qu'eux.

– Ça prouve qu'on ne connaît jamais aussi bien les gens qu'on le croit, non ?

– Ouais... mais de là à faire du rodéo sur une cabine d'ascenseur ? rétorque Tina en agitant la tête. Elle devait être un peu cinglée.

– Encore une candidate au Prozac, surenchérit Brad d'une voix sombre, déployant les talents de psychologue que l'administration de la résidence tient absolument à faire acquérir aux étudiants qu'elle emploie.

– Heather ?

Tournant la tête, j'aperçois Sarah, étudiante de dernière année et assistante de Rachel. Elle s'avance vers moi, tenant un épais dossier, et portant les vêtements dernier cri sur le campus – une salopette et des bottes fourrées. Elle me prend le bras, et le serre.

– Oh mon Dieu ! elle crie, sans même s'efforcer de baisser la voix pour ne pas être entendue de tout l'étage. C'est pas insensé ? Les téléphones n'arrêtent pas de sonner dans notre bureau. Il y a tous ces parents qui appellent pour être sûrs qu'il ne s'agit pas de leur gosse. Mais Rachel a dit qu'on ne pouvait pas confirmer l'identité de la victime avant l'arrivée du médecin légiste. Même si on sait qui c'est. Enfin... Rachel m'a envoyée chercher son dossier, pour que je le donne au docteur Flynn. Ça te dirait, d'y jeter un œil ?

Sarah brandit une chemise en carton épais. Elizabeth Kellogg avait un dossier dans le bureau de la directrice – ce qui signifiait qu'elle s'était attiré des ennuis, ou qu'elle avait été malade au cours de ses études...

... ce qui était bizarre, vu qu'Elizabeth était en première année, et que l'année commençait à peine.

– Écoutez un peu...

Sarah est impatiente de partager ce qu'elle vient d'apprendre avec moi, Brad et Tina. Ces derniers sont pendus à ses lèvres. Pete, au poste de contrôle, fait semblant de se concentrer sur ses écrans. Mais je sais qu'il tend lui aussi l'oreille.

– La mère a appelé Rachel. Elle était dans tous ses états, parce que les étudiants ont le droit de recevoir qui ils veulent dans leur chambre, et qu'elle refusait qu'Elizabeth puisse avoir des visiteurs masculins. Visiblement, la maman espérait que sa fille reste vierge jusqu'au mariage. Elle voulait que Rachel fasse en sorte qu'Elizabeth soit autorisée à ne recevoir que des filles. De toute évidence, il y a des conflits dans la famille, mais quoi qu'il en soit...

Les assistants comme Sarah ont pour fonction d'aider la directrice à gérer les problèmes au jour le jour. En échange de quoi, ils sont logés, nourris, et se préparent, sur le terrain, à travailler dans l'administration universitaire – ce qui correspond, le plus souvent, à leur cursus.

Sarah ne s'attendait sans doute pas à ce type d'expérience sur le terrain, avec accident mortel et tout le tralala...

– Apparemment, on a affaire à un cas extrême de rivalité mère-fille, annonce Sarah. Facile de conclure que Mme Kellogg était jalouse parce qu'elle perdait sa beauté, alors que sa fille...

Sarah possède un DEUG de sociologie. Elle pense que je souffre d'un complexe d'infériorité. Elle me l'a dit quand on s'est rencontrées pour la première fois, le jour de la rentrée. S'avançant pour me serrer la main, elle s'est écriée :

– Oh mon Dieu, tu es *vraiment* Heather Wells !

J'ai reconnu que oui, et elle a voulu savoir pourquoi diable je travaillais dans une résidence universitaire (contrairement à moi, Sarah n'a pas la langue qui fourche). Je lui ai répondu que je comptais obtenir mon équivalence au bac un de ces quatre, ce à quoi elle a rétorqué :

– Tu n'as pas besoin d'aller à l'université. Tu devrais plutôt te questionner sur les sentiments d'abandon et d'inadaptation que tu as dû ressentir, après que ta maison de disques t'a lâchée, et que ta mère t'a mise sur la paille.

Si je dois vraiment travailler sur quelque chose, ce sera, avant tout, sur l'antipathie que m'inspire Sarah !

Par chance, le docteur Flynn, psychologue en poste de la résidence, se précipite alors vers nous, portant une serviette bourrée à craquer de documents.

– C'est le dossier de la personne décédée ? déclare-t-il en guise d'entrée en matière. J'aimerais le consulter, avant de m'entretenir avec sa camarade de chambre et appeler les parents.

Sarah lui tend le dossier. Tandis qu'il le feuillette, le docteur Flynn plisse le nez :

– C'est quoi, cette odeur ?

– Euh... je commence. C'est Mme Allington... elle a...

– Elle a gerbé, termine Brad. Sur la plante verte, juste là.

Le docteur Flynn pousse un soupir.

– Elle a remis ça ?

Son portable sonne.

– Excusez-moi, dit-il en le sortant de sa poche.

Au même instant, la sonnerie du téléphone de l'accueil retentit. Vu que personne ne décroche, je m'en charge.

– Fischer Hall.

À l'autre bout du fil, une voix inconnue.

– Je suis bien au dortoir de Washington Square ?

– Vous êtes bien à la résidence étudiante, oui, je réponds, soudain respectueuse du protocole.

– J'aurais souhaité parler à quelqu'un, au sujet de la tragédie d'aujourd'hui, explique la voix mystérieuse.

La *tragédie* ? J'ai aussitôt la puce à l'oreille...

– Vous êtes journaliste, pas vrai ?

J'ai assez vécu pour les repérer à des kilomètres.

– Eh bien, oui, je travaille pour le *Post*...

– Dans ce cas, il faudra vous mettre en rapport avec le service communication. Ici, personne n'a de déclaration à faire. Au revoir.

Je raccroche violemment le combiné.

Brad et Tina me fixent, les yeux écarquillés.

– Waouh ! s'exclame Brad. Tu es forte !

Sarah remet ses lunettes en place, celles-ci ayant commencé à glisser sur son nez.

– Il a bien fallu qu'elle le devienne, dit-elle. Vu ce qu'elle a dû affronter par le passé. Les paparazzi ne t'ont jamais fait de cadeau, hein, Heather ? Surtout la fois où, en rentrant chez toi, tu as trouvé Jordan Cartwright en train de se faire faire une fellation par... par qui, déjà ? Ah, oui... Tania Trace.

– Waouh ! dis-je avec une stupéfaction non feinte. Tu as une sacrée mémoire, pas vrai, Sarah ?

Sarah sourit pudiquement, tandis que Tina reste bouche bée.

– Heather, tu es sortie avec *Jordan Cartwright* ? s'écrie-t-elle.

– Et tu l'as chopé avec *Tania Trace* ? ajoute Brad, aussi radieux que si on venait de lui balancer un billet de cent dollars.

– Ouais, je marmonne. (J'ai pas vraiment le choix ; ils peuvent facilement vérifier sur Internet.) Il y a très longtemps de ça.

C'est alors que je me retire poliment pour aller chercher un soda, en espérant que l'effet combiné de la caféine et des édulcorants me fera passer l'envie de causer une mort de plus parmi les résidents du bâtiment.

4

Ne leur dis pas !
Je t'en supplie
C'est un secret et si
Tu ne leur dis pas,
C'est promis
Tu le regretteras pas !

Ne leur dis pas !
Personne ne sait
Que je t'ai ouvert mon cœur
Ne leur dis pas !

« Ne leur dis pas ! »
Interprété par Heather Wells
Paroles et musique : Valdez/Caputo
Extrait de l'album *Une envie de sucré*
Disques Cartwright

Le distributeur de boissons fraîches le plus proche se trouve dans la salle télé, où l'administration de l'université a réuni une cellule de crise. Je ne veux pas me risquer à demander un café gratuit à Magda, quand elle a déjà des soucis avec son boss.

Je ne reconnais que quelques-uns des administrateurs présents – et uniquement pour avoir passé des entretiens avec eux quand j'ai postulé pour cet emploi. L'un d'eux, le docteur Jessup, qui dirige le département logement, s'écarte d'un de ses confrères lorsqu'il m'aperçoit, et se dirige vers moi. Sans son costume gris, et vêtu pour le week-end d'une chemise polo et d'un pantalon de coton, c'est un tout autre homme.

– Heather, dit-il d'une voix grave et bourrue. Comment ça va ?

– Ça va.

Comme j'ai inséré mon dollar dans le distributeur, il est trop tard pour prendre mes jambes à mon cou. C'est pourtant ce que je voudrais faire vu que tous, dans la pièce, me regardent avec la même question dans les yeux :

Qui est cette fille ? Je ne l'ai pas déjà vue quelque part ? Qu'est-ce qu'elle fiche ici ?

Au lieu de m'enfuir, je choisis ma boisson. La canette fait un bruit d'enfer en heurtant le fond métallique du distributeur – d'autant que chacun, dans la salle télé, parle d'une voix étouffée, par respect pour la victime et ses proches. La télé – réglée à plein volume vingt-quatre heures sur vingt-quatre et sept jours sur sept – est exceptionnellement éteinte.

Je récupère la canette et la tiens entre mes mains sans l'ouvrir, de peur de faire du bruit et d'attirer davantage l'attention.

– Les gamins vous semblent aller comment ? me demande le docteur Jessup. En général ?

– Je suis là depuis peu. Mais tout le monde m'a l'air plutôt secoué. Ce qui est assez compréhensible, quand on songe qu'il y a un cadavre dans la cage d'ascenseur...

Le docteur Jessup écarquille les yeux et me fait signe de baisser d'un ton – alors que je n'ai fait que murmurer. Jetant un coup d'œil alentour, je constate qu'il y a beaucoup de gros bonnets de la fac dans la salle télé. Le docteur Jessup est très soucieux de l'image de son service, qu'il souhaite attentif et proche des étudiants. Il s'enorgueillit de son aptitude à communiquer avec les jeunes générations. Je m'en suis rendu compte lors de mon premier entretien, au moment où il m'a fixée en plissant ses yeux gris, et m'a posé l'inévitable question.

– On ne se serait pas déjà vus quelque part ?

Tout le monde a l'impression de m'avoir déjà vue. Mais personne ne réussit à savoir où. On me pose beaucoup de questions du type : « C'est pas toi qui étais la cavalière de mon frère au bal de promo ? » Ou bien : « On n'aurait pas suivi un cours ensemble, à la fac ? »

C'est d'autant plus bizarre que je ne suis jamais allée à un bal de promo, et encore moins à la fac.

– J'étais chanteuse.

Voilà ce que j'ai répondu au docteur Jessup, le jour de mon entretien d'embauche

– Une chanteuse... euh... de variétés, j'avais précisé. Quand j'étais... enfin... quand j'étais ado, quoi.

– Ah oui, a rétorqué le docteur Jessup. *Une envie de sucré*, c'était vous. C'est ce que j'avais pensé, mais je n'en étais pas sûr. Vous permettez que je vous pose une question ?

Je me suis tortillée sur ma chaise, mal à l'aise, sachant ce qui m'attendait.

– Je vous en prie.

– Pourquoi vouloir être employée dans une résidence universitaire ?

Je me suis raclé la gorge.

J'aimerais bien que la chaîne musicale me consacre une émission. Comme ça, je n'aurais plus à faire ça. À tout expliquer à chaque fois, je veux dire.

Mais pour la chaîne musicale, je peux toujours courir. Je n'ai jamais été aussi célèbre que Britney Spears ou Christina Aguilera. Voire qu'Avril Lavigne. J'étais juste une ado dotée de poumons sains et puissants, qui avait eu la chance d'être au bon endroit au bon moment.

Le docteur Jessup avait fait montre de compréhension. Du moins, il avait eu le tact de changer de sujet après que j'eus précisé que ma mère avait fui à l'étranger en compagnie de mon manager – ah oui... et de toutes mes économies –, que ma maison de disques m'avait laissée tomber, et mon petit copain aussi – tout ça, dans l'ordre chronologique.

Quand on m'a proposé le poste de directrice adjointe de Fischer Hall, pour un salaire annuel équivalant à ce que je gagnais en une semaine dans le circuit des concerts, j'ai accepté sans hésiter. Je ne me projetais pas dans une longue carrière de serveuse – boulot qui, pour une fille qui n'aime pas se laver les cheveux parce que ça l'oblige à se tenir debout, peut s'avérer violent. Faire des études me semblait donc une bonne idée. Passé ma période d'essai de six mois (dont trois restent encore à accomplir), je pourrai m'inscrire à tous les cours que je voudrais.

Je commencerai par l'UV de psycho, histoire de voir si je suis aussi névrosée que le prétendent Sarah et Rachel.

Voilà justement que le docteur Jessup se soucie de l'état mental de Rachel.

– Elle parvient à tenir le coup ? me demande-t-il.

– J'ai l'impression, oui.

– Vous devriez lui offrir des fleurs, ou quelque chose dans ce goût-là, me dit-il. Quelque chose qui lui remonte le moral. Des bonbons, par exemple.

– Quelle bonne idée ! je rétorque, même si je ne comprends rien à ce qu'il raconte.

Pourquoi devrais-je acheter des fleurs ou des bonbons à *Rachel* ? La mort d'Elizabeth Kellogg l'affecte-t-elle plus qu'elle n'affecte Julio, le responsable de l'équipe de maintenance – qui va certainement devoir nettoyer à grande eau le sang d'Elizabeth dans la cage d'ascenseur ? Quelqu'un va-t-il offrir des bonbons à Julio ?

Je devrais peut-être leur offrir des fleurs à tous les deux.

– Rachel ne s'est pas encore habituée à la grande ville, poursuit le docteur Jessup, sans doute en guise d'explication. Tout ça risque de lui provoquer un choc. Ce n'est pas encore une New-Yorkaise endurcie comme nous autres, n'est-ce pas, Wells ? conclut-il avec un clin d'œil.

– Je vois, dis-je, bien que je sois toujours dans le flou le plus total.

Une boîte de chocolats ordinaire fera-t-elle l'affaire, ou faut-il que j'aille chercher un assortiment de petits-fours ? Ce qui me convient assez – vu qu'au passage je pourrai me prendre quelques-unes de ces écorces d'orange confites enrobées de chocolat noir...

Sauf que Rachel ne mange pas de sucreries. Son régime le lui interdit. Je devrais peut-être lui offrir des fruits secs ?

Notre conversation s'interrompt brusquement lorsque le président Allington entre dans la pièce d'un pas vif.

Je vais vous avouer une chose : je mets toujours un moment à reconnaître le président Allington, même si je le vois sortir de l'ascenseur tous les matins depuis que j'ai commencé à travailler à Fischer Hall, en juin.

Si je ne le reconnais jamais au premier coup d'œil, c'est

parce que le président Allington ne s'habille pas exactement comme un président d'université. Il a un faible pour les pantalons blancs – qu'il continue à porter bien après la rentrée, sans se soucier du protocole – et pour les tee-shirts dorés avec le logo de l'université –, voire pour les débardeurs quand il fait lourd. Il porte également des tennis Adidas et, en cas d'intempéries, un anorak blanc et doré. D'après un article que j'ai trouvé dans les dossiers de Justine, le président a le sentiment de se rendre plus accessible à ses étudiants en s'habillant comme eux.

Sauf que je n'ai jamais vu un étudiant arborant les couleurs de l'université. Ils portent tous du noir, pour mieux se noyer dans le flot des New-Yorkais.

Aujourd'hui, le président a opté pour le tee-shirt, et non pour le débardeur, bien que la température extérieure dépasse les vingt degrés. Qui sait, peut-être était-il censé assister à une réunion du conseil d'administration, et cherchait-il à faire bonne impression ?

Tous les administrateurs se précipitent à sa rencontre, chacun tenant à assurer qu'il fera tout ce qui est en son pouvoir pour calmer le jeu après « le drame » – ainsi *La Gazette du campus* ne manquera-t-elle sans doute pas de mentionner la mort d'Elizabeth, dès lundi. Alors seulement, je me dis : « Ah oui... C'est le président ! »

Ignorant tous les autres, le docteur Allington fixe le docteur Jessup droit dans les yeux, et déclare :

– Vous devriez faire quelque chose, Stan. Tout ça n'est pas bon. Pas bon du tout.

À en croire son expression, le docteur Jessup aurait préféré qu'on le retrouve, lui, au fond de cette cage d'ascenseur. Je me mets à sa place.

– Phil, répond-il au président. Ça arrive. Dans une population aussi importante, rien d'anormal à ce qu'il y ait des décès. On en a eu trois rien que l'année dernière, et deux l'année d'avant...

– Pas dans mon bâtiment ! proteste le président Allington.

Je ne peux m'empêcher de penser qu'il se prend pour Harrison Ford dans *Air Force One* (quand il lance : « Sortez de mon avion ! »).

Mais il serait plus à sa place dans *Y a-t-il un pilote dans l'avion ?*

Ça me paraît le bon moment pour retourner à mon poste. Je découvre Sarah assise à mon bureau, occupée à parler au téléphone. Bien qu'elle soit seule dans la pièce, l'atmosphère est désagréablement tendue. Cela semble dû à Sarah elle-même, qui raccroche brusquement le téléphone et me lance un regard noir.

– Rachel dit qu'il va falloir annuler la fête de ce soir, m'annonce-t-elle, littéralement indignée.

– Et alors ? (Ça m'a l'air très raisonnable.) Annule-la !

– Tu ne comprends pas ? On a carrément fait venir un orchestre. Tout ça risque de nous coûter quinze mille dollars.

– Sarah. Une étudiante est morte. MORTE !

– Et en modifiant nos projets en raison de son acte égoïste, nous ne ferons qu'inciter les étudiants à trouver sa mort romantique.

Mais alors, quittant ses grands chevaux et revenant une seconde sur terre, elle ajoute :

– Je suppose qu'on pourrait combler le déficit en vendant

des tee-shirts ? Toujours est-il que je ne vois pas pourquoi on devrait annuler notre soirée, sous prétexte qu'une tarée a plongé du haut d'une cabine d'ascenseur !

Et le monde du show-biz passe pour être cruel ! Allez donc voir comment ça se passe dans les dortoirs !

Pardonnez-moi... je voulais dire les résidences étudiantes.

5

Je ne le comprends pas
Ce gouffre entre toi et moi
Hier encore on dirait
Tu m'appelais « bébé »
À présent tu es parti
Moi je pleure jour et nuit

Tout reprendre à zéro
Bébé je veux
Tout reprendre à zéro
Je ne suis pas prête, bébé,
À te laisser t'en aller

« Tout reprendre à zéro »
Interprété par Heather Wells
Paroles et musique : Dietz/Ryder
Extrait de l'album *Une envie de sucré*
Disques Cartwright

Parce qu'on est à New York, où les morts violentes sont monnaie courante, il faut quatre heures au médecin légiste pour parvenir auprès du corps d'Elizabeth.

Le médecin arrive à quinze heures trente. Cinq minutes plus tard, Elizabeth Kellogg est déclarée morte. La cause du décès, en attendant l'enquête et l'autopsie : « traumatisme aigu » – en fait, elle a eu le cou, le dos et l'os du bassin brisés, ainsi que de multiples fractures au visage et aux membres.

Je me fais peut-être des illusions, mais il me semble que

personne, parmi les étudiants, ne « trouvera sa mort romantique » en apprenant ça.

Pire encore, le médecin légiste pense qu'Elizabeth est morte depuis presque douze heures. Ce qui signifie qu'elle gît au fond de la cage d'ascenseur depuis la veille au soir.

Certes, elle est morte sur le coup en heurtant le sol. Ce n'est pas comme si elle était restée là, toute la nuit, à agoniser.

Mais tout de même...

La camionnette du médecin légiste est bien visible, et le corps finit par être emporté et chargé dans le véhicule. Si bien qu'à quatre heures de l'après-midi, tous les résidents de Fischer Hall savent que quelqu'un est mort dans le bâtiment. Ils savent également – lorsque les ascenseurs ont été réactivés et qu'ils peuvent les utiliser pour regagner leurs étages – de quelle manière. Après tout, ce sont des étudiants, et pas les derniers des crétins. Ils ont vite fait d'additionner deux plus deux.

Je ne suis pas trop soucieuse de connaître la réaction des sept cents résidents de Fischer Hall, suite à la nouvelle de la mort d'Elizabeth. Car ce qui m'inquiète, en premier lieu, c'est la réaction de ses parents.

C'est pourquoi le docteur Jessup a décidé – approuvé en cela par le docteur Flynn – que, parce qu'elle avait été en contact avec Mme Kellogg au sujet d'éventuels visiteurs masculins d'Elizabeth, c'était à Rachel d'appeler les parents de la jeune fille.

– Le choc sera moins terrible pour les Kellogg, assure le docteur Flynn, si c'est une voix familière qui leur apprend la nouvelle.

Une fois la décision prise, Sarah est chassée du bureau sans ménagement, tandis que le docteur Jessup me prie de rester.

– Vous pourrez réconforter Rachel, précise-t-il.

On voit qu'il n'a jamais vu, comme moi, Rachel passer un savon aux employés du coin salade de la cafétéria, pour avoir inversé, par mégarde, la vinaigrette normale et la vinaigrette allégée. Rachel est loin d'être une petite chose fragile.

Mais qui suis-je pour en juger ?

La scène est d'une tristesse épouvantable et, lorsque Rachel raccroche enfin, j'ai un début de migraine et l'estomac retourné.

Bien sûr, ce pourrait être à cause des bonbons et du paquet de chips qui m'ont tenu lieu de déjeuner. Qui sait ?

Ces symptômes sont encore aggravés par le docteur Jessup. Blessé par les remarques du docteur Allington, le vice-président adjoint en a oublié sa prudence et le code de la santé publique, et fume cigarette sur cigarette, assis sur un coin du bureau de Rachel. Nul ne propose d'ouvrir une fenêtre, du fait qu'elles se trouvent au rez-de-chaussée et que, chaque fois que l'une d'entre nous se risque à le faire, il y a un petit malin qui s'approche et qui hurle : « Et un cornet de frites, s'il vous plaît ! » dans notre bureau.

C'est alors que je réalise que Rachel en a fini avec ses coups de fil, et qu'elle n'a donc plus besoin de moi pour la réconforter. J'ai fait tout ce que je pouvais pour me rendre utile.

Je me lève donc, et annonce :

– Je vais rentrer chez moi, à présent.

Tous me regardent. Par chance, le docteur Allington est parti depuis longtemps. Son épouse et lui possèdent une résidence secondaire dans les Hamptons, et ils s'y rendent dès qu'ils en ont l'occasion.

Sauf qu'aujourd'hui Mme Allington n'a pas souhaité sortir par l'entrée principale – pas avec le véhicule du médecin légiste garé là, sur le trottoir, juste derrière le camion des pompiers. J'ai dû désactiver l'alarme, de façon qu'elle puisse emprunter la sortie de secours, au fond de la cafétéria. C'est par là, également, que les vigiles introduisent dans le bâtiment les invités les plus prestigieux des Allington – les époux Schwarzenegger, par exemple, lorsqu'ils viennent dîner chez eux – afin qu'ils ne soient pas importunés par les étudiants.

C'est Christopher, le fils unique des Allington (un très beau gosse frisant la trentaine, presque toujours habillé en Brooks Brothers, et vivant dans un logement réservé aux diplômés tout en suivant les cours de la faculté de droit) qui se trouvait au volant de leur Mercedes vert sapin lorsqu'ils sont enfin partis. Le docteur Allington a précautionneusement fait asseoir son épouse sur le siège arrière, avant de fourrer leurs affaires dans le coffre et de se glisser à côté de son fils, sur le siège passager.

Christopher Allington a démarré en trombe, au point que les badauds venus assister à la grande braderie – car la fête continuait, en dépit des pompiers et de la camionnette du médecin légiste – se sont précipités sur le trottoir, s'imaginant qu'on cherchait à les écraser.

Je vais vous avouer un truc : si les Allington étaient mes parents, j'essaierais moi aussi d'écraser les gens !

Le docteur Flynn recouvre ses esprits, après que j'ai annoncé mon départ précipité.

– Bien sûr, Heather, dit-il. Vous pouvez rentrer chez vous. Nous n'avons plus besoin de Heather, n'est-ce pas, Stan ?

Le docteur Jessup exhale une volute de fumée gris bleu.

– Rentrez chez vous ! Et buvez un verre. Un truc fort.

– Oh, Heather ! s'écrie Rachel.

Elle bondit alors hors de sa chaise pivotante et, à ma grande surprise, m'entoure de ses deux bras. Elle ne s'est jamais montrée aussi démonstrative avec moi.

– Je te suis si reconnaissante d'être venue ! Je ne sais pas comment on aurait fait sans toi. Tu sais si bien garder ton sang-froid dans les moments de crise.

J'ignore de quoi elle parle. Je n'ai rien fait du tout. Je ne lui ai pas offert de fleurs en tout cas, ainsi que me l'a recommandé le docteur Jessup. Tout au plus ai-je calmé les étudiants et dissuadé Sarah de maintenir la soirée dansante. Mais c'est tout. Je n'ai sauvé personne.

J'évite de croiser le regard des autres, tandis que Rachel me serre contre elle. Enlacer Rachel, c'est un peu comme enlacer un bâton. Elle est si maigre. Elle me fait un peu pitié. Qui voudrait enlacer un bâton ? Soit, je sais qu'il y a quantité de gars qui courent après les mannequins. Mais... enfin... quel homme normalement constitué voudrait étreindre – ou être étreint par – un sac d'os saillants ? Si encore elle était *naturellement* mince. Seulement voilà... je sais que Rachel se prive de tout, parce qu'elle a *envie* d'être comme ça.

Ça me paraît tordu.

Dieu merci, Rachel me relâche presque aussitôt. À peine libérée, je m'empresse de quitter le bureau sans un mot – par crainte, à vrai dire, d'éclater en sanglots. Pas parce que Rachel est un sac d'os, mais à cause de tout ce gâchis. Car enfin...

une jeune fille morte, des parents désespérés. Et tout ça pour quoi ? Pour avoir voulu se procurer des sensations fortes dans une cage d'ascenseur ?

C'est à n'y rien comprendre.

Comme l'alarme est toujours désactivée, je sors moi aussi par la sortie de secours, soulagée de ne pas avoir à repasser par l'accueil. Je risquerais fort de craquer, si on m'adressait encore une fois la parole. Il me faut marcher jusqu'à la Sixième Avenue et contourner le pâté de maisons pour éviter de croiser quelqu'un que je connais (je passe devant la boutique Banana Republic, qui fait ses modèles en quarante-six, mais les a rarement en stock... Vu que c'est la taille la plus demandée, ils disparaissent rapidement des portants), mais cela en vaut la peine. Je ne suis pas d'humeur à papoter avec qui que ce soit.

Hélas, lorsque je parviens à ma porte d'entrée, je réalise que je ne vais pas pouvoir échapper à la discussion. Car mon ex-petit ami Jordan Cartwright est là, en train de se prélasser sur ma véranda.

Et moi qui pensais que la journée ne pouvait pas être pire !

Il se redresse en m'apercevant, et éteint le portable dans lequel il était en train de brailler. Les dernières lueurs du soleil font ressortir les reflets dorés de ses cheveux blonds. Je ne peux m'empêcher de remarquer que, en dépit de la chaleur de l'été indien, sa chemise blanche et son pantalon blanc assorti (je n'invente rien !) sont impeccables.

Avec sa tenue blanche et sa chaîne en or autour du cou, il a l'air d'un rescapé d'un très mauvais boys band.

Ce qui, hélas, est son cas.

– Heather, dit-il.

Je ne peux pas lire dans ses yeux, cachés derrière ses lunettes de soleil Armani. Mais je suppose qu'ils sont, comme toujours, pleins de tendre sollicitude à mon égard. Jordan est très fort pour faire croire aux gens qu'il se soucie d'eux. C'est une des raisons pour lesquelles son premier disque solo, *Baby, Be Mine*, a été deux fois album de platine. Sur MTV, le clip a été en tête de liste des clips les plus demandés pendant plusieurs semaines d'affilée.

– Te voilà enfin ! s'exclame-t-il. J'ai essayé de te joindre. Visiblement, Coop n'est pas là. Tu vas bien ? Je suis venu dès que j'ai appris la nouvelle.

Je le regarde avec surprise. Que fait-il ici ? On a rompu, l'aurait-il oublié ? On dirait. Visiblement, il a fait beaucoup de sport. C'est impressionnant. Il a de sacrés biceps. Qui sait... peut-être un haltère lui est-il tombé sur la tête, ou un truc dans ce goût-là ?

– Elle vivait dans ton bâtiment, non ? poursuit-il. La fille dont ils ont parlé à la radio... celle qui est morte ?

Quelqu'un d'aussi sexy ne devrait pas avoir le droit d'être tellement... eh bien, tellement dénué de sentiments humains.

J'extirpe mon trousseau de clés de la poche avant de mon jean.

– Tu n'aurais pas dû venir ici, Jordan.

Des gens nous observent – surtout les dealers du coin, à vrai dire. Il y en a énormément, car l'université, désireuse de « nettoyer » Washington Square (pour les étudiants et, plus encore, pour leurs parents), a fait pression sur la police afin qu'elle chasse du parc tous les trafiquants et les SDF. Depuis, ils errent dans les rues environnantes... Celle où je vis, par exemple.

Bien évidemment, quand j'ai accepté la proposition du frère de Jordan de m'installer chez lui, j'ignorais que le quartier était si mal famé. Car enfin, on est à Greenwich Village, qui a cessé depuis bien longtemps d'être un refuge pour artistes crève-la-faim. Cela, depuis que les bobos se sont installés, que c'est devenu un quartier branché, et que les loyers se sont envolés. Je croyais que ce serait comme Park Avenue, où j'avais vécu avec Jordan, et où « ces gens-là » (pour reprendre l'expression de ce dernier) n'ont pas idée d'aller traîner.

Tant mieux pour lui, vu que « ces gens-là » le mangent littéralement des yeux. Et pas simplement à cause de sa chaîne en or archi-tape-à-l'œil.

– Hé ! hurle l'un d'entre eux. Tu serais pas ce gars... Ohé, tu vois de qui je parle !

Habitué à être harcelé par les paparazzi, Jordan ne bronche pas.

– Heather, dit-il de sa voix la plus suave – celle qu'il a utilisée dans son duo avec Jessica Simpson, lors de leur tournée « Get Funky », l'été dernier. Je t'en prie, Heather, sois raisonnable. Ce n'est pas parce que ça n'a pas marché entre nous, sentimentalement parlant, qu'on ne peut pas être amis. On a traversé tellement de choses ensemble. On a grandi ensemble.

Sur ce dernier chapitre, il n'a pas tort. J'ai rencontré Jordan quand j'ai signé mon premier contrat avec le label de son père, les Disques Cartwright. J'étais une ado de quinze ans, très impressionnable. Jordan avait déjà dix-huit ans.

À l'époque, j'avais cru à son numéro d'artiste torturé. Je le croyais, quand il me répétait que, comme moi, il détestait les chansons que la maison de disques lui donnait. Je le croyais lorsqu'il me disait que, comme moi, il allait cesser de les chanter pour se mettre à interpréter ses propres compositions. Je l'avais cru jusqu'au moment où j'avais posé mon ultimatum à la maison de disques : mes chansons à moi, ou plus de chansons du tout ! Celle-ci avait choisi : plus de chansons du tout... et Jordan, au lieu de dire pareil à la maison de disques (c'est-à-dire à son propre père), avait déclaré : « Faudrait peut-être qu'on rediscute de tout ça, Heather. »

Je jette un coup d'œil alentour, pour m'assurer que la scène n'est pas en train d'être filmée par une quelconque caméra cachée. À mon avis, Jordan est tout à fait capable d'avoir accepté de participer à une émission de télé-réalité. Il fait partie des gens que cela ne gêne pas, de voir leur vie exhibée sur une chaîne de télévision nationale.

C'est alors que je remarque la BMW gris métallisé décapotable garée près de la bouche d'incendie, devant la maison.

– C'est nouveau, ça ? je demande. Un cadeau de papa ? Il a voulu te récompenser parce que tu sors avec Tania Trace ?

– Allons, Heather ! proteste Jordan. Je te l'ai déjà dit, ce truc avec Tania... ce n'est pas ce que tu imagines.

– D'accord, je m'esclaffe. Je suppose qu'elle a trébuché et qu'elle s'est retrouvée, par hasard, avec le visage au niveau de ta braguette.

Jordan a alors un geste étonnant. Il ôte brusquement ses lunettes et me fixe droit dans les yeux. Cela me rappelle notre première rencontre, au centre commercial Mall of America. La maison de disques (c'est-à-dire le papa de Jordan) nous avait organisé une tournée commune, à moi et au groupe Easy Street, afin de faire venir un maximum de préadolescents et leurs parents – ainsi que le portefeuille de ces derniers.

Jordan m'avait gratifiée de ce même regard intense. « Bébé, t'as les yeux les plus bleus du monde », m'avait-il lancé.

Ce qui, en ce temps-là, ne m'avait pas fait l'effet d'une phrase de dragueur lourdingue.

Mais qu'est-ce que j'y connaissais ? On m'avait arrachée au lycée juste après la seconde et, depuis, j'avais passé ma vie en tournée, surveillée de près. Je n'avais aucun contact avec les garçons de mon âge, à part quand ils venaient me demander un autographe. Comment aurais-je pu me douter que « Bébé, t'as les yeux les plus bleus du monde » était une réplique de dragueur ?

C'est seulement des années plus tard que je m'en suis aperçue, lorsque « Bébé, t'as les yeux les plus bleus du monde » a reparu, dans les paroles d'un des singles extraits du premier album solo de Jordan. Il s'avère qu'il s'était beaucoup entraîné à dire cette phrase. Avec sincérité, même...

En tout cas, ça avait marché sur moi.

– Heather, dit à présent Jordan, tandis que les rayons du soleil, filtrant entre les bâtiments et les toits situés à l'ouest, jouent sur son beau visage régulier, et encore légèrement enfantin. Il y avait quelque chose entre toi et moi. Tu es bien certaine de vouloir y renoncer ? Enfin, je sais que je ne suis pas blanc comme neige dans cette histoire. Ce truc avec Tania... Je ne sais pas ce que tu as dû en conclure...

Je le regarde avec stupéfaction.

– Tu veux dire, quand elle t'a fait une pipe ? J'en ai conclu qu'elle te faisait une pipe !

Jordan sursaute comme si je l'avais giflé.

– Tu vois, c'est là que je voulais en venir. Quand on s'est connus, Heather, tu disais jamais ce genre de choses. Tu as changé, tu ne t'en rends pas compte ? C'est un des aspects du problème. Tu n'es plus la fille que j'ai connue il y a des années.

Je décide, s'il a la mauvaise idée de jeter un coup d'œil à mon tour de taille – ce qui a le plus changé en moi, depuis dix ans –, de lui coller un pain.

Il ne le fait pas.

– Tu es devenue... je ne sais pas. Cassante, je crois que c'est le mot juste, poursuit-il. Et après tout ce que tu as traversé, avec ta mère et ton manager, qui pourrait t'en vouloir ? Mais, Heather, tout le monde n'a pas l'intention de te voler tout ton argent et de s'enfuir en Argentine, comme eux. Il faut que tu me croies, quand je te dis que je n'ai jamais eu l'intention de te faire du mal. Nous avons juste pris des voies différentes, toi et moi. Nous n'avons pas les mêmes désirs. Tu veux chanter tes propres compositions et tu es prête, pour cela, à détruire ta carrière – ou, du moins, ce qu'il en reste. Alors que moi... eh bien... moi je veux...

– Hé ! hurle le dealer. Tu es JORDAN CARTWRIGHT !

Je n'y crois pas ! D'abord Elizabeth, et maintenant ça !

Qu'est-ce que Jordan attend de moi, d'ailleurs ? C'est ce que je n'ai jamais pu saisir. Ce type a trente et un an, mesure près d'un mètre quatre-vingt-dix et gagne beaucoup d'argent – beaucoup plus que les cent mille dollars par an que Rachel souhaite voir gagner à l'homme de sa vie. Et puis je sais que ses parents n'ont pas sauté de joie, quand nous avons décidé de vivre en concubinage. Ça faisait mauvais effet, deux de leurs ados chanteurs les plus populaires qui couchent ensemble...

Peut-être notre relation n'avait-elle constitué pour lui

qu'une façon de se venger de ses parents, M. et Mme Grant Cartwright, pour avoir cédé à ses supplications et l'avoir autorisé – lui, leur fils cadet – à passer une audition pour le Club Mickey quand il avait neuf ans ? Une croix qu'il n'avait cessé de porter depuis. Essayez donc de devenir un rocker crédible, quand *Teen People* publie régulièrement des photos de vous affublé d'oreilles de Mickey !

– Jordan.

Je l'interromps tandis qu'il énumère tout ce qu'il veut dans la vie... et qui consiste principalement à « amener un rayon de soleil dans la vie des gens, et qu'est-ce qu'il y a de mal à ça ? ». Sauf que j'ai jamais dit que c'était mal.

– Jordan, je répète. Tu veux bien t'en aller ?

Je le bouscule, mes clés à la main. Mon plan consiste – j'imagine – à ouvrir la porte et à me faufiler à l'intérieur, avant qu'il n'ait pu m'en empêcher.

Mais avec trois serrures à ouvrir, pas facile d'agir avec diligence.

– Je sais que tu ne me prends pas au sérieux en tant qu'artiste, Heather, continue Jordan, à présent intarissable. Mais, crois-moi, ce n'est pas parce que je ne compose pas moi-même les chansons que j'interprète que je suis moins créatif que toi. Je fais mes chorégraphies quasiment tout seul, désormais. Ce pas que je fais dans le clip de « Just Me and You Now »... Tu sais, celui-ci... (Il effectue un mouvement giratoire, accompagné d'une flexion du bassin – là, sur la véranda, devant chez moi.) C'est moi qui l'ai inventé ! Ça a peut-être l'air de rien, n'empêche que... Toi, tu ne crois pas que tu devrais te poser des questions sur ta vie ? Après tout, qu'est-ce que tu as fait d'aussi gratifiant, d'un point de vue artistique, ces derniers temps ? C'est pas dans cette idiotie de dortoir que...

Déjà deux serrures. Il n'en reste plus qu'une...

– ... et habiter ici, avec tous ces drogués en bas de chez toi... et avec Cooper ! Il a fallu que tu le choisisses, lui ! Tu sais ce que ma famille pense de Cooper, Heather !

Je sais fort bien ce que sa famille pense de Cooper. Il ne leur inspire pas plus de respect que son grand-père – lequel a fait son coming-out à soixante-six ans et s'est acheté un immeuble en grès rose vif à Greenwich, qu'il a légué à sa brebis galeuse de petit-fils. Cooper s'est installé dans l'appartement avec jardin du rez-de-chaussée, a transformé le premier étage en agence de détective, et m'a proposé le deuxième étage gratos – à condition que je fasse sa compta – lorsqu'il a appris que j'avais surpris Jordan avec Tania.

– D'accord, je sais qu'il n'y a rien entre vous deux, continue Jordan. Ce n'est pas ce qui m'inquiète. Tu n'es pas le genre de Cooper.

Sur ce point, il ne se trompe pas. Hélas.

– Mais je me demande si tu réalises que Cooper a un casier judiciaire. Pour acte de vandalisme. D'accord, il était mineur, mais tout de même, Heather, il n'a aucun respect pour la propriété publique. C'était une tente d'Easy Street qu'il a taguée, tu le savais ? Je sais bien qu'il a toujours été jaloux de mon talent, mais c'est pas ma faute, si je suis né avec un tel don...

J'ouvre la troisième serrure. Enfin libre !

– Au revoir, Jordan ! dis-je en me glissant à l'intérieur, avant de fermer la porte avec précaution.

Vous comprenez, je ne voudrais pas la lui claquer au nez et risquer de lui faire mal. Non que je me soucie encore de lui, mais ce serait mal élevé.

Et puis, je ne voudrais pas que son père me colle un procès sur le dos. On ne sait jamais.

6

Je t'aime en secret
Oui, je suis celle
Qui t'aime en secret
Même si je le sais :
C'est elle que tu aimes
Et c'est elle que tu veux

Et que ferais-tu
Je me le demande
Si tu savais
Que je t'aime en secret
Oh oui, c'est vrai
Je t'aime en secret

« Je t'aime en secret »
Interprété par Heather Wells
Paroles et musique : Valdez/Caputo
Extrait de l'album *Une envie de sucré*
Disques Cartwright

Jordan donne de grands coups sur la porte, mais je l'ignore.

Il fait chaud à l'intérieur, et il règne une vague odeur d'encre, provenant de la photocopieuse du bureau de Cooper. Je commence à monter l'escalier qui mène à mon appartement, et songe que Lucy – l'ai-je déjà mentionnée... C'est ma chienne – doit avoir hâte que je la sorte. C'est alors que, jetant un coup d'œil dans l'entrée, je réalise que les portes-fenêtres pour accéder à la terrasse située à l'arrière du bâtiment sont ouvertes.

Au lieu de monter, je retourne au rez-de-chaussée – que le grand-père de Cooper a fait tapisser d'un papier peint à rayures noires et blanches, probablement très en vogue dans la communauté gay des années 70. Là, sur la terrasse, je trouve le maître de céans assis sur une chaise longue, une bouteille de bière à la main, ma chienne et une glacière rouge à ses pieds.

Il écoute – comme toujours, lorsqu'il est à la maison – une radio qui diffuse du jazz. Cooper est l'unique membre de sa famille à préférer les harmonieuses inflexions de Sarah Vaughan ou de Coleman-Hawkins aux braillements d'Easy Street et de Tania Trace.

– Ça y est, il est parti ? demande Cooper, lorsqu'il me voit plantée dans l'entrée.

– Il va pas tarder, je réponds.

Je prends soudain conscience de la situation.

– Hé, dis, tu ne serais pas en train de te planquer ?

– Bien vu ! réplique Cooper.

Il ouvre la glacière et en sort une bière.

– Tiens, me propose-t-il. Je crois que tu en as bien besoin.

J'accepte la bière, pleine de reconnaissance, et me laisse tomber sur le coussinet vert molletonné d'une chaise en fer forgé. Lucy fonce aussitôt vers moi et pose la tête sur mes genoux, en me flairant joyeusement. Je lui frotte les oreilles.

C'est ce qu'il y a de chouette, avec les chiens. Ils sont toujours si contents de vous voir. En plus, figurez-vous, ils sont bons pour la santé. La tension des gens baisse lorsqu'ils voient un chien. Pareil avec les chats. C'est un fait avéré. Je l'ai lu dans le magazine *People*.

Bien sûr, il n'y a pas que les animaux pour faire baisser

votre tension. Vous pouvez obtenir le même résultat en vous relaxant dans un endroit vraiment paisible. Comme sur la terrasse du grand-père de Cooper, par exemple, ou dans le jardin situé juste au-dessous – deux des secrets les mieux gardés de Manhattan. Le jardin en question est une oasis de verdure, protégée par de hauts murs recouverts de lierre, conçue sur les ruines d'une écurie du XVIIIe siècle. On y trouve même une petite fontaine – dont Cooper, à ce que je vois, a ouvert le robinet. Elle émet un bruissement réconfortant, dans le silence de cette journée qui s'achève. Tout en caressant les oreilles de Lucy, je sens que mon cœur recommence à battre normalement.

Peut-être, une fois terminée ma période d'essai, lorsque j'aurai enfin le droit de m'inscrire en fac, pourrais-je faire une année de prépa en médecine ? Ouais, ce sera dur avec un job à temps complet – sans parler de la comptabilité de Cooper. Mais je me débrouillerai pour réussir à tout faire.

Et alors – qui sait ? – j'obtiendrai peut-être une bourse, ou un truc dans le genre, pour suivre les cours de la fac de médecine. Une fois diplômée, je ferai mes visites accompagnée de Lucy, afin qu'elle calme mes patients. J'éradiquerai toutes les maladies de cœur en encourageant les malades à chouchouter mon chien. Je deviendrai célèbre ! Comme Marie Curie !

Sauf que je ne porterai pas d'uranium autour du cou et ne mourrai pas irradiée – j'ai lu que c'est ce qui lui était arrivé.

Je ne fais pas part de mes projets à Cooper. Dieu sait pourquoi, je sens qu'il ne serait pas sensible à mes arguments. Il a pourtant l'esprit large...

Arthur Cartwright, le grand-père de Cooper, furieux de la façon dont l'avaient traité tous les autres membres de sa famille après qu'il eut révélé son homosexualité, avait légué la quasi-totalité de son immense fortune à la recherche contre le sida ; son exceptionnelle collection de tableaux à Sotheby's, afin qu'elle soit mise aux enchères au profit d'une association d'aide aux malades du sida ; et ses biens immobiliers à l'université de New York, où il avait fait ses études...

... à l'exception de sa bien-aimée maison rose de Greenwich Village, qu'il avait laissée à Cooper – avec un gentil petit million de dollars – parce que Cooper avait été le seul, parmi les Cartwright, à lui dire : « Si ça te rend heureux, papi... », en entendant pour la première fois parler de Jorge, le nouvel amoureux de son grand-père.

Non que Jordan ou le reste de la famille se soient inquiétés d'être tenus à l'écart du partage. Les Cartwright avaient assez d'argent en banque pour se suffire à eux-mêmes.

Cependant, cela n'avait pas fait de Cooper – qui était déjà la brebis galeuse de la famille, pour s'être fait virer de pas mal de lycées et avoir préféré suivre des études plutôt que devenir membre d'Easy Street, sans parler de sa tendance à sortir avec de très séduisantes cardiologues ou galeristes prénommées Saundra ou Yokiko – le membre le plus populaire du clan Cartwright.

Même physiquement, il ne ressemble pas aux autres – il est brun, alors qu'ils sont tous blonds. Il est toutefois doté de la beauté qui caractérise les Cartwright, et de leur regard bleu vif.

Mais la ressemblance entre lui et son frère Jordan s'arrête là. Certes, ils sont tous deux grands, dégingandés et musclés.

Or, si les muscles de Jordan ont été sculptés par un coach personnel qui vient le faire travailler plusieurs heures par jour dans sa salle de gym perso, ceux de Cooper sont dus à ses solos de basket agressifs, sur les terrains de la Sixième et la Troisième Avenue, et – bien qu'il refuse de l'admettre – à ses courses folles à travers Grand Central, lors des filatures qu'il effectue pour le compte de ses clients. Je le sais parce que je m'occupe de sa comptabilité, et que je vois les reçus. Nul ne peut aller d'un taxi (une course à six dollars, achevée à 17:01) à un guichet de Metro North (un aller-retour pour Stamford, départ à 17:07) sans courir.

C'est à cause de tout cela – de sa gentillesse, de ses yeux, du basket... sans parler du jazz – que je suis tombée follement amoureuse de Cooper.

Je sais bien que je n'ai aucune chance. Il me traite avec le genre d'indifférence amicale que l'on accorde à la copine de son petit frère, ce que je suis visiblement destinée à demeurer à ses yeux. Car, comparée aux filles avec qui il sort – de sublimes créatures éthérées qui enseignent la littérature de la Renaissance, quand elles ne sont pas micro-physiciennes –, je suis ordinaire.

Et qui se contenterait de l'ordinaire, quand il peut s'offrir le meilleur ?

Je me promets de tomber amoureuse de quelqu'un d'autre dès que j'en aurai l'occasion. Mais, en attendant, ai-je vraiment tort d'apprécier sa compagnie ?

Cooper, tout en buvant une longue gorgée de bière, examine le toit des immeubles environnants... parmi lesquels se trouve Fischer Hall. Depuis le jardin d'Arthur Cartwright, on en distingue les derniers étages – du douzième au vingtième – et notamment l'appartement terrasse du président.

On aperçoit aussi les ouvertures d'aération de la cage d'ascenseur.

– Alors ? dit Cooper. Ç'a été dur ?

Ce n'est pas à ma rencontre avec Jordan qu'il fait allusion – ainsi que l'indique clairement son signe de tête en direction du campus.

Ça ne m'étonne pas, qu'il soit au courant. Il a dû entendre les sirènes, et voir la foule rassemblée. D'ailleurs, je ne serais pas surprise qu'il cache, quelque part, un scanner de police.

– C'était pas joli à voir.

Je prends une gorgée de ma bière tout en frottant de ma main libre les oreilles dressées de Lucy.

C'est une chienne bâtarde que j'ai récupérée à la SPA peu de temps après que ma mère eut mis les voiles. Sarah, sans aucun doute, en conclurait que j'ai voulu, en l'adoptant, compenser le fait d'avoir été abandonnée par toute ma famille.

En réalité, je n'avais jamais pu avoir d'animal de compagnie parce que je passais mon temps en tournée. Le moment était tout simplement venu. Lucy ressemble à un croisement de colley et de renard, et je n'ai pas pu résister à sa bouille rieuse – même si Jordan voulait un pure race, si possible un cocker. Il n'avait pas sauté de joie lorsque, au lieu de la Belle, je lui avais ramené la Clocharde.

Mais ça n'avait pas été trop gênant vu que, de toute façon, Lucy n'aimait pas Jordan. Elle lui avait vite manifesté son hostilité en déchiquetant l'un de ses pantalons en daim. Curieusement, elle n'a rien contre Cooper. C'est peut-être dû au fait qu'il ne lui a jamais balancé de magazine people à la gueule pour la punir d'avoir mâchouillé ses CD de Dave Matthews Band. Cooper n'a même pas de CD de Dave Matthews Band. C'est un fan de Wynton Marsalis.

– On sait comment c'est arrivé ? demande Cooper.

– Non. Ou, si c'est le cas, ils préfèrent ne pas l[illegible] les toits.

– Eh bien, dit-il, avant de reprendre une gorgée de bière. Ce sont des gamins. Ils doivent avoir peur que ça leur cause des ennuis.

– Je sais. Mais quand même... comment est-ce qu'ils ont osé l'abandonner comme ça ? Elle a dû rester là pendant des heures. Et ils n'ont rien fait...

– Qui ça, ils ?

– Ceux qui étaient avec elle.

– Comment tu sais qu'il y avait des gens avec elle ?

– Personne ne va surfer tout seul dans les cages d'ascenseur. C'est tout l'intérêt du truc. Les gamins grimpent sur la cabine par la trappe de maintenance du plafond, et se défient, quand leur cabine en croise une autre, de sauter sur son toit. S'il n'y a personne pour te défier, le jeu n'a aucun intérêt.

Il est facile d'expliquer les choses à Cooper, car il sait écouter. Il ne coupe jamais la parole, et paraît réellement intéressé par vos propos – trait de caractère qui le distingue des autres membres de sa famille.

Je suppose que ça doit également l'aider dans son travail. On peut apprendre beaucoup de choses en laissant les gens parler, et en se contentant de les écouter.

Du moins, c'est ce que j'ai lu, un jour, dans un magazine.

– Les gamins s'encouragent les uns les autres à faire des sauts de plus en plus grands et de plus en plus risqués. On n'aurait pas idée de surfer seul dans une cage d'ascenseur. Il y avait forcément quelqu'un avec elle. À moins que...

Cooper me jette un regard en coin.

– À moins que ?

– Eh bien, à moins qu'elle n'ait pas été en train de surfer... je déclare, me décidant enfin à formuler ce qui m'a taraudée toute la journée. Enfin... les filles ne jouent pas à ça. En général. Du moins, j'ai jamais entendu mentionner un seul cas, à l'université de New York. C'est un délire de mecs qui ont bu un coup de trop.

– Dis-moi... (Cooper se redresse sur sa chaise longue.) ... si elle ne surfait pas dans la cage d'ascenseur, comment s'est-elle retrouvée au fond ? Tu penses que les portes ont pu s'ouvrir, et qu'elle a pu sauter sans se rendre compte que la cabine n'était pas là ?

– Je ne sais pas... c'est impossible, non ? Les portes ne peuvent pas s'ouvrir si l'ascenseur n'est pas là. Et même si c'était le cas, on regarde toujours avant d'entrer, non ?

C'est alors que Cooper rétorque :

– Peut-être que quelqu'un l'a poussée ?

Je le fixe. Là où nous sommes, à l'arrière du bâtiment, il n'y a pas un bruit. On n'entend pas les voitures circulant sur la Sixième Avenue, ni le vacarme des bouteilles qui s'entrechoquent quand les SDF font les poubelles, sur Waverly Place. Peut-être ai-je mal compris ses paroles ?

– Poussée ? je répète.

– C'est à ça que tu songeais, non ?

Le regard bleu de Cooper ne trahit aucune émotion. C'est ce qui en fait un détective privé hors pair. Et c'est pourquoi je m'obstine à penser qu'il y a peut-être quelque chose de possible entre lui et moi, sentimentalement parlant – parce que je n'ai jamais rien vu, dans ses yeux, qui puisse me laisser imaginer le contraire.

– Elle n'est peut-être pas tombée en surfant. On l'a peut-être poussée.

À vrai dire, c'est EXACTEMENT à ça que j'avais songé.

Mais je m'étais dit, aussi, que ça paraîtrait trop délirant pour que j'ose le dire à haute voix.

– Ne nie pas ! insiste Cooper. C'est ce que tu penses, je le sais. C'est écrit sur ton visage.

C'est donc avec soulagement que je lâche :

– Les filles ne surfent pas dans les cages d'ascenseur, Coop. Un point, c'est tout ! Dans d'autres villes, elles le font peut-être, mais pas ici, à l'université de New York. Et cette fille... Elizabeth... c'était une BCBG !

C'est au tour de Cooper d'écarquiller les yeux.

– Excuse-moi ?

– Une BCBG... tu vois... une fille bon chic bon genre, un peu collet monté. Les BCBG ne jouent pas à ces jeux-là. Mais imaginons que ce soit le cas... on l'a LAISSÉE là. Qui ferait ça à une copine ?

– Des gamins, répond Cooper.

– Ce ne sont plus des gamins. Ils ont dix-huit ans.

Cooper hausse les épaules.

– Pour moi, à dix-huit ans, ce sont encore des gamins. Mais supposons que tu aies raison et qu'elle ait été trop... euh... collet monté pour surfer dans les cages d'ascenseur... Tu as idée de qui aurait pu vouloir la pousser dans le vide – en imaginant que la personne ait su comment s'y prendre, pour commencer ?

– La seule chose qu'on trouve dans son dossier, c'est que sa mère a appelé la résidence pour que sa fille ne puisse pas recevoir de garçons dans sa chambre.

– Pourquoi ça ? demande Cooper. Maman voulait qu'un ex trop insistant soit déclaré PNG ?

Un avis de PNG (pour *persona non grata*) est transmis aux gardiens chaque fois qu'un résident – ou ses parents, ou un membre de la direction – souhaite voir interdire à une certaine personne l'accès au bâtiment. Vu qu'on ne peut entrer sans présenter une carte d'étudiant ou de membre du personnel, un permis de conduire ou un passeport, les gardiens peuvent aisément refuser de laisser passer les personnes dont les noms figurent sur la liste de PNG. Une fois, pendant ma première semaine de boulot, les étudiants ont lancé contre moi un avis de PNG. Soi-disant pour blaguer.

Je parie que Justine n'a pas eu à subir ça.

Je suis stupéfaite que Cooper ait prêté assez d'attention à mes déblatérations au sujet de mon travail de cinglée pour se souvenir de ce qu'est un PNG.

– Non, dis-je en rougissant un peu. Elle n'a pas mentionné de petit copain.

– Ce qui ne signifie pas qu'il n'y en a pas. Les gamins doivent signer le registre chaque fois qu'ils ont un invité, non ? Quelqu'un s'est-il assuré qu'Elizabeth n'avait pas reçu de petit copain – quelqu'un dont sa maman n'aurait pas entendu parler, qui sait ? Hier soir ?

Je secoue la tête, gardant les yeux rivés sur Fischer Hall, que nimbe la lumière rouge des derniers rayons du soleil.

– Elle avait une camarade de chambre, j'explique. Elle ne va pas passer la nuit avec un amoureux, quand il y a une fille qui dort dans la même pièce.

– Les filles BCBG ne font pas ce genre de chose, c'est ça ?

Je me tortille sur ma chaise, mal à l'aise.

– Eh bien... non.

Cooper hausse les épaules.

– Sa camarade de chambre a peut-être passé la nuit ailleurs ?

Je n'y avais pas songé.

– Je vais consulter le registre. Ça mange pas de pain.

– Tu veux dire, rectifie Cooper, que tu vas suggérer à la police de consulter le registre.

Je tombe des nues.

– La police ? Tu crois que la police va s'en mêler ?

– Il y a des chances, répond laconiquement Cooper. Surtout s'ils commencent à soupçonner, comme toi, que les filles BCBG ne font pas ce genre de chose.

Je lui fais une grimace. À cet instant, on sonne à la porte et nous entendons Jordan hurler :

– Heather ! Allez, Heather, ouvre cette porte !

Cooper ne daigne même pas tourner la tête vers l'entrée.

– Comme c'est touchant, l'affection qu'il a pour toi ! fait-il remarquer.

– Ça n'a rien à voir avec moi. Il veut juste t'agacer. Tu sais, faire en sorte que tu me jettes dehors. Il ne sera pas satisfait tant que je ne vivrai pas dans une boîte en carton, sur le terre-plein central d'Houston Street.

– D'accord, à t'entendre, c'est fini entre vous deux, mais...

– C'est pas ça... Ne va pas croire qu'il tient encore à moi. Il cherche juste à me punir parce que je l'ai quitté.

– Ou parce que tu as le cran de mener ta barque comme tu l'entends. Ce qu'il n'aura jamais le courage de faire.

– Bien vu.

Cooper n'est pas très bavard, mais il sait trouver les mots justes. Lorsqu'il a appris que j'avais surpris Jordan avec Tania, il m'a appelée sur mon portable pour me dire que si je cherchais un nouvel appartement, le dernier étage de sa maison – où avait vécu le petit copain de son grand père – était disponible. Lorsque je lui ai expliqué à quel point j'étais fauchée – merci, maman ! –, Cooper m'a proposé, pour m'acquitter de mon loyer, de me charger de sa comptabilité en entrant sur un logiciel les innombrables reçus qui traînaient un peu partout, ce qui lui éviterait d'avoir à verser cent soixante-quinze dollars de l'heure à son comptable pour s'acquitter de cette tâche.

C'est ainsi que, le plus simplement du monde, j'ai quitté l'appartement en terrasse de Park Avenue que nous partagions, Jordan et moi, pour m'installer chez Cooper. J'y avais dormi une seule nuit que déjà nous avions le sentiment, Lucy et moi, de n'avoir jamais vécu ailleurs.

Certes, le boulot n'est pas si cool que ça. Cooper l'estimait à une dizaine d'heures par semaine. Une vingtaine serait plus près de la vérité. Je passe en général tout mon dimanche, et plusieurs soirées par semaine, à tenter de déchiffrer les tas de papiers griffonnés, de notes gribouillées sur des boîtes d'allumettes et de reçus roulés en boule qui traînent çà et là dans son bureau.

Néanmoins, avec vingt heures de saisie informatique par semaine, je m'en tire plus que bien pour le loyer. Je vous parle d'un étage entier, dans l'ouest de Greenwich Village, qui pourrait facilement être loué pour trois mille dollars par mois.

Bon, je sais ce qui l'a motivé à me proposer ça... et ce n'est pas un penchant secret pour les anciennes chanteuses de variété qui font du quarante-six. Pour tout dire, tout comme l'insistance de Jordan à vouloir entrer dans l'appartement, cela n'a rien à voir avec moi. La vraie motivation de Cooper, c'est qu'en m'accueillant chez lui il emmerde royalement sa famille – et en premier lieu son frère cadet. Cooper adore importuner Jordan et, en retour, Jordan le déteste, lui reprochant d'être immature et irresponsable.

Mais, en réalité, je pense qu'il est jaloux parce que Cooper, lorsque ses parents l'ont menacé de lui couper les vivres s'il refusait d'entrer dans le boys band familial, s'en est complètement fichu, et a fait son petit bonhomme de chemin sans l'aide des Disques Cartwright. J'ai toujours soupçonné que Jordan – quel que soit son amour de la scène – regrettait de ne pas avoir envoyé ses parents au diable, comme l'avait fait Cooper, et comme j'avais fini moi-même par le faire.

Cooper est visiblement d'accord.

– Eh bien... dit-il – tandis que Jordan braille, en arrière-fond sonore : « Allez, ouvrez, je sais que vous êtes là ! » Bien que je prenne grand plaisir à écouter Jordan craquer sur ma véranda, il faut que je me remette au boulot.

Je ne peux m'empêcher de suivre Cooper des yeux, tandis qu'il pose sa bière et se lève. Cooper est un spécimen de choix. La lumière du couchant met en valeur son bronzage. Mais son teint n'est pas artificiellement hâlé, comme celui de son frère. Si Cooper est bronzé, c'est qu'il peut passer des heures tapi derrière un buisson, équipé d'un téléobjectif pointé sur la porte d'une chambre d'hôtel...

Non que Cooper m'ait jamais raconté précisément à quoi il occupe ses journées.

– Tu travailles ? je lui demande. Un samedi soir ? Tu fais quoi ?

Il glousse. C'est devenu un jeu entre nous. J'essaie de le piéger pour savoir sur quel genre d'affaire il travaille, et il esquive mes questions. Cooper prend le respect de la vie privée de ses clients très au sérieux.

Et il pense aussi que certains aspects des affaires en question pourraient choquer l'ex-petite amie de son petit frère. J'ai l'impression que je resterai toujours, aux yeux de Cooper, une éternelle ado de quinze ans en débardeur et queue-de-cheval proclamant depuis la scène d'un centre commercial qu'elle souffre d'une « envie de sucré ».

– Laisse tomber ! dit Cooper. Et toi, qu'est-ce que tu vas faire ?

Je me penche sur la question. Magda fait des heures sup ce soir, à la caisse de la cafétéria, et aura envie de rentrer directement se laver les cheveux, pour les débarrasser de l'odeur du gâteau de pommes de terre. Je pourrais appeler ma copine Patty – l'une des anciennes danseuses de la tournée d'*Une envie de sucré*, et l'une des rares amies qu'il me reste de mes années show-biz.

Mais elle est désormais mariée, avec un bébé, et n'a plus beaucoup de temps à consacrer à ses copines célibataires.

Je réalise que cette soirée va certainement ressembler à presque toutes les autres : je vais m'occuper de la comptabilité de Cooper, ou m'amuser avec ma guitare, un crayon et du papier à musique, à tenter de composer une chanson qui, contrairement à « Une envie de sucré », ne me donne pas envie de vomir chaque fois que je l'entends.

– Oh, rien... je réponds sur un ton décontracté.

– Eh bien, essaie de ne pas y passer la nuit ! Si en sortant je vois que Jordan est encore là, j'appelle les flics pour qu'ils embarquent sa décapotable.

Je lui souris, touchée. Lorsque j'aurai obtenu mon diplôme

de médecine, l'une des premières choses que je ferai sera d'inviter Cooper à dîner. Il semble incapable de résister aux femmes archi-diplômées. Alors, qui sait ? Il se peut qu'il accepte...

– Merci, dis-je.

– Je t'en prie.

Cooper entre dans la maison en emportant sa radio et nous laisse, Lucy et moi, dans l'obscurité grandissante. Je reste assise là un moment, et je finis ma bière, les yeux rivés sur Fischer Hall. Le bâtiment paraît si accueillant, si calme... Difficile d'imaginer qu'il a été le décor d'un si grand drame, ce matin même.

Je n'entre dans la maison que lorsqu'il fait suffisamment sombre pour que les fenêtres de Fischer Hall aient commencé à s'illuminer.

C'est alors que je réalise que la remarque de Cooper, lorsque je lui ai dit que je ne faisais rien ce soir, avait quelque chose d'ironique. Se peut-il qu'il ait deviné que je n'avais pas réellement l'intention de ne rien faire ? Se peut-il qu'il sache à quoi j'occupe toutes mes soirées... et que cela n'est pas *rien* ? Entend-il la guitare du rez-de-chaussée ?

Impossible.

Alors dans ce cas, pourquoi a-t-il répondu sur ce ton-là ? *Comme s'il savait...*

Aucune idée.

Mais bon, j'avoue que je n'ai jamais compris grand-chose aux hommes.

Cependant, lorsque je sors ma guitare ce soir-là, j'en joue le plus doucement possible, au cas où Cooper rentrerait à l'improviste. Je ne suis pas prête à autoriser qui que ce soit

– pas même Cooper – à écouter mes dernières compositions. Pas après que son père m'eut ri au nez lorsque je les lui ai interprétées, peu de temps avant ma rupture avec Jordan.

« C'est du rock de rebelle à deux balles, avait déclaré Grant Cartwright. Pourquoi ne pas laisser la composition aux gens dont c'est le métier, et te contenter de faire ce que tu fais le mieux : ânonner des tubes ? Dis-moi, tu n'aurais pas pris du poids ? »

Un de ces jours, je montrerai à Grant Cartwright ce que c'est qu'une vraie rebelle !

Plus tard, alors que je me lave la figure avant d'aller au lit, je jette un coup d'œil à la fenêtre et vois Fischer Hall tout illuminé, se découpant sur le ciel nocturne. Je distingue les minuscules silhouettes d'étudiants déambulant dans leurs chambres, et perçois les notes de musique qui s'échappent de certaines d'entre elles.

Certes, quelqu'un est mort, aujourd'hui, dans ce bâtiment. Mais pour tous les autres la vie continue.

Les filles se pomponnent devant le miroir de leur salle de bains, tandis que les garçons descendent des bières en les attendant.

Pendant ce temps, à travers les ouvertures de ventilation, je distingue des éclairs de lumière intermittents, alors que les cabines montent et descendent dans les cages d'ascenseur.

Et je ne peux m'empêcher de me demander ce qui a bien pu se passer. Pourquoi a-t-elle fait cela ?

Ou...

Qui le lui a fait faire ?

7

Beau comme un esquimau
Ah, ce que c'est délicieux !
Beau comme un esquimau
Rien à faire, c'est lui que je veux !
Beau comme un esquimau
Attends un peu d'avoir goûté !
Beau comme un esquimau
Y'a pas moyen de résister
Beau comme un esquimau
Et moi je le mange des yeux

« Beau comme un esquimau »
Interprété par Heather Wells
Paroles et musique : Dietz/Ryder
Extrait de l'album *Beau comme un esquimau*
Disques Cartwright

Lundi, Sarah et moi nous rendons dans la chambre d'Elizabeth afin de rassembler ses affaires.

Tout ça parce que ses parents, trop effondrés pour le faire, ont demandé à la direction de la résidence de s'en charger.

Ce que je n'ai aucun mal à comprendre. Car enfin, la dernière chose à laquelle on s'attend en envoyant sa gamine à la fac, c'est à recevoir, trois semaines plus tard, un coup de fil qui vous informe qu'elle est morte – et que vous devez venir récupérer tout son barda.

Surtout quand votre fille est aussi collet monté que semblait l'être Elizabeth... du moins, à voir le contenu de sa garde-robe, dont Sarah a dressé l'inventaire pendant que j'emballais ses vêtements (de façon à ce que les Kellogg, au cas où ils s'apercevraient qu'il manque quelque chose, ne puissent nous accuser de vol – ce qui, selon le docteur Jessup, s'est malheureusement déjà produit, suite au décès d'étudiants). Cette jeune fille possédait sept chemises Lacoste. Vous vous rendez compte... Sept ! Et pas un seul soutien-gorge noir ! Toutes ses culottes étaient blanches, en coton.

Pardonnez-moi d'insister, mais les filles qui portent des culottes blanches en coton ne surfent pas dans les cages d'ascenseur.

Sauf que je suis visiblement l'une des seules à le penser. Sarah, tout en prenant note de chaque article que je tire de la commode d'Elizabeth, insiste pompeusement sur les aspects les plus subtils de la schizophrénie – maladie qu'elle étudie ce semestre dans son cours de psycho. Chez les individus qui en souffrent, m'informe-t-elle, les symptômes ne se manifestent généralement pas avant l'âge qu'avait Elizabeth au moment de sa mort. Elle poursuit en m'expliquant que c'est sans doute ça qui l'a poussée à agir avec une audace inhabituelle, le soir du drame. Ses voix intérieures...

De ce côté-là, Sarah n'a sans doute pas tout faux. Ce n'était pas un soi-disant petit ami, en tout cas – comme l'avait suggéré Cooper. Je le sais car ce matin, à peine levée et sans même avoir pris le temps d'engloutir un café et un beignet à la cafétéria, j'ai vérifié le registre pour la soirée de vendredi.

Et je n'y ai rien trouvé. Elizabeth n'a fait entrer personne.

Pendant que Sarah et moi passons la journée à emballer les affaires d'Elizabeth – sans croiser une seule fois sa camarade de chambre, qui semble passer toute sa journée en cours –,

Rachel s'affaire à organiser une messe en hommage à la défunte, ainsi qu'à obtenir le remboursement, à l'économat, des frais d'inscription et d'hébergement d'Elizabeth pour l'année.

Cela ne suffit pas à amadouer les Kellogg. Au cours de la messe en hommage à leur fille (à laquelle je n'assiste pas car Rachel souhaite qu'un adulte reste dans le bureau pendant son absence, au cas où un étudiant aurait besoin de soutien, ou un truc dans le genre – la direction redoute que la mort d'Elizabeth n'affecte les autres résidents même si, à ce jour, ceux-ci ne paraissent guère traumatisés), Mme Kellogg assure d'une voix stridente à tous les gens présents que l'université, responsable de la mort de sa fille, ne va pas s'en tirer comme ça, et qu'elle a l'intention de se battre tant que les responsables n'auront pas été punis. (Propos qui m'ont été rapportés par Pete, affecté à la surveillance de la chapelle et posté à l'entrée.)

Mme Kellogg refuse de croire que la mort d'Elizabeth est due à un acte irréfléchi, et affirme que les résultats des examens de sang, dans quinze jours, confirmeront sa version des faits : Elizabeth ne consommait jamais d'alcool et encore moins de drogues, et ne traînait donc pas avec une bande de casse-cou défoncés le soir de sa mort.

Non, pour Mme Kellogg, Elizabeth a été poussée dans la cage d'ascenseur – et personne ne la fera changer d'avis.

Cependant, M. et Mme Kellogg ne sont pas les seuls à passer de sales moments suite à la mort de leur fille. Vu tout ce que Rachel a subi cette semaine, je commence à comprendre où le docteur Jessup voulait en venir, avec ses fleurs. Rachel méritait amplement son bouquet.

À vrai dire, c'est une augmentation qu'elle aurait dû recevoir.

Mais, étant donné la pingrerie généralisée de la fac – on a carrément cessé d'y embaucher du personnel depuis les années 90, sauf cas de force majeure, comme après le renvoi de Justine –, je crois qu'elle peut toujours attendre.

Mardi matin, après la messe en hommage à Elizabeth, je m'arrête donc à la supérette du coin de la rue. Là, au lieu de m'acheter comme chaque jour un paquet de bonbons aux fruits, un café au lait à emporter et un billet de loterie, je choisis le plus beau bouquet de fleurs, que je dispose dans un vase, sur le bureau de Rachel.

Lorsqu'elle entre et les aperçoit, au retour de Dieu sait quelle réunion de crise, sa réaction est presque effrayante d'intensité.

– C'est pour moi ? demande-t-elle, les yeux embués de larmes. (Je n'exagère pas !)

– Eh bien oui. Je suis tellement désolée... de tout ce que tu as traversé.

Finie, la minute d'émotion !

– Ah, elles viennent de toi, dit-elle en changeant de ton.

– Euh... oui.

J'imagine qu'elle a cru que les fleurs venaient d'un homme. D'un gars qu'elle aurait rencontré à son club de gym, par exemple. Non... impossible. Sarah et moi en aurions forcément entendu parler. Rachel ne plaisante pas avec ça – se dégoter un homme avec qui fonder une famille, je veux dire. Elle ne rate jamais sa manucure-pédicure hebdomadaire, et se fait colorer les racines deux fois par mois (comme elle est brune, ses cheveux blancs se voient beaucoup, affirme-t-elle).

Et, bien entendu, elle s'entraîne comme une championne, soit au club de gym de la fac, soit en faisant du jogging dans Washington Park. Rachel est capable d'en faire le tour une bonne douzaine de fois en une demi-heure.

Je lui ai fait remarquer que faire le tour du parc en marchant est tout aussi bon pour la santé, et permet d'éviter, à l'âge mûr, les fractures du tibia et les problèmes de genou. Mais, chaque fois que j'y fais allusion, elle se contente de me regarder.

– Ç'a été dur pour nous tous, Heather, soupire-t-elle à présent, en me passant un bras sur l'épaule. Pour toi aussi, ne prétends pas le contraire !

C'est vrai, mais pas pour les raisons qu'elle croit. Elle pense que si j'en ai bavé, c'est parce que j'ai dû me coltiner pas mal de corvées – du genre supplier l'équipe de maintenance de me trouver des cartons, y fourrer toutes les affaires d'Elizabeth, me charger de leur expédition. Et, par-dessus le marché, déplacer les dates des conseils de discipline de Rachel, supporter les jérémiades des RE (qui exigent d'être exemptés de tri de courrier pendant plusieurs jours pour cause de deuil, quand aucun d'entre eux ne connaissait réellement la victime – Justine, prétendent-ils, aurait pris en compte leurs revendications).

À vrai dire, le plus difficile a été de devoir admettre que Fischer Hall, qui m'a paru dès mon premier jour de boulot l'un des endroits les plus sûrs au monde... n'était pas si sûr que ça.

Non que je sois certaine qu'Elizabeth a été poussée, comme le pense Mme Kellogg. Mais rien que le fait qu'elle soit morte... ça me fait vraiment flipper. Les gosses qui s'inscrivent à l'université de New York sont en général plutôt gâtés. Ils ne se rendent pas compte de leur chance, ces gamins-là... Des parents aimants, des arrivées d'argent régulières, pas d'autres soucis que de réussir leurs partiels ou de trouver quelqu'un qui puisse les déposer chez eux en voiture à Thanksgiving.

Moi-même, je n'ai pas été aussi insouciante qu'eux depuis... euh... depuis la seconde.

Penser que l'un d'entre eux a pu commettre un acte aussi monstrueusement stupide que sauter sur une cabine d'ascenseur et tenter de s'y maintenir – ou, pire encore, s'élancer du toit d'une première cabine vers celui d'une seconde... Et qu'un autre étudiant a vu Elizabeth faire une chute mortelle, et ne s'est pourtant pas manifesté...

C'est ça qui me fiche les jetons.

Évidemment, Cooper a sans doute raison. La personne qui était avec Elizabeth au moment de sa mort ne veut pas se faire connaître de crainte de s'attirer des ennuis.

Ou bien, allez savoir, peut-être Sarah a-t-elle vu juste et Elizabeth souffrait-elle des premiers symptômes d'une schizophrénie – voire d'une dépression nerveuse causée par un déséquilibre hormonal, ou Dieu sait quoi d'autre – qui l'aurait poussée à agir ainsi ?

Nous ne le saurons jamais. C'est ça le problème. Nous ne le saurons jamais.

Et ce n'est pas normal.

Mais personne ne semble s'en soucier, à part Mme Kellogg.

Et moi.

Ce vendredi – presque une semaine après la mort d'Elizabeth –, Sarah et moi, assises dans le bureau du recteur, commandons des fournitures de bureau. Pas des radiateurs céramique à distribuer à nos amis, mais des choses dont nous avons vraiment besoin, comme des stylos, du papier pour la photocopieuse, etc.

Je le reconnais, c'est moi qui m'en charge. Sarah est trop occupée à me faire un cours sur ma prise de poids qui, d'après elle, trahit un désir inconscient de déplaire au sexe opposé, de façon à ce qu'aucun homme, après Jordan, ne puisse encore me blesser.

Je me retiens de lui faire remarquer que je ne suis pas grosse. Je le lui ai déjà dit, à plusieurs reprises. Quarante-six, c'est la moyenne des Américaines. Sarah devrait être au courant, vu qu'elle aussi fait du quarante-six.

En réalité, il me paraît clair, désormais, que Sarah aime avant tout s'écouter parler. Je la laisse donc déblatérer, puisqu'elle n'a personne d'autre à qui s'adresser. Rachel est à la cafétéria, où elle assiste à un petit déjeuner donné en l'honneur des Coquelicots, l'équipe de basket de l'université de New York.

Oui, ils s'appellent vraiment comme ça. Les Coquelicots. Autrefois, ils s'appelaient les Pumas ou un truc dans le genre, et c'était une équipe de première division. Mais il y a de ça une vingtaine d'années, plusieurs de ses membres ont été surpris en train de tricher, suite à quoi la Fédération américaine d'athlétisme, après avoir rétrogradé l'équipe en troisième division, l'a obligée à changer de nom.

Comme si ce n'était pas déjà suffisamment honteux de s'appeler les Coquelicots, le président Allington est si désireux de remporter le championnat annuel de troisième division qu'il a recruté les joueurs les plus grands qu'il pouvait trouver. Or, comme les bons joueurs sont inscrits dans des facs dont les équipes jouent en première ou en deuxième division, il a récupéré tous les chiens galeux – et, entre autres, les types qui ont les pires dossiers scolaires du pays. Je n'exagère pas. Les joueurs me laissent des petits mots parfois à peine lisibles, bourrés de fautes d'orthographe, quand quelque chose ne va pas dans leur chambre. En voici un exemple :

« Chaire Heather. Mes toilettes ne marches pas. Pa moillen detiré la chasse, et sa fée un drole de bruit. Peu tu m'aidé ? »

Et un autre :

« Aux persones concerné : mon lit nez pas assez long. Je peux en avoir un notre ? Mersi. »

Je n'invente pas, c'est juré.

Sarah et moi n'entendons pas le cri. Plus tard, on nous dira qu'elle a hurlé tout au long de sa chute.

Mais nous distinguons des pas précipités dans le hall d'entrée. Et Jessica Brandtlinger, l'une des étudiantes de notre équipe, déboule dans le bureau. Son visage, déjà pâle en temps normal, est blafard.

– Heather ! lance-t-elle, le souffle court. C'est arrivé encore une fois ! La cage d'ascenseur. On a entendu un cri. On voit ses jambes, par l'interstice entre le sol et la cabine...

Sans lui laisser le temps de finir, je bondis de ma chaise.

– Appelle police secours, je demande à Sarah en sortant. Et va chercher Rachel !

Je suis Jessica dans le hall jusqu'au bureau du gardien, et je remarque que Pete n'est pas à son poste. Nous descendons les marches qui mènent au sous-sol, et le trouvons déjà là, qui se tient devant le tableau de commandes de l'ascenseur et hurle dans son talkie-walkie, pendant que Carl – l'un des gardiens – tente de forcer les portes avec un pied-de-biche.

– Oui, une autre ! braille Pete. Non, je ne plaisante pas. Envoyez-nous vite une ambulance !

Lorsqu'il nous aperçoit, il baisse le bras, désigne Jessica et lui crie :

– Toi, remonte et appelle cet ascenseur-là, ordonne-t-il en frappant les portes de la cabine de gauche. Maintiens-le au premier étage. Ne laisse entrer ou sortir personne et, quoi qu'il arrive, fais en sorte que les portes ne se referment pas avant que les secours ne soient là et ne le désactivent. Heather, va chercher la clé !

Je me maudis intérieurement de ne pas y avoir songé avant de descendre. Nous conservons un jeu de clés derrière la réception. Il contient une clé d'accès prioritaire, semblable à celle fournie aux Allington lors de leur installation afin qu'ils aient directement accès à leur appartement terrasse du dernier étage ; la clé de la salle des machines, en cas de problème technique ; et une clé qui permet d'ouvrir les portes depuis l'extérieur.

– Tout de suite ! je m'écrie, m'empressant de gravir les marches à la suite de Jessica.

Lorsque j'atteins la réception, j'ouvre brusquement la porte et fonce vers l'armoire à clés, censée rester fermée en permanence. En principe, seul le RE de service à la réception est autorisé à vous donner les clés.

Mais, vu que l'équipe de maintenance et les RE ne cessent de les emprunter pour effectuer des réparations, nettoyer, ou libérer des étudiants enfermés dans leur chambre, le meuble est rarement – voire jamais – fermé à clé. Je passe comme une flèche devant Tina, l'étudiante de service à l'accueil, et constate que le meuble est grand ouvert.

– Qu'est-ce qui se passe ? questrionne Tina d'une voix tremblante. C'est vrai qu'ils en ont trouvé une autre... au fond de la cage d'ascenseur ?

Je fais mine de l'ignorer. Parce que je suis concentrée. Et si je suis concentrée, c'est parce que, si la clé d'accès prioritaire et la clé de la salle des machines sont bel et bien là...

... la clé permettant l'ouverture des portes de l'ascenseur a, quant à elle, disparu.

Et lorsque je consulte la feuille de registre accrochée à la porte de l'armoire à clés, je vois qu'il n'y a ni signature ni mention du fait qu'elle a été empruntée.

– Où est la clé ? je demande à Tina, en faisant volte-face. Qui a pris la clé des portes de l'ascenseur ?

– Je... je sais pas, bafouille Tina. Elle n'était pas là quand je suis arrivée. Tu peux vérifier sur ma feuille de service.

Une autre de mes innovations, par rapport à la façon dont Justine gérait les choses, a été – outre l'obligation de signaler le retrait d'une clé – de contraindre les employés à noter scrupuleusement ce qui se passe pendant leur service. Si quelqu'un emprunte une clé, il ne suffit pas qu'il le signale par écrit. La personne à l'accueil doit elle aussi l'indiquer sur sa feuille de service. Et la première chose que doit faire un employé à son arrivée, c'est signaler l'absence de telle ou telle clé.

– Qui l'a prise, alors ? je m'écrie en saisissant le registre, et en consultant la feuille de service de l'employé précédent.

Mais si celui-ci a mentionné l'emprunt de toutes les autres

clés, pas un mot, en revanche, sur celle des portes de l'ascenseur.

– Je ne sais pas ! glapit Tina, visiblement à bout de nerfs. Je ne l'ai donnée à personne, je le jure !

Je la crois. Malheureusement, ça ne m'avance à rien.

Je pivote sur mes talons et dévale les escaliers pour dire à Carl de forcer les portes s'il le faut. Mais le président Allington me barre le passage. Lui et d'autres membres du conseil d'administration sont sortis pour connaître la cause de toute cette agitation.

– Nous aimerions bien pouvoir nous réunir en paix, figurez-vous ! me lance-t-il sèchement.

– Ah ouais ? je rétorque de but en blanc. Eh bien nous, nous aimerions bien sauver la vie de quelqu'un !

Je ne traîne pas assez longtemps pour écouter sa réponse. Je m'empare de la première trousse de secours que je trouve dans le bureau, et dévale une nouvelle fois les escaliers... pour y croiser Pete, qui remonte lentement, le teint blême.

– Je n'ai pas mis la main sur la clé, dis-je. Quelqu'un l'a prise. Il va falloir forcer les portes.

– C'est déjà fait, réplique Pete en me prenant le bras. Viens, on remonte.

– Mais j'ai la trousse ! je réplique en agitant la trousse en plastique rouge.

– C'est fini pour elle, explique Pete qui me tire à présent par le bras. Allez, viens. Ne regarde pas ! Ça vaut mieux, je t'assure.

Je n'ai pas de mal à le croire.

Je me laisse entraîner en haut des marches. Lorsque nous pénétrons dans le hall, je constate que le président est toujours planté là, entouré de quelques joueurs de basket et membres du conseil d'administration en costumes gris. À côté d'eux Magda, qui a quitté sa caisse pour voir ce qui se passait, apporte une éclatante tache de couleur, avec sa blouse rose et son short fuchsia.

Son visage se décompose lorsqu'elle voit mon expression.

– Oh non ! Pas une autre de mes petites stars de ciné ?

Pete l'ignore, et se dirige vers le téléphone du poste de contrôle. Il a à la main une chaîne porte-clés, à laquelle est fixée une carte d'étudiant, ainsi qu'une figurine en caoutchouc – c'est Ziggy, le personnage de dessin animé. Pete commence à lire à ses supérieurs du service de sécurité les informations relatives à l'identité de la défunte.

– Roberta Pace, dit-il d'un ton neutre. Résidente de Fischer Hall. Première année. Numéro d'identification : cinq, cinq, sept, trois, neuf...

Je me tiens un peu à l'écart de la réception et du poste de sécurité. Un frisson me parcourt. Le nom m'est inconnu. Je ne cherche pas à voir la photo sur la carte. Je ne voudrais pas risquer de reconnaître le visage.

C'est alors qu'apparaît Rachel, sortant des toilettes.

– Que se passe-t-il ? demande-t-elle en nous fixant tour à tour, moi, Pete et le président Allington.

C'est Tina qui répond, d'une voix faible :

– Une autre fille est tombée du haut de l'ascenseur. Elle est morte.

Rachel devient livide, sous son fond de teint soigneusement appliqué.

Mais lorsqu'elle parle, quelques secondes plus tard, c'est d'une voix on ne peut plus assurée.

– La police a été alertée, j'imagine ? Parfait. Elle a pu être identifiée ? Oh, je vous remercie, Pete. Tina, appelez l'équipe de maintenance, et faites-leur désactiver tous les ascenseurs ! Heather, tu veux bien appeler le bureau du docteur Jessup, et les prévenir de ce qui est arrivé ? Monsieur le président, je suis désolée de tout ça. Je vous en prie, retournez prendre le petit déjeuner...

Toujours tremblante, le cœur battant à tout rompre, je retourne à mon bureau pour y passer les coups de téléphone.

Seulement, cette fois-ci, avant de joindre le bureau du docteur Jessup, j'appelle Cooper.

– Agence Cartwright, annonce-t-il, parce que j'ai composé son numéro professionnel dans l'espoir qu'il réponde.

– C'est moi.

Je parle à voix basse car Sarah est dans le bureau de Rachel, juste à côté, occupée à appeler tous les RE pour leur annoncer la nouvelle, et les prier de retourner à leur étage dès que possible.

– Ça recommence, dis-je.

– Quoi ? demande Cooper. Pourquoi tu chuchotes comme ça ?

– L'ascenseur a encore frappé.

– Tu parles sérieusement ?

– Ouais.

– La personne est morte ?

Je revois l'expression de Pete.

– Ouais.

– Nom de Dieu, Heather ! Je suis désolé.

– Ouais, je répète, pour la troisième et dernière fois. Écoute... Tu pourrais venir ?

– Venir ? Pourquoi ça ?

Les pompiers déboulent devant notre bureau, en casque et combinaison. L'un d'eux porte une hache d'incendie. Visiblement, la personne qui a alerté les hommes les plus courageux de New York a omis de leur signaler la nature de l'urgence.

– En bas, dis-je en leur désignant l'escalier qui mène au sous-sol. C'est un autre... euh... un autre accident d'ascenseur.

Leur capitaine semble surpris, mais hoche la tête et entraîne loin de la réception et dans les escaliers ce qui est soudain devenu une triste procession.

Je murmure, à l'adresse de Cooper :

– Je veux comprendre le fond de cette affaire, et j'aurais grand besoin d'un enquêteur professionnel, Cooper.

– Waouh... du calme, championne ! La police est là, pas vrai ? Ce sont des enquêteurs professionnels, non ?

– Ils vont conclure la même chose que la dernière fois. Qu'elle surfait dans l'ascenseur et qu'elle a glissé.

– Parce que c'est sans doute ce qui s'est passé, Heather.

– Non. Pas cette fois-ci. Cette fois-ci, c'est sûr que non.

– Pourquoi ? Celle-ci aussi, c'est une BCBG ?

– J'en sais rien. C'est pas drôle.

– Je ne cherchais pas à être drôle. Je voulais juste...

– C'était une fan de Ziggy, Cooper.

Ma voix s'étrangle, mais ça m'est égal.

– Une fan de qui ?

– De Ziggy. Le personnage de dessin animé.

– Jamais entendu parler.

– Parce qu'il n'y a pas plus ringard, comme dessin animé.

Quelqu'un qui aime Ziggy n'aurait pas idée de surfer dans une cage d'ascenseur, Cooper. C'est impossible.

– Heather...

– Et c'est pas tout, j'ajoute doucement.

Les paroles de Sarah, et son ton plein de suffisance, me parviennent depuis le bureau voisin : « Il faut que vous reveniez à la résidence, dès que possible. Il y a eu un autre décès. Je ne suis pas autorisée à vous faire part des détails pour le moment, mais il est impératif que vous... »

– Quelqu'un a pris la clé, j'annonce à Cooper.

– Quelle clé ?

– La clé permettant d'ouvrir les portes de l'ascenseur.

Je craque. Je suis à deux doigts d'éclater en sanglots. Mais je tiens à garder le contrôle.

– Personne n'a signalé l'avoir prise, Cooper. Alors que c'est obligatoire. Rien n'a été noté. Ce qui signifie que celui ou celle qui l'a prise ne veut pas que ça se sache. Et qu'il ou elle peut, à tout instant, ouvrir les portes de l'ascenseur... même s'il n'y a pas de cabine à l'étage.

– Heather... dit Cooper d'une voix que je trouve incroyablement réconfortante – et sensuelle – en dépit de mon degré d'agitation. Ça, il faut que tu le signales à la police. Et sur-le-champ !

– D'accord, je réponds sans conviction.

J'entends Sarah, depuis le bureau de Rachel :

– Ça m'est égal que ce soit l'anniversaire de votre grand-mère, Alex. Il y a eu un accident mortel dans le bâtiment. Qu'est-ce qui compte le plus à vos yeux ? L'anniversaire de votre grand-mère ou votre boulot ?

– Va répéter à la police tout ce que tu viens de me dire,

souffle à mon oreille la voix chaude et rassurante de Cooper. Et ensuite, va te chercher une grande tasse de café avec plein de lait et de sucre, et bois-la pendant qu'elle est bien chaude.

Ce dernier conseil me surprend.

– Pourquoi ?

– Parce que j'ai découvert, dans l'exercice de ma profession, que les boissons lactées et sucrées font du bien, en cas de choc, quand on n'a pas de whisky sous la main. OK ?

– OK. Salut.

Je raccroche, puis compose le numéro du docteur Jessup, et explique à son assistante, qui m'affirme que le docteur est en réunion, ce qui s'est passé. En apprenant la nouvelle, Jill s'écrie, sur le ton paniqué qui s'impose :

– Oh mon Dieu ! Je le préviens immédiatement.

Je la remercie, et je raccroche. Puis je fixe le téléphone.

Cooper a raison. Il faut que je prévienne la police, pour la clé.

Je préviens Sarah que je reviens tout de suite, et quitte le bureau. Je me dirige vers le hall. Là, c'est le chaos. Les joueurs de basket sont perdus au milieu des pompiers. Les administrateurs monopolisent tous les téléphones – y compris ceux de Pete et de l'accueil – pour tenter de limiter les dégâts. Rachel hoche la tête pendant que le chef des pompiers lui parle.

Je jette un coup d'œil vers l'entrée du bâtiment. Un agent – le même que le jour de la mort d'Elizabeth – planté devant la porte interdit aux étudiants l'accès à la résidence.

– Vous pourrez entrer quand je vous le dirai, et pas avant ! hurle le flic à un skinhead avec un piercing à la lèvre, lequel lui rétorque :

– Mais faut que j'aille chercher ma disserte dans ma chambre. Ils vont me mettre zéro si je l'ai pas rendue à midi !

– Je vous demande pardon, je lance au flic. Vous pourriez me dire qui dirige les opérations, ici ?

Le flic me regarde, puis désigne Rachel d'un doigt.

– À ma connaissance, c'est elle, répond-il.

– Non... je veux dire, il n'y a pas un inspecteur ou...

– Ah, d'accord.

Le flic me signale un homme grand aux cheveux gris, portant une veste en velours côtelé et une cravate écossaise. Il s'appuie contre le mur et, sans le savoir, est probablement en train de se mettre des paillettes plein le dos, vu qu'il se frotte contre une affiche recouverte de paillettes autocollantes invitant les étudiants à passer une audition pour *Pippin*, la comédie musicale de Bob Fosse. À part mâchouiller vaguement le cigare éteint qu'il a au coin des lèvres, il ne fait rien du tout.

– L'inspecteur Canavan, précise le flic.

– Merci, je lui dis alors qu'il lance à un autre résident :

– Vous pourriez me supplier à genoux, que ça ne changerait rien ! Vous n'entrerez pas dans ce bâtiment avant que je vous y autorise.

Je m'approche de l'inspecteur, la gorge nouée. C'est la première fois que je m'adresse à un inspecteur. Enfin, sauf quand j'ai déposé plainte pour escroquerie contre ma mère.

– Inspecteur Canavan ? je demande.

Je réalise tout de suite que ma première impression était erronée. L'inspecteur Canavan n'est pas tout à fait inoccupé. Il fixe les jambes de ma boss, joliment mises en valeur par sa jupe droite.

Il s'arrache à sa contemplation, et se tourne vers moi. Sa moustache grise et broussailleuse lui va plutôt bien. C'est rare, les hommes qui portent bien la barbe ou la moustache.

– Ouais ? répond-il d'une voix éraillée par le tabac.

– Bonjour. Je m'appelle Heather Wells. Je suis la directrice adjointe de la résidence. Et... euh... je voulais simplement signaler... que la clé de l'ascenseur a disparu. C'est peut-être sans importance... les clés disparaissent tout le temps ici. Mais je me suis dit qu'il valait mieux le préciser à quelqu'un. Parce que ça me semble vraiment louche, ces filles qui meurent en surfant dans l'ascenseur. Vu que les filles ne font jamais ça, vous savez. Surfer dans l'ascenseur... du moins, pas à ma connaissance.

L'inspecteur Canavan, après avoir patiemment écouté mon laïus, retire le cigare de sa bouche et le pointe vers moi.

– *Une envie de sucré*, c'est ça ?

Je suis tellement surprise que j'en reste bouche bée. Je parviens tout de même à bafouiller :

– Euh... oui.

– C'est ce que je pensais, déclare-t-il avant de remettre le cigare dans sa bouche. Ma gamine avait un poster de vous sur la porte de sa chambre. Il fallait que je vous voie dans cette fichue minijupe chaque fois que j'allais lui demander de baisser sa fichue musique.

Comme je ne trouve absolument rien à répondre, je demeure silencieuse.

– Comment diable vous êtes-vous retrouvée à bosser ici ?

– C'est une longue histoire, je réplique, en espérant qu'il ne va pas m'obliger à la lui raconter.

Ce qu'il ne fait pas.

– Comme disait ma fille à l'époque où elle était votre plus grande fan, *si c'est comme ça* ! Alors, c'est quoi, cette histoire de clé qui a disparu ?

Je lui réexplique toute l'affaire. Et lui précise aussi, en passant, qu'Elizabeth était BCBG et Roberta fan de Ziggy – deux détails qui en font d'improbables surfeuses. Mais j'insiste surtout sur la clé manquante.

– En somme, si je comprends bien, résume l'inspecteur Canavan lorsque j'en ai fini, vous ne croyez pas que ces filles – qui étaient toutes deux, si j'ai bien saisi, étudiantes en première année, new-yorkaises depuis peu et, comme dirait ma gamine qui a fait du français en première langue au lycée, pleines de *joie de vivre* – s'amusaient à surfer sur le toit des cabines d'ascenseur ? Vous pensez que quelqu'un rôde, ouvre les portes d'ascenseur quand il n'y a pas de cabine à l'étage, et assassine les gens en les poussant dans le vide. C'est bien ça ?

En l'entendant la formuler ainsi, je réalise à quel point ma théorie doit lui paraître idiote, voire délirante.

Et pourtant... il y a Ziggy !

– Imaginons que vous ayez raison, poursuit l'inspecteur. Comment cette personne a-t-elle pu se procurer la clé, pour commencer ? Vous dites que vous la rangez dans un meuble verrouillé derrière... quoi, déjà ? Le bureau de l'accueil, juste là ?

– Ouais.

– Et qui y a accès ? Tout le monde ?

– Non. Juste les RE et les membres du personnel.

– Vous pensez donc que l'un de vos employés assassine des étudiantes. Lequel, d'après vous. Lui, par exemple ? Ou bien lui, là bas ? demande-t-il en désignant Pete, puis Carl – lequel est toujours livide, mais n'en décrit pas moins à un policier ce qu'il a vu au fond de la cage d'ascenseur.

– OK, dis-je.

J'ai envie de disparaître sous terre, en réalisant soudain ma bêtise. En cinq secondes à peine, ce type a trouvé dans ma théorie plus de trous que dans un gros morceau de gruyère.

Et pourtant...

– OK, vous avez sans doute raison. N'empêche que...

– Pourquoi ne pas me montrer où vous rangez cette clé ? interrompt Canavan en se redressant.

Je me réjouis, en le suivant jusqu'à l'accueil, de constater que j'avais raison : il a des paillettes roses plein les épaules, comme si on lui avait jeté de la poudre de perlimpinpin.

Comme nous nous approchons du bureau, je constate que Tina n'est plus là. J'interroge Pete du regard.

– Les colis, me lance Pete, interrompant sa conversation avec le chef des pompiers.

Ce qu'il entend par là, c'est que Tina est partie accompagner le livreur de colis à l'endroit où nous les maintenons sous clé jusqu'au moment où les étudiants sont prévenus de leur arrivée et priés de venir les chercher à l'accueil.

J'acquiesce. Qu'il pleuve ou qu'il vente, le courrier doit être acheminé... même si une fille gît, morte, dans la cage d'ascenseur.

Je me glisse derrière le bureau en ignorant les téléphones qui sonnent en continu, et me dirige droit vers l'armoire à clés.

– C'est ici que nous les rangeons, j'explique à l'inspecteur Canavan, qui a franchi la porte à ma suite, et se tient à présent avec moi derrière le comptoir.

L'armoire, large et métallique, est fixée au mur. À l'intérieur, des rangées et des rangées de clés. Il y en a environ trois cents, un double de chaque chambre de la résidence, plus diverses clés à l'usage exclusif du personnel. Elles sont toutes plus ou moins semblables, à l'exception de celle de l'ascenseur, qui fait penser à ces outils avec lesquels on desserre les vis, et non à une clé traditionnelle.

– Alors comme ça, pour les prendre, il faut passer par ici ? demande l'inspecteur Canavan.

Je le vois écarquiller les yeux à la vue des sacs de courrier répandus pêle-mêle sur le sol, à nos pieds. L'accueil n'est certes pas l'endroit le mieux surveillé du bâtiment.

– Et pour parvenir ici il faut franchir le contrôle de sécurité, où un homme est posté vingt-quatre heures sur vingt-quatre ?

– C'est ça, je réponds. Les gardiens savent qui a le droit d'entrer à l'accueil. Ils ne laissent personne y accéder, à part les gens qui travaillent ici. Et, en général, il y a quelqu'un derrière le comptoir, qui ne vous laisse toucher aux clés que si vous faites partie du personnel. Même alors, il faut signer un registre pour signaler l'emprunt d'une clé. Mais personne n'a rien signalé par écrit. Elle a tout simplement disparu.

– Ouais. C'est ce que vous m'avez dit. Écoutez, je suis pressé... Il y a de vrais crimes – parmi lesquels un triple meurtre à l'arme blanche, au-dessus d'une épicerie de Broadway Avenue – sur lesquels il faut que j'enquête. Mais je vous en prie, montrez-moi où est censée se trouver la fameuse clé qui pourrait prouver qu'il ne s'agit pas d'un accident.

Je passe en revue les rangées de clés, avec l'envie de tuer Cooper. Je n'en reviens pas qu'il m'ait convaincue de faire ça ! L'inspecteur ne me croit pas. Comme si ça ne suffisait pas, qu'il ait vu ce poster de moi ! Rien de pire, pour vous discréditer, qu'une photo de vous, braillant dans un micro et vêtue d'une minijupe pastel à imprimé panthère.

D'accord, ma conviction que les filles ne surfent pas dans

l'ascenseur – en particulier les étudiantes BCBG ou les fans de Ziggy – n'a peut-être pas valeur de preuve. Mais la clé qui a disparu... ce n'est pas une preuve, ça ?

Sauf que, en fouillant dans la rangée qui contient habituellement la clé de l'ascenseur, je vois quelque chose qui me glace le sang.

Là, à l'endroit précis où elle est censée être – et où elle n'était pas il y a un instant –, se trouve la clé des portes de l'ascenseur.

8

Je vais pas le rater !
Je vais pas le rater !
Ce garçon-là, il sera à moi !

Attendez de voir
Quelle tête vous ferez
Quand ce garçon-là sera à moi !

Je vais pas le rater !
Je vais pas le rater,
Ce garçon-là, il sera à moi

« Ce garçon-là »
Interprété par Heather Wells
Paroles et musique : Valdez/Caputo
Extrait de l'album *Beau comme un esquimau*
Disques Cartwright

Il m'a dit qu'il serait là dans les cinq minutes, mais voilà qu'il apparaît dans le hall en moins de trois.

Il n'est encore jamais entré dans le bâtiment, et détonne par son allure... sans doute parce qu'il n'arbore ni piercings ni tatouages, contrairement à ceux qui défilent devant l'accueil.

Ou c'est peut-être simplement qu'il est tellement plus beau que les autres, avec ses cheveux hérissés comme au sortir du lit (bien qu'il soit levé depuis des heures – il va courir, tôt le matin), son jean délavé et sa veste en cuir usée.

– Ohé ! lance-t-il en m'apercevant.

– Salut.

Je m'efforce vainement de sourire, avant de me contenter d'ajouter, en désespoir de cause :

– Merci d'être venu.

– Je t'en prie.

Il jette un coup d'œil à la salle de télévision, juste à côté de la cafétéria, où Rachel, le docteur Jessup qui vient de se joindre à elle, et une demi-douzaine de RE tournent en rond, le visage inquiet et la mine sombre.

– Où sont passés les flics ? demande-t-il.

– Ils sont partis, dis-je en m'efforçant de dissimuler mon amertume. Il y a eu un triple meurtre à l'arme blanche, dans un appartement de Broadway. Ils ont laissé un seul homme, pour surveiller la cage d'ascenseur jusqu'à l'arrivée du médecin légiste et l'évacuation du corps. Vu qu'ils ont décrété que la mort était accidentelle, j'imagine qu'ils ont estimé qu'il était inutile de traîner ici.

Je trouve mes propos très diplomates, comparés aux paroles qui me viennent en tête quand je songe à l'inspecteur Canavan et à ses petits camarades.

– Et d'après toi, ils se trompent, réplique Cooper.

C'est une affirmation, pas une question.

– Quelqu'un a pris cette clé, Cooper. Et l'a remise quand tout le monde avait le dos tourné. Je n'invente rien. Je ne suis pas folle.

Cependant, je suis bien consciente qu'à m'entendre prononcer – sur une voix soudain haut perchée – ces derniers mots, on pourrait facilement s'imaginer le contraire.

Mais Cooper n'est pas là pour juger de ma santé mentale.

– Je sais, m'assure-t-il d'une voix douce. Je te crois. Je suis venu, non ?

Regrettant mon ton véhément, je réponds :

– Je sais. Je te remercie. Bon, on y va.

Cooper semble hésiter.

– Une minute... On va où ?

– Dans la chambre de Roberta. (J'exhibe le passe-partout que j'ai chipé dans l'armoire à clés.) Je crois qu'on devrait commencer par passer sa chambre en revue.

– Pourquoi ça ?

– Je sais pas. Il faut bien commencer par quelque chose.

Cooper fixe la clé. Puis son regard se pose à nouveau sur moi.

– Pour moi, ce n'est pas une bonne idée, je tiens à ce que tu le saches.

– Je sais, dis-je – parce que je le pense vraiment.

– Dans ce cas, pourquoi est-ce qu'on le ferait ?

Je suis à deux doigts d'éclater en sanglots. Je suis dans cet état depuis que Jessica a déboulé dans mon bureau pour m'annoncer que quelqu'un d'autre était mort. Et l'humiliation éprouvée devant l'inspecteur Canavan n'a rien arrangé.

Mais je m'efforce de ne pas laisser ma voix trahir mes nerfs.

– Parce que c'est arrivé dans *mon* bâtiment. C'est arrivé à *mes* étudiantes. Et je veux m'assurer que la version des flics et des autres est bien la bonne, et qu'il ne s'agit pas de... tu sais de quoi je veux parler.

– Heather. Tu te souviens, quand *Une envie de sucré* est sortie, que la maison de disques a reçu des tonnes de courrier de fans, et que tu as insisté pour lire chaque lettre et y répondre personnellement ?

Je me hérisse. J'y peux rien, c'est comme ça.

– Ohé, j'avais quinze ans.

– Ça ne change rien. Quinze ans plus tard, tu es toujours

la même. Tu as toujours le sentiment d'être personnellement responsable de tous les gens qui croisent ta route – y compris ceux que tu n'as jamais rencontrés. À croire qu'on t'a envoyée sur Terre pour veiller sur l'ensemble de tes congénères.

– Ce n'est pas vrai. Et d'abord, ça ne fait que treize ans.

Il ignore la remarque.

– Heather. Quelquefois les ados font des bêtises. Et alors d'autres gosses, précisément parce que ce sont des gosses, les imitent. Et ils en meurent. Ce sont des choses qui arrivent. Tout ça ne signifie pas qu'un crime a été commis.

– Ah ouais ? dis-je, plus contrariée que jamais. Et la clé, alors ? Comment tu expliques ça ?

Il n'a toujours pas l'air convaincu.

– Je tiens à ce que tu saches, reprend-il, que si je fais tout cela, c'est parce que je ne tiens pas à ce que tu te fiches davantage dans le pétrin – vu qu'on dirait que c'est ta spécialité.

– Vraiment, Cooper, ta confiance me touche. Crois-moi.

– Je ne voudrais pas que tu perdes ton gagne-pain, c'est tout. Je ne pourrais pas te payer une assurance maladie, en plus du gîte et du couvert.

– Merci, je rétorque d'un ton revêche. C'est trop gentil de ta part.

Mais quelle importance ! Puisque, pour finir, il m'accompagne.

Il y en a, des marches à monter, pour atteindre la chambre de Roberta Pace, située au seizième étage. Impossible de prendre l'ascenseur, bien sûr, vu qu'ils ont tous été désactivés. Lorsque nous atteignons enfin le long couloir désert, nous ne distinguons aucun son, hormis notre propre respiration. Surtout la mienne, car j'ai du mal à reprendre mon souffle.

À part ça, c'est le silence. Un silence de mort. Certes, il n'est pas encore midi, et la plupart des résidents – du moins, ceux que les sirènes de l'ambulance et des voitures de pompiers n'ont pas réveillés – sont encore en train de cuver les bières ingurgitées la veille au soir.

J'indique la direction à l'aide de mon trousseau de clés, et commence à me diriger vers la chambre 1622. Cooper me suit, examinant au passage les affiches qui, sur les murs du couloir, incitent les étudiants à se rendre à leur centre de santé s'ils veulent s'assurer de ne pas avoir contracté une maladie sexuellement transmissible, ou les invitent à assister gratuitement à la Nuit du cinéma à la Maison des étudiants.

La RE du seizième étage a un faible pour Snoopy. Elle en a découpé et accroché partout. Il y a même une affiche cartonnée de Snoopy, où il tient un véritable plateau surmonté d'une flèche où l'on peut lire : « Préservatifs gratuits offerts par la Mutuelle des étudiants new-yorkais. Hé, pour quarante mille dollars par an, les étudiants méritent bien un petit cadeau ! »

Bien entendu, le plateau est vide.

Sur la porte de la chambre 1622, un tableau jaune – le genre qu'on efface à sec – sur lequel on n'a rien écrit. Et un autocollant de Ziggy.

Mais quelqu'un lui a dessiné un piercing au nez, et un autre a ajouté, dans une bulle au-dessus de sa tête : « Où est passée ma culotte ? »

Je brandis mon trousseau et m'en sers pour frapper bruyamment à la porte.

– Ici la direction ! je m'écrie. Il y a quelqu'un ?

Pas de réponse. J'appelle une fois de plus, puis j'insère la clé dans la serrure, et pousse la porte.

À l'intérieur, un ventilateur ronronne bruyamment sur une commode, bien que la chambre soit climatisée, comme toutes celles de Fischer Hall. Hormis les pales du ventilateur, rien ne bouge. La camarade de chambre de Roberta n'est pas dans les parages. Ça risque de lui faire un sacré choc lorsque, une fois rentrée de Dieu sait où, elle apprendra qu'elle dispose d'une chambre à elle toute seule jusqu'à la fin de l'année.

Il n'y a qu'une fenêtre, d'environ deux mètres de large sur un mètre cinquante de haut avec, de chaque côté, une manivelle pour ouvrir les panneaux. Au loin, au-delà des toits aux terrasses arborées et des châteaux d'eau, on distingue le fleuve Hudson, qui s'écoule tranquillement, les rayons du soleil ricochant sur sa surface miroitante.

Cooper examine des photos de famille sur l'une des deux tables de nuit.

– La fille qui est morte... dit-il. Elle s'appelait comment ?

– Roberta.

– Dans ce cas, c'est son lit.

Sur un morceau de parchemin peint par un dessinateur des rues, son nom s'affiche en lettres couleur arc-en-ciel. Il est accroché au-dessus du lit le plus en désordre, celui qui se trouve près de la fenêtre. Tous deux, défaits, indiquent que les filles y ont dormi. Visiblement, ni l'une ni l'autre n'est une fée du logis. Les draps sont enchevêtrés et les coloris des deux couvre-lits jetés en travers s'accordent mal (comme c'est souvent le cas quand deux étudiants cohabitent). Ziggy est très présent dans la partie de la chambre occupée par Roberta. Il y a des Post-it Ziggy un peu partout, un calendrier Ziggy punaisé au mur et du papier à lettres Ziggy sur le bureau.

Toutes deux sont, comme je le constate, des fans de Jordan Cartwright. Elles possèdent la totalité des CD d'Easy Street plus *Baby, Be Mine*.

Elles n'ont pas un seul de mes albums. Ce qui n'a rien d'étonnant. J'étais surtout populaire chez les préados.

Cooper s'agenouille et commence à inspecter sous le lit de la morte. Comment se concentrer dans ces conditions-là ? Je m'efforce de continuer à fureter, mais le derrière de Cooper est particulièrement beau. Le voir si joliment moulé par son jean délavé tandis qu'il se penche en avant m'empêche de prêter attention à quoi que ce soit d'autre, bien que l'heure soit des plus graves et tout le tralala...

– Regarde-moi ça ! s'exclame-t-il, alors que sa tête aux cheveux ébouriffés émerge de dessous le lit.

Je m'empresse de me détourner pour qu'il ne devine pas que j'étais en train d'admirer son anatomie. J'espère qu'il ne s'est rendu compte de rien.

– Quoi ? je demande sur un ton faussement concentré.

– Regarde !

Au bout d'un crayon Ziggy, que Cooper a trouvé dans un pot sur le bureau de Roberta, se balance une chose pâle et flasque. L'examinant de plus près, je vois de quoi il s'agit.

Un préservatif usagé.

– Oh... Beurk !

– Il a servi il n'y a pas longtemps, affirme Cooper. Je dirais que Roberta a eu un rendez-vous galant hier soir.

De sa main libre, il prend une enveloppe dans le nécessaire de correspondance Ziggy, et glisse le préservatif à l'intérieur.

– Tu fais quoi, là ? je m'exclame. Ce n'est pas de la destruction de preuves ?

– De preuves de quoi ? rétorque Cooper en pliant à deux reprises l'enveloppe sur elle-même avant de la fourrer dans la poche de sa veste. Si la police a décrété qu'aucun crime n'a été commis...

– Alors, dans ce cas, pourquoi tu l'emportes ?

Cooper hausse les épaules, et balance le crayon.

– Il y a une chose que j'ai apprise dans ce boulot, c'est qu'on ne sait jamais ce qui peut servir.

Il promène son regard dans la chambre de Roberta, puis secoue la tête.

– C'est vrai que c'est bizarre. Pourquoi aller surfer dans l'ascenseur après avoir eu des relations sexuelles ? À la limite, je comprendrais si c'était le contraire... J'imagine que l'adrénaline et tous ces trucs qu'on sécrète quand on risque sa vie peuvent exciter sexuellement. Mais faire des galipettes ? À moins qu'on ait affaire à un genre de tordu.

J'écarquille les yeux.

– Tu veux dire le genre de type qui aime s'envoyer des filles avant de les balancer dans la cage d'ascenseur ?

– Quelque chose dans ce goût-là.

Cooper est visiblement mal à l'aise. Il n'aime pas discuter de perversions sexuelles avec moi, et s'empresse de changer de sujet.

– Et l'autre fille ? La première à qui c'est arrivé. Tu as vérifié, c'est ça ? Elle n'a laissé entrer personne, le soir de sa mort ?

– Non. Mais j'ai consulté le registre, et Roberta n'a reçu personne, elle non plus.

C'est alors qu'une idée me vient :

– Si... s'il y avait eu un truc comme ça, dans la chambre d'Elizabeth... un préservatif, je veux dire... les flics l'auraient trouvé, pas vrai ?

– Non, à moins de le chercher. Et s'ils étaient convaincus d'avoir affaire à une mort accidentelle, comme cette fois-ci, ils n'ont même pas dû regarder.

Je me mordille la lèvre.

– Personne n'occupe le lit d'Elizabeth. Sa camarade de chambre a désormais la pièce pour elle toute seule. On pourrait aller y jeter un coup d'œil.

Cooper paraît sceptique.

– Je reconnais que c'est bizarre, la façon dont cette fille est morte, Heather. Surtout en pensant à ce préservatif, et à cette histoire de clé... Mais ce que tu suggères...

– C'est toi qui l'as suggéré le premier ! je lui rappelle. Et puis, on a bien le droit de *regarder*, non ? On ne fait de tort à personne.

– À supposer qu'on y aille, il y a une semaine qu'elle est morte. Il y a peu de chances qu'on trouve quoi que ce soit.

– On ne le saura jamais si on ne tente pas le coup, dis-je en me dirigeant vers la porte. Allez, viens !

Cooper se contente de me fixer.

– Pourquoi veux-tu absolument prouver que ces filles ne se sont pas suicidées ?

– Hein ?

– Tu as très bien entendu. Pourquoi tiens-tu tant à prouver que ces filles ne sont pas mortes de manière accidentelle ?

Je ne peux pas le lui dire, bien sûr. Parce que je ne voudrais pas passer pour ce que Sarah ne manquerait pas de décréter que je suis, si elle était au courant : une psychopathe. Et je sais que je donnerais forcément cette impression à Cooper, si je devais lui avouer ce que je ressens... C'est au bâtiment lui-même, à Fischer Hall, que je dois cela : de découvrir ce qui est vraiment arrivé dans ses murs. Parce que Fischer Hall m'a, d'une certaine façon – ainsi que Cooper –, sauvé la vie.

Bon, d'accord, tout ce dont ils m'ont sauvée, c'est d'un job de serveuse à vie dans un tex-mex.

Mais n'est-ce pas déjà beaucoup ? Certes, ça peut paraître absurde, et Sarah m'accuserait sans doute d'avoir transféré l'affection que j'avais pour mes parents et pour mon ex sur un tas de briques érigé en 1850. N'empêche que j'ai le sentiment de devoir prouver que Fischer Hall n'est pour rien dans ce qui est arrivé. Son personnel n'a pas négligé de remarquer que ces filles suivaient une mauvaise pente. Elles semblaient beaucoup trop raisonnables pour commettre un acte aussi insensé. On ne peut même pas reprocher au bâtiment de ne pas être assez accueillant, ou Dieu sait quoi d'autre. *La Gazette du campus* avait déjà fait paraître une enquête « approfondie » sur les dangers du saut entre ascenseurs. Qui sait ce qu'elle allait publier demain ?

Je vous avais prévenus. C'est trop bête.

Et pourtant, c'est ce que je ressens.

Seulement je ne peux pas l'expliquer à Cooper. Je sais que ça ne vaut pas la peine d'essayer.

– Parce que les filles ne surfent pas dans l'ascenseur.

Voilà tout ce que je trouve à lui répondre.

Tout d'abord, je crains qu'il ne s'éloigne sans un mot – comme l'a fait l'inspecteur Canavan – en m'en voulant à mort de lui avoir fait perdre son temps.

Au lieu de ça, le voilà qui rétorque, avec un soupir :

– Bien... Il faut qu'on visite une autre chambre, si je comprends bien.

9

Bouge ton popotin
Bouge ton popotin
Bouge-le, bébé,
Jusqu'au petit matin

« Bouge-le ! »
Interprété par Heather Wells
Paroles et musique : O'Brien/Henke
Extrait de l'album *Beau comme un esquimau*
Disques Cartwright

La colocataire d'Elizabeth Kellogg ouvre la porte de la chambre 1412 au premier coup que je frappe. Elle porte un tee-shirt blanc flottant et un caleçon long noir, et tient son téléphone portable dans une main, une cigarette allumée dans l'autre.

J'affiche un sourire et lui lance :

– Salut. Je m'appelle Heather. Et voici...

– Salut, rétorque la camarade de chambre sans me laisser le temps de finir – à peine remarque-t-elle Cooper qu'elle écarquille les yeux.

Quoi d'étonnant à cela ? C'est une jeune Américaine saine et vigoureuse, après tout. Et Cooper ne ressemble pas qu'un peu à l'un des acteurs américains les plus populaires.

– Cooper Cartwright, déclare-t-il.

Il lui décoche un sourire dont j'aurais juré – si je ne connaissais pas Cooper mieux que ça – qu'il l'a mis au point devant son miroir, en vue de situations extrêmes, comme dans le cas présent.

Sauf que Cooper n'est pas le genre de gars à tester ses sourires devant le miroir.

– Marnie Villa Delgado, annonce la fille.

Marnie est une fille bien en chair, comme moi, sauf qu'elle a plus de seins que de fesses. Elle a une chevelure abondante, longue, très noire et très bouclée. Je constate qu'elle me jauge, ainsi que le font parfois les femmes, en se demandant si je sors avec Cooper ou s'il est libre.

– On se demandait, Marnie, si vous voudriez bien échanger quelques mots avec nous, au sujet de votre ex-colocataire, Elizabeth, dit Cooper – son sourire révélant une telle profusion de dents blanches que j'en suis tout éblouie.

– Je dois y aller, répond Marnie dans le combiné avant de raccrocher.

Elle a visiblement conclu que Cooper et moi n'étions pas ensemble (à quoi le voit-elle ? Sérieusement. Comment se fait-il que les filles – Marnie, Rachel ou Sarah, entre autres... – arrivent à deviner ce genre de choses, quand j'en suis incapable ?).

– Je vous en prie, entrez, propose Marnie, fixant toujours sur Cooper des yeux ronds comme des soucoupes.

Je me glisse à l'intérieur, talonnée par Cooper. Je constate qu'elle s'est empressée de revoir la déco après la mort d'Elizabeth. Les lits jumeaux ont été poussés l'un contre l'autre, de manière à former un seul grand lit, recouvert d'un dessus-de-lit géant à motif tigré. Les deux commodes ont été superposées, Marnie disposant désormais de huit tiroirs au lieu de quatre. Quant au bureau d'Elizabeth, reconverti en table multimédia, il permet d'avoir télé, lecteur DVD et lecteur CD à portée de main, depuis le lit.

– J'ai déjà discuté avec la police à son sujet.

Marnie laisse tomber les cendres de sa cigarette sur la descente de lit, près de ses pieds nus. Détournant quelques secondes son attention de Cooper, elle se tourne vers moi.

– Au sujet de Beth, je veux dire. Hé, une minute ! Vous n'êtes pas actrice, ou un truc dans ce goût-là ?

– Moi ? Non, dis-je, sans même avoir à mentir.

– Mais vous êtes dans le monde du spectacle, non ? insiste Marnie, d'un ton plein d'assurance. Hé, vous faites un film sur la vie de Beth, c'est ça ?

Avant que Cooper n'ait pu ouvrir la bouche, je réplique :

– Pourquoi ? Vous pensez... euh... que la vie de Beth fournirait un bon scénario ?

Marnie tente d'avoir l'air cool, mais je l'entends tousser, tandis qu'elle tire une bouffée de sa cigarette. Elle appartient visiblement à cette catégorie de fumeurs qui fument avant tout pour se donner un genre.

– Oh ouais... je vois bien l'aspect de l'histoire qui pourrait vous intéresser : la petite provinciale qui débarque dans la grande ville, qui ne parvient pas à s'adapter, et qui finit par mourir, à cause d'un défi débile. Je pourrais jouer mon rôle. J'ai largement l'expérience suffisante pour...

Or, voilà que Cooper met fin à l'imposture :

– Nous ne travaillons pas dans le monde du spectacle. Heather est la directrice adjointe du bâtiment, et je suis un ami à elle.

– Mais j'étais sûre que...

Marnie me dévisage alors franchement, cherchant à se rappeler où elle m'a vue.

– J'aurais juré que vous étiez actrice. Je vous ai déjà vue quelque part.

– À l'accueil, sûrement, je bafouille aussitôt.

– Votre camarade de chambre... commence Cooper.

Il a levé les yeux après avoir passé en revue tout ce que Marnie a fourré dans son coin cuisine : un four à micro-ondes, une plaque chauffante, un robot ménager, une cafetière, et l'une de ces balances dont se servent les gens au régime, pour peser leur blanc de poulet.

– ... elle venait d'où ?

– Ben... de Mystic. Vous savez, dans le Connecticut...

Cooper ouvre des placards à présent, mais Marnie est si déconcertée qu'elle ne songe même pas à protester.

– Hé, je sais. Vous avez joué dans *Sauvés par le gong*, c'est ça ? demande-t-elle.

– Non. Vous avez dit qu'Eliz... Beth, je veux dire... détestait habiter ici ?

– Non, c'est pas vraiment ça, rétorque Marnie. Elle n'avait rien à faire ici, c'est tout. Vous imaginez... elle voulait être infirmière.

Cooper la regarde avec surprise. Je constate qu'il n'est pas habitué à fréquenter les étudiants de l'université de New York :

– Qu'est-ce que vous avez contre les infirmières ?

– Pourquoi venir étudier à l'université de New York, si c'est pour devenir infirmière ? réplique Marnie d'une voix pleine de mépris. Pourquoi dépenser autant d'argent pour venir étudier ici quand il y a tellement d'écoles d'infirmières bon marché ?

– C'est quoi, votre matière principale ? l'interroge Cooper.

– À moi ?

Marnie semble à deux doigts de nous envoyer promener, mais sans doute ne veut-elle pas se montrer grossière. Du moins avec Cooper. Au lieu de ça, elle écrase sa cigarette dans un cendrier en forme de main, et répond :

– L'art dramatique.

Puis elle s'assied sur son nouveau lit à deux places et me fixe à nouveau.

– Je vous assure que je vous ai vue quelque part.

Je prends le cendrier entre mes mains, histoire de la distraire – à la fois pour qu'elle cesse de vouloir me remettre, et pour qu'elle ne prête pas attention au manège de Cooper, lequel est en train d'effectuer une fouille en règle.

– Il est à vous ou à Elizabeth ? je lui demande, bien que je connaisse déjà la réponse.

– Il est à moi, dit Marnie. Évidemment. Les affaires de Beth, ils les ont toutes emportées. D'ailleurs, elle ne fumait pas. Elle ne faisait rien du tout.

– Qu'est-ce que vous voulez dire par là : elle ne faisait rien du tout ?

– Ça, précisément. Elle faisait rien. Elle ne sortait pas. Elle ne recevait personne. Sa mère refusait qu'elle sorte avec des garçons. Vous savez ce qu'elle a fait, à la messe en hommage à Elizabeth ? Sa mère, je veux dire ?

Cooper est en train d'inspecter la salle de bains. Sa voix nous parvient, étouffée :

– Elle a fait quoi ?

Marnie se met à farfouiller dans un sac à dos en cuir noir.

– Elle a passé son temps à promettre qu'elle allait poursuivre l'université de New York pour n'avoir pas rendu les cages d'ascenseur suffisamment inaccessibles aux surfeurs. Ohé, qu'est-ce que vous trafiquez dans ma salle de bains ?

– À ce que j'ai compris, la mère refusait que sa fille puisse recevoir des garçons, dis-je, ignorant la question relative à la présence de Cooper dans sa salle de bains.

– Beth ne m'en a jamais parlé.

Marnie retrouve son paquet de cigarettes. Par bonheur, il est vide. Elle le balance par terre, l'air contrarié.

– Mais ça ne m'aurait pas étonnée plus que ça, reprend-elle. On aurait dit qu'elle vivait dans un autre siècle. Je ne crois pas que Beth ait jamais embrassé un mec, jusqu'à une ou deux semaines avant sa mort.

Cooper apparaît dans l'encadrement de la porte de la salle de bains. Il paraît bien trop grand pour pouvoir y tenir, mais y parvient Dieu sait comment.

– Qui ça ? je demande, avant que Cooper ne s'immisce dans la conversation. C'était qui, ce mec ?

– J'en sais rien.

Marnie hausse les épaules, perdue sans ses cigarettes. C'étaient de chouettes accessoires, pour jouer la colocataire éplorée.

– Il y avait un type dont elle parlait tout le temps, juste avant de... vous voyez ce que je veux dire.

Marnie émet un long sifflement et désigne le sol.

– Ce qui est sûr, c'est qu'ils venaient de se rencontrer. Mais il suffisait qu'elle parle de lui pour que son visage... c'est difficile à expliquer.

– Ce type, vous l'avez vu ? Vous savez comment il s'appelle ? Il s'est rendu à la messe en hommage à Elizabeth ? C'est lui qui l'a convaincue d'aller surfer dans l'ascenseur ?

Marnie se rebiffe.

– Nom de Dieu, vous me bombardez de questions !

Cooper vient à la rescousse, comme toujours.

– Marnie, c'est d'une importance capitale. Vous n'avez aucune idée de l'identité de ce gars ?

Avec moi, elle rechigne. Pour Cooper, elle est plus que disposée à faire un effort.

– Attendez voir...

Marnie fronce les sourcils. Sans être jolie, elle a un visage intéressant. Elle pourrait peut-être interpréter des seconds rôles. La meilleure copine, celle qui est un peu rondouillarde.

Pourquoi la meilleure copine est-elle toujours grassouillette ? Pourquoi l'héroïne ne l'est-elle jamais ? Elle pourrait... je ne sais pas, moi... faire du quarante-six ? Voire du quarante-huit ? Pourquoi l'héroïne entre-t-elle toujours dans du trente-six ?

– Ouais, elle disait qu'il s'appelait Mark, ou un truc dans le genre, lance Marnie, interrompant le fil de mes pensées. Mais je ne l'ai jamais vu. Après tout, ils n'ont commencé à sortir ensemble qu'une semaine avant sa mort, peut-être. Il l'emmenait au cinéma. Ils sont allés voir un film étranger à l'Angelika. C'est pour ça que j'ai trouvé ça tellement bizarre...

Je secoue la tête.

– Quoi ? Qu'est-ce que vous avez trouvé bizarre ?

– Ben, qu'un gars qui aime... euh... les films étrangers soit du genre à surfer dans l'ascenseur. C'est tellement... puéril, comme jeu. Les étudiants de première année s'amusent à ça. Vous savez, ceux qui portent des baggy et qui paraissent à peine douze ans ? Mais ce type-là était plus âgé, vous comprenez. Et raffiné. Du moins, d'après Beth. Alors pourquoi l'aurait-il incitée à sauter du toit d'une cabine d'ascenseur ?

Je m'assieds à côté de Marnie, sur le lit immense.

– Elle vous en a parlé ? Elle vous a dit qu'il voulait qu'elle surfe avec lui ?

– Non. Mais il a bien dû le lui demander, non ? Elle n'y aurait jamais été seule. À mon avis, elle ne devait même pas savoir ce que c'était.

– Elle y est peut-être allée avec les étudiants de première année auxquels vous faisiez allusion, suggère Cooper.

Marnie fait la grimace.

– Impossible. Ces gars ne lui auraient jamais proposé de les accompagner. Ils sont trop branchés – du moins, c'est ce qu'ils croient – pour s'intéresser à quelqu'un comme elle. Qui plus est, si elle avait été avec eux, elle ne serait pas tombée. Ces gars l'en aurait empêchée. Ils sont hyper-calés.

– Vous n'étiez pas là, n'est-ce pas, le soir où elle est morte ? je demande.

– Moi ? Non, j'avais une audition. On n'est pas censés passer des auditions quand on est en première année, vous savez. Mais je me suis dit qu'il fallait tenter le coup. Après tout, c'est ça, Broadway ! Si j'étais engagée dans un show, je laisserais tomber la fac sur-le-champ.

– Elizabeth avait donc la chambre pour elle toute seule, ce soir-là ?

– Ouais. Elle l'avait invité. Le fameux mec. Elle était toute excitée. Elle s'était mise à préparer un repas romantique pour deux sur la plaque chauffante.

Marnie s'interrompt, soudain soupçonneuse.

– Vous n'allez pas cafter, hein ? Vous ne direz rien, pour la plaque chauffante. Je sais que c'est interdit à cause des risques d'incendie, mais...

Je l'arrête :

– Ce gars, ce Mark... ou quel que soit son nom... Il est venu... ce soir-là ?

– Ouais, confirme Marnie. Du moins, c'est ce que j'en ai conclu. Ils n'étaient plus là quand je suis rentrée, mais ils avaient laissé la vaisselle du dîner dans l'évier. Il a fallu que je m'en charge pour éviter que ça n'attire les cafards. Quand même, vu ce qu'on paye pour habiter ici, vous pourriez faire désinsectiser le bâtiment régu...

– Quelqu'un a-t-il rencontré ce Mark? l'interrompt Cooper. L'un de vos amis communs, par exemple ?

– Beth et moi n'avions pas d'amis communs, rétorque Marnie d'un ton acerbe. Je vous ai dit que c'était une pauvre fille. D'accord, on était camarades de chambre, mais je n'aurais jamais eu idée de traîner avec elle. Et quand elle est morte, je ne l'ai appris que vingt-quatre heures plus tard. Elle n'est pas revenue ce soir-là. Je me suis donc imaginé qu'elle passait la nuit chez le type en question.

– Vous avez confié cela à la police ? demande Cooper. Qu'Elizabeth avait reçu le type dans sa chambre le soir de sa mort ?

Marnie hausse les épaules.

– Ouais. Ils n'ont pas eu l'air de s'en soucier. Après tout, c'est pas comme si le mec l'avait assassinée. C'est sa propre bêtise qui l'a tuée. Parce qu'enfin, même si on s'est envoyé je ne sais combien de verres de vin, on ne saute pas du toit d'un ascenseur...

J'aspire une longue bouffée d'air.

– Ils ont bu ? Mark et Beth ?

– Ouais. J'ai trouvé les bouteilles dans la poubelle. Il y en avait deux. Et drôlement chères, en plus. C'est Mark qui a dû les apporter. Elles devaient valoir dans les vingt dollars chacune. Pour quelqu'un qui vit dans ce trou à rats, ce gars-là a les moyens.

Je retiens mon souffle.

– Une seconde... Il vit à Fischer Hall ?

– Ouais. Enfin... forcément, non ? Puisqu'elle n'a pas eu à l'inscrire sur le registre.

Nom de Dieu ! Je n'y avais même pas songé ! Que Beth ait pu recevoir un garçon dans sa chambre sans qu'il soit inscrit sur le registre parce qu'il n'en avait pas besoin – vu qu'il vivait dans le bâtiment ! Lui aussi réside à Fischer Hall !

Je jette un coup d'œil à Cooper. J'ignore où cela va nous mener, mais je jurerais que nous tenons une piste... et une sacrée piste ! À son expression, impossible de deviner s'il pense la même chose que moi.

– Marnie, dis-je. Vous ne vous souviendriez pas d'un détail, même insignifiant, au sujet de ce garçon que fréquentait votre camarade ?

– Je vous ai raconté tout ce que je savais, répond Marnie d'un ton contrarié. Il s'appelle Mark, ou un nom comme ça. Il aime les films étrangers, apprécie les vins coûteux, et je suis quasiment sûre qu'il vit ici. Oh, et Beth n'arrêtait pas de répéter qu'il était hyper-mignon. Mais il devait pas l'être tant que ça ! Je vois pas pourquoi un mec mignon se serait intéressé à elle. C'était un vrai thon !

La Gazette du campus avait publié une photo d'Elizabeth

extraite de l'annuaire des étudiants de première année, le lundi suivant sa mort. Marnie, je dois l'admettre, n'exagérait pas. Elizabeth n'était pas ce qu'on appelle une jolie fille. Pas maquillée et affublée de lunettes à double foyer, elle avait une coupe de cheveux démodée à la Farrah Fawcett, et un sourire révélant plus de gencives que de dents.

Or, comme les clichés des photographes employés par la fac sont rarement flatteurs, j'en avais déduit qu'Elizabeth devait être plus jolie au naturel.

Mais je m'étais peut-être trompée.

Il était également possible – qui sait ? – que Marnie ait été jalouse parce que sa colocataire avait un petit ami, et pas elle.

Eh oui, ces choses-là arrivent ! Pas besoin d'avoir une licence de psycho – ou de détective privé – pour le savoir.

Cooper et moi remercions Marnie et prenons congé, sans avoir pu éviter un nouveau couplet du style « je sais que je vous ai déjà vue quelque part ». Dans le couloir, je maudis une fois de plus ma décision – ou plutôt celle de ma mère – de renoncer à des études secondaires pour faire carrière dans le show-biz.

En redescendant péniblement l'escalier, je me demande si Cooper n'a pas raison. Je suis peut-être folle, après tout ? Est-ce que je pense sérieusement qu'il y a, à Fischer Hall, un maniaque qui s'amuse à traquer les étudiantes de première année et à les convaincre d'aller surfer dans l'ascenseur ? Et qui, après se les être envoyées, les assassine en les poussant dans le vide ?

Lorsque nous parvenons au palier du dixième étage, je dis, pour tester Cooper :

– J'ai lu un article dans un magazine au sujet de gens qui tuent pour se procurer des émotions fortes.

– Ouais, rétorque sèchement Cooper. On voit ça au cinéma. Dans la réalité, ce n'est pas si fréquent. La plupart des crimes sont de nature passionnelle. Les gens ne sont pas aussi tordus qu'on veut bien l'imaginer.

Je le regarde du coin de l'œil. Il ne s'imagine pas à quel point j'ai l'esprit tordu. En ce moment même, par exemple, j'imagine que je l'assomme et que je lui arrache tous ses vêtements avec les dents.

Non, pas vraiment. Mais je n'en suis pas loin.

– Il faudrait discuter avec la colocataire de l'autre fille, je suggère, résolue à balayer de mon esprit ces images de dents et de vêtements déchiquetés. Tu sais, de celle qui est morte aujourd'hui. La questionner au sujet du préservatif. Elle sait peut-être à qui il appartenait.

Cooper me scrute de son regard bleu vif.

– Laisse-moi deviner. Tu penses qu'il pourrait appartenir à un certain Mark, qui aime les films étrangers et apprécie les bons bordeaux ?

– Ça ne coûte rien de se renseigner.

– Il y a un gars, dans le personnel, qui correspondrait à la description ?

– Eh bien... dis-je, me penchant sur la question. Non. Pas vraiment.

– Alors comment a-t-il pu se glisser derrière la réception et prendre la clé ?

Je fronce les sourcils.

– Tu n'as pas encore trouvé de solution à ce mystère, pas vrai ? demande-t-il avant que j'aie pu répondre. Écoute,

Heather, pour faire un bon détective, il ne suffit pas d'aller fouiner partout et de poser des questions. Faut s'assurer que ça en vaut la peine. Et, je suis désolé, ici j'en vois pas la nécessité.

– Mais... le préservatif ! Le mystérieux inconnu !

Cooper secoue la tête.

– C'est triste pour ces filles. Vraiment triste. Mais rappelle-toi comment tu étais à dix-huit ans, Heather. Toi aussi, tu faisais des truc insensés. Peut-être pas aussi dingues que grimper, par défi, sur le toit d'une cabine d'ascenseur, n'empêche que...

– Elles n'ont pas fait ça ! je proteste. Crois-moi, ces filles n'ont pas fait ça.

– Eh bien, elles se sont tout de même retrouvées au fond d'une cage d'ascenseur. Et, même si je sais que tu voudrais penser qu'un dangereux maniaque les y a poussées, il y a presque un millier de gamins qui vivent dans ce dortoir, Heather. Tu ne crois pas que l'un d'entre eux se serait rendu compte de quelque chose si un gars avait jeté sa petite copine dans une cage d'ascenseur ? Et tu ne penses pas qu'il en aurait aussitôt parlé autour de lui ?

– Mais... mais...

C'est tout ce que je trouve à répliquer.

Il jette alors un coup d'œil à sa montre.

– Écoute. Je vais arriver en retard à mon rendez-vous... On peut reparler de ça plus tard, miss Marple ? Il faut que j'y aille.

– Ouais, je dis d'une voix découragée. J'imagine.

– OK. À plus tard.

Et il continue à descendre l'escalier, trop rapide pour me laisser l'espoir de le rattraper.

Malgré tout, à l'étage du dessous, le voilà qui se fige et se tourne vers moi. Le bleu de ses yeux m'éblouit une fois encore.

– Et, soit dit en passant... commence-t-il.

– Oui ?

Je m'empresse de me pencher par-dessus la rampe.

Si je ne tiens pas à ce que tu mènes seule l'enquête, c'est que je supporte pas de te savoir en danger. Tu comprends, Heather, je t'aime. Je t'ai toujours aimée. Voici les mots que j'attends... euh... que je rêve d'entendre. Au lieu de ça, j'ai droit à :

– On n'a plus de lait. Pense à t'arrêter au supermarché quand tu rentreras, tu veux bien ?

– D'accord, dis-je faiblement.

Et le voilà parti.

10

Fuyons, toi et moi,
Vers cet endroit
Où le soleil brille toute l'année
Pars avec moi,
Tu ne vas pas le regretter

Fuyons loin d'ici !
Oublions tous nos soucis !
À nous de décider,
Ils ne peuvent rien empêcher
Fuyons loin d'ici !

« Fuyons »
Interprété par Heather Wells
Paroles et musique : Dietz/Ryder
Extrait de l'album *Beau comme un esquimau*
Disques Cartwright

– C'était qui, ça ? me demande Sarah. Le mec qui vient de partir ?

– Ça ? dis-je en me glissant derrière mon bureau. C'était Cooper.

– Ton camarade de chambre ?

Sarah a dû m'entendre discuter avec lui au téléphone, ou quelque chose dans ce goût-là.

Je rectifie :

– Mon colocataire. Non... mon propriétaire, en fait. J'occupe le dernier étage de sa maison.

– Parce qu'en plus d'être beau il est riche ? rétorque Sarah, bavant littéralement de convoitise. Et tu ne t'es pas encore jetée sur lui ?

– Nous sommes amis, rien de plus.

Je souffre de prononcer chacun de ces mots. *Nous.* Aïe ! *sommes.* Aïe ! *Amis.* Aïe ! *Rien de plus.* Aïe aïe aïe !

– Et puis, je suis vraiment pas son genre.

Sarah semble offusquée.

– Pourquoi ? Il est homo ? Pourtant mon détecteur d'homos ne s'est pas déclenché !

– Non, il n'est pas homo ! je m'écrie. Il aime les femmes qui réussissent.

– Tu as réussi, toi ! Ton premier disque a été album de platine quand tu n'avais que quinze ans ! réplique Sarah d'un ton indigné.

– Je voulais dire « brillantes ». (J'aimerais mieux discuter de n'importe quoi d'autre.) Il aime les filles qui possèdent des tas de diplômes. Qui sont archi-séduisantes. Et minces.

– Oh, fait Sarah, un peu refroidie. Dans le genre de Rachel, c'est ça ?

Dieu sait pourquoi, j'ai un serrement au cœur.

– Ouais. Dans le genre de Rachel.

Est-ce vraiment le cas ? Cooper aime-t-il réellement les femmes comme Rachel ? Les femmes dont le sac à main est assorti aux chaussures ? Les femmes qui connaissent le logiciel PowerPoint et savent comment s'en servir ? Les femmes qui consomment leur salade avec la vinaigrette à part, et sont capables de faire des centaines de pompes sans s'essouffler ? Les femmes qui ont étudié à Yale ? Les femmes qui prennent des douches plutôt que des bains – contrairement à moi, qui suis trop paresseuse pour rester aussi longtemps debout.

Avant que j'aie pu me pencher sérieusement sur la question, Rachel déboule dans la pièce, un peu décoiffée mais toujours sexy.

– Oh, Heather, te voilà ! Où étais-tu passée ?

– J'étais en haut, avec un des enquêteurs, dis-je. (Après tout, c'est la vérité. Enfin, à peu de chose près.) Il avait besoin de jeter un coup d'œil à la chambre de la victime.

– Oh, rétorque-t-elle d'un ton impatient. Maintenant que tu es revenue, pourrais-tu appeler le bureau d'aide psychologique et voir s'ils peuvent nous envoyer quelqu'un immédiatement. La camarade de chambre de Roberta ne va pas bien du tout...

Me voilà soudain ragaillardie.

– Bien sûr.

Je tends la main vers le téléphone, oubliant aussi sec que j'ai promis à Cooper de ne plus jouer les miss Marple.

– Aucun problème. Tu as besoin de quelqu'un pour l'accompagner là-bas ? je demande à Rachel.

– Oh, oui.

Rachel vient peut-être d'être confrontée à un drame mais, à la regarder, on ne le devinerait pas. Sa robe portefeuille Diane von Furstenberg épouse gracieusement les courbes de son corps souple (sur mes formes à moi, les robes portefeuilles font l'effet opposé) et elle a le rose aux joues.

– Tu crois que tu peux arranger ça ?

– Je serais heureuse de me rendre utile, je réponds.

D'accord, j'éprouve un soupçon de mauvaise conscience, en prononçant ces mots – vu que si je suis si disposée à me rendre utile, c'est davantage pour interroger que pour aider la camarade de chambre de la morte.

Mais ce n'est pas ça qui va m'arrêter.

J'appelle le bureau d'aide psychologique. Évidemment, ils sont déjà au courant de l'« autre tragédie », et me prient aussitôt de leur amener sans attendre la camarade de chambre en question, une certaine Lakeisha Green. Cela fait partie de mes attributions, d'escorter les étudiants devant se présenter au bureau de soutien psychologique jusqu'au bâtiment où il se trouve. Tout ça parce qu'un jour on a laissé une étudiante s'y rendre seule, qu'elle s'est perdue, et qu'on l'a retrouvée à Washington Heights, portant son soutien-gorge sur la tête, et s'obstinant à proclamer qu'elle était Cléopâtre.

C'est vrai, je le jure. Ce genre de chose ne s'invente pas.

Lakeisha est assise dans un coin de la cafétéria, sous un poster de chatons que Magda a accroché là pour égayer les lieux car, *dixit* Madga : « Les vitraux anciens et les lambris d'acajou, c'est quand même supermoche ! » Magda est également présente, et s'efforce de la convaincre, à force de cajoleries, de manger des oursons gélifiés.

– Juste une petite poignée ? dit Magda, en agitant le sachet en plastique sous le nez de Lakeisha. Je t'en prie. C'est cadeau. Je sais que tu les aimes bien. Hier soir, vous en avez acheté un sachet, toi et tes amies.

Par politesse, Lakeisha prend le sachet.

– Merci, murmure-t-elle.

Le visage de Magda s'illumine. C'est alors qu'elle m'aperçoit.

– Ma pauvre petite star de ciné... chuchote-t-elle à mon intention à propos de Lakeisha. Elle refuse d'avaler une bouchée. (Elle baisse encore la voix.) C'était qui, cet homme avec qui Pete et moi t'avons vue aujourd'hui, Heather ? Un homme très beau...

– Oh, c'était Cooper, je me contente de répondre, vu que Magda sait déjà tout ce qu'il y a à savoir sur Cooper.

Car entre deux bouchées de hamburger, à midi, il nous paraît tout naturel de discuter de mecs craquants.

– C'est lui, Cooper ? demande Magda, visiblement stupéfaite. Oh, ma chérie, rien d'étonnant à ce que...

– À ce que quoi ?

– Oh, rien du tout.

Madga me tapote le bras dans un geste qui pourrait être réconfortant si je ne craignais qu'elle me blesse avec l'un de ses ongles.

– Tout finira par s'arranger. Peut-être...

– Euh... merci.

J'ignore de quoi elle parle, au juste... et je préfère ne pas le savoir. Je concentre mon attention sur la camarade de chambre de Roberta.

Lakeisha est visiblement très, très triste. Sa chevelure est entièrement tressée et elle porte, au bout de chaque tresse, une perle de couleur vive. Les perles s'entrechoquent et cliquettent chaque fois qu'elle remue la tête.

– Lakeisha, dis-je d'une voix douce. J'ai cru comprendre que tu devais t'entretenir avec quelqu'un du bureau d'aide psychologique. Je suis ici pour t'y conduire. Tu veux qu'on y aille maintenant ?

Elle hoche la tête. Mais ne se lève pas. Je jette un coup d'œil à Magda.

– Elle veut peut-être se reposer un peu, suggère Magda. Ma petite star de ciné veut se reposer ?

Lakeisha hésite un instant.

– Non, c'est bon. Allons-y.

– Tu es sûre que tu ne veux pas un esquimau au chocolat ? demande Magda.

Parce que les esquimaux au chocolat sont, bien évidemment, la solution à tous les problèmes du monde.

Or Lakeisha se contente de secouer la tête, ce qui fait joliment cliqueter les perles dans ses cheveux.

Ce qui explique sans doute sa minceur. Le fait qu'elle refuse les esquimaux qu'on lui propose, je veux dire... Je ne me souviens pas d'avoir jamais dit non à un esquimau gratuit. Surtout s'il est au chocolat.

Nous nous dirigeons vers la sortie d'un pas lent et accablé. À l'entrée, ils filtrent les étudiants au compte-gouttes, en les prévenant qu'ils vont devoir utiliser les escaliers pour retourner à leur chambre. Comme on peut s'y attendre dans une communauté aussi restreinte, la rumeur d'un nouveau décès s'est répandue comme une traînée de poudre. Et lorsque des étudiants nous voient quitter le bâtiment, Lakeisha et moi, quantité de chuchotements nous parviennent aux oreilles... *C'est la camarade de chambre de... Oh, la pauvre...* Lakeisha ne les entend pas, ou fait mine de les ignorer. Elle marche la tête haute, mais le regard au sol.

Nous nous tenons là, au coin de la rue, à attendre que le feu passe au rouge, quand je trouve enfin le courage d'aborder la question qui m'intéresse.

– Lakeisha. Sais-tu si Roberta avait un rendez-vous hier soir ?

Lakeisha me regarde comme si elle me voyait pour la première fois. C'est une fille petite et menue, toute en genoux et pommettes. Le sachet d'oursons gélifiés que Magda l'a pressée d'accepter semble presque trop lourd pour elle.

– Pardon ? demande-t-elle d'une voix douce.

– Ta camarade de chambre. Elle n'avait pas un rendez-vous hier soir ?

– Je suppose. Je n'en suis pas certaine, murmure Lakeisha d'une voix désolée et à peine audible, au milieu de toute cette circulation. Je suis sortie hier soir – j'avais une répétition de danse à huit heures. Bobby dormait quand je suis rentrée. Il était vraiment tard... plus de minuit. Et elle dormait toujours quand je suis partie ce matin.

Bobby. Avaient-elles été proches, Lakeisha et sa camarade fan de Ziggy ? Sans doute, si la première appelait Roberta « Bobby ». Et moi, qu'est-ce que je fais là, à interroger cette malheureuse, alors qu'elle vient de subir un choc terrible ?

Jordan aurait-il vu juste ? Ses accusations de l'autre jour sont-elles fondées ? Me suis-je réellement endurcie ?

J'imagine, vu que je ne tarde pas à remettre ça :

– Si je te pose cette question, Lakeisha...

Je me fais vraiment l'effet d'une garce de première. Ça vaut peut-être mieux, de se trouver naze, dans ce genre de situations. Vous voyez ce que je veux dire ? Car enfin, j'ai lu que les cinglés... euh... les gens souffrant de troubles mentaux... ne se considéraient pas comme anormaux. Alors c'est peut-être pareil avec les garces ? Peut-être les véritables garces ne se considèrent-elles pas comme des garces ? Ce qui signifierait que, si je me trouve à vomir, je ne le suis pas vraiment...

Faudra que je songe à consulter Sarah à ce sujet.

– Si je te pose cette question, Lakeisha, c'est parce que la police a découvert un préservatif usagé sous le lit de Roberta, ce matin. (D'accord, c'est un mensonge, mais bon...) Il avait été... euh... utilisé il y a peu.

Cela semble tirer un peu Lakeisha de sa torpeur. Elle me fixe franchement et, cette fois-ci, me voit pour de bon.

– Pardon ? demande-t-elle d'une voix plus forte.

– Un préservatif. Sous le lit de Roberta. Il a dû être mis là hier au soir.

– Impossible ! réplique Lakeisha d'un ton ferme. Impossible. Pas Bobby. Elle n'a jamais...

Elle s'interrompt et baisse les yeux sur ses Nike.

– Non, répète-t-elle avant de secouer la tête si énergiquement que ses perles s'entrechoquent comme des castagnettes.

– Enfin, quelqu'un a bien dû laisser traîner ce préservatif, dis-je. Si ce n'était pas Roberta, qui...

– Oh mon Dieu ! s'écrie Lakeisha, soudain toute excitée. C'est sûrement Todd !

– Qui est Todd ?

– C'est l'homme... le mec de Bobby. Bobby n'a jamais eu d'homme avant.

– Oh, dis-je, déconcertée par cette information. Elle était... euh...

– Vierge, ouais, répond Lakeisha d'un air absent.

Elle est encore sous le coup de ce que je viens de lui apprendre.

– Ils ont dû... reprend-elle. Ils ont dû faire ça après que je suis partie. Il a dû venir la rejoindre. Ce qu'elle devait être contente !

Mais l'exaltation de Lakeisha retombe aussitôt, et elle secoue une fois de plus la tête.

– Dire qu'après il a fallu qu'elle aille faire un truc aussi insensé...

Parfait. On est sur la bonne voie.

Je ralentis le pas et, sans s'en rendre compte, Lakeisha fait de même. Nous ne sommes plus qu'à deux blocs du centre de soutien psychologique.

– Ta colocataire n'était pas habituée à surfer dans l'ascenseur ? je demande – bien que je devine déjà la réponse.

– Bobby ? répète Lakeisha d'une voix brisée. Surfer dans l'ascenseur ? Non ! Jamais ! Pourquoi elle aurait joué à un jeu aussi débile ? C'est une fille intelligente... *c'était* une fille intelligente. Trop intelligente pour ça, en tout cas. En plus, ajoute-t-elle, Bobby était sujette au vertige. Elle n'osait même pas regarder par la fenêtre, elle trouvait qu'on vivait bien assez haut comme ça.

Je le savais. Je le savais. Quelqu'un l'a poussée. C'est la seule explication possible.

– Et ce garçon, ce Todd, dis-je, m'efforçant de dissimuler ma curiosité et le fait que mon cœur se soit mis à battre à la vitesse grand V, Roberta l'a rencontré quand ?

– Oh, la semaine dernière, à une soirée dansante.

– À une soirée ?

– La soirée dans la cafétéria.

Pour finir, la soirée prévue le jour de la mort d'Elizabeth avait été maintenue. Sarah n'avait pas été la seule à plaider énergiquement en faveur de son maintien. L'association des étudiants s'y était mise elle aussi, et Rachel avait cédé. La soirée avait fait salle comble, et il n'y avait eu qu'un seul moment désagréable : lorsque des fans de Jordan Cartwright s'étaient irrités de la sélection musicale et avaient failli en venir aux mains avec des résidents fans de Justin Timberlake.

– Todd y était, déclare Lakeisha. C'est ce soir-là que Bobby et lui ont commencé à se fréquenter.

– Ce Todd... tu connais son nom de famille ?

– Non.

Lakeisha paraît troublée. Puis son visage s'éclaire :

– Mais il réside dans le bâtiment !

– Vraiment ? Comment tu le sais ?

– Parce que Bobby n'a jamais eu à l'inscrire sur le registre.

– Et ce gars, ce Todd... (je retiens littéralement mon souffle) Tu l'as rencontré ?

– Rencontré, non. Mais Bobby me l'a montré du doigt, à la soirée. On n'était pas tout près, cela dit.

– Il ressemblait à quoi ?

– Il était grand.

Comme Lakeisha en reste là, je la titille un peu :

– Grand... et quoi d'autre ?

Lakeisha hausse les épaules.

– Il était blanc, répond-elle sur un ton navré. Et les Blancs... ils ont tous... vous voyez ce que je veux dire.

OK. Chacun sait que les Blancs ont tous la même tête.

– Vous pensez que ce Todd – à présent, Lakeisha l'appelle elle aussi « ce Todd » – a quelque chose à voir dans... dans ce qui est arrivé à Bobby ?

– Je n'en sais rien, dis-je.

Et, à cet instant précis, je réalise que nous sommes devant le bâtiment qui abrite le bureau de soutien psychologique. Déjà ! Je suis déçue.

– Eh bien, Lakeisha, nous y voilà.

Lakeisha regarde la porte à deux battants sans paraître réellement la voir.

– Vous ne croyez pas... vous ne croyez tout de même pas que ce Todd... l'aurait *poussée*, par exemple ?

Les battements de mon cœur semblent s'espacer, puis carrément cesser.

– Je ne sais pas, dis-je avec circonspection. Pourquoi ? Tu y as songé, toi ? Roberta a-t-elle laissé entendre qu'il pouvait être violent ?

Lakeisha secoue la tête. Nouveau cliquetis de perles.

– Non. Justement. Elle était si heureuse. Pourquoi est-ce qu'elle a fait un truc aussi bête ? demande-t-elle, les yeux embués de larmes. Pourquoi faire une chose pareille alors qu'elle venait de trouver l'homme de ses rêves ?

C'est justement la question que je me pose.

11

Oh la la la
Oh la la la
J'ai dit
Oh la la la
Oh la la la
C'est ce que je dis
Chaque fois
Qu'il regarde vers moi
Je dis : encore !
Oh la la la

« Oh la la la »
Interprété par Heather Wells
Paroles et musique : Valdez/Caputo
Extrait de l'album *Beau comme un esquimau*
Disques Cartwright

Pendant la pause déjeuner, je mets Magda et Pete au parfum. Je leur raconte tout, sans omettre de mentionner Cooper...

Mais je me garde bien de préciser que j'en suis folle, ou quoi que ce soit dans ce goût-là. Ce qui, évidemment, rend mon histoire plus courte et bien moins palpitante.

La seule réaction de Pete consiste à prendre une grande fourchetée de chili con carne, qu'il examine d'un œil soupçonneux.

– Il y a des carottes là-dedans ? Tu sais que je déteste les carottes.

– Pete, tu as entendu ? J'étais en train de dire que je pensais...

– J'ai entendu.

– Oh. Eh bien, tu ne crois pas que...

– Non !

– Mais tu n'as même pas...

– Heather, m'interrompt Pete en déposant délicatement le morceau de carotte à côté de son assiette. Je crois que tu as passé trop de temps à regarder *New York District*.

– Je t'adore, ma louloute, dit à son tour Magda. Mais franchement... tout le monde sait que tu es un peu... (Elle lève l'index et se tapote la tempe.) Un peu zarbi, si tu vois ce que je veux dire.

J'ai du mal à croire qu'une femme capable de passer cinq heures à se faire peindre la statue de la liberté sur les ongles ose prétendre que je suis *zarbi*.

Je leur jette un regard noir.

– Enfin... Deux filles, qui n'avaient jamais manifesté le moindre intérêt pour les cages d'ascenseur, y sont mortes en l'espace de deux semaines ?

– Ce sont des choses qui arrivent, soupire Pete en haussant les épaules. Tu prends tes cornichons ?

– Ohé, les amis, je suis sérieuse. Je pense réellement que quelqu'un a poussé ces filles dans la cage d'ascenseur. Parce qu'enfin... il y a des points communs entre les deux affaires. Les deux filles étaient du genre candide. Elles n'avaient jamais eu de petit copain, ni l'une ni l'autre. Or, voilà que soudain, une semaine avant leur mort, elles sortent toutes les deux avec un garçon...

– Qui sait... réplique Magda. Peut-être qu'elles ont décidé

d'en finir quand, après s'être préservées pour le prince charmant pendant toutes ces années, elles ont réalisé que le sexe, c'était pas si terrible que ça...

Cela met fin à la conversation, Pete manquant de s'étouffer avec son thé glacé.

La journée se prolonge dans la confusion. Les deux décès, si rapprochés, nous valent d'être assaillis par les journalistes – surtout ceux de la presse à scandale, mais un reporter du *Times* se fend également d'un appel.

Et puis il y a une note interne que Rachel tient à faire parvenir à tous les résidents pour leur faire savoir qu'un psychologue sera à leur disposition vingt-quatre heures sur vingt-quatre cette semaine, afin de les aider à surmonter le traumatisme. Ce qui signifie que je vais devoir faire sept cents photocopies, puis convaincre les RE de glisser le communiqué en question dans les trois cents boîtes aux lettres correspondant aux chambres – deux exemplaires pour les chambres doubles, et trois pour les chambres à trois lits, plus économiques.

Tina, de service à l'accueil, refuse tout net. Apparemment, Justine s'était toujours contentée de faire une seule photocopie par étage et de l'afficher à côté des ascenseurs.

Mais Rachel insiste pour que chaque résident ait son exemplaire. Je suis contrainte de dire à Tina que je ne me soucie pas de savoir comment Justine procédait et qu'à présent, c'est moi qui décide. Ce à quoi elle rétorque, d'un ton théâtral :

– Personne ne se soucie de ce qui est arrivé à Justine ! Il n'y avait pas meilleur boss au monde, et ils l'ont renvoyée sans raison valable. Je l'ai vue pleurer le jour où elle l'a appris. L'université de New York est d'une telle injustice !

J'ai envie de préciser que si Justine pleurait, c'était sans doute de soulagement : après tout, elle n'était que renvoyée, et non poursuivie.

Malheureusement je ne suis pas censée mentionner le fait que Justine a été renvoyée pour vol devant les étudiants – un peu pour la même raison que nous ne sommes pas censés appeler la résidence un dortoir : cela pourrait leur donner l'impression de ne pas être réellement protégés.

Au lieu de ça, je promets à Tina de lui payer des heures sup pour qu'elle distribue la note interne. Ça lui donne aussitôt des ailes.

Quand je rentre à la maison, ma bouteille de lait sous le bras, il est presque dix-huit heures. Cooper n'est pas dans les parages. Il doit être planqué quelque part à filer quelqu'un – c'est surtout à ce genre de choses, non, que les détectives occupent leurs journées ? Et c'est tant mieux, car j'ai plein de trucs à faire. J'ai subtilisé le registre des résidents, et je vais le passer en revue en entourant au crayon tous les Mark et les Todd. Plus tard, je compte les appeler – grâce à l'annuaire de Fischer Hall – et demander à chacun d'entre eux s'il connaissait Elizabeth ou Roberta.

Je ne sais pas encore comment je réagirai si l'un d'eux répond « oui ». J'imagine que je ne pourrai pas dévoiler mes cartes, en répliquant : « Ah... et vous ne l'auriez pas balancée dans la cage d'ascenseur, par hasard ? » Mais je me dis que je saurai bien trouver une solution le moment venu.

À peine me suis-je installée devant le registre, avec un verre de vin et des biscuits dégotés dans le placard, qu'on sonne à la porte.

Et je me rappelle soudain que j'avais proposé à mon amie Patty de lui garder son bébé, ce soir.

Sitôt la porte ouverte, Patty comprend que quelque chose cloche.

– Qu'est-ce qui s'est passé ? demande-t-elle.

– Rien, j'assure, en lui prenant Indy des bras. Enfin... il ne m'est rien arrivé à moi, mais il s'est tout de même passé quelque chose. Une autre fille est morte, aujourd'hui. C'est tout.

– Encore une ? demande Frank, le mari de Patty, que la nouvelle met visiblement en joie.

Il y a quelque chose, dans les morts violentes, qui fascine certaines personnes. Frank fait de toute évidence partie de leur club.

– Comment elle a fait son compte ? Une overdose ?

– Elle est tombée dans la cage d'ascenseur, je réponds, pendant que Patty flanque à Frank un grand coup de coude dans les côtes, au point de lui faire pousser un grognement de douleur. Ou du moins, c'est ce qu'on a conclu. Ne vous faites pas de souci pour moi. Tout va bien, je vous assure.

– Sois sympa avec elle ! lance Patty à son mari. Elle a eu une sale journée.

Patty a toujours tendance à en faire trop, quand elle sort. Elle ne se sent pas à l'aise, en robe du soir – sans doute parce qu'elle n'a pas encore perdu tous les kilos pris pendant sa grossesse. Pendant un temps, Patty et moi avons tenté, à SoHo et en soirée, de pratiquer la marche à raison d'une heure par jour – fidèles en cela aux recommandations du gouvernement qui conseille aux Américains de faire une heure de sport par jour.

Mais Patty est incapable de passer devant la vitrine des

boutiques sans s'arrêter, me demander : « Dis, tu crois que ces chaussures m'iraient ? », et entrer les acheter.

Quant à moi, c'est aux boulangeries que je ne pouvais résister, et j'en ressortais systématiquement avec une baguette.

Nous fûmes donc contraintes de cesser de pratiquer la marche, car les placards de Patty sont bien assez remplis comme ça. Et puis, qu'est-ce que j'allais faire avec tout ce pain ?

Qui plus est, Patty n'a pas tellement l'occasion de profiter d'une telle garde-robe. C'est une authentique pantouflarde – un comble pour une femme de rocker.

Et Frank Robillard est une légende du rock, une vraie. À côté de lui, Jordan est le dernier des ringards. Patty a rencontré Frank sur un plateau de télé, dans le show de David Letterman – il chantait, elle était l'une de ces figurantes court-vêtues qui portent les plateaux d'amuse-gueules. Ç'avait été le coup de foudre. Vous savez, cette chose dont on parle tellement, mais qui ne vous est jamais arrivée ? À eux, si.

– Dépêche-toi, Frank, dit Patty à l'amour de sa vie. On va être en retard.

Mais Frank va et vient dans la pièce, passant en revue les affaires de Cooper.

– Il a déjà descendu quelqu'un ? questionne-t-il en parlant de Cooper.

– Si c'était le cas, il ne me le dirait pas.

Depuis que je me suis installée chez Cooper, Frank a une bien meilleure opinion de moi. Car, s'il n'a jamais aimé Jordan, Cooper est son héros. Il est même allé s'acheter la même veste que lui – en cuir vieilli, puisqu'il l'a achetée d'occasion. Frank ne comprend pas que le boulot des détectives privés ne ressemble pas à ce qu'il en a vu à la télé. Cooper ne possède même pas d'arme à feu ! En fait, pour être détective, il suffit d'avoir un bon appareil photo et de savoir se fondre dans la foule.

Aussi surprenant que ça puisse paraître, Cooper sait très bien se fondre dans la foule.

– Alors, vous ne sortez pas encore ensemble ? Toi et Cooper ? demande Frank, sautant du coq à l'âne.

– Frank ! s'écrie Patty.

– Non, Frank, je réponds – ce doit être la centième fois depuis le début du mois.

– Frank, reprend Patty. Cooper et Heather partagent une maison. On ne sort jamais avec son colocataire. Tu sais comment ça se passe. Enfin... comment fantasmer sur quelqu'un une fois qu'on l'a vu en robe de chambre ? Pas vrai, Heather ?

J'écarquille les yeux. Je n'y avais jamais songé. Et si Patty avait raison ? Alors Cooper ne verra jamais en moi une petite amie potentielle, même si je remporte un prix Nobel de médecine. Parce qu'il m'a trop souvent vue en survêtement ! Et sans maquillage !

Patty et Frank me disent au revoir. Depuis le seuil, Indy et moi leur faisons signe tandis qu'ils descendent les marches du perron et remontent dans leur limousine. Les dealers de la rue gardent respectueusement leurs distances. Tous vénèrent le groupe de Frank. Je suis convaincue que si la maison de Cooper n'a jamais été cambriolée ou couverte de tags, c'est parce que tout le quartier est au courant qu'on est amis avec le légendaire Frank Robillard, et par conséquent intouchables.

Ou bien, c'est peut-être à cause du système d'alarme et des barreaux aux fenêtres du rez-de-chaussée et du premier étage. Qui sait ?

Indy et moi passons une agréable soirée à regarder *Les Experts* et *Affaires classées* sur la télé de ma chambre. Là, je peux à la fois surveiller d'un œil le fils de ma meilleure amie et la façade arrière de Fischer Hall. Alors que je fixe le grand bâtiment de brique et ses nombreuses fenêtres éclairées, je ne peux m'empêcher de me rappeler la plaisanterie de Magda – comme quoi Elizabeth et Roberta avaient préféré en finir après avoir découvert que le sexe, ce n'était pas si terrible que ça. Bobby était vierge... du moins, à en croire sa camarade de chambre. Et Elizabeth Kellogg aussi, selon toute vraisemblance.

Est-ce que c'est cela ? Le lien entre les deux filles ? Quelqu'un est-il en train d'exterminer les vierges de Fischer Hall ?

Ou bien ai-je trop regardé *Les Experts* ?

Patty et Frank viennent récupérer leur progéniture un peu après minuit. J'ouvre la porte et tends le bébé à Patty – Frank attend dans la limousine. Indy a fermé l'œil pendant un épisode de *Preuve à l'appui*.

– Il a été comment ? demande Patty.

– Parfait, comme d'habitude.

– Avec toi, peut-être, déclare-t-elle avec un petit rire, en prenant dans ses bras le bébé assoupi. Tu sais si bien t'y prendre avec lui. Tu devrais en faire un, un de ces quatre.

– Vas-y. Enfonce le clou !

– Je suis désolée. J'adore que tu gardes Indy, mais tu te rends compte que tu ne nous as jamais dit que tu ne pouvais pas parce que tu avais autre chose à faire ? Heather, il faut que tu sortes de ta tanière ! Et je ne parle pas seulement de la musique. Il faut que tu rencontres quelqu'un.

– Je rencontre des tas de gens, fais-je sur la défensive.

– Je ne voulais pas dire un étudiant de première année à l'université de New York.

– Ouais. C'est facile pour toi, de critiquer. Tu as épousé l'homme de tes rêves. Tu ne sais pas comment on vit, dans la réalité. Tu penses que les types comme Jordan sont des exceptions ? Mais, Patty... c'est la norme !

– Ce n'est pas vrai ! proteste-t-elle. Tu vas trouver quelqu'un. Il suffit que tu oses prendre des risques.

Mais qu'est-ce qu'elle raconte ? Je passe ma vie à prendre des risques ! J'essaie d'empêcher un psychopathe de tuer à nouveau. Qu'est-ce qu'il lui faut ? En plus de ça, il faudrait qu'on me passe la bague au doigt ?

Il y a des gens qui trouvent toujours à redire à tout.

12

Je suis agent secret,
Et j'espionne ton cœur !

J'ai mes lunettes pour voir la nuit,
Et j'espionne ton cœur !

Oh, dépêche-toi, file vite d'ici
Quand j'en aurai fini

Tu me l'offriras sur un plateau,
Ton cœur que j'espionne !

« Espionne de ton cœur »
Interprété par Heather Wells
Paroles et musique : O'Brien/Henke
Extrait de l'album *Espionne de ton cœur*
Disques Cartwright

J'ai beau essayer de me la sortir de la tête, cette pensée ne me lâche pas du week-end. Les vierges de Fischer Hall.

Je sais que ça semble délirant. N'empêche que ça m'obsède.

Peut-être que Patty a raison, et que je reporte sur les gamins de la résidence l'amour que j'aurais pour mes enfants à moi, si j'en avais. Vu que je n'arrête pas de me faire du souci pour eux.

Mais tout de même... il ne peut pas en rester tant que ça, des vierges, à Fischer Hall – et je suis bien placée pour le savoir. Depuis que j'ai remplacé les chocolats par des sachets de préservatifs, dans ma bonbonnière, les ados déboulent en pyjama dans mon bureau à neuf heures du matin pour se servir allègrement – et si vous trouvez que neuf heures, ce n'est pas si tôt que ça, c'est que vous n'avez jamais fréquenté la fac.

Ils ne sont ni embarrassés ni reconnaissants. Bien au contraire. Que le stock s'épuise et que la bonbonnière soit vide un jour ou deux, le temps que je me réapprovisionne auprès du service médical, et ce sont des plaintes à n'en plus finir ! Les gamins me tombent aussitôt sur le paletot. « Hé, où sont les préservatifs ? Il n'y en a plus ? Je vais faire comment, à votre avis ? »

Tout ça pour dire que je sais très bien qui s'envoie en l'air, dans le bâtiment.

Et, croyez-moi, ça fait beaucoup de monde. Il ne reste pas beaucoup de vierges, à Fischer Hall !

Or, d'une façon ou d'une autre, un gars était parvenu à en dégoter et à en tuer deux.

Pas question de laisser mourir d'autres filles. Mais comment m'y prendre pour empêcher ça, quand je n'avais aucune idée de l'identité du type ? Je n'étais arrivée à rien, avec la liste des résidents. Il y avait, dans la résidence, trois Mark et zéro Todd – mais un Tad, tout de même. L'un des trois Mark était noir (j'avais appelé Jessica, la RE de son étage, et l'avais questionnée à son sujet) et un autre coréen (j'avais également joint son RE). Ça les excluait tous deux du rang des suspects, Lakeisha ayant affirmé que le type était blanc. Quant à Tad, il était si manifestement gay que j'avais bafouillé des excuses en prétendant avoir fait un faux numéro.

Le troisième Mark était rentré chez ses parents pour le

week-end et serait de retour lundi, selon son camarade de chambre. Mais, à en croire son RE, il mesurait moins d'un mètre soixante-quinze – et n'était donc pas ce que l'on appelle « grand ».

À ce stade de l'enquête, je reconnais que j'étais dans l'impasse.

Et, comme Cooper s'était absenté pour tout le week-end, je ne pouvais même pas avoir recours aux conseils d'un professionnel. J'ignore s'il cherchait à m'éviter, ou s'il était pris par son travail... ou par autre chose. Depuis que je me suis installée chez lui, aucune petite amie de Cooper n'a passé la nuit ici. Ce qui constituerait pour lui (à en croire ce que raconte Jordan à son propos, du moins) un record d'abstinence. Mais vu qu'il s'absente souvent plusieurs jours d'affilée, je ne peux que supposer qu'il dort chez sa conquête du moment – un mystère total, celle-là !

C'est tout à fait lui, d'ailleurs. Ne pas vouloir m'imposer le fait qu'il s'envoie en l'air, tandis que, moi, je mène une vie de nonne.

Pourtant, comme le week-end s'étire interminablement, j'ai bien du mal à apprécier sa délicatesse, et mon enquête pour découvrir l'assassin – si assassin il y a – des vierges de Fischer Hall est au point mort.

Ce qui explique pourquoi, quand arrive enfin le lundi matin, je suis la première au bureau. J'ai déjà engouffré mon petit pain et mon café au lait, et me plonge aussitôt dans l'examen de la fiche de Roberta Pace.

Son contenu ressemble comme deux gouttes d'eau à celui de la fiche d'Elizabeth, même si toutes deux venaient de régions très éloignées – Roberta était originaire de Seattle.

Toutes deux avaient des mères abusives. La mère de Roberta avait appelé Rachel pour exiger que sa fille change de camarade de chambre.

Ce qui m'étonne. Comment ne pas apprécier Lakeisha ? Or, à en croire le « rapport d'incident » (que l'on doit remplir chaque fois qu'un membre du personnel s'entretient avec un résident), Rachel s'était rendu compte, en discutant avec Roberta, que c'était à Mme Pace – et non à sa fille – que Lakeisha posait problème. « Je n'ai rien contre les Noirs », avait dit Mme Pace à Rachel d'après le rapport. « Je ne veux simplement pas que ma fille soit obligée de vivre avec eux. »

J'ai découvert que c'était le genre de choses auxquelles on est confronté tous les jours, quand on travaille en milieu universitaire. Le bon côté c'est que, le plus souvent, ce sont les parents qui ont un problème, et non les ados. Une fois les parents rentrés chez eux, tout finit par s'arranger.

Le mauvais côté, c'est qu'il y aura toujours des gens comme Mme Pace.

Je m'oblige à poursuivre. D'après le rapport, Rachel a convoqué Roberta dans son bureau et lui a demandé si elle souhaitait changer de chambre, comme l'avait exigé sa mère. Roberta avait répondu que non, qu'elle aimait bien Lakeisha. Rachel explique alors avoir laissé partir Roberta, et rappelé la mère pour lui sortir le petit speech que nous réservons à ce genre de cas : « L'éducation des étudiants ne se fait pas que dans les salles de classe, mais aussi en dehors – c'est là que nos résidents font l'apprentissage de nouvelles cultures et de nouveaux modes de vie. Ici, à l'université de New York, nous cherchons par tous les moyens à encourager la prise de conscience face à la diversité des cultures. Ne souhaitez-vous pas que votre fils/fille puisse s'entendre avec toutes sortes de personnes quand il/elle entrera sur le marché du travail ? »

Puis, après avoir dit à Mme Pace qu'il n'était pas question que sa gamine change de chambre, elle avait raccroché.

C'était tout. Le seul incident mentionné sur la fiche de Roberta. L'unique détail pouvant laisser supposer qu'elle avait eu du mal à s'adapter à la vie de l'université.

Sauf qu'à présent elle est morte.

J'entends le tintement de l'ascenseur, et le claquement des talons de Rachel sur le sol de marbre. Une seconde plus tard, elle apparaît sur le seuil avec une tasse de café fumant dans une main, et le *Times* dans l'autre. Elle paraît surprise de me voir là de si bonne heure. Bien que quatre minutes de marche me séparent de mon lieu de travail, j'ai presque toujours cinq minutes de retard.

– Mon Dieu ! s'exclame Rachel, visiblement contente de me voir. Tu es drôlement matinale ! Tu as passé un bon week-end ?

– Ouais, dis-je en refermant le dossier de Roberta, avant de le glisser plus ou moins discrètement sous un tas de documents, sur mon bureau.

Non qu'il me soit interdit de le consulter. C'est simplement que je ne souhaite pas faire part à Rachel de mes soupçons – quant au fait qu'elles auraient été poussées dans la cage d'ascenseur, et tout le reste... En principe, certes, j'aurais dû lui toucher un mot au sujet de la clé, du préservatif, ou au moins mentionner le fait que les deux filles venaient de rencontrer un mec...

Mais je ne peux m'empêcher de douter. Et si Cooper avait raison ? Et si Elizabeth et Roberta étaient réellement tombées, et que je m'agitais pour rien, avec cette histoire de meurtre ?

Rachel signalerait-elle alors dans mon rapport d'évaluation que j'étais sujette au délire paranoïaque ? Ce genre de chose risquerait-il de me griller au terme de mes six mois d'essai ? Auraient-ils le droit de me renvoyer, comme ils avaient renvoyé Justine – bien que je n'aie pas détourné le moindre radiateur céramique ?

Autant ne pas courir le risque. Je décide de garder mes soupçons pour moi.

– Ouais, plus ou moins, je marmonne, en répondant à la question de Rachel, au sujet du week-end.

Car, à part appeler les Mark et le Tad, je me suis bornée à promener Lucy, à regarder la télé, et à gratouiller sur ma guitare. Rien qui mérite d'être mentionné.

– Et toi ?

– Épouvantable ! réplique Rachel en secouant la tête.

N'empêche qu'elle est drôlement jolie, pour quelqu'un qui a passé un si mauvais week-end. Elle porte un nouveau tailleur, très bien coupé. Le noir fait ressortir son teint d'ivoire et le châtain foncé de ses cheveux.

– Les parents de Roberta sont venus chercher ses affaires, poursuit Rachel. Ç'a été un cauchemar. Les malheureux... je les plains tellement.

– Ouais. Ç'a dû être l'horreur.

Le téléphone du bureau de Rachel se met à sonner.

– Oh, bonjour, Stan, dit-elle en décrochant. Oh je vous remercie, mais je vais bien, je vous assure. Oui, ç'a été une terrible épreuve...

Waouh. Stan. Alors comme ça, Rachel et le docteur Jessup s'appellent par leur petit nom ? Eh bien... J'imagine que d'avoir deux gamines qui meurent dans votre résidence, ça vous rapproche de vos supérieurs hiérarchiques.

Je commence à examiner les feuilles de service laissées par les RE en poste à l'accueil ce week-end. En général, à onze heures, j'ai fini de m'occuper des salaires, du budget et de toutes les communications internes qui nécessitent d'être entrées sur ordinateur. Et je suis donc libre de passer le reste de la journée à naviguer sur le Net, à papoter avec Magda ou Patty, ou à tenter de découvrir qui assassine des filles sur mon lieu de travail – et c'est précisément à cela que j'ai décidé de consacrer mon lundi.

Même si j'ignore encore comment je vais m'y prendre.

Je finis à peine de m'occuper des fiches de paie lorsque deux pieds chaussés de Nike entrent dans mon champ de vision. Je lève la tête, certaine d'avoir affaire à un joueur de basket – porteur, avec un peu de chance, d'une note quasi illisible que je pourrai ajouter à ma collection.

Au lieu de quoi, je vois Cooper.

– Salut ! lance-t-il.

Est-ce ma faute si mon cœur bondit dans ma poitrine ? Après tout, je ne l'ai pas vu depuis un bout de temps. Soixante-douze heures, ce n'est pas rien. Et puis, vous comprenez, je suis frustrée au dernier degré. Ce qui explique sans doute pourquoi je ne peux quitter son jean des yeux, surtout aux endroits où l'étoffe, plus tendue, est légèrement délavée : les genoux, par exemple, et d'autres points plus intéressants...

Il est également vêtu d'une chemise bleue, sous sa veste en cuir – du même bleu que son regard cerné...

– Qu...

C'est tout ce que je parviens à articuler, à cause du fameux jean... et du fait que je suis une pauvre fille amoureuse jusqu'au trognon !

Je le regarde sortir le journal coincé sous son bras, le déplier et le poser devant moi.

– Qu... dis-je à nouveau – du moins c'est ainsi que ça sonne à mes oreilles.

– Je tenais à ce que tu sois au courant, déclare Cooper. Je veux dire, avant qu'un journal à scandale ne t'appelle, et te l'apprenne de but en blanc.

Je baisse les yeux sur le journal. C'est le *New York Post.* Sur la couverture, on voit un cliché très agrandi de mon ex-fiancé en train de dîner avec Tania Trace à la terrasse d'un restaurant de SoHo. Au-dessous, on peut lire, en énormes caractères :

ILS SONT FIANCÉS !

13

Elle t'a laissé tomber
Et tu l'avais pas mérité
Elle t'a laissé tomber
Comme un vieux Kleenex usagé

Et elle croyait que tu le prendrais bien ?
Que tu aimais qu'on te traite comme un chien ?

Moi je te laisserai jamais tomber
Tu peux me croire c'est promis juré
Moi je te laisserai jamais tomber
Je n'aime que toi
Tu ne le vois pas ?
Oh, bébé, garde-moi !

« Elle t'a laissé tomber »
Interprété par Heather Wells
Paroles et musique : Valdez/Caputo
Extrait de l'album *Espionne de ton cœur*
Disques Cartwright

Waouh. C'est allé drôlement vite. Car enfin, quand avons-nous rompu, au juste ? Il y a quatre mois ? Cinq, peut-être...

– Qu...

Je suis toujours incapable d'en dire davantage.

– Oui, approuve Cooper. J'étais sûr que tu réagirais comme ça.

Je reste assise là, les yeux fixés sur la bague de Tania. Elle ressemble à s'y méprendre à la mienne. Celle que j'avais retirée avant de la leur balancer à la figure, lorsque je les avais surpris en train de folâtrer dans notre chambre à coucher.

Ça ne peut pas être la même. Jordan craint, mais quand même, pas à ce point-là.

J'ouvre le journal à la page où se trouve l'article en question.

Regardez-moi ça ! Ils ne se contentent pas de se fiancer. Ils annoncent également une tournée commune.

– Ça va ? demande Cooper.

– Ouais, je réponds, contente de pouvoir enfin articuler autre chose que « qu... ».

– Si ça peut te soulager, le nouveau single de Tania Trace vient d'être retiré du Top 50 des téléspectateurs.

Je me garde bien d'essayer de savoir pourquoi il suit le Top 50. Au lieu de ça, je l'informe :

– Ils retirent les clips quand ils sont depuis trop longtemps sur la liste. Ça signifie que la chanson marche encore du feu de Dieu.

– Oh.

Cooper jette un coup d'œil alentour, cherchant visiblement un autre sujet de conversation. Mon bureau sert en quelque sorte de vestibule à celui de Rachel – seule une sinistre grille d'aération les sépare, que je m'efforce, depuis mon arrivée, de faire remplacer par l'équipe de maintenance. À peine installée, j'avais décoré mes murs avec des reproductions de Monet. Bien que Rachel ait insisté pour que je remplace les *Nymphéas* par des affiches pour la prévention anti-viol ou pour l'intégration des minorités ethniques, j'avais tenu bon.

À ce que j'ai lu un jour dans un magazine, Monet est

relaxant. C'est pourquoi on trouve si souvent des repros de ses toiles dans les cabinets médicaux.

– C'est joli, ici, lance Cooper.

Son regard s'arrête alors sur le bocal de préservatifs, sur mon bureau. Je me sens devenir rouge comme une pivoine.

Rachel choisit cet instant précis pour raccrocher, avancer la tête et demander :

– Je peux vous aider ?

Lorsqu'elle s'aperçoit que notre visiteur est un homme mesurant plus d'un mètre quatre-vingts et âgé de moins de quarante ans – et archi-sexy, qui plus est –, elle module d'une voix totalement différente.

– Oh, *bonjour*.

– Bonjour, répond Cooper d'un ton poli – celui qu'il utilise avec tout le monde, excepté les membres de sa famille proche. Vous devez être Rachel. Je suis Cooper Cartwright.

– Enchantée de faire votre connaissance.

Rachel serre la main qu'il lui tend et lui adresse un sourire béat.

– Cooper... Cooper... Ah oui, Cooper ! L'ami de Heather. J'ai tellement entendu parler de vous.

Cooper me jette un coup d'œil, plissant plus que jamais les yeux.

– Ah oui ?

Je voudrais pouvoir rentrer sous terre. Je tente de me rappeler ce que j'ai bien pu dire à Rachel au sujet de Cooper. En dehors du fait qu'il est mon proprio, je veux dire. Et si j'étais allée raconter des choses vraiment audacieuses... que Cooper correspond à mon idéal masculin, et que j'imagine parfois que je déchiquette ses vêtements avec les dents. Il m'est arrivé de lâcher ce genre de confessions, après m'être gavée de beignets, et avoir bu quelques cafés de trop.

Or, Rachel se contente de demander :

– Je suppose que vous êtes au courant de nos soucis, ici, à Fischer Hall ?

Cooper hoche la tête.

– Oui.

Rachel lui adresse un nouveau sourire, moins béat que le premier. Je devine qu'elle cherche à estimer la valeur de la montre de Cooper – il porte l'une de ces grosses montres-gadgets en plastique noir – et décide qu'il ne peut pas peser cent mille dollars par an. Si seulement elle savait !

Le téléphone de son bureau sonne une nouvelle fois. Elle va répondre :

– Allô. Vous êtes à Fischer Hall. Ici, Rachel. En quoi puis-je vous aider ?

Cooper me regarde en dressant les sourcils et, en un éclair, les paroles de Magda me reviennent à l'esprit, comme quoi Rachel serait le genre de Cooper.

Non ! Ce n'est pas juste ! Rachel plaît à TOUT LE MONDE. Enfin... elle est séduisante, sportive, bien faite, brillante et prend son travail au sérieux. Et MOI, alors ? Que dire, sur les filles comme moi qui sont tout simplement... de gentilles filles ? Que deviennent les gentilles filles, avec une telle concurrence ? Comment pouvons-nous rivaliser avec ces femmes qualifiées et athlétiques, qui prennent des douches plutôt que des bains, et arborent fièrement leurs diplômes, leurs agendas Palm et leurs derrières minuscules ?

Avant que j'aie pu trouver un argument choc pour défendre

ma catégorie, l'un des employés de l'équipe de maintenance déboule dans le bureau.

– Heather ! s'exclame Julio, en se tordant les mains.

C'est un petit gars en uniforme marron qui, sans qu'on le lui ait jamais demandé, nettoie chaque jour la statue de Pan, dans le hall, avec une brosse à dents.

– Heather, il y a un garçon qui remet ça, annonce-t-il avec un accent à couper au couteau.

J'écarquille les yeux.

– Gavin, tu veux dire ?

– *Si.*

Je jette un coup d'œil à Rachel, qui épanche son cœur au téléphone.

– Oh président Allington. Je vous en prie, ne vous faites pas de souci pour moi. Ce sont avant tout les *étudiants* qui me préoccupent...

Avec un soupir résigné, j'écarte ma chaise du bureau et je me lève. Il va falloir que j'accepte le fait que, devant Cooper, j'aurai toujours l'air de la dernière des taches.

Et je ne peux rien y faire.

– Je m'en occupe tout de suite, dis-je.

Julio regarde Cooper et, sans cesser de se tordre les mains, me demande d'un ton nerveux :

– Tu veux que je t'accompagne, Heather ?

– Qu'est-ce que ça signifie ? intervient Cooper, visiblement soupçonneux. C'est quoi le problème ?

– Rien, je rétorque. Merci d'être passé. Je dois y aller, à présent.

– Tu dois aller où ?

– Faut que je règle un truc. À plus tard.

Je sors précipitamment du bureau et fonce vers l'ascenseur de service, réservé à l'équipe de maintenance, dont les portes pourvues de grilles métalliques sont censées empêcher les étudiants de pénétrer dans la cabine.

Or je sais quel levier actionner pour rabattre la grille. Ce que je fais, avant de me retourner pour lancer à Julio :

– C'est bon pour moi. Préviens-moi quand tu seras prêt...

Sauf que ce n'est pas Julio qui m'a suivie. C'est Cooper.

– Où est Julio ? je m'écrie d'une voix paniquée.

– Je ne sais pas, répond Cooper. Là où tu l'as laissé, j'imagine. Tu vas où comme ça ?

Je distingue des petits cris, provenant de la cage d'ascenseur. Pourquoi moi ? Nom de Dieu, pourquoi ?

Impossible d'y couper, cela dit. C'est mon boulot. Et s'il me faut supporter ça pour faire des études de médecine à l'œil...

– Tu sais te servir d'une cabine de service ? je demande à Cooper.

Il paraît de plus en plus contrarié.

– Oui, je crois que je peux y arriver.

D'autres glapissements nous parviennent aux oreilles, depuis la cage d'ascenseur.

– Très bien. Alors, allons-y !

Cooper, à présent aussi intrigué qu'agacé, me suit à l'intérieur, baissant la tête pour ne pas se cogner au montant. Je referme la grille et tire d'un coup sec sur le levier de mise en marche. Comme l'ascenseur s'ébranle dans un gémissement, je mets un pied sur les barres d'appui et entreprends de me hisser hors de la cabine en saisissant les bords de la grande ouverture ménagée, sur le toit, par le retrait d'un panneau amovible. Au travers, je distingue les câbles et les murs de brique nue de la cage d'ascenseur et, loin au-dessus, des trouées de lumière vive, là où le soleil s'insinue par les lucarnes de désenfumage.

La curiosité de Cooper disparaît, laissant place à la seule contrariété.

– Ohé, dit-il. Je peux savoir ce que tu comptes faire ?

– Ne t'inquiète pas. Tout va bien. Ce n'est pas la première fois.

Je suis déjà parvenue à sortir la tête et les épaules de la cabine et, à force de me hisser et de me tortiller, je parviens également à en extirper mes hanches.

Et puis, je m'arrête pour souffler. Les tractions, ça n'a jamais été mon fort.

– C'est à ça que tu occupes tes journées ? demande Cooper, au-dessous de moi. Où est-il précisé, dans ton contrat de travail, que tu es censée poursuivre les gars qui surfent dans l'ascenseur ?

– Nulle part, je concède en le regardant par l'intervalle entre mes genoux.

Les murs sombres de la cage d'ascenseur glissent comme un cours d'eau devant mes yeux, tandis que la cabine s'élève.

– Mais il faut bien que quelqu'un s'en charge, j'ajoute. (Si je me défile, comment être sûre d'être embauchée à l'issue de ma période d'essai ?) On est à quel étage ?

Cooper jette un coup d'œil à travers la grille aux numéros peints qui défilent, à chaque niveau, à l'arrière des portes palières.

– Au neuvième. Tu sais, il suffirait que ton pied glisse pour que tu finisses comme ces filles qui sont mortes, Heather.

– Je sais. C'est pourquoi il faut que je les empêche de faire ça. Quelqu'un pourrait se blesser. Quelqu'un d'autre que moi, je veux dire.

Cooper marmonne quelque chose qui ressemble à un juron... Chose étonnante, chez lui qui ne jure quasiment jamais.

À l'étage au-dessus, il n'y a plus de cloison entre les ascenseurs, et je peux plonger le regard dans les autres cages. L'une des cabines attend au dixième étage et, tendant le cou, j'aperçois l'autre, environ cinq étages plus haut.

Les criailleries s'accentuent.

C'est alors que la cabine numéro deux commence à descendre et que je vois – perché sur le toit au milieu des câbles et des bouteilles vides de bière extra-forte – Gavin McGoren, étudiant en licence de cinéma, fan invétéré de *Matrix* et incorrigible adepte du saut entre ascenseurs.

– Gavin ! je hurle, alors que son ascenseur croise le mien.

Contrairement à moi, il se tient debout, s'apprêtant à sauter sur le toit de la cabine numéro un, au passage de cette dernière.

– Descends de là tout de suite !

Gavin me regarde d'un air étonné, puis pousse un grognement lorsqu'il reconnaît mon visage entre les câbles. Des bras et des jambes s'agitent en tous sens, tandis que ses camarades de surf s'empressent de replonger dans la cabine à travers la trappe de maintenance afin d'éviter que je ne les identifie.

– Ah merde ! s'exclame Gavin, qui n'a pas su s'esquiver aussi vite que ses amis. Je me suis fait pécho !

– Je t'ai tellement bien chopé que tu vas passer la nuit dans le parc, crois-moi, dis-je, bien que personne n'ait encore été renvoyé pour avoir surfé dans l'ascenseur... du moins, jusqu'à aujourd'hui.

Qui sait ? Peut-être le conseil d'administration va-t-il enfin faire preuve de fermeté ? Parce qu'il faut faire un truc vraiment atroce – comme lancer un hachoir à viande à la tête du RE, par exemple, comme l'a fait un gamin l'année dernière, à en croire ce que j'ai lu dans les fichiers. Et encore, le gamin a été réadmis à l'automne suivant, une fois établi qu'il avait suivi une thérapie pendant l'été.

– Nom de Dieu ! crie Gavin dans la cage d'ascenseur.

Ça ne m'inquiète pas le moins du monde. Je connais Gavin.

– Tu te crois drôle ? je lui demande. Tu sais que deux filles sont mortes en jouant à ce jeu-là, au cours des deux dernières semaines. Mais toi, tu t'es réveillé ce matin et tu t'es dit « pourquoi pas aller surfer un petit coup » ?

– C'étaient des amateurs. Tu sais que j'suis un putain de pro, Heather !

– Je sais surtout que tu es un crétin fini. Et tu veux bien arrêter de parler comme si tu sortais du ghetto ? Tout le monde sait que tu as grandi chez les rupins de Nouvelle-Angleterre ! Maintenant, descends de là. Et si je te trouve pas dans le bureau de Rachel quand j'arrive en bas, je fais changer les serrures de ta porte et je confisque toutes tes affaires.

– Merde !

Gavin disparaît en se faufilant dans la cabine par la trappe de maintenance, et replace le panneau amovible derrière lui.

La cabine numéro deux entame sa longue descente jusqu'au hall et, assise sur le toit de la nôtre, je profite quelques instants de l'obscurité et du silence. J'apprécie vraiment les cages d'ascenseur. Ce sont les endroits les plus paisibles de la résidence.

Du moins, tant que les gens n'y font pas de chutes mortelles.

Lorsque je regagne la cabine – et aucun juge ne me donnerait un dix sur dix pour la façon dont j'exécute cette figure imposée –, Cooper se tient dans un coin de l'ascenseur, les bras croisés sur sa large poitrine, la mine renfrognée.

– C'était quoi, ça ? demande-t-il, tandis que j'actionne le levier de mise en marche, et que nous nous apprêtons à retourner au rez-de-chaussée.

– Ça, c'était Gavin. Il fait ça tout le temps.

– Ne me prends pas pour une andouille ! rétorque Cooper, qui a vraiment l'air furieux. Tu l'as fait exprès. Pour me montrer à quoi ressemblent les gars qui surfent dans l'ascenseur, et à quel point les deux filles ne correspondent pas au profil.

Je le fusille du regard.

– D'accord... Tu penses que j'ai tout manigancé avec Gavin ? Que j'avais prévu que tu viendrais me balancer à la figure la nouvelle des fiançailles de mon ex ? Et que j'ai appelé Gavin pour lui proposer un truc du genre : « Hé, ça te dirait pas, d'aller faire un petit tour sur la cabine de l'ascenseur deux, histoire que je te chope et que je montre à mon pote Cooper la différence entre les vrais pros de l'ascenseur et les nazes qui se la jouent ? »

Cooper paraît un peu déconcerté... mais pas pour la raison que je crois.

– Je ne suis pas venu te balancer la nouvelle à la figure, Heather. J'ai voulu faire en sorte que tu le saches avant qu'un journaliste de troisième zone ne te l'apprenne de but en blanc.

Soudain, je prends conscience que j'y suis peut-être allée un peu fort.

– Ah ouais. C'est ce que tu as dit, en effet.

– Ouais. En effet. Tu fais ça souvent ? Grimper sur le toit des cabines d'ascenseur, je veux dire ?

– Je n'ai pas grimpé dessus. Je me suis assise dessus, nuance. Et je ne le fais que quand quelqu'un nous signale avoir entendu des bruits suspects dans la cage d'ascenseur. C'est ce qui est bizarre aussi, dans le cas d'Elizabeth et de Roberta. Personne n'a rien entendu. Du moins, pas avant la chute de Roberta...

– Et si quelqu'un entend du bruit, c'est à toi d'aller arrêter les surfeurs ?

– Eh bien, nous ne pouvons pas exiger ça des RE. Ce sont des étudiants. Et ça ne figure pas dans les statuts du syndicat des personnels de maintenance.

– Et dans les tiens ?

– Je ne suis pas syndiquée.

Je ne peux m'empêcher de me demander où il veut en venir. Enfin... s'inquiète-t-il réellement pour moi ? Et si c'est le cas, est-ce simplement par amitié ? Ou parce qu'il éprouve un sentiment plus profond ? Va-t-il actionner le frein, arrêter l'ascenseur, m'enlacer avec fougue et m'avouer enfin, d'une voix haletante, qu'il m'aime et tremble d'angoisse à la pensée de me perdre ?

– Heather, tu pourrais te blesser grièvement, voire te tuer, en te comportant de façon aussi insensée – à l'entendre, je comprends que m'enlacer avec fougue ne fait pas partie du programme. Comment as-tu pu… (Il me fixe en plissant ses yeux bleus.) Une minute… ça t'a plu !

Je le regarde sans comprendre.

– Hein ?

Eh oui, c'est moi la reine de la repartie !

– C'est ça ! s'écrie-t-il en secouant la tête, visiblement stupéfait. Ça te plaît, ce que tu viens de faire, pas vrai ?

Je hausse les épaules, ne sachant pas trop où il veut en venir.

– C'est plus marrant que s'occuper des fiches de paie, je te le concède.

– Ça te plaît ! continue-t-il, comme si je n'avais rien dit. Parce que ça te manque, toute cette excitation : être là, sur scène, à t'égosiller devant des milliers d'ados.

Je le toise pendant une ou deux secondes. Puis je m'esclaffe.

– Oh mon Dieu ! je parviens à articuler entre deux éclats de rire. Tu ne parles quand même pas sérieusement ?

Mais, à son expression, je vois bien que si.

– Rigole autant que tu veux ! Tu détestais la soupe que la maison de disques te donnait à chanter, mais tu prenais ton pied à te produire en public. Ne le nie pas ! Tu prenais ton pied. C'est pour ça que tu fais tout ça, pas vrai ? Que tu cours après les assassins et que tu traques les types qui surfent dans l'ascenseur ? Ça te manque, les émotions fortes !

J'arrête de rire, et je sens mes joues s'empourprer. Que diable veut-il dire par là ?

D'accord, il y a peut-être du vrai. Ça ne me fait pas peur, de me produire devant les foules. Demandez-moi de papoter avec trente personnes à une garden-party, c'est comme si vous me demandiez de définir le théorème de Pythagore. Mais donnez-moi des chansons et collez-moi devant un micro... alors là tout va bien. Je dirais même que...

Eh bien, que j'aime ça. Que j'adore ça !

Est-ce que ça me manque ? Peut-être un peu. Mais pas suffisamment pour que j'y retourne. Oh non, je ne ferai jamais de come-back.

Sauf si je peux fixer les conditions.

– C'est pas pour ça que j'ai traqué Gavin, je dis.

Parce que, vraiment, je ne vois pas le rapport. Poursuivre les accros au saut entre ascenseurs, ça n'a rien à voir avec chanter devant trois mille préados déchaînés. Et puis, Sarah passe déjà son temps à me psychanalyser. Faut-il que Cooper s'y mette aussi ?

– Il aurait pu se tuer, là-haut, dis-je.

– *Tu* aurais pu te tuer, là-haut, Heather.

– Non, impossible, je rétorque du ton le plus raisonnable possible. Je suis extrêmement prudente. Pour ce qui est de... comment tu as dit... de courir après les assassins... je te l'ai répété... je ne crois pas que ces filles étaient...

– Heather...

Cooper secoue la tête.

– Pourquoi tu n'appellerais pas ton agent pour lui demander de te trouver un concert ?

J'en reste bouche bée.

– Hein ? Qu'est-ce que tu racontes ?

– Il est clair que tu meurs d'envie de remonter sur scène. Je respecte le fait que tu veuilles obtenir un diplôme, mais l'université ne convient pas à tout le monde, tu sais ?

– Mais...

Je n'en crois pas mes oreilles ! Mon service à l'hôpital ! Mon prix Nobel ! Notre premier rendez-vous ! Notre agence de détectives privés, et nos trois enfants – Jack, Emily et Rose, la petite dernière !

– Impossible... je ne peux pas ! je m'écrie, avant de me raccrocher au seul argument qui me vient à l'esprit : Je n'ai pas assez de chansons pour donner un concert.

– Cause toujours, dit Cooper, les yeux rivés sur les numéros qui défilent à la vitesse grand V tandis que nous descendons, 14, 12, 11...

– Que... qu'est-ce que tu veux dire par là ? je bafouille, pétrifiée.

C'est vrai, alors. Il m'imagine sur scène ! Il m'entend ! Pour de bon !

Or, voilà que c'est au tour de Cooper de paraître mal à l'aise. Il regrette d'avoir parlé, comme l'indique sans équivoque sa mine contrariée.

– Aucune importance. Laisse tomber !

– Non. Tu insinuais quelque chose.

Pourquoi refuse-t-il de le reconnaître ? De reconnaître qu'il m'a entendue jouer ?

Je sais pourquoi. Je sais pourquoi, et ça me plonge dans le désespoir.

C'est parce qu'il les déteste. Mes chansons. Il les a entendues, et trouve qu'elles craignent un max.

– C'est-à-dire ?

– Laisse tomber, répète Cooper. Tu as raison. Tu n'as pas assez de chansons pour donner un concert. Oublie ce que j'ai dit, tu veux bien ?

La cabine atteint le rez-de-chaussée. Cooper tire violemment la porte et me la tient, mais son expression est moins galante que franchement féroce.

Super. Maintenant, il m'en veut à mort !

Nous voilà dans le hall et, vu qu'il est encore assez tôt (du moins pour des gamins de dix-huit ans), nous sommes les seules personnes alentour, à l'exception de Pete et du RE de service à la réception. Le premier est plongé dans la lecture d'un tabloïd, le second écoute, extatique, un CD de Marilyn Manson.

Je devrais lui poser la question. La lui poser carrément. Il ne dira jamais qu'elles craignent. Il n'est pas comme son père. Ni comme Jordan.

Or, justement... Je n'ai pas de mal à supporter les critiques du père de Cooper. Ou de son frère. Mais les critiques de Cooper ?

Non ! Parce que si les chansons ne lui plaisent pas...

Oh, nom de Dieu, Heather, cesse de te comporter comme une gosse ! POSE-LUI LA QUESTION ! ALLEZ, VAS-Y !

– Heather, commence Cooper, en passant la main dans ses cheveux. Écoute. Je pense simplement que...

Avant que j'aie eu la possibilité d'entendre ce que pense Cooper, Rachel déboule dans le hall.

– Oh, vous êtes là ! s'exclame-t-elle en nous apercevant. Gavin attend dans ma salle de réunion. Je vais m'entretenir avec lui dans un petit moment. Je te suis tellement reconnaissante de l'avoir fait descendre. Au fait, Heather, je me demandais si tu pouvais faire venir le RE de service pour qu'il affiche ces tracts.

Rachel me tend une liasse de papiers. J'y jette un coup d'œil et constate qu'ils annoncent un concours de play-back, que le conseil des étudiants a décidé d'organiser ce soir, après dîner, à la cafétéria.

– Au début, j'ai failli leur refuser l'autorisation, commente Rachel, éprouvant visiblement le besoin de se justifier. Tout de même, un concours de play-back, après ces deux morts tellement tragiques... Mais Stan pense que ça peut faire du bien aux gamins, de se changer les idées. Et je n'ai pu qu'accepter.

Stan. Waouh. Rachel est de plus en plus pote avec le boss.

– Ça me paraît une bonne idée, je réplique.

– J'allais recharger mes batteries à la cafétéria, avant d'asticoter Gavin, explique-t-elle en brandissant sa tasse au logo de l'Association américaine de conseil et d'aide. Ça vous tente de vous joindre à moi ?

La question s'adresse à nous deux, mais c'est Cooper qu'elle regarde.

Oh mon Dieu ! Rachel vient d'inviter Cooper à prendre un café avec elle. *Mon* Cooper.

Sauf qu'elle ignore que c'est *mon* Cooper. Ce n'est pas mon Cooper, d'ailleurs. Et, à ce train-là, il ne le sera probablement jamais...

Dis-lui non ! Je tente de lui imposer mes pensées par télépathie, comme dans *Star Trek. Dis-lui non ! Dis-lui non ! Dis-lui non...*

– Merci, mais je ne peux pas, s'excuse Cooper. J'ai du travail.

Bingo !

Rachel sourit.

– Une autre fois, peut-être ?

– Avec plaisir.

Et Rachel s'éloigne, ses talons claquant sur le sol.

– Écoute, faut que je me remette au boulot, dis-je une fois Rachel partie, sans laisser paraître que je viens d'utiliser sur lui le pouvoir télépathique des Vulcaniens.

J'espère qu'il ne va pas me reparler de ce dont nous avons discuté dans l'ascenseur. Je crains que ce ne soit trop pour moi. Avec la nouvelle des fiançailles de Jordan, j'ai eu ma dose. Il y a des limites à ce qu'une fille peut endurer en une seule journée, pas vrai ?

Peut-être Cooper en est-il conscient ? Ou bien ma façon d'éviter son regard lui met-elle la puce à l'oreille ?

Toujours est-il qu'il se contente d'un :

– C'est bon. À plus tard, alors. Et, Heather...

Mon cœur bondit dans ma poitrine. Non. Pitié. Pas maintenant. J'étais à deux doigts de m'en tirer...

– La bague, dit-il.

Une seconde. Quoi ?

– Quelle bague ?

– Celle de Tania.

Oh ! La bague de fiançailles de Tania ! Celle qui ressemble comme deux gouttes d'eau à celle que j'ai renvoyée à la figure de son frère !

– Ouais ?

– Ce n'est pas la tienne.

Et il s'en va.

14

Tu la trouves
Tellement distinguée
Moi je la trouve
Archi-névrosée !

Pourquoi l'avoir choisie ?
Pourquoi elle et pas moi ?
Elle n'a pas besoin de toi
Elle a besoin d'un psy !

Qu'est-ce qu'elle a de plus que moi ?
Moi, je t'aurais tout donné
Alors pourquoi l'aimer ?
Pourquoi elle et pas moi ?

« Qu'est-ce qu'elle a de plus que moi ? »
Interprété par Heather Wells
Paroles et musique : O'Brien/Henke
Extrait de l'album *Espionne de ton cœur*
Disques Cartwright

L'association des étudiants a été bien inspirée en organisant à Fischer Hall un concours de play-back. Car, disons-le franchement, l'université de New York est essentiellement fréquentée par des gosses qui, tout comme moi, adorent se produire en public.

Ce qui explique sans doute pourquoi on m'a demandé de faire partie du jury, honneur que je me suis empressée d'accepter. Non parce que je meurs d'envie de remonter sur scène, comme l'a suggéré Cooper, mais parce que si je veux pouvoir mettre un jour la main sur le mystérieux Mark/Todd (à supposer qu'il existe), c'est dans ce genre de manifestation interne qu'il faut que je le cherche, vu que le type réside très certainement à Fischer Hall.

Et qu'il est fort possible qu'il y travaille aussi, comme me l'avait suggéré – en me taquinant, je le sais – l'inspecteur Canavan.

Il m'est quasiment impossible d'imaginer que l'assassin puisse être l'un de mes collègues. Or, comment expliquer autrement qu'il ait eu accès à l'armoire à clés ? Sans parler du fait que les dossiers des deux filles se trouvaient dans le bureau de la directrice. Non que ce soit forcément en rapport avec leur mort, mais comme Sarah ne manquerait sans doute pas de le formuler, toutes deux avaient un passif...

Un passif qui était mentionné dans leur dossier.

Le problème, c'est que les quinze RE, ainsi que la totalité de l'équipe de maintenance, possèdent les clés du bureau que nous partageons, Rachel et moi. Par conséquent, si un gars écume les dossiers pour repérer des filles inexpérimentées et potentiellement fragiles qu'il puisse facilement séduire, je dois le connaître.

Mais qui cela peut-il bien être ? Qui, parmi les gens que je connais, serait capable de commettre un acte aussi affreux ? L'un des RE ? Parmi les quinze, sept sont des garçons – et aucun ne me donne l'impression d'être un tombeur, et encore moins un tueur psychopathe. À vrai dire, collant à l'image traditionnelle des RE, ils sont tous plutôt nunuches – le genre qui croit les résidents quand ceux-ci leur racontent qu'ils fumaient des cigarettes au clou de girofle et non des pétards. Sincèrement, ils ne voient pas la différence !

Par ailleurs, tout le monde les connaît dans le bâtiment : leur groupe se livre, à l'heure du dîner, à des interventions – sous forme de sketches ou autres – destinées à sensibiliser les étudiants à l'usage du préservatif. Si Mark/Todd avait été RE, Lakeisha l'aurait forcément déjà vu.

Pour ce qui est des employés de l'équipe de maintenance, ils sont tous d'origine hispanique et âgés de plus de cinquante ans. Seul Julio parle assez bien anglais pour être compris par les non-bilingues.

Par ailleurs, tous travaillent à Fischer Hall depuis des années. Pourquoi se mettraient-ils tout à coup à assassiner des gens ?

Ne restent donc que les femmes du personnel. Je devrais, dans un souci de parité, les inclure dans ma liste de suspects...

Sauf qu'aucune d'entre elles n'a pu laisser le préservatif dans la chambre de Roberta.

Mais j'imagine que je suis la seule à trouver bizarre que deux filles – qui avaient toutes deux un dossier dans mon bureau, et qui ont toutes deux déniché un petit ami à une semaine d'intervalle – aient soudain décidé d'aller surfer dans la cage d'ascenseur et fait une chute mortelle, au moment précis où la clé des portes palières s'était volatilisée. Pour réapparaître aussitôt après la découverte d'au moins l'un des deux corps.

C'est pourquoi, à sept heures ce soir-là, je sors discrètement de la maison – je n'ai pas échangé trois mots avec Cooper depuis l'incident de ce matin dans l'ascenseur, et ça me va très bien, étant donné que je ne vois vraiment pas ce que je pourrai lui dire la prochaine fois qu'on se croisera.

Or, sur qui je tombe ? Sur Jordan, qui gravit au même moment les marches du perron.

– Heather ! s'écrie-t-il.

Il porte une de ses chemises bouffantes archi-ringardes, et un pantalon en cuir.

Eh oui, je suis désolée de devoir le constater. Un pantalon en cuir.

Le pire, c'est que ça lui va pas mal du tout.

– Je suis venu voir comment tu allais, fait-il d'une voix dégoulinante de sollicitude pour ma santé mentale.

– Je vais très bien ! dis-je en claquant la porte, avant de m'attaquer aux serrures.

Ne me demandez pas pourquoi nous en avons autant quand la maison est équipée d'une alarme anti-vol et défendue par un chien, sans parler de la protection dont nous bénéficions de la part des rastas du coin. Toujours est-il que...

– Passez une bonne soirée ! nous lance l'un des dealers.

– Merci, je lui réponds avant de m'adresser à Jordan : Je suis désolée. Je n'ai pas le temps de discuter. On m'attend ailleurs.

Jordan me suit en bas des marches.

– C'est juste que... je ne sais pas si tu es au courant... pour Tania et moi. Je voulais t'en parler l'autre jour, mais tu t'es montrée tellement agressive... Je ne voulais pas que tu l'apprennes comme ça, Heather, dit-il sans me lâcher d'une semelle tandis que je longe le trottoir d'un pas rapide. Je te jure, je voulais être le premier à te le dire.

– Ne te fais pas de souci pour ça, Jordan. Vraiment.

Mais pourquoi ne veut-il pas s'en aller ?

– Hé ! interpelle l'un des dealers, en nous barrant la route. Tu serais pas ce gars...

– Non ! rétorque Jordan avant d'ajouter à mon intention : Heather ! Tu veux pas ralentir un peu ? Il faut qu'on parle.

– Ce n'est vraiment pas nécessaire, je lui assure d'une voix aussi gaie que possible. Je vais bien. Tout baigne.

– Tout ne baigne pas ! proteste Jordan. Je ne supporte pas de te voir souffrir comme ça ! Ça me déchire le...

– Ohé, dis-je au dealer qui ne veut pas nous lâcher. C'est Jordan Cartwright. Tu sais, le chanteur d'Easy Street.

– Le mec d'Easy Street ! s'exclame-t-il en montrant Jordan du doigt. Je savais bien ! Hé, les gars, visez un peu ! crie-t-il à ses copains. C'est le mec d'Easy Street !

– Heather !

Jordan est assailli par une meute de chasseurs d'autographes.

Je poursuis mon chemin.

Et qu'auriez-vous fait à ma place ? Il est fiancé, après tout. FIANCÉ ! Et pas avec moi.

Il n'y a rien à ajouter. Et puis j'ai des affaires plus pressantes.

Rachel paraît un peu surprise de me voir franchir le seuil de Fischer Hall à la nuit tombée. En me voyant entrer dans le hall, elle écarquille les yeux.

– Heather ! Qu'est-ce que tu fais là ?

– On m'a demandé d'être juré.

Dieu sait pourquoi, elle semble soulagée. Je comprends une seconde plus tard.

– Oh tant mieux ! Un autre juré pour le concours de

play-back. C'est formidable. J'espérais que Sarah et moi ne serions pas les seules à juger. Comment aurions-nous départagé les candidats ?

– Heather !

Jordan vient de débouler dans le hall.

Autour de nous, tous – l'ayant aussitôt identifié – retiennent leur souffle. Puis se mettent à chuchoter : « Ce serait pas... », « Non, pas possible ! », « Si, c'est lui ! », « Regarde-le ! »

– Heather ! dit Jordan, s'avançant à grands pas vers Rachel et moi.

Sous la chemise bouffante, ses grosses chaînes en or frémissent sur sa poitrine haletante.

– Je t'en prie, il faut qu'on parle.

Je me tourne vers Rachel qui fixe Jordan, les yeux ronds comme des soucoupes.

– Voici un juré de plus pour toi, lui dis-je.

C'est ainsi que nous nous retrouvons, Jordan et moi, une écritoire à pince sur les genoux, au premier rang d'une assemblée de près de quatre cents personnes assises sur des chaises, en face du gril et du bar à salades, fermés pour l'occasion. Vous imaginez combien il est difficile, pour Jordan, de me parler de notre relation, quand bien même il en meurt d'envie.

Ça me va très bien – même si ma seule raison d'être ici, c'est de traquer le mystérieux Mark/Todd, et qu'en cela ça ne va guère m'aider d'être juré.

Mais tant mieux si ça peut me permettre de ne pas avoir à écouter les excuses de Jordan quant à son comportement. D'ailleurs, je ne vois pas pourquoi il se soucie tant de ce que je pense de lui, alors qu'il m'a si clairement fait comprendre qu'il ne voulait plus de moi... Sarah aurait peut-être une explication ?

La présence de Jordan met les gamins dans tous leurs états. Ils ignoraient que le jury compterait une célébrité. (Moi, je ne compte pas. Les quelques ados qui m'ont reconnue à l'entrée ne m'accordent pas la moindre attention. Ce soir, il n'y en a que pour Jordan... même si je crains que certains ne se moquent de lui à cause de la chemise bouffante, d'Easy Street et tout le tralala.) Le fait que Jordan soit là donne au concours une crédibilité qui lui avait jusque-là fait défaut.

Et rend visiblement les candidats encore plus nerveux.

Le bar à salades abrite une complexe installation son et lumière, et les étudiants tournent autour, discutant et se gavant de chips et de sodas gratuits. Je cherche à repérer les couples, ou les duos, garçon et fille, qui se sont isolés pour discuter. Car si Todd/Mark a l'intention de frapper à nouveau, il a ici l'embarras du choix, parmi les étudiantes de première année.

Mais je ne vois que des groupes de gosses : des garçons, des filles, des Blancs, des Noirs, des Asiatiques et tout ce que vous voulez, en jean et en tee-shirt, qui s'interpellent joyeusement en engouffrant des chips mexicaines.

Miam... des chips mexicaines !

Sarah, assise à côté de Jordan, ne le quitte pas des yeux. Elle l'assaille de questions sur l'industrie du disque, les mêmes qu'elle m'a posées quand nous nous sommes rencontrées. Du type : N'avait-il pas eu le sentiment de vendre son âme, en jouant dans cette pub Pepsi, ou en participant au concert de mi-temps du Superbowl ? Comment vivait-il sa vocation ? Est-ce que ça le dérangeait, de maîtriser le chant, mais de ne pas savoir jouer d'un instrument ? Cela ne signifiait-il pas, dans un sens, qu'il n'était pas un véritable musicien, mais un simple porte-parole – grâce auquel les disques Cartwright pouvaient assouvir leur désir d'expansion et de domination ?

Lorsque les lumières s'éteignent enfin, et que le président de la résidence, Greg, se lève pour saluer tout le monde, j'ai sérieusement pitié de lui.

Enfin arrive le premier numéro. Un trio de filles interprète en play-back la nouvelle chanson de Christina Aguilera, chorégraphie incluse. Dans la pénombre, je peux passer en revue l'assistance sans trop me faire remarquer.

Les étudiants sont venus en nombre. Les sièges sont presque tous occupés, et la cafétéria en contient quatre cents. Sans compter les gamins adossés au mur, au fond de la salle, qui huent, applaudissent et, en règle générale, se comportent comme des ados de dix-huit ans vivant pour la première fois loin de chez papa-maman.

À côté de moi, Jordan fixe les pseudo-Christina en tenant fermement son écritoire à pince. Pour un juré enrôlé de force, il paraît prendre son rôle très au sérieux.

Ou peut-être ne fait-il mine d'être intéressé que pour dissuader Sarah de lui poser davantage de questions ?

Le trio finit par cesser de remuer des hanches, et quatre garçons lui succèdent sous le feu des projecteurs. Les murs de la cafétéria vibrent au son des basses – ils interprètent le tube de *NSync « Bye Bye Bye », et je plains le voisinage, qui comprend, entre autres, une église épiscopalienne.

Les gars y vont à fond. Ils connaissent la chorégraphie sur

le bout des doigts – je ris tellement que je manque de faire pipi dans ma culotte.

Or, je constate que Jordan ne rit pas du tout. Il n'a pas l'air de réaliser qu'il s'agit d'une parodie des boys band. Il s'applique à les noter, pour l'originalité, et pour la maîtrise des paroles.

Le plus sérieusement du monde.

Jetant un coup d'œil par-dessus l'écritoire à pince – je leur donne une majorité de cinq sur dix, vu qu'ils ne sont pas costumés –, je remarque un homme de grande taille errant dans la salle à manger, les mains enfoncées dans les poches de son treillis.

Au début, je crois reconnaître le président Allington. Mais le président ne porte jamais de treillis, il leur préfère – comme je pense l'avoir mentionné plus tôt – les pantalons à pinces blanc cassé. Le nouveau venu ne pourrait pas être le président de la fac, il est beaucoup trop bien habillé.

Lorsqu'il s'avance dans un rai de lumière provenant du distributeur de sodas, je réalise qu'il s'agit de Christopher Allington, le fils du président. Ce qui explique la confusion.

Il arrive à Christopher de se montrer. Après tout, ses parents habitent juste au-dessus. Sans doute est-il descendu pour savoir le pourquoi de tout ce raffut.

Or, lorsqu'il se dirige vers un groupe d'étudiants adossés à un mur, tout au fond de la salle, je commence à me poser des questions. Que fait-il ici, au juste ? Ce n'est plus un étudiant de première année, il prépare son diplôme de droit.

Pete m'a raconté que, lorsque les Allington ont débarqué après avoir quitté la fac d'Indiana où le directeur occupait son poste précédent, ils ont tout fait pour cacher que

Christopher avait raté son examen d'entrée à l'université de New York. Visiblement, son père a fait appel à ses relations de manière à ce qu'il y entre tout de même.

Certes, avec une mère alcoolique et un père qui se balade devant tout le monde en débardeur, le pauvre gosse n'a pas été gâté côté gènes, et méritait un petit coup de pouce.

*NSync achève bruyamment son morceau, et un pseudo-Elvis tente sa chance. Durant son interprétation de « Viva Las Vegas », et vu qu'il n'y a pas grand-chose à voir, je regarde Christopher Allington se fondre dans l'assistance. Il se fraye un chemin dans la foule, avant de s'installer sur une chaise, derrière un rang uniquement composé de filles. Toutes sont étudiantes de première année – on le devine à leurs gloussements embarrassés. Elles n'ont pas encore pris le pli, comme le prouvent leurs visages dépourvus de piercings, leurs cheveux non décolorés et leurs vêtements Gap. L'une d'entre elles, un peu plus raffinée que les autres, se retourne sur sa chaise et se met à discuter avec Christopher, qui se penche en avant pour mieux l'entendre. La voisine de la fille refuse délibérément de se joindre à la conversation, regardant droit devant elle.

Mais il est clair qu'elle n'en loupe pas une miette.

Elvis achève sa prestation sous d'honorables applaudissements, puis Marnie Villa Delgado – oui, la camarade de chambre d'Elizabeth Kellogg – monte sur scène. Elle est littéralement ovationnée. Je m'efforce de ne pas penser que, si on l'applaudit ainsi, c'est parce qu'elle a gagné une chambre individuelle jusqu'à la fin du semestre...

Marnie, coiffée d'une longue perruque blonde et vêtue d'un jean taille basse, salue poliment. Et voilà qu'elle se lance dans une chanson qui me dit vaguement quelque chose. Au début, impossible de la reconnaître. Tout ce que je sais, c'est que je ne l'aime pas beaucoup...

Et soudain, ça y est ! C'est « Une envie de sucré ». Marnie se donne à fond dans l'interprétation de la chanson qui, dix ans plus tôt, m'a fait entrer dans tous les foyers du pays – ou, du moins, dans ceux qui comptaient une fille préadolescente parmi leurs membres.

À côté de moi, Jordan s'esclaffe. Certains des étudiants qui sont au courant de mon passé rient avec lui. Marnie elle-même m'adresse un regard sournois en mimant les paroles : « J'oublie les calories/Pas moyen de résister. »

Je souris en m'efforçant de ne pas laisser voir mon malaise. Me concentrer à nouveau sur Christopher m'y aide. Il est toujours en train de baratiner la rangée de devant. Il est enfin parvenu à attirer l'attention de la fille timide. Sans être jolie, elle a un visage plus intéressant que sa camarade plus vive. Elle s'est retournée sur son siège et, les genoux remontés sur la poitrine, sourit timidement à Christopher en repoussant derrière ses oreilles des mèches rebelles de cheveux roux.

Sur la scène, la façon qu'a Marnie d'agiter sa perruque blonde – et ses hanches – suscite l'hilarité du public. J'espère de tout cœur que cela ne se veut pas une imitation fidèle.

Et alors, comme ça, tout d'un coup, je réalise que Christopher Allington pourrait être Mark.

Ou Todd.

15

Tu es un ouragan
Qui souffle dans mon cœur
Tu es un ouragan
Et tu feras mon malheur

Tu détruis tout
Sur ton passage
Mais qui sait, après tout
Qui de nous rira le dernier ?
Tu es un ouragan
Tu as emporté mon cœur

« Tu es un ouragan »
Interprété par Heather Wells
Paroles et musique : Dietz/Ryder
Extrait de l'album *Espionne de ton cœur*
Disques Cartwright

Je ne mentirais pas en disant que mon sang s'est figé.

OK, c'est juste une façon de parler. Mais j'ai quand même eu le sentiment que quelqu'un me renversait du Coca glacé dans le dos, ou un truc dans ce goût-là.

Tout à coup, j'ai les mains si moites que j'ai du mal à tenir l'écritoire. Mon cœur bat plus fort, mais irrégulièrement, comme la fois où j'ai chanté mes compositions devant le père de Jordan, et qu'il m'a ri au nez.

Christopher Allington ? Christopher Allington ? Pas possible !

Sauf que…

Sauf que Christopher Allington circule librement dans le bâtiment. Il n'a pas à noter ses entrées et sorties sur le registre, et a le droit de demander à être introduit dans le bureau de la directrice quand ça lui chante. Je le sais parce qu'un jour, alors que les RE déploraient qu'il n'y ait jamais de papier dans la photocopieuse le lundi matin, Rachel avait rétorqué que c'était à cause de Christopher Allington – qui, tous les dimanches soir, demandait à l'un des employés de l'équipe de maintenance de lui ouvrir notre bureau pour pouvoir photocopier les notes de cours de ses camarades.

Par conséquent, il aurait fort bien pu consulter les dossiers de Rachel, y repérer des victimes potentielles : des filles inexpérimentées et influençables, qu'il pourrait aisément séduire.

Et ensuite, il ne lui restait plus qu'à faire connaissance, en entamant d'innocentes conversations et en se présentant sous un faux nom… Tout ça, histoire de s'envoyer en l'air sans trop de frais. Il n'avait qu'à piocher, en somme, dans son petit harem d'étudiantes de première année.

Mon Dieu. C'est diabolique. C'est ingénieux. C'est…

Totalement tiré par les cheveux ! Cooper se moquerait de moi.

Mais Cooper n'est pas là…

Et Christopher Allington est drôlement séduisant. Il mesure plus d'un mètre quatre-vingts, a de longs cheveux blonds dégradés sur la nuque. Il a la beauté juvénile… d'un chanteur de boys band. Quelle étudiante de première année ne serait pas flattée qu'il la remarque… si flattée qu'elle accepterait de coucher avec lui en très peu de temps ? Nom de Dieu, il est mignon, raffiné, et plus âgé… N'importe quelle fille de dix-huit ans craquerait pour lui. N'importe quelle fille de *vingt-cinq* ans craquerait pour lui. Ce type n'a pas de souci à se faire.

Pourquoi les a-t-il tuées ? Tomber les nanas est une chose, les tuer en est une autre. Et puis, n'est-ce pas nuire à son propre intérêt ? Une fois mortes, impossible de refaire des galipettes avec elles.

Et surtout, *de quelle façon* les a-t-il tuées ? Enfin, je sais de quelle façon – à supposer qu'elles aient bien été assassinées –, mais comment est-il parvenu à précipiter des femmes adultes dans une cage d'ascenseur alors qu'elles devaient de toute évidence se débattre ? Les aurait-il droguées ? Si ç'avait été le cas, le médecin légiste n'aurait-il pas trouvé de traces ?

J'ai le visage en feu. Je m'évente à l'aide de l'écritoire et me concentre à nouveau sur Marnie. Elle s'apprête à achever son numéro avec, notamment, des mouvements giratoires du bassin comme je n'en ai pas vu depuis la dernière prestation de Shakira aux Music Video Awards de MTV. Il est clair, à présent, qu'elle ne m'imite pas. J'ai toujours dansé comme un pied, et fait le désespoir de tous les chorégraphes auxquels j'ai eu affaire. J'avais du mal, prenaient-ils plaisir à me répéter, à séparer mon esprit de mon corps, et à me laisser aller.

Marnie effectue une sorte de salto arrière qui s'achève en grand écart et toute l'assistance lui fait une standing ovation. Je me lève moi aussi... et me dirige vers elle. Lakeisha est peut-être rentrée chez elle, mais Marnie est bien là, et va peut-être pouvoir me dire si sa camarade de chambre était jamais, oui ou non, sortie avec Christopher Allington.

Or, Jordan me saisit par le bras avant que j'aie pu m'éloigner d'un pas.

– Tu vas où comme ça ? demande-t-il d'un ton soucieux. Tu n'essaies tout de même pas de t'esquiver d'ici avant qu'on ait pu parler, n'est-ce pas, Heather ?

Jordan est parfumé au Drakkar noir, ce qui me trouble. Il portait du Carolina Herrera pour homme, quand il était avec moi – le Drakkar noir vient donc clairement de Tania.

– Je reviens dans une minute, je promets en lui tapotant le bras pour le rassurer.

Drôlement musclé, son bras. Il a fait de la gonflette en préparation de sa tournée, et le résultat est impressionnant.

– C'est promis, j'ajoute.

– Heather... commence Jordan, mais je ne le laisse pas finir sa phrase.

– C'est promis. Une fois le spectacle terminé, on aura une vraie discussion.

Cela semble apaiser Jordan.

– D'accord. Très bien.

Je vois Marnie traverser la partie de la cafétéria où tous les autres candidats se sont rassemblés pour attendre la décision des jurés. Alors que le groupe suivant se prépare à entrer en scène, je me précipite vers elle.

Marnie a retiré la perruque blonde et essuie son visage couvert de sueur. Elle sourit en me voyant approcher.

– Bravo, Marnie. Jolie prestation !

– Oh, merci, minaude-t-elle. J'avais peur que ça vous vexe. J'ai fini par vous reconnaître, comme vous voyez.

– Ouais. Écoute... il faut que je te demande quelque chose. Ce type qu'Elizabeth fréquentait, juste avant sa mort... c'est possible qu'il se soit prénommé Chris ?

Marnie, visiblement déçue que je ne sois venue la trouver

que pour lui reparler de sa camarade de chambre décédée, hausse les épaules d'un air indifférent.

– Je ne sais pas. Un truc dans le genre… Chris ou Mark.

– Merci.

Elle se retourne et, s'adressant à l'une des filles du trio de pseudo-Christina Aguilera, fait un commentaire désobligeant à l'égard de l'un des participants. Je suis obligée de tendre la main, et de la tirer par la manche.

– Euh… Marnie ?

Elle se tourne à nouveau vers moi.

– Quoi ?

– Tu vois cette fille, là-bas, au cinquième rang ? Sur la dixième chaise, environ, en partant de la gauche ? Qui parle avec un type blond ?

Marnie regarde. Écarquille les yeux.

– Il est hyper-mignon. C'est qui ?

– Alors, tu ne le connais pas ?

– Pas encore, réplique-t-elle, laissant entendre qu'elle compte bien y remédier.

Je m'efforce de dissimuler ma déception. Peut-être que si j'arrivais à mettre la main sur une photo de Christopher Allington, je pourrais choper Lakeisha à la sortie de l'un de ses cours, et ainsi faire en sorte qu'elle l'identifie…

C'est alors que j'ai une autre idée.

– La fille, tu la connais ? je demande à Marnie.

Elle pince les lèvres.

– Vaguement. Elle a sa chambre au douzième étage. Je crois qu'elle s'appelle Amber, ou un truc dans le genre.

Amber. Parfait. J'ai un nom, à présent. Et l'étage qui va avec.

Je retourne à ma place, tandis que deux gars travestis se lancent dans une interprétation de « Dude Looks Like a Lady ». Jordan se penche et me chuchote à l'oreille :

– Qu'est-ce que tu étais allée faire ?

Je me contente de sourire, avec un haussement d'épaules. Inutile de crier avec tous ces décibels. De plus, Sarah me foudroie du regard, par-dessus son écritoire à pince. Je crois qu'elle n'apprécie pas que je fraternise avec les participants, étant donné que cela pourrait influencer mon jugement.

Je reste donc coincée sur ma chaise, impuissante, pendant que Christopher est peut-être (et même certainement) en train d'emballer sa prochaine victime. Amber – à ce que je peux en juger car, ne voulant pas avoir l'air de l'observer, je me contente de lui jeter de rapides coups d'œil – s'anime de plus en plus, du fait de l'attention que lui porte Christopher. Elle tripote ses cheveux brun-roux, se tortille sur son siège, ne cesse de sourire et se comporte, de manière générale, comme une fille n'ayant encore jamais suscité l'intérêt d'un beau garçon. J'observe la scène d'un œil inquiet. Va-t-on, demain matin, retrouver le corps d'Amber au fond de la cage d'ascenseur ?

Si ce n'est que je n'arrive pas à voir en Christopher un type capable de tuer. Déniaiser les vierges, peut-être. Mais les assassiner ?

Certes, le mari d'Eva Peron avait beau être un débauché notoire, ça ne l'avait pas empêché – comme je l'ai lu quelque part – de tuer des tas de gens en Argentine – ce qui explique pourquoi Madonna ne voulait pas que les gens la pleurent, dans cette célèbre chanson « Don't cry for me, Argentina ».

Le concours de play-back s'achève enfin. Greg, le président

de la résidence, s'avance et annonce que les jurés vont entamer leurs délibérations. L'assistance se lève en masse, et fonce sur les chips mexicaines (les veinards !). Rachel fait pivoter sa chaise de manière à nous faire face, à Jordan, Sarah et moi.

– Alors, dit-elle en me souriant. Qu'est-ce que tu en as pensé ?

Je pense qu'on est mal barrés ! Drôlement mal barrés. Et pas à cause du concours ! j'aimerais répliquer.

Au lieu de ça, je réponds :

– J'ai bien aimé Marnie.

– Ça m'étonne pas ! s'exclame Jordan. Mais les gars qui ont interprété la chanson de *NSync étaient bien meilleurs. Ils connaissaient la chorégraphie par cœur. Je leur ai mis dix partout.

– Comme parodie des boys band, c'était très amusant, concède Sarah.

– Euh... moi, j'ai bien aimé Marnie.

Rachel approuve sincèrement mon choix :

– Et elle a subi une telle épreuve ! C'est le minimum que nous pourrions faire, pas vrai ?

Désireuse de voir tout cela se terminer au plus vite afin de pouvoir me retirer pour aller parler avec Chris, je propose :

– Ouais, je suis d'accord. Donnons la première place à Marnie, la deuxième au boys band et la troisième au trio de Christina Aguilera.

Jordan paraît un peu vexé que nous ayons ignoré son avis, mais ne proteste pas.

Rachel va communiquer notre décision à Greg, et je me retourne sur mon siège pour jeter un nouveau coup d'œil à Christopher...

… qui se dirige à cet instant précis vers la sortie, un bras nonchalamment placé autour de l'épaule d'Amber.

Je bondis aussitôt hors de ma chaise, sans dire un mot à Jordan ou aux autres. Je l'entends qui m'appelle, mais je n'ai pas de temps à perdre en explications. Christopher et Amber ont déjà à moitié franchi la salle de télé. Si je n'agis pas rapidement, cette fille risque de finir en compote au fond de la cage d'ascenseur.

Or, à ma grande stupéfaction, au lieu de s'approcher des ascenseurs, Christopher et Amber sortent du bâtiment par l'entrée principale.

Je les suis, passant en flèche devant les groupes de jeunes rassemblés dans le hall. C'est à la nuit tombée que le bâtiment commence réellement à s'animer. Des résidents que je n'ai encore jamais vus, accoudés au comptoir de l'accueil, discutent avec le RE de service. Le gardien – pas Pete, qui ne travaille que la journée – asticote un groupe d'ados qui prétendent connaître quelqu'un dont ils ont oublié le nom, au cinquième étage. Pourquoi le gardien ne veut-il pas être cool et les laisser monter ? protestent-ils.

Je fonce parmi tout ce monde, ouvre grand les portes et me précipite dehors, dans la tiédeur d'une belle soirée d'automne.

Le soir, Washington Square grouille de flics. De flics, mais aussi de touristes, de dealers et de joueurs d'échecs qui, assis à leurs tables, jouent jusqu'à minuit – heure de fermeture du parc – à la lueur des réverbères. Des lycéens de Westchester sillonnent tranquillement la rue, au volant de la Volvo de leurs parents, la radio réglée à un volume d'enfer. De temps à autre, on leur confisque leur véhicule, pour cause de tapage nocturne. C'est un lieu très agité, et l'on comprend pourquoi tant d'étudiants demandent des chambres donnant sur Washington Square... Les soirs où il n'y a rien d'intéressant à la télé, il reste toujours le spectacle de la rue.

Christopher et Amber sont justement en train d'en jouir. Appuyés à l'un des arbres en pot à l'entrée de Fischer Hall, ils fument en regardant la police procéder à une arrestation sur le trottoir d'en face. Christopher, les bras croisés sur la poitrine, tire sur sa cigarette à la façon de Johnny Depp ou Dieu sait qui, pendant qu'Amber gazouille tel un petit oiseau, et tient la sienne comme quelqu'un qui n'a guère l'habitude de fumer.

Il n'y a pas une seconde à perdre, j'en suis consciente. Je m'approche d'eux en prenant l'air décontracté. J'imagine que c'est ainsi que Cooper aurait géré la situation.

– Hé ! je lance à Christopher d'un ton aimable. Je peux te taxer une clope ?

– Bien sûr, répond Christopher.

Il tire un paquet de la poche de sa chemise, et me tend une cigarette.

– Merci.

Je la coince entre mes lèvres et me penche, de manière à ce que Christopher puisse l'allumer avec le Zippo qu'il vient de brandir.

Fumer n'a jamais été mon truc. Pour commencer, si vous êtes chanteuse, ça fiche en l'air vos cordes vocales. Et puis, je ne comprends pas comment, quitte à craquer, on peut préférer une cigarette à une barre chocolatée !

Mais, toujours plantée là, je fais mine d'avaler la fumée en me demandant comment je vais bien pouvoir enchaîner. Que ferait Nancy Drew ? Ou Jessica Fletcher ? Et cette autre... c'est quoi son nom déjà... la médecin légiste de *Preuves à l'appui* ? Nom de Dieu, je suis nulle comme détective ! Que va-t-il se passer quand nous vivrons ensemble, Cooper et moi – vous savez, une fois que j'aurai obtenu mon diplôme et tout le tralala ? Comment pourrons-nous jouer les Nick et Nora Charles, alors que Nora est incapable de faire correctement son boulot ? Voilà une pensée bien déprimante. Je m'efforce de la chasser de mon esprit.

Sur le trottoir d'en face, les flics sont en train d'arrêter un ivrogne qui a trouvé amusant de dévoiler les détails de son anatomie aux joueurs d'échecs. J'ignore pourquoi certains hommes ne peuvent s'empêcher d'exhiber leurs organes génitaux – d'autant plus que ceux qui le font ont, invariablement, un membre pas très impressionnant.

J'en fais la remarque à Christopher et Amber. Histoire, vous comprenez, d'entamer la conversation. Cela semble la choquer un peu mais Christopher, lui, éclate de rire.

– Ouais, approuve-t-il. Il devrait y avoir une loi. Au-dessous de quinze centimètres, les ivrognes ne devraient pas avoir le droit de la montrer.

Je le fixe, les yeux écarquillés. Plutôt marrant, ce Christopher Allington. Ted Bundy avait-il le sens de l'humour ? Oui, interprété par Mark Harmon dans le film que j'ai vu l'autre soir à la télé...

De l'autre côté de la rue, l'ivrogne insulte violemment les flics qui lui ont passé les menottes, et quelques-uns des joueurs d'échecs lui répondent sur le même ton. Les joueurs d'échecs sont bien loin de l'image raffinée qu'en donnent les médias, figurez-vous.

– Oh la la ! s'exclame Amber, lorsqu'une injure pas piquée des hannetons nous parvient aux oreilles. Chez nous, personne ne s'adresse comme ça à la police.

– Et c'est où, chez toi ? je l'interroge en faisant tomber la cendre de ma cigarette sur le trottoir d'un geste nonchalant – ou tout au moins censé l'être.

– À Boise, dans l'Idaho, précise-t-elle, comme s'il y avait plusieurs Boise.

– Boise, je répète. Je n'y suis jamais allée.

Pur mensonge. Je me suis produite à la salle des fêtes de Boise, devant cinq mille préados déchaînés, pendant la tournée d'*Une envie de sucré*.

– Et toi ? je demande à Christopher.

– Non. J'ai jamais mis les pieds à Boise. Hé, on se connaît pas, par hasard ?

– Ah bon ? dis-je en feignant l'étonnement. Je ne crois pas, non.

– Si. J'en suis sûr. Tu serais pas à la fac de droit ?

– Non, je réponds en tapotant à nouveau ma cigarette.

Les clopes filent peut-être le cancer et tout ce qui s'ensuit, mais rien de tel comme accessoire si vous cherchez à paraître naturel. Quand vous traquez un criminel potentiel, par exemple.

– Vraiment ? fait Christopher en exhalant par les narines un nuage de fumée pâle. (C'est pas juste. Il est rodé aux trucs de fumeurs.) Je suis sûr de t'avoir déjà vue quelque part.

– Ici même, sans doute. Moi, je te vois tout le temps. Tu es Christopher, le fils du président Allington, pas vrai ?

À croire que je viens de le frapper avec un sachet d'oursons gélifiés : il en est bouche bée. L'espace d'une seconde, je crains qu'il n'avale sa cigarette.

Mais il recouvre rapidement ses esprits.

– Euh... ouais. D'où tu sais ça ?

Il a les yeux gris et, pour le moment, son regard reste aimable.

– Quelqu'un m'a dit qui tu étais. Tu vis ici ? Avec tes vieux ?

Ça le pique au vif. Il s'empresse de rétorquer :

– Oh non. Enfin... j'ai mon appart à moi, mais c'est dans Midtown, et vu que je suis les cours ici...

– Tu n'es pas étudiant de première année, alors ? demande Amber. (Elle est un peu longue à la détente, on dirait...) Tu es à la fac de droit ?

– Ouais, reconnaît Christopher.

Il paraissait bien plus sûr de lui avant que je ne vienne lui tirer dans les pattes. Et ce qu'il ignore, c'est que j'ai encore une sacrée dose de munitions.

– Je ne savais pas que tu étais le fils du président Allington, lâche Amber d'une voix de petite souris, quelque peu teintée de reproche.

– Eh bien, je n'aime pas le crier sur les toits, marmonne Christopher.

– Et tu m'as dit que tu t'appelais Dave.

– Ah oui ?

Christopher aspire une dernière bouffée de sa cigarette, laisse tomber le mégot sur le trottoir et l'écrase du pied.

– Tu as sûrement mal compris, continue-t-il. Il y avait tellement de raffut là-dedans. Je suis sûr de t'avoir dit que je m'appelais Chris.

En face, les flics traînent l'ivrogne déculotté dans une voiture de patrouille. À présent, ils se sont regroupés autour du véhicule et remplissent des formulaires fixés sur des écritoires à pince, tout en buvant du café que quelqu'un vient de rapporter d'un bar, au coin de la rue. L'ivrogne frappe à grands coups sur la vitre de la voiture : lui aussi veut du café !

Personne ne fait attention à lui.

J'avoue, ça craint. Je suis en train de me révéler la pire détective au monde. Décidément, j'ai intérêt à suivre un module de justice pénale. Une fois que j'aurais accompli ma période d'essai de six mois, évidemment. Et que je pourrai commencer à assister gratuitement aux cours.

– C'est triste, hein ? je demande, d'une voix qui me semble, même à moi, bien trop guillerette. (On dirait la voix de miss Extra-small, la fille croisée l'autre jour dans la boutique de jeans.) Je veux dire... le nombre de paumés qu'il y a dans cette ville ! Comme cet ivrogne exhibitionniste qu'ils viennent d'embarquer ! Ou ces pauvres filles, dans le bâtiment... Celles qui sont mortes... de quelle façon, déjà ? Ah ouais. En surfant dans l'ascenseur. Difficile d'imaginer qu'on puisse faire un truc aussi bête, non ?

Je jette un coup d'œil à Chris pour voir comment il encaisse cette allusion directe à ses victimes. Ça ne semble guère le troubler...

... À moins d'interpréter comme un signe de trouble le fait d'allumer une nouvelle cigarette.

Et... euh... pourquoi pas ? Mais j'attendais quand même mieux, comme réaction.

– Oh ! souffle Amber, s'efforçant vaillamment de reprendre

sa place dans la conversation. C'est vrai ! Quelle tristesse ! Je connaissais la deuxième fille... enfin, plus ou moins. Un jour, on s'est retrouvées bloquées dans l'ascenseur en panne, toutes les deux. Ça n'a pas duré plus d'une minute, mais elle était dans tous ses états, car elle avait le vertige. Quand j'ai appris comment elle était morte, je me suis dit : « Quoi ? Comment une personne sujette au vertige a pu faire quelque chose d'aussi risqué ? »

– Tu parles de Roberta Pace, c'est ça ?

Je jette un nouveau coup d'œil à Christopher pour voir comment il prend ça.

Mais il est occupé à consulter sa montre, une Rolex. Une vraie, croyez-moi, et pas une de ces copies achetée quarante dollars dans la rue.

– Ouais, c'est comme ça qu'elle s'appelait. Mon Dieu, c'est pas affreux ? Elle était tellement gentille.

J'approuve d'un ton grave :

– C'est vrai. Et le plus bizarre, c'est pas qu'elle soit allée surfer dans l'ascenseur alors qu'elle était sujette au vertige. Le plus bizarre, c'est qu'on raconte qu'elle avait rencontré un type, la veille de sa mort et...

Je ne parviens pas à finir ma phrase. Car des doigts d'acier se sont refermés sur mon bras. Tout à coup, on me tire brutalement en arrière.

16

À dix heures du matin, réveil
Et puis la plage, sous le soleil
Un petit film l'après-midi
Et ça suffit pour aujourd'hui !

Le soir, mettre les voiles
Et sous un ciel plein d'étoiles
Danser, crier de joie
Oh, dites-moi pourquoi

C'est pas tous les jours l'été
Tous les jours l'été
Tous les jours l'été
Et pourquoi je ne passe pas
Toute l'année dans tes bras

« Été »
Interprété par Heather Wells
Paroles et musique : Dietz/Ryder
Extrait de l'album *Été*
Disques Cartwright

Je chancelle et tends la main pour reprendre mon équilibre. C'est alors que je sens l'inimitable tablette de chocolat, dure comme l'acier – et due à une fréquentation assidue des salles de gym.

Y a-t-il une seule partie de Jordan Cartwright qui ne soit pas dure ?

Pas sa tête, en tout cas...

– Qu'est-ce qui te prend ? demande Jordan, m'arrachant la cigarette de la bouche et l'écrasant du pied. Tu fumes, maintenant ? Il a suffi que tu vives quelques mois avec ce dégénéré de Cooper pour te mettre à fumer ? Tu ne sais pas quel effet a cette cochonnerie sur les cordes vocales ?

– Jordan !

Je n'arrive pas à croire qu'il me fasse ça ! Et devant mon principal suspect !

Je m'efforce de parler à voix basse, de façon à ce que Chris ne distingue pas mes paroles.

– Je n'avalais pas la fumée. Et d'abord, je ne vis pas avec Cooper, c'est clair ? Enfin... je vis dans sa maison, mais pas au même étage.

Et puis je cesse de chuchoter, car soudain, la colère m'envahit. Après tout, il se prend pour qui ?

– D'ailleurs, en quoi ça te concerne ? Dois-je te rappeler que tu es fiancé ? Et pas avec moi !

– Je suis peut-être fiancé avec une autre, Heather. Mais ça ne m'empêche pas de me soucier, profondément, de toi. Tu sais, papa m'avait dit que tu avais touché le fond, mais je ne savais pas à quel point. Un type comme ça, Heather ? Franchement... Enfin, il a aussi peu de classe que... (Jordan jette un coup d'œil au treillis de Chris et tressaille) que Cooper !

– Ce n'est pas ce que tu crois, Jordan.

Je regarde par-dessus mon épaule. Chris et Amber sont toujours là, trop loin – Dieu merci ! – pour nous entendre, même si nous avons haussé la voix. Chris semble relativement peu affecté par la conversation que nous venons d'avoir. Mais je remarque que, de temps à autre, ses yeux gris errent dans notre direction. Aurait-il peur ? Peur que la fête soit finie pour lui ?

Ou bien se demande-t-il juste où Jordan a acheté sa chemise bouffante ?

– Ne regarde pas ! je chuchote à l'attention de Jordan. Ce mec avec qui je parlais... je le soupçonne d'être un assassin.

Jordan examine Chris de la tête aux pieds.

– Je t'ai dit de pas regarder !

Jordan tourne la tête, et baisse les yeux vers moi.

– Oh, ma pauvre petite chérie ! Qu'est-ce que Cooper t'a fait ?

Je lutte pour échapper à son étouffante étreinte, ou du moins pour parvenir à m'exprimer sans avoir les poils de son torse dans la bouche.

– Cooper n'a rien à voir avec ça ! je proteste, consciente que le RE de service à l'accueil s'efforce de cacher un petit sourire narquois, en nous observant par les portes vitrées. Il y a des filles qui meurent dans cette résidence, et je pense que...

– Alors c'est là que vous étiez passés !

Nous pivotons tous deux sur nos talons et nous retrouvons face à Rachel, que nous n'avions vu ni l'un ni l'autre sortir du bâtiment.

– Vous avez raté la cérémonie de remise des prix, nous gronde Rachel d'un ton moqueur. Marnie était tellement émue qu'elle a pleuré.

– Waouh ! dis-je sans le moindre enthousiasme.

– Je suis venue vous chercher parce que j'ai pensé que ça vous dirait peut-être de venir boire un verre chez moi...

Jordan et moi échangeons un regard. Le sien brille d'un éclat désespéré. Dans le mien, j'ignore ce qu'il voit. De la confusion, sans doute. Rachel ne m'a invitée qu'une seule fois chez elle, pour boire un verre de vin, après l'installation à la résidence des étudiants de première année. Je m'étais sentie extrêmement mal à l'aise, et pas seulement parce qu'elle est ma patronne et que j'étais très désireuse de faire tout ce qui s'imposait pour réussir ma période d'essai, mais aussi parce que...

OK, je suis un peu désordonnée. Je reconnais qu'il y a plein d'affaires balancées en vrac dans mes placards, sous mon lit et... un peu partout, à vrai dire.

Or, chez Rachel, tout était rangé avec soin. Pas de magazine people oublié à côté des toilettes, comme chez moi, ni de soutiens-gorge pendus aux poignées de porte, ni d'emballages chiffonnés de barres de chocolat sur la table de nuit. À croire qu'elle attendait de la visite.

Soit ça, soit son appart est toujours nickel.

Non. Ce n'est pas possible... Ce ne serait pas *humain*.

Et puis, j'avais remarqué, parmi les quelques CD de sa collection – méticuleusement empilés par ordre alphabétique –, des artistes comme Phil Collins ou Faith Hill.

PHIL COLLINS. ET FAITH HILL.

Non qu'ils ne me plaisent pas. Au contraire, ce sont des artistes de grand talent. J'ai adoré cette chanson, « Circle of Life », les cinquante premières fois que je l'ai entendue...

– À vrai dire, Rachel, je glisse d'un ton prudent. Je suis très fatiguée.

– Moi aussi, glisse aussitôt Jordan. J'ai eu une longue journée.

Rachel est visiblement déçue.

– Oh. Une autre fois, peut-être ?

– Bien sûr, dis-je sans regarder Jordan.

Car, au fond, tout cela est sa faute. Rachel ne m'aurait jamais invitée à boire un verre sans la présence de Jordan. Elle avait fait mine de ne pas le reconnaître, mais j'avais entendu un RE la renseigner à son sujet. Demain, elle va sûrement m'assaillir de questions pour savoir s'il est toujours célibataire.

Vu qu'il gagne bien plus de cent mille dollars par an.

– Eh bien, dis-je, à demain matin.

– Oui, bonne nuit ! lance Rachel avec un sourire avant de s'adresser à Jordan : Enchantée d'avoir fait votre connaissance, Jordan.

– Pareil pour moi, répond-il.

Pour un peu, il aurait l'air sincère.

Je saisis son bras et l'entraîne vers Waverly Place avant que la conversation ne dégénère, et qu'il ne m'embarrasse davantage devant mes collègues de travail.

– Oh mon Dieu ! je m'écrie, tandis que nous marchons. Je devrais faire quoi, à ton avis ? Au sujet d'Amber, je veux dire... Et si elle allait être sa prochaine victime ? Je ne me le pardonnerais jamais... Mais je lui ai cassé son coup, avec cette histoire de prénom. Tu penses pas que je lui ai cassé son coup ? Elle va sûrement se méfier, à présent ? Oh, nom de Dieu ! À ton avis, je devrais aller prévenir la police ? Je n'ai aucune preuve que c'est lui, ceci dit... Sauf que... Sauf que Cooper a dû garder le préservatif ! Je pourrais m'en servir, exercer une pression sur lui, du genre : « Avoue ou bien je l'apporte aux flics ! » Un truc dans ce goût-là...

Jordan semble horrifié.

– Un *préservatif* ? Heather, qu'est-ce que tu...

– Je te l'ai dit ! je m'exclame en tapant du pied. Je traque un assassin – du moins, je le soupçonne d'en être un. Je le jurerais pas non plus. D'après ton frère, j'ai trop d'imagination. Mais honnêtement, Jordan, tu ne trouves pas ça bizarre ? Deux filles qui meurent en l'espace de deux semaines, alors que ni l'une ni l'autre n'a une réputation de surfeuse... et toutes deux viennent de sortir avec un garçon, pour la première fois de leur vie ? Enfin, ça ne te paraît pas louche ?

Nous tournons à l'angle et déboulons sur Waverly Place. L'un des rastas s'approche, en espérant sans doute que je vais enfin changer d'avis et accepter sa proposition.

– Cannabis ? Marijuana ?

– Tire-toi de là ! hurle Jordan au dealer, au lieu de l'ignorer et de répondre à ma question.

Le type n'est pourtant guère menaçant. Je suis beaucoup plus grande que lui, et je dois peser vingt kilos de plus. Rien d'étonnant à ce que le malheureux soit si déconcerté par l'accès de colère de Jordan. C'est alors que je prends conscience de la personne que j'ai en face de moi. Ce n'est pas un ami. Pas même une connaissance. C'est mon ex-petit ami.

– Oh, laisse tomber ! je soupire, lâchant son bras et piquant droit vers ma porte.

Léger problème : Jordan me suit.

– Qu'est-ce que j'ai fait ? demande-t-il. Heather, dis-le-moi. Je suis désolé. Comment tu voudrais que je réagisse, au juste ? Toutes ces filles mortes, ces préservatifs, ces dealers... C'est ça, la vie que tu mènes, Heather ? C'est ça ?

Je commence à grimper les marches, farfouillant dans mon sac pour trouver mes clés, à la lueur des réverbères.

– Écoute (j'ouvre les verrous aussi vite que possible, en réalisant que Jordan m'a suivie en haut des marches et fait écran à la lueur du réverbère avec sa grosse chemise bouffante), c'est ma vie, d'accord ? Désolée qu'elle soit si chaotique. Mais tu sais, Jordan, tu n'y es pas pour rien.

– Je sais, s'écrie Jordan. Mais tu as refusé que nous allions consulter un spécialiste des problèmes du couple, tu te rappelles ? Quand je t'avais suppliée...

Ses deux mains puissantes se posent sur mes épaules, non pour me secouer cette fois-ci, mais pour m'obliger à lui faire face. Je plisse les yeux, incapable de distinguer ses traits, car la lumière du réverbère, tout en dessinant un halo autour de sa tête, plonge son visage dans la pénombre.

– Heather, poursuit-il. Tout couple a ses problèmes. Mais si l'on n'est pas deux pour les affronter, une relation ne peut pas durer.

– Ouais, dis-je d'un ton ironique. C'est ce qui s'est passé.

– OK... lâche Jordan, les yeux rivés sur moi.

En fait je ne les vois pas, mais je sens son regard me transpercer... Qu'est-ce qui lui prend, d'ailleurs, de me regarder comme ça ? À croire qu'il...

– Oh non ! je m'exclame.

Je m'empresse de reculer d'un pas, pour me cogner à la porte – le bouton me rentre dans le dos.

– Jordan, qu'est-ce que tu viens faire là ? Pour de bon ?

– Mes parents donnent une soirée pour mes fiançailles, explique-t-il, d'une voix soudain rauque. Enfin, pour nos fiançailles, à Tania et moi. Chez eux. Sur le toit en terrasse. En ce moment, à vrai dire.

M. et Mme Cartwright n'avaient pas organisé de fête,

lorsque Jordan et moi nous étions fiancés. Au lieu de ça, Mme Cartwright avait voulu savoir si j'étais enceinte.

Je suppose qu'elle ne pouvait imaginer d'autre raison pour que son fils se mette en tête d'épouser une fille dont la carrière déclinait à mesure qu'augmentait son tour de taille.

– Eh bien, tu ne devrais pas y être, alors ? je demande.

– Je devrais.

Tout à coup, je réalise que si sa voix est rauque, elle est également lourde de tristesse.

– Je sais que je devrais y être, poursuit-il. Mais c'est juste que... de toute la journée, je n'ai pas cessé de penser à toi.

J'avale ma salive et m'efforce de garder les idées claires. Après tout, je suis détective. Et c'est ce que font les détectives. Ils gardent les idées claires en toutes circonstances.

Mais il y a quelque chose, dans la présence de Jordan, sans parler de son désarroi... et du désir qu'exprime sa voix, qui ne me facilite pas la tâche.

Et la pression de ses mains sur mes épaules est très agréable. Et, soudain, les effluves de Drakkar noir ne me dérangent plus autant.

Qui plus est, dans l'obscurité, je ne vois ni sa grosse chaîne en or, ni la gourmette à son nom.

Je ne blague pas : une gourmette à son nom !

– À mon avis... je marmonne en tentant de contenir la vague d'hystérie qui menace de m'engloutir. À mon avis, toute cette agitation – l'annonce de vos fiançailles, les reporters, etc. – t'est montée à la tête. Tu devrais peut-être rentrer chez toi et prendre un cachet d'aspirine.

– Je n'ai pas besoin d'aspirine, murmure Jordan. Tout ce que je veux, c'est toi.

– Non ! je m'exclame, saisie de panique au contact de la chemise bouffante sur ma joue. Non, ce n'est pas vrai ! Rappelle-toi ! Tu n'arrêtes pas de me répéter que j'ai changé. Eh bien oui, Jordan, j'ai changé ! Nous ne sommes plus les mêmes, ni l'un ni l'autre. Il faut qu'on avance, et que chacun de nous commence à vivre sa vie de son côté. C'est ce que tu fais avec Tania. Et c'est ce que je fais avec... avec... (Avec qui ? Je n'ai personne ! Ce n'est pas juste qu'il ait quelqu'un, et pas moi !) Eh bien... avec Lucy, je conclus – non sans bravoure, si vous voulez mon avis.

– C'est ce que tu désires ? me demande Jordan, ses lèvres dangereusement proches des miennes. Que je sorte avec Tania ?

Je n'en crois pas mes oreilles.

– C'est maintenant que tu me poses cette question ?

Et, sans que j'aie rien vu venir, voilà qu'il colle sa bouche contre la mienne.

En général, je sais garder la tête froide, dans ces cas-là. Je veux dire que, quand un type entreprend de m'embrasser – ce qui n'arrive pas si fréquemment –, j'ai la présence d'esprit de le prier d'arrêter si cela ne me plaît pas, ou de lui rendre son baiser, si cela me plaît.

Or, dans ce cas précis, ma surprise est telle que je demeure figée sur place. Enfin, je suis encore consciente que le bouton de porte me rentre dans le dos, et que toutes les lumières de la maison sont éteintes. Ce qui signifie, Dieu merci, que Cooper n'est toujours pas rentré.

Mais, au-delà de ça, et au-delà de l'embarras dû au fait que les dealers crient des « vas-y, mon gars ! » en guise d'encouragements, je n'éprouve... rien.

Rien que du plaisir, à vrai dire.

Je sais aussi bien que les dealers du coin qu'il y a un bon bout de temps que je n'ai pas fait de galipettes.

Il en va de même pour Jordan, visiblement. (Soit c'est ça, soit Tania ne fait pas le poids au lit... Ce qui n'aurait rien d'étonnant, vu qu'elle doit peser cinquante kilos maximum.) À peine ai-je glissé les bras autour de son cou – la force de l'habitude, rien de plus – qu'il me plaque contre la porte et se presse si fort contre moi que je sens chacun des boutons de la braguette de son pantalon de cuir...

... sans parler du gonflement du... euh... du muscle sous les boutons en question.

Puis sa langue est dans ma bouche, et ses mains dans mes cheveux...

Je n'ai qu'une seule pensée en tête : PITIÉ, NON !

Parce qu'il est fiancé. Et pas avec moi. Et je... eh bien, je ne suis pas ce genre de fille ! Vraiment pas !

Mais il y a cette petite voix intérieure qui me souffle : *Si ça arrive, c'est que ça devait arriver* et *Mmmm, rappelle-toi comme c'était bon !* et *En tout cas, ils n'ont pas l'air de le déranger, ces quelques kilos en plus !* Cela ne me facilite guère la tâche pour faire la seule chose possible : le repousser.

En vérité, eh bien... la petite voix me rend la tâche littéralement IMPOSSIBLE.

Tous ces chorégraphes devaient faire erreur. Vous savez, en affirmant que j'avais du mal à mettre mon esprit en veille, afin de libérer mon corps. En réalité, mon corps s'exprime très bien, sans avoir besoin du soutien de mon esprit...

Sans doute conviendrait-il que nous entrions dans la maison, à présent, pour ne pas décevoir nos supporters déchaînés.

Je pivote donc sur mes talons et ouvre la porte. Nous nous écroulons dans le vestibule plongé dans l'obscurité...

Là, j'appuie les mains sur son torse et, profitant de mes derniers instants de lucidité, je balbutie :

– Tu sais, Jordan, je crois vraiment que nous ne devrions pas...

Trop tard. Il m'a déjà tiré le chemisier hors du jean. Et, presque aussitôt, ses mains palpent mes seins à travers la dentelle du soutien-gorge, pendant qu'il m'embrasse. Avec fougue. Et sincérité, dirait-on...

OK. Je songe, l'espace d'une seconde, à lui rappeler que, ce matin à peine, j'ai appris ses fiançailles (avec une autre) dans le journal.

Mais, croyez-moi, il arrive que le corps prenne la situation en main, quand l'esprit vous manque.

Et mon corps semble s'être mis en pilote automatique, et ne se souvient que d'une chose : tout le bon temps qu'il a passé, avec cet autre corps qui, à présent, se serre contre lui.

Et il en redemande !

Pendant un petit moment, je suis incapable de penser à autre chose. Sauf...

Sauf vers la fin, où j'ai cette pensée qui me traverse l'esprit. Une pensée dont je me serais bien passée, à vrai dire.

Ce n'est pas le bon frère.

Tout simplement. Aucun doute là-dessus, je suis en train de me vautrer par terre avec le mauvais frère !

Et je n'en suis pas franchement fière.

Le pire, c'est que ce n'est pas si bien que ça. Le seul bon côté, c'est que c'est bref – Dieu merci, parce que je suis sur le tapis du vestibule, et que c'est loin d'être le plus confortable de la maison. Et c'est sans danger : Jordan est venu équipé, comme tout membre d'Easy Street qui se respecte.

À part ça, ça ne diffère pas tellement des rapports sexuels que nous avions tous les lundis, mercredis et samedis...

Sauf qu'à présent, de toute évidence, c'est moi qui suis la maîtresse.

Tania avait-elle aussi mauvaise conscience que moi ? J'en doute. Tania ne fait pas l'effet de quelqu'un qui culpabilise au sujet de quoi que ce soit. Je l'ai vue jeter un emballage de chewing-gum par terre, à Central Park. Même quand elle salit les lieux publics, elle n'a pas d'états d'âme !

Une autre différence notable, comparé à nos rapports sexuels d'avant la rupture, c'est que Jordan se relève presque aussitôt après que nous avons fini, et commence à se rhabiller. Autrefois, du temps où nous sortions ensemble, il se tournait sur le côté et s'endormait aussi sec.

Lorsque je me redresse et que je le regarde, il m'annonce, comme quelqu'un qui vient de se rappeler qu'il avait rendez-vous chez le dentiste :

– Je suis désolé, mais faut que j'y aille !

C'est ça, le plus embarrassant : je me sens triste. Comme si j'avais cru, au fond de moi, qu'il allait changer ses projets et rompre avec elle SUR-LE-CHAMP, parce que c'est avec moi qu'il a envie de passer sa vie.

Je ne serais pas retournée avec lui pour autant, s'il me l'avait demandé. Non, sûrement pas.

Tout de même... on se sent seul quand on n'a personne. Enfin, je ne voudrais pas donner l'impression de penser comme Rachel. Je ne dis pas qu'avoir un petit copain – même si c'était Cooper, mon idéal masculin – résoudrait tous mes problèmes.

Et je ne suis certainement pas prête à manger mes salades sans vinaigrette pour pouvoir m'en dégoter un. Je ne suis pas désespérée à ce point-là.

Mais... ce serait chouette d'avoir quelqu'un qui se soucie de moi.

Pas question d'en faire part à Jordan, néanmoins. J'ai encore un peu d'orgueil. Au lieu de ça, je me contente de répliquer : « OK. »

– Franchement, je serais bien resté, dit-il en enfilant sa chemise, mais j'ai une interview marathon demain. Pour le nouvel album, tu comprends.

– OK.

– Je t'appelle, crie-t-il depuis le vestibule.

– Très bien.

Nous savons tous deux que c'est un mensonge, bien sûr.

Après qu'il est parti et que j'ai fermé la porte derrière lui, je monte à mon appartement, où je suis accueillie avec enthousiasme par Lucy, impatiente de faire sa promenade du soir. Alors que je cherche sa laisse, je regarde par la fenêtre de ma cuisine. Mon regard s'arrête sur les étages supérieurs de Fischer Hall. Je me demande si Amber s'est aussi facilement laissé retirer son pantalon par Christopher Allington, que je me suis laissé retirer le mien par Jordan.

Et puis, je me souviens que ledit pantalon est toujours en bas, et m'empresse d'aller le chercher avant que Cooper ne rentre et ne trouve, sur le tapis du vestibule, la preuve de ma profonde stupidité.

17

Tu m'as dit : « C'est fini »
Je t'ai dit : « Je ne te crois pas »

Tu m'as dit : « T'es qu'une pauvre fille »
Moi tout ce que je veux, c'est être avec toi

Et je vous ai vus, elle et toi
Et là, j'ai dit : « Si c'est comme ça ! »

Si c'est comme ça !
Si c'est comme ça !
N'en parlons plus
Si c'est comme ça !

« Si c'est comme ça ! »
Interprété par Heather Wells
Paroles et musique : Valdez/Caputo
Extrait de l'album *Été*
Disques Cartwright

J'avais vu juste : Rachel est extrêmement intriguée par Jordan, et par la nature de nos relations.

À peine suis-je entrée dans le bureau, le lendemain matin – les cheveux mouillés, une tasse de café fumant à la main et la grosse lettre écarlate désignant les femmes adultères brodée sur mon chemisier (je blague !) –, que Rachel attaque :

– Vous paraissiez très bien vous entendre, hier soir, ton ex-petit ami et toi.

Si elle savait à quel point !

– Ouais, je me contente de dire, en m'asseyant à mon bureau afin de chercher le numéro de téléphone de la chambre d'Amber.

– Je vous ai vus dehors, tous les deux. En train de discuter avec le fils du président Allington.

– Chris, ouais.

Je décroche le téléphone et compose le numéro d'Amber.

– Il a l'air sympa, fait remarquer Rachel. Le fils du président.

– Ouais, sûrement.

Surtout pour un assassin !

Le téléphone sonne chez Amber. Mais personne ne répond.

– Il est beau gosse, en plus, continue Rachel. Et très riche, à ce que j'ai cru comprendre. La succession de ses grands-parents...

Voilà une chose que j'ignorais. Oh, mon Dieu, peut-être Christopher Allington est-il un genre de Bruce Wayne ? Mais en méchant. Qui sait s'il ne s'est pas fait creuser une cave dans les tréfonds de Fischer Hall où il entraîne ses innocentes victimes, les dépucelle, les drogue avant de les amener là-haut afin de les précipiter dans la cage d'ascenseur...

Sauf que j'ai passé pas mal de temps dans les entrailles de Fischer Hall avec le type du service de dératisation, et qu'il n'y a rien là-dessous, hormis des souris et des piles de vieux matelas.

Quelqu'un décroche enfin dans la chambre d'Amber.

– Allô, répond une voix féminine ensommeillée.

– Allô. C'est Amber ?

– Mmmmoui. C'est Amber. Vous êtes qui ?

– Personne, dis-je. (*Je voulais juste m'assurer que vous étiez encore en vie !*) Retournez vous coucher !

– Très bien, marmonne Amber, toute groggy.

Eh bien, Amber est toujours vivante. Du moins, pour le moment.

– Alors vous allez vous remettre ensemble, Jordan et toi ? veut savoir Rachel.

Elle ne semble pas trouver étrange que j'appelle des étudiants et les réveille sans raison valable. Ce qui est très révélateur de la bizarrerie de l'endroit où nous travaillons, et du métier que nous y exerçons.

– Vous faites un si joli couple !

Par chance, mon téléphone se met à sonner à cet instant précis, ce qui me dispense d'avoir à répondre. Je décroche. Je me demande si ce n'est pas Amber qui, ayant identifié le numéro, veut savoir ce qui me prend de la réveiller à neuf heures du matin un jour de semaine.

Mais ce n'est pas Amber. C'est Patty, qui lâche de but en blanc :

– OK, raconte-moi tout !

– À quel sujet ?

Je ne me sens pas très bien, à vrai dire. Je n'avais qu'une envie, à mon réveil : enfouir mon visage sous la couverture et ne plus jamais sortir de mon lit.

Jordan. J'ai couché avec Jordan. Mais pourquoi, mon Dieu, pourquoi ?

– Comment ça « à quel sujet » ? rétorque Patty d'un ton choqué. Tu n'as pas vu le journal de ce matin ?

Mon sang se glace pour la seconde fois en vingt-quatre heures.

– Quel journal ?

– Le *Post*. Il y a une photo de vous deux en train de vous embrasser, carrément en couverture. Bon, on ne te reconnaît pas vraiment, mais on voit bien que ce n'est pas Tania Trace. Et c'est le porche de la maison de Cooper, aucun doute là-dessus...

Je laisse échapper un mot qui projette Rachel, dans un cliquetis de talons, hors de son bureau, pour me demander si tout va bien.

– Tout à fait bien, je réponds en plaquant une main tremblante sur le combiné. Tout va bien, je t'assure.

Pendant ce temps, Patty me braille dans l'oreille :

– « La rue de la Honte ! » C'est ce que dit le gros titre. J'imagine que c'est parce que Jordan trompe sa fiancée. Mais ne t'inquiète pas, ils te désignent comme « la femme non identifiée ». Nom de Dieu, c'est fou qu'ils n'aient pas fait le rapprochement ! Mais, visiblement, c'est une photo d'amateur. Ton visage est plongé dans l'ombre. N'empêche que quand Tania verra ça...

– Là, tout de suite, je n'ai pas vraiment envie d'en parler, je l'interromps, prise d'une soudaine envie de vomir.

– Tu ne veux pas ? rétorque Patty, d'un ton surpris. Ou tu ne peux pas ?

– Euh... la deuxième chose.

– Pigé. On déjeune ensemble ?

– OK.

– Tu es vraiment une andouille ! glousse Patty. Je passe vers midi. Je n'ai pas vu Magda depuis un bout de temps. J'ai hâte de savoir ce qu'elle pense de tout ça !

Moi de même.

Je raccroche. Sarah déboule et me bombarde de questions au sujet de... de quoi, à votre avis ? de Jordan. Je n'ai qu'une envie : me rouler en boule et pleurer. Pourquoi ? POURQUOI ? POURQUOI a-t-il fallu que je sois si FAIBLE ?

Mais il est impossible de verser une larme, au bureau, sans que soixante-dix personnes viennent vous consoler à coups de « Qu'est-ce qui ne va pas ? », « Ne pleure pas ! », « Tout va s'arranger ». Je sors donc une liasse de demandes de remboursement relatives aux pièces de monnaie avalées par le distributeur. Je commence à les traiter et, penchée sur ma calculatrice, m'efforce de paraître archi-concentrée et responsable.

Et puis, Rachel a elle aussi du pain sur la planche. Elle a appris, en début de semaine, qu'on allait lui attribuer un Coquelicot. Les Coquelicots sont des médailles – en forme de coquelicot – que l'université remet chaque semestre aux membres des équipes d'entretien ou aux administratifs lorsqu'ils ont fait quelque chose de particulièrement remarquable dans l'exercice de leur métier. Par exemple, Pete a été décoré pour avoir défoncé la porte de la chambre d'une fille qui s'y était barricadée avant d'ouvrir le gaz. Il lui avait carrément sauvé la vie.

Magda a eu elle aussi une médaille car – aussi bizarre soit-elle, avec cette histoire de « stars de ciné » – les gamins l'adorent. Elle leur donne le sentiment d'être chez eux. Surtout au mois de décembre quand, au mépris du règlement de l'université, Magda décore sa caisse avec un Père Noël en peluche, une crèche miniature, une menora et des chandelles de Kwanzaa.

Je me réjouis, personnellement, que Rachel soit sur le point d'être récompensée. Elle a eu beaucoup de choses à gérer depuis son arrivée à Fischer Hall, notamment la mort de deux étudiantes en deux semaines. Il lui a fallu apprendre tour à tour à deux familles le décès de leur enfant, rassembler des affaires à deux reprises (bon, d'accord, les deux fois, c'est moi qui m'en suis chargée), et organiser deux messes funéraires. Cette femme mérite – au moins – une médaille en forme de coquelicot.

Toujours est-il que, parce qu'elle va être décorée, Rachel est automatiquement invitée au bal du Coquelicot, cet événement mondain qui a lieu chaque année au rez-de-chaussée de la bibliothèque universitaire. Elle est dans tous ses états, car le bal a lieu ce soir, et elle prétend n'avoir rien à se mettre. Elle dit qu'elle va aller faire un tour chez Bloomingdale à l'heure du déjeuner, histoire de tenter de dégoter une tenue potable.

Je sais ce que cela signifie, bien entendu. Elle va revenir avec la plus belle robe qu'on puisse imaginer. Quand vous faites du trente-six, il vous suffit d'entrer dans n'importe quelle boutique pour que s'offrent à vous des centaines de tenues toutes plus renversantes les unes que les autres.

Lorsque j'ai fini de traiter les demandes de remboursement, j'annonce que je vais à l'intendance chercher l'argent. Rachel me salue d'un geste de la main. Par chance, elle se garde de proposer d'y envoyer un étudiant à ma place pour m'épargner d'avoir à faire la queue chez l'agent comptable (le lieu de prédilection de Justine).

Évidemment, en me rendant au service compta, je fais un crochet par la cafétéria pour voir Magda. À peine remarque-t-elle l'expression de mon visage qu'elle annonce à son superviseur, Gerald, qu'elle prend une pause de dix minutes, en dépit des protestations de ce dernier, du type : « Tu ne vas quand même pas faire des pauses toutes les demi-heures ! »

Madga et moi marchons jusqu'au parc, nous asseyons sur un banc, et je lui raconte mes déboires avec Jordan.

Lorsqu'elle a fini de rire de mon récit, Magda se frotte les yeux :

– Ma pauvre chérie ! Tu imaginais quoi, au juste ? Qu'il allait te supplier de te remettre avec lui ?

– Eh bien, oui.

– Et tu l'aurais fait ?

– Eh bien, non. Mais ç'aurait été gentil de sa part de demander.

– Écoute, ma chérie. Nous savons toi et moi que tu es la meilleure chose qui lui soit jamais arrivée. Mais lui ? Tout ce qu'il désire, c'est une fille qui lui obéisse au doigt et à l'œil. Et ça, c'est pas toi. Qu'il reste donc avec sa planche à pain ! Et toi, attends qu'un homme bien se présente. On ne sait jamais. Il est peut-être plus près que tu n'imagines.

Je sais que c'est à Cooper qu'elle pense.

– Je t'ai déjà dit que j'étais pas son genre, je rétorque d'une voix piteuse. Il va falloir que j'obtienne au moins six diplômes pour pouvoir rivaliser avec sa dernière petite amie en date. Elle a découvert un soleil nain ou un truc dans ce goût-là auquel on a donné son nom.

Magda se contente de hausser les épaules.

– Et ce Christopher Allington dont tu n'as pas arrêté de me parler, alors ?

– Christopher Allington ? Magda, je ne peux pas sortir avec lui. C'est un assassin potentiel !

Je lui fais part de mes soupçons au sujet de Christopher, ce qui la passionne aussitôt.

– Et personne n'aurait idée de le suspecter, s'écrie-t-elle. Parce que c'est le fils du directeur. On se croirait dans un film, c'est génial !

– Ouais, enfin, pas tout à fait... Après tout, pourquoi il s'amuserait à tuer des filles qui ne lui ont rien fait ? C'est quoi, son mobile ?

Magda se penche quelques instants sur la question, et me propose une série de théories, toutes inspirées de films – notamment que Chris doit tuer des gens parce que cela fait partie des rites initiatiques de Dieu sait quelle société secrète d'étudiants en droit, ou qu'il possède une double personnalité ou un jumeau pervers. Suite à quoi elle me fait remarquer que Chris assistera très certainement au bal du Coquelicot et que, si je tiens tant à jouer les détectives, je devrais me dégoter un billet afin de l'observer dans son élément naturel.

– Les billets coûtent deux cents dollars. Je ne peux pas me le permettre.

– Même pour attraper un assassin ?

– Un assassin *potentiel*.

– Je parie que Cooper pourrait obtenir deux invitations.

J'avais oublié que le grand-père de Cooper avait été l'un des plus importants donateurs de l'université de New York. Magda, non. Magda n'oublie jamais rien.

– Pourquoi vous n'iriez pas ensemble ? poursuit-elle.

Peu de choses m'ont paru amusantes ces derniers temps mais, à la pensée de Cooper enfilant un smoking, je suis prise d'une envie de rire. Je doute qu'il en ait jamais possédé un.

Puis je cesse de sourire en m'imaginant l'inviter au bal du

Coquelicot. Car il n'accepterait jamais. Il voudrait savoir pourquoi j'ai tellement envie d'y aller, puis me sermonnerait sous prétexte que je fourre mon nez là où je ne devrais pas.

Magda soupire en entendant cela.

– Dommage ! Ç'aurait été vraiment comme dans les films.

Chez l'agent comptable, je passe mon temps à m'efforcer de *ne pas* penser à la veille au soir – qui n'avait décidément rien d'un film. Si ç'avait été le cas, Jordan se serait pointé ce matin avec un gros bouquet de roses et deux billets d'avion pour Las Vegas.

Ce n'est pas pour autant que je serais partie avec lui. Mais, tout de même, ç'aurait été sympa qu'il me le demande.

Je retraverse le parc, en direction de Fischer Hall. Je rumine dans ma tête le speech commençant par « Je suis désolée, Jordan, mais je ne peux pas t'épouser » que je compte bien lui servir, s'il doit débouler avec les fleurs et les deux billets pour Vegas.

Lorsque je lève les yeux, il est là.

Ce n'est pas une blague. Je lui rentre quasiment dedans, sur le trottoir, devant la résidence.

– Oh ! dis-je en pressant sur mon cœur l'enveloppe contenant les billets verts, comme si cela pouvait me permettre de l'esquiver. Salut !

– Heather, répond Jordan.

Il se tient à côté d'une limousine extra-longue garée, très peu discrètement, à vrai dire, devant le bâtiment. Il revient apparemment de son interview marathon. Il n'a pas apporté de roses mais arbore, en revanche, une quantité de grosses chaînes en platine et un air de chien battu.

Et pourtant, j'ai du mal à le plaindre. Après tout, c'est moi qui ai le derrière tout irrité à cause du tapis du vestibule.

– Ça fait un petit moment que je t'attends, insinue Jordan. Ta boss a dit que tu n'allais pas tarder, mais...

Oh la la ! Il est onze heures et demie, et j'ai quitté le bureau à dix heures. Rachel n'avait pas prévu que je ferais un détour par le parc pour papoter avec Magda.

– Eh bien, me voici !

Je jette un coup d'œil alentour, mais je ne vois toujours pas le bouquet. C'est tant mieux, car j'ai oublié mon speech, de toute manière.

– Qu'est-ce qui se passe ? je lui demande.

Pas question que tu retournes avec lui ! me dis-je intérieurement. *Même s'il se traîne à genoux !*

Ah, s'il se traîne à genoux...

Non ! Pas question ! C'est le mauvais frère, tu te souviens ? Le mauvais frère !

Jordan regarde autour de lui, visiblement gêné.

– Écoute. On ne pourrait pas aller discuter quelque part ?

– On peut parler ici.

Je sais trop bien que si je vais quelque part avec lui, je pourrai faire quelque chose que je regretterai par la suite.

Je pourrai ? C'est déjà fait !

– Je préférerais, insiste-t-il, que nous discutions à l'intérieur de la limousine.

– Je préférerais (*Tiens bon, Heather, tiens bon !*) que tu me dises tout de suite ce que tu as à me dire.

Jordan paraît étonné de ma fermeté. Moi-même, je n'en reviens pas.

Il est sans doute convaincu que je m'imagine qu'on va se remettre ensemble, ou un truc dans ce goût-là.

Hum hum.

Et voilà que, soudain, il se met à déballer ses tripes sur le trottoir.

– C'est simplement que... je ne... je sais plus où j'en suis, Heather. Tu es tellement... bref, tu es une fille géniale. Mais il y a Tania... j'ai parlé de tout ça avec papa, et je peux pas... eh bien, je ne peux pas rompre avec Tania... pas maintenant... pas avec le nouvel album qui va sortir. Papa dit que...

– *Hein ?*

Je n'en crois pas mes oreilles ! Enfin, je crois tout ce qu'il raconte. Ce qui me paraît incroyable, c'est qu'il ose l'admettre.

– À vrai dire, Heather, la photo du *Post* l'a vraiment fichu en rogne.

– Tu ne penses quand même pas que j'y suis pour...

– Non, non, bien sûr que non. Mais ça fait vraiment tache, Heather. L'album de Tania est au top des meilleures ventes de la maison de disques. À ce que dit mon père, je risquerais de compromettre les chances de mon nouvel album en la quittant...

Je crains de ne pouvoir en entendre davantage. Et puis, j'étais si loin de prévoir ça, quand j'ai préparé mes speechs...

– C'est bon, Jordan. Tout va bien, je t'assure.

Et le plus étrange, c'est qu'à cet instant je le pense pour de bon. Entendre Jordan me dire que nous ne pouvons pas nous remettre ensemble parce que son papa ne veut pas me libère totalement de la vague inclination (et encore !) que je pouvais avoir pour lui.

Jordan en reste bouche bée. Il s'attendait visiblement à des larmes ou à une crise. En un sens, j'ai envie de pleurer. Mais pas à cause de lui.

Je ne vois pas l'intérêt d'en faire part à Jordan, cela dit. Ce type a assez de problèmes comme ça. Sarah pourrait s'en donner à cœur joie, à diagnostiquer toutes ses névroses profondes...

Jordan me sourit, avec un soulagement presque enfantin.

– Waouh... Super ! C'est vraiment gentil de ta part, Heather.

Bizarrement, à ce moment-là, je ne pense qu'à Cooper. Pas pour me dire qu'il est dommage qu'un garçon aussi sexy ne se rende même pas compte de mon existence... sauf, vous savez, lorsqu'il voit lentement disparaître les piles de factures sur son bureau.

Non... je me surprends à prier pour que Cooper, où qu'il soit, ne se retrouve pas avec le *Post* entre les mains. Parce que je ne voudrais surtout pas qu'il sache que j'ai roulé un patin à son frère – Dieu merci, les preuves photographiques du *Post* n'en laissent pas supposer davantage – devant sa porte d'entrée.

Je ne sais pas si c'est grâce à mon boulot à Fischer Hall, mais j'ai une espèce de sixième sens pour ce genre de choses... Et là, soudain, je sens un truc... un brusque mouvement d'air, un point sombre dans un coin de mon champ de vision. Je lâche aussitôt la main de Jordan et hurle « Attention ! » avant même d'avoir saisi ce qui se passait.

Et puis, très vite, un épouvantable bruit sourd, suivi d'un fracas terrible. De la terre et des éclats jaillissent de toutes parts.

Lorsque je baisse les bras – que j'avais levés pour me protéger la tête –, je constate avec horreur que Jordan gît sur le trottoir à côté de la limousine, une immense entaille sur la tempe, d'où le sang s'écoule régulièrement, se mêlant à la fine couche de terre, aux géraniums et aux éclats du pot qui jonchent le sol.

J'en reste pétrifiée une seconde ou deux.

Puis je m'agenouille auprès de Jordan.

– Oh mon Dieu !

Une fille qui essayait de héler un taxi à quelques pas de là se précipite vers nous.

– Oh mon Dieu, j'ai tout vu ! C'était une plante ! Une plante en pot ! Elle est tombée tout droit de cette terrasse, là-haut !

– Entrez dans le bâtiment, lui dis-je d'une voix calme que j'ai du mal à reconnaître comme la mienne. Dites au gardien d'appeler une ambulance et de prévenir la police. Puis demandez la trousse de premiers secours à l'employé de la réception.

La fille s'exécute, oscillant sur ses talons hauts. Elle s'est mise sur son trente et un, pour un entretien professionnel, et n'a pas l'air de réaliser qu'elle va être très, très en retard.

Que m'avait conseillé cet instructeur en réanimation, quand j'avais postulé pour cet emploi, déjà ?

Ah oui. *Calmez-vous. Regardez. Et écoutez.*

Je me calme et constate, soulagée, que la poitrine de Jordan se soulève au rythme de son souffle. Jordan respire encore. Je prends son pouls au niveau du cou. Il est fort et régulier. Jordan est sonné, mais loin de frôler la mort – du moins, pas pour le moment. Le pot de fleurs l'a atteint de biais, effleurant la tête derrière l'oreille et laissant une énorme zébrure sur son épaule. Sa chemise est déchiquetée.

Le sang s'écoule néanmoins toujours de sa plaie ouverte à la tête. Je songe un instant à retirer mon chemisier pour en faire un bandage – ce qui risquerait de déplaire fortement au clan des joueurs d'échecs – quand le chauffeur de la limousine contourne la voiture, à l'instant même où Pete se précipite hors de la résidence.

– Tiens, Heather !

Pete me fourre dans les mains la trousse de premiers secours, l'air stupéfait.

– J'ai appelé les secours, ils arrivent.

– Il est mort ? demande le chauffeur d'une voix anxieuse, le portable collé à l'oreille.

Il est évidemment en ligne avec le père de Jordan.

Je tends l'enveloppe pleine de billets à Pete, et fouille dans la trousse. J'y trouve un rouleau de gaze que je presse contre la blessure. Il se gorge presque aussitôt de sang.

– Va me chercher une serviette ou quelque chose comme ça ! je lance à Pete de cette étrange voix calme qui ressemble si peu à ma voix habituelle. (C'est peut-être ma future voix, vous savez, celle que j'utiliserai dans mon cabinet médical, une fois que j'aurai obtenu mon diplôme.) Il reste du linge de toilette de l'université d'été dans la salle des colis. Rapporte-moi deux serviettes !

Pete file aussi sec. Les gens ont commencé à se rassembler autour de nous – résidents de Fischer Hall ou joueurs d'échecs du parc voisin. Tous ont plein de conseils avisés à donner :

– Faut lui soulever la tête ! me crie un dealer.

– Non ! C'est les pieds qu'il faut lui soulever ! réplique quelqu'un d'autre. Quand le visage est rouge, faut soulever la tête. Quand le visage est livide, faut soulever les pieds.

– Mais sa figure est rouge, mec !

– C'est le sang qui fait ça !

– Hé, ce serait pas Jordan Cartwright ?

Pete revient avec plusieurs serviettes blanches. La première devient rouge au bout d'une minute à peine. La seconde semble faire son office. Le sang cesse de s'écouler de façon aussi alarmante, tandis que je la presse sur la tempe de Jordan.

– Comment c'est arrivé ? demandent les uns et les autres.

L'un des joueurs d'échecs propose sa version des faits :

– J'ai tout vu. Vous avez de la chance d'être encore vivante, ma petite dame. Ce truc vous tombait droit dessus. Si vous n'aviez pas fait un bond de côté...

La police est là avant l'ambulance. Les agents me jettent un coup d'œil et semblent approuver mes gestes, puisqu'ils se mettent presque aussitôt à disperser les gens, en leur disant qu'il n'y a rien à voir.

– Prenez les dépositions des témoins ! Ce pot de fleurs n'est pas tombé par hasard, vous savez. Quelqu'un l'a poussé ! j'affirme d'une voix autoritaire.

Tous les badauds se groupent autour des policiers, impatients de raconter ce qu'ils ont vu. C'est alors que Rachel sort précipitamment du bâtiment, ses hauts talons claquant sur le trottoir.

– Oh, Heather ! s'écrie-t-elle en se frayant un chemin à travers les fragments de pot, les mottes de terre et les géraniums. Oh, Heather, on vient de m'avertir que... Est-ce qu'il est... ? Est-ce qu'il va... ?

– Il respire encore, dis-je, tout en maintenant la serviette pressée contre la blessure, qui a enfin cessé de saigner. Alors, elle arrive, cette ambulance ?

Elle débarque au même instant. Les secouristes bondissent hors du véhicule et, Dieu merci !, prennent le relais. C'est très volontiers que je leur cède la place. Rachel me passe un bras autour de l'épaule, tandis que nous les regardons vérifier les signes vitaux de Jordan. Pendant ce temps, l'un des flics ramasse un gros morceau de pot.

– C'est qui la responsable, ici ? demande-t-il.

– Moi, je suppose, répond Rachel.

– D'après vous, d'où est-ce que ça peut provenir ? interroge le flic, son bout de pot entre les doigts.

– Eh bien, on dirait l'un des pots en ciment de la terrasse des Allington.

Elle se retourne et désigne du doigt la façade de Fischer Hall.

– Là-haut, dit-elle en étirant le cou vers le sommet de l'immeuble. C'est au vingtième étage. L'appartement sur le toit. Il y a une quantité de pots de ce genre tout autour de la terrasse.

Elle baisse le bras et me regarde.

– Je ne vois pas comment il a pu tomber. Un coup de vent, peut-être ?

Je suis transie, mais le vent n'y est pour rien. Pour une journée d'automne, il fait vraiment bon.

Madga, qui vient de nous rejoindre, est du même avis.

– Il y a pas de vent aujourd'hui. Sur New York Première, ils ont annoncé qu'il ferait doux toute la journée.

– Aucun de ces pots n'est jamais tombé, précise Pete. Et ça fait vingt ans que je travaille ici.

– Enfin, vous ne voulez pas suggérer que quelqu'un l'a poussé ? s'écrie Rachel, horrifiée. Les étudiants n'ont même pas accès à la terrasse...

– Les étudiants ? rétorque le flic, en tiquant un peu. C'est quoi, ici ? Un genre de dortoir ?

Rachel et moi rectifions d'une même voix :

– Une résidence universitaire.

Les secouristes placent Jordan sur une planche dorsale, puis sur un brancard qu'ils chargent à l'arrière de l'ambulance. Lorsqu'ils referment les portières, je jette un coup d'œil à Rachel.

– Je devrais l'accompagner, dis-je.

Elle me pousse gentiment vers le véhicule.

– Bien sûr qu'il le faut, approuve-t-elle avec douceur. Vas-y. Je m'occupe de tout, ici. Tiens-moi au courant !

Je promets de le faire, et cours après les secouristes pour qu'ils me laissent les accompagner à l'hôpital. Ils se montrent on ne peut plus cool et m'invitent à prendre place à l'avant, sur le siège passager.

Depuis mon siège, je peux voir, à travers une petite ouverture, comment le secouriste qui n'est pas au volant s'occupe de Jordan. Il ne cesse de lui demander quel jour on est. Apparemment, Jordan est en train de reprendre connaissance. Il ignore néanmoins quel jour on est, et se contente de grogner, comme quelqu'un qui aimerait bien se rendormir.

Je songe à leur suggérer de demander à qui il est fiancé, avant de me raviser – ce ne serait vraiment pas gentil.

Alors que nous démarrons, je remarque que Rachel, Sarah, Pete et Magda sont tous massés sur le trottoir, d'où ils me regardent partir d'un œil inquiet.

Je réalise alors, le cœur serré, que je n'ai peut-être pas de petit copain, OK...

Mais que j'ai tout de même une famille.

Une drôle de famille, je vous l'accorde.

Mais une famille tout de même !

18

J'ai tellement pleuré
Quand toi tu me trompais

Pourquoi faut-il que tu sois
Si méchant avec moi ?

Bébé, tu ne le vois pas ?
C'est le destin, toi et moi

Mais toi tu me fais pleurer
Sans même le faire exprès

Bébé, dis-moi pourquoi
Pourquoi tu es comme ça

« J'ai tant pleuré »
Interprété par Heather Wells
Paroles et musique : Dietz/Ryder
Extrait de l'album *Été*
Disques Cartwright

Depuis que j'ai commencé à travailler à l'université de New York, il y a presque quatre mois, je me suis rendue aux urgences de tous les hôpitaux de Manhattan, à cause d'étudiants malades ou blessés. Celles de l'hôpital St Vincent sont loin d'être mes préférées. Il y a une télé dans la salle d'attente, mais elle diffuse en permanence des séries débiles, et mes biscuits favoris sont toujours en rupture de stock dans le distributeur.

Par ailleurs, il y a tous ces junkies qui s'efforcent de

convaincre l'infirmier de l'accueil qu'ils ont besoin de morphine pour soulager de mystérieuses douleurs aux pieds. Les junkies sont marrants à observer pendant un petit moment, mais deviennent agressifs dès qu'ils commencent à ressentir les effets du manque. Le gardien doit les jeter dehors, et les types se mettent alors à donner de grands coups sur les vitres... Bref, il devient très difficile de se concentrer sur son magazine féminin ou toute autre lecture...

Bien que la salle d'attente de St Vincent craigne un max, le personnel hospitalier est, lui, de premier ordre. Ils me posent toutes sortes de questions au sujet de Jordan, auxquelles je suis incapable de répondre. Mais à peine ai-je prononcé son nom complet qu'ils l'expédient avant tout le monde dans la salle des urgences – car, croyez-moi, même les médecins ont entendu parler d'Easy Street.

Les visiteurs ne sont pas admis aux urgences, sauf au cours des cinq premières minutes de chaque heure. Je dois donc m'en tenir à la salle d'attente. Ne perdant pas de temps, j'appelle le père de Jordan pour lui exposer les circonstances de l'accident.

M. Cartwright est – il fallait s'y attendre – très choqué par la nouvelle que la plus populaire de ses vedettes masculines (qui se trouve être son fils) a été assommée par un géranium en pot. S'il me parle très sèchement, je ne le prends pas personnellement. Notre dernière conversation n'a pas été plus cordiale – il m'avait dit qu'il prierait Jordan de quitter Tania et de « filer doux » si je n'exigeais plus d'interpréter mes propres compositions sur mon prochain album.

M. Cartwright est un gros enfoiré. Ce qui explique pourquoi Cooper ne lui parle plus depuis presque un an.

Après avoir raccroché, je ne vois pas qui appeler d'autre. Cooper, peut-être ? Pour lui dire que son frère a été blessé.

Mais Cooper ne va pas manquer de demander pourquoi Jordan est venu traîner du côté de Fischer Hall. Et à vrai dire, question mensonge, il y a pas plus nulle que moi ! J'ai le sentiment que Cooper va déjouer toutes mes tentatives de lui embrouiller les idées.

Je me laisse donc tomber sur une chaise en plastique, dans un coin de la salle d'attente, et m'amuse à regarder les patients qu'on pousse sur leurs brancards dans la salle des urgences. C'est comme cette série documentaire, sur le câble, mais en direct... Je vois un ivrogne jovial avec une main en sang ; une mère exténuée qui a renversé un cappuccino sur son bébé ; un gamin vêtu de l'uniforme de son lycée, escorté par une bonne sœur et arborant une grosse coupure au menton ; et un groupe de femmes espagnoles sans problème visible, qui parlent très fort et se font hurler dessus par l'infirmier de l'accueil.

Je reste là une vingtaine de minutes, jusqu'à ce que l'agent de sécurité annonce que les visiteurs disposent de cinq minutes pour voir leurs proches dans la salle des urgences. Je suis donc le groupe composé de la bonne sœur, la mère angoissée et les dames espagnoles, franchis les portes battantes, et cherche Jordan du regard.

Il est à nouveau sans connaissance ou, du moins, il a les yeux fermés. La blancheur du bandage, autour de sa tête, fait ressortir son bronzage (ses parents ont une super maison de vacances dans les Hamptons. La piscine est équipée d'une cascade et tout le bazar). Ils ont mis son chariot un peu à l'écart des autres, dans un coin tranquille. Lorsque je la questionne, l'infirmière m'explique qu'un lit a été préparé pour lui là-haut. Ils attendent toujours le résultat des radios, mais il semble qu'il s'agisse d'une simple commotion.

J'ai sans doute l'air très inquiet, car l'infirmière me sourit et pose la main sur mon bras :

– Ne vous faites pas de souci ! Je suis certaine qu'il pourra se remettre à danser en un rien de temps.

En dépit des affirmations de l'infirmière, je ne peux me résoudre à le laisser seul ici. J'ai peine à croire qu'aucun membre de sa famille ne se soit encore présenté. Une fois les cinq minutes écoulées, je regagne donc ma chaise en plastique, dans la salle d'attente, déterminée à rester jusqu'à son transfert dans la chambre, ou l'arrivée de l'un de ses proches. Et ensuite...

Ensuite, j'ignore ce que je ferai. Je suis persuadée à cent pour cent – moi qui, dans ma vie, n'ai jamais été sûre de grand-chose – qu'on a essayé de me tuer.

Vous me suivez ? Après tout, n'était-ce pas ce qu'avait dit ce gars, un des joueurs d'échecs ? « Heureusement que vous avez bougé, ma petite dame, ou ce pot de fleurs vous tombait en plein dessus » ?

Et qui d'autre que Christopher Allington aurait pu pousser ce pot de fleurs ? Qui d'autre a accès à la terrasse de ses parents ? Qui d'autre avait des raisons de me défoncer le crâne à coups de pot de géraniums ? Ce n'était pas une tentative de meurtre préméditée... car comment aurait-il pu savoir que je me dirigerais vers le bâtiment à cet instant précis ?

Non. Il avait dû baisser les yeux, décider que le destin lui donnait un coup de pouce, et balancer le pot. Si je ne l'avais pas esquivé, c'est moi qu'il aurait frappé, et non Jordan. Et il m'aurait très certainement tuée car, croyez-moi, je suis loin d'avoir la tête aussi dure qu'un ex-membre d'Easy Street.

Mais pourquoi Chris voudrait-il me tuer ? Parce que je le soupçonne d'être un meurtrier ? Soupçonner quelqu'un et posséder les preuves de sa culpabilité sont deux choses bien différentes. De quelle preuve Chris craignait-il que je dispose ? Car enfin, en dehors du préservatif – lequel prouve qu'il est un chaud lapin, mais pas un assassin –, je n'ai rien contre lui. Je ne peux même pas prouver qu'il y ait eu meurtre.

Alors pourquoi cherche-t-il à m'éliminer ? Ne ferait-il pas mieux de faire le mort ? D'autant que personne ne croit à un acte criminel...

À part moi, évidemment.

Une voix grave et familière vient interrompre mes méditations. Je cesse de fixer le junkie aux ronflements sonores sur lequel mon regard s'était distraitement arrêté. Levant les yeux, j'aperçois le visage calme et souriant de Cooper...

... et je suis prise d'une soudaine envie de vomir.

– Heather, dit-il avec une nonchalance amicale, en s'asseyant sur la chaise en plastique voisine.

– Mmmm...

C'est tout ce que je trouve à répondre. Drôlement vive, n'est-ce pas ? Après m'être remué les méninges, je finis par ajouter : « Salut. »

Cooper fixe avec détachement le junkie assoupi. Avec son jean usé mais seyant et son blouson de cuir noir, il est à croquer. Plus appétissant, d'ailleurs, que toutes les barres chocolatées du monde. Cooper, je veux dire... pas le junkie.

– Alors ? demande-t-il, gardant son ton décontracté. Quoi de neuf ?

Une vague de froid m'envahit, puis une vague de chaleur. C'est pas croyable, l'effet que ce type a sur moi ! Et il ne m'a jamais invitée à dîner une seule fois ! OK, il m'a proposé de vivre avec lui, mais juste parce qu'il avait pitié de moi. Et je ne vis pas au même étage. J'ai ma porte et mes serrures à moi. Certes, je ne les ferme jamais. Mais s'est-il jamais donné la peine de le découvrir ? Non !

– Pas grand-chose, je réplique, en espérant qu'il ne voie pas mon cœur battre à tout rompre sous mon tee-shirt. C'est... euh... ton père qui t'a prévenu ?

– Non. C'est ton amie Patty. Quand elle est allée te chercher à ton bureau, Magda lui a raconté ce qui s'était passé. Patty avait son bébé avec elle, sinon elle serait venue elle-même.

Le rendez-vous avec Patty. Ça m'était complètement sorti de la tête. Jetant un coup d'œil à l'horloge de la salle d'attente, je vois qu'il est plus de deux heures.

– Oh. Eh bien...

– Ce qu'elle n'a pas su m'expliquer, c'est ce qui s'est passé, au juste.

C'est alors que je crache le morceau.

Ce n'est pas ce que je voulais. Ce n'est pas ce que j'avais prévu, mais...

... c'est sans doute ce qui fait de Cooper un si bon détective. Il y a quelque chose, dans sa voix grave, qui vous fait avouer tout ce que vous savez...

D'accord, je ne lui dis pas *tout*. Je me débrouille pour censurer l'épisode du tapis du vestibule. On me ferait subir la pire des tortures, que je ne dirais rien à ce propos.

Oh, et j'omets aussi de mentionner ce désir que j'ai de lui arracher ses vêtements avec les dents.

Le reste déboule comme un torrent, ou comme le chocolat chaud lorsqu'il sort de la chocolatière automatique de la cafétéria. Je raconte tout, depuis le concours de play-back de la veille, durant lequel j'ai commencé à soupçonner Christopher Allington d'être l'assassin d'Elizabeth et de Roberta, jusqu'au pot de géraniums venu fracasser la tête de Jordan. Je laisse tomber la scène centrale – son frère et moi faisant la bête à deux dos dans l'entrée.

J'ai entendu, à deux ou trois reprises, Cooper s'entretenir avec ses clients. Le lave-linge est au même étage que son bureau, juste à côté de la cuisine. Je nettoyais ma culotte gainante (que je ne porte qu'en de rares occasions – les séminaires de relations clientèle ou les ateliers de sensibilisation à la diversité socioculturelle) pendant qu'il était en rendez-vous avec des clients. Il s'adresse à eux sur un ton calme et maîtrisé.

... qui n'a rien à voir avec celui sur lequel il s'adresse, en ce moment même, à sa clientèle non-payante :

– Heather, tu es dingue ou quoi ?! s'écrie-t-il, visiblement fou de rage. Tu es allée parler à ce type ?

J'aimerais penser qu'il est furieux parce qu'il a pris conscience de la véritable nature de ses sentiments pour moi, depuis que j'ai frôlé la mort.

Mais, en fait, je crois que ça n'a fait que le conforter dans son opinion que je suis une débile profonde.

– Pourquoi tu me cries dessus ? Après tout, c'est moi la victime !

– Non, ce n'est pas toi. C'est Jordan. Et si tu avais bien voulu m'écouter...

– Si je t'avais écouté, je ne saurais pas que Chris Allington est le dangereux psychopathe que nous recherchions !

– Ce dont tu n'as toujours pas la preuve, fait remarquer Cooper en secouant la tête.

Ses cheveux noirs et épais, qu'il ne fait presque jamais couper, lui retombent jusqu'au col du tee-shirt, ce qui lui donne l'air franchement rebelle – et, en plus, il est détective privé !

– N'importe qui a pu faire tomber ce pot. Qui sait si le jardinier des Allington ne l'a pas balancé sans le faire exprès, en arrosant les fleurs ?

– Précisément juste au-dessus de ma tête ? Bonjour, la coïncidence ! Alors que j'avais justement interrogé Chris Allington la veille au soir ?

À ces paroles, je jurerais que Cooper réprime un sourire.

– Pardonne-moi, Heather, mais je doute que tes talents d'enquêtrice suffisent à transformer Chris Allington en fou meurtrier.

OK, je ne suis peut-être pas miss Marple. Mais faut-il qu'il me le rappelle sans cesse ?

– Je t'assure qu'il a essayé de me tuer. Pourquoi tu ne me crois pas ? je m'écrie, avant d'avoir pu songer à me maîtriser. Tu ne vois pas que je ne suis plus la petite chanteuse de variétés nunuche d'autrefois, et qu'il se pourrait que je sache de quoi je parle ?

À peine ai-je prononcé ces mots que je le regrette. Qu'est-ce qui me prend ? *Qu'est-ce qui me prend ?* C'est comme ça que je m'adresse au mec qui, sans que j'aie eu à lui demander quoi que ce soit, m'a accueillie sous son toit quand je n'avais nulle part où aller... enfin, à part la chambre d'ami, dans le loft de Frank et Patty.

Tout de même... faut-il que je sois ingrate !

– Je suis vraiment désolée, je bafouille, saisie de panique. C'est pas ce que je voulais dire. Je sais pas ce qui m'a pris. Je suis pas... pas dans mon assiette, voilà ! C'est le stress...

Cooper reste assis là, et me fixe avec une expression totalement indéchiffrable.

– Je ne te vois pas comme une petite chanteuse de variétés nunuche, se contente-t-il de répliquer, sur un ton trahissant un léger étonnement.

– Je sais, dis-je aussitôt.

Oh, mon Dieu ! Pourquoi suis-je incapable de me taire ? POURQUOI ?

– Il m'arrive de m'inquiéter pour toi, voilà tout, poursuit Cooper avant que j'aie pu ajouter quoi que ce soit. Enfin, tu te mets dans des situations... et puis toute cette histoire, avec mon frère.

Comment ça ? Quelle histoire ? Fait-il allusion à ma *relation* avec son frère ? Ou à ce qui s'est passé hier soir ? Oh, pitié, pourvu qu'il n'ait pas lu le *Post*...

Il secoue une nouvelle fois la tête.

– Et qui plus est, tu n'as personne... pas de famille pour veiller sur toi.

– Toi non plus.

– Ce n'est pas pareil.

– Je vois pas pourquoi. Je suis plus jeune, c'est tout.

C'est rien du tout, sept ans de différence ! Le prince Charles et Lady Diana avaient bien douze ans d'écart. Bon, c'est sûr, leur histoire a mal tourné... mais pourquoi Cooper et moi devrions-nous commettre, dans notre couple, les mêmes erreurs ? À supposer que nous formions jamais un couple, bien sûr. De toute façon, nous n'aimons ni l'un ni l'autre le polo.

– Et puis, je continue en me souvenant de ce que j'ai vu par la vitre de l'ambulance, j'en ai une, de famille. En quelque sorte. J'ai Rachel et Magda et Pete et Patty et toi...

C'est venu tout seul. Et voilà ces derniers mots qui restent suspendus entre nous. *Toi*. Tu fais partie de ma famille, Cooper. Ma nouvelle famille, maintenant que les membres de ma vraie famille sont soit en prison soit en cavale. Félicitations !

Cooper me regarde comme si j'étais cinglée (grande nouveauté !). C'est pourquoi j'ajoute sans conviction :

– ... et Lucy aussi.

Cooper laisse échapper une longue bouffée d'air et, ignorant délibérément mon petit speech sur la famille :

– Si tu as réellement le sentiment que ce qui vient de se produire n'est pas un accident, et si tu es convaincue qu'on tente de te tuer, je suggère que nous allions voir la police.

Je lui rafraîchis la mémoire.

– J'ai essayé. Tu te rappelles pas ?

– Si. Mais cette fois je t'accompagne, et je compte bien m'assurer que...

Il s'interrompt lorsqu'une jolie brune, petite et menue, se précipite vers la réception en haletant. Elle porte une jupe en cuir et, à la main gauche, un diamant trop lourd pour elle.

À vrai dire, de là où je suis, je ne vois pas la bague. Mais je sais qui est la fille. Je l'ai surprise avec le machin de mon ex-petit copain dans la bouche. Son image restera à jamais imprimée sur ma rétine.

– Je vous demande pardon, souffle-t-elle, s'adressant à l'impassible réceptionniste. Mais je crois que mon fiancé est ici. Jordan Cartwright. Quand pourrai-je le voir ?

Tania Trace, la femme qui m'a remplacée dans le cœur et dans l'appartement de Jordan – et même dans le Top 50.

– C'est marrant, fait remarquer Cooper. Elle a l'air de bien supporter la douleur.

Je lui jette un coup d'œil intrigué, avant de comprendre qu'il fait allusion à quelque chose que je lui ai raconté il y a un bout de temps, juste après m'être installée chez lui.

– Oh, bien sûr. C'est parce qu'elle est accro aux anti-douleurs. Crois-moi, Cooper, difficile de bannir la douleur de son existence quand on s'est tout fait refaire. Je veux dire, elle est passée sous le bistouri je ne sais combien de fois... Normalement, elle devrait faire du quarante-six.

– Parfait, rétorque Cooper. On dirait que mon frère est en de bonnes mains, à présent. On y va ?

Nous partons.

Et c'est pas trop tôt, si vous voulez mon avis.

19

Salut, les filles du quartier
Salut, toutes mes copines

Salut, vous qui m'aimez
Vous sur qui je pourrai toujours compter

Salut, les filles des beaux quartiers
Qui, sans mec pour les escorter,
Vont acheter seules leurs bagues chez Cartier

Salut,
On est toutes sœurs,
Et je vous laisserai jamais tomber !

« Salut, les filles ! »
Interprété par Heather Wells
Paroles et musique : Dietz/Ryder
Extrait de l'album *Été*
Disques Cartwright

Au commissariat, je commence par raconter mon histoire à la femme de service à l'accueil, jolie mais visiblement épuisée. Elle a rassemblé ses longs cheveux noirs en chignon. J'imagine que c'est la coiffure réglementaire, pour les policières. Je me promets de ne jamais passer de diplôme de justice pénale.

La femme nous oriente vers un type grassouillet, assis à son bureau. Je lui répète mon laïus. Tout comme la fille de l'accueil, il paraît s'ennuyer...

… jusqu'à ce que je prononce le nom de Jordan. Tous dressent l'oreille à la mention du chanteur d'Easy Street.

Après nous avoir fait attendre quelques minutes, le type replet nous introduit dans une pièce impeccablement rangée. Nous nous installons et patientons une minute ou deux devant un bureau nickel. Lorsque l'occupant des lieux arrive enfin, je constate qu'il n'est autre que l'inspecteur Canavan, mâchouillant son sempiternel cigare.

– Vous ! je m'exclame, presque dans un cri.

– Vous ! réplique-t-il sur le même ton.

Il a dans les mains un café, dans une tasse en polystyrène, et… un beignet ! Fourré à la crème pâtissière, avec glaçage au sucre, à ce qu'il semble. Le petit veinard !

– À quoi dois-je le plaisir de votre visite, cette fois-ci, mademoiselle Wells ? Attendez, laissez-moi deviner… ce n'est pas en rapport, par hasard, avec un Backstreet Boy qui se serait pris un méchant coup sur la tête ?

– Un membre d'Easy Street. Si. C'est pour ça que je suis là.

L'inspecteur Canavan s'assied à son bureau, retire de sa bouche le cigare pas encore allumé, arrache un morceau de son beignet, le trempe dans le café, mastique et avale.

– Allez-y, éclairez ma lanterne !

Je jette un coup d'œil à Cooper, qui m'a laissée raconter mon histoire à deux reprises sans piper mot. Je comprends qu'il ne va pas non plus m'aider cette fois-ci, et je repars dans mon récit, tout en me demandant pourquoi je trouve Cooper tellement séduisant, quand il peut être si peu communicatif.

L'inspecteur Canavan écoute, les mains jointes derrière la tête et la chaise renversée en arrière, jusqu'au point maximum. Soit il a oublié son déodorant, soit il souffre d'une transpiration excessive, mais il a de grandes auréoles de sueur au niveau des aisselles. Ce qui ne l'embarrasse nullement, dirait-on.

– Alors comme ça... lance-t-il une fois mon récit achevé, en fixant le faux plafond couvert de taches d'humidité. Cette fois-ci vous vous imaginez que le fils du président de l'université de New York est un assassin ?

– Eh bien... je bafouille. (Parce que, résumé ainsi, c'est vrai que ça semble complètement naze.) Eh bien oui, c'est ce que je crois.

– Mais vous n'avez aucune preuve. D'accord, le jeune homme ici présent dispose d'un préservatif. Dont nous pourrions sans doute prouver que votre suspect a fait usage. Cependant, ce ne serait pas valable, devant un tribunal. Et vous ne pouvez toujours pas prouver qu'il y a eu crime. Même ce pot tombé de la terrasse... Qui sait si ce n'est pas un accident ?

– Ces pots sont là depuis des années, je l'interromps. Et jusqu'à aujourd'hui aucun n'est jamais tombé...

– Le rapport du médecin légiste conclut dans les deux cas à une mort accidentelle.

L'inspecteur Canavan cesse de fixer le plafond et me regarde droit dans les yeux.

– Écoutez, mademoiselle... C'est toujours mademoiselle, n'est-ce pas ?

Sans raison valable, je me sens rougir. C'est peut-être juste que, si Tania Trace ne s'était pas pointée, je serais désormais « madame ». Même si, à mon avis, je ne le serais pas restée longtemps.

– Je préfère que vous disiez madame, je rétorque d'un ton ferme.

L'inspecteur Canavan hoche la tête.

– Ma femme est comme vous, elle n'aime pas qu'on fasse la distinction. Quoi qu'il en soit, écoutez-moi bien, mademoiselle Wells. À cet âge-là, les gamins sont de vraies andouilles. Les accidents constituent la première cause de mortalité chez les jeunes de dix-sept à vingt-cinq ans. Ces ados cherchent à se trouver en prenant des risques insensés...

– Pas ces filles ! dis-je, sûre de moi.

– Peut-être pas. Mais le fait est, mademoiselle Wells, que vous ne pouvez rien prouver contre ce garçon. Les crimes dont vous l'accusez n'ont même pas été avérés. Si le chanteur des Backstreet Boys meurt, on aura peut-être quelque chose. Et encore. Le médecin légiste pourrait là aussi conclure à un accident.

– Eh bien...

J'admets que je suis très abattue. Si l'inspecteur Canavan ne s'est pas franchement payé ma tête cette fois-ci, il n'a pas non plus pris de notes. Je ramasse mon sac à dos.

– Désolée de vous avoir fait perdre votre temps. À nouveau.

Je me lève. L'inspecteur me fixe comme si j'étais dingue.

– Où est-ce que vous allez comme ça ? Rasseyez-vous. Je n'en ai pas encore fini avec vous.

Je me rassieds, perplexe.

– Vous jouez à quoi ? je demande d'un ton un poil trop vif. Vous me prenez visiblement pour une espèce de toquée. Pourquoi devrais-je traîner plus longtemps ici ? Si j'ai envie qu'on se fiche de moi, mes amis font très bien l'affaire ! (J'évite de regarder Cooper.) J'ai pas besoin de la police pour ça !

L'inspecteur Canavan termine son beignet et reprend son cigare. Il se tourne vers Cooper.

– Elle est tout feu tout flamme, hein ? commente-t-il en me désignant d'un geste du menton.

– Ça, on peut le dire ! approuve gravement Cooper.

Mon regard va de l'un à l'autre, tandis qu'un soupçon me vient soudain à l'esprit.

– Une seconde ! Vous vous connaissez, tous les deux ?

Cooper hausse les épaules.

– Je le croise souvent dans les parages, répond-il.

– Impossible de faire trois pas sans tomber sur ce gars, embusqué derrière une voiture ou une boîte aux lettres, à prendre des photos d'un pauvre crétin que sa femme veut quitter, explique Canavan.

– Super ! dis-je, en me sentant plus nulle que jamais. Vraiment super ! J'espère que cette blague à mes dépens vous amuse, au moins...

– J'ai l'air de rigoler ? me demande l'inspecteur Canavan. Est-ce que j'ai seulement esquissé un sourire ? Votre petit copain, là, je ne l'ai pas non plus vu rigoler.

– La situation ne me fait pas rire du tout, confirme Cooper.

Je lève les yeux vers lui. Pas l'ombre d'un sourire sur ses lèvres. Et je remarque qu'il n'a pas protesté quand Canavan l'a appelé mon « petit copain ».

– Ce n'est pas mon petit copain ! je m'écrie aussitôt.

J'ignore dans quel but. Ce qui est certain, c'est que j'ai les joues en feu.

L'inspecteur hoche la tête comme si je venais de dire un truc du style : « Le ciel est bleu. »

– À présent, mademoiselle Wells, sachez qu'un grand

nombre de « cinglés » – pour reprendre votre expression – viennent ici afin de signaler des crimes réels ou imaginaires. Certains de ces prétendus cinglés sont d'honnêtes citoyens désireux d'aider la police à faire son travail. Je vous rangerais dans cette catégorie. Vous avez accompli votre devoir en me faisant part de vos soupçons. De mon côté et en temps voulu, je me pencherai dessus.

– C'est vrai ? je m'exclame, soudain ragaillardie. Vous allez enquêter ? Vous allez interroger Chris ?

– Oui, répond Canavan, replaçant le cigare dans sa bouche. En toute discrétion. C'est mon boulot. Or voilà, il se trouve que ce n'est pas le vôtre. Et je ne saurais trop vous conseiller, mademoiselle Wells, de ne pas vous impliquer davantage dans cette affaire.

– Parce que vous croyez que Christopher Allington pourrait essayer de me tuer, moi aussi ? je demande d'une voix haletante.

– Parce que je crois que Christopher Allington pourrait vous poursuivre pour avoir porté de fausses accusations contre lui, et qu'il aurait même des chances de gagner son procès, réplique l'inspecteur, en ignorant ma mine déconfite. Vous suggérez, mademoiselle Wells, que Christopher Allington est un tueur en série doué et intelligent au point d'effacer non seulement les traces permettant de remonter à lui (mis à part un éventuel préservatif), mais aussi les traces permettant d'établir qu'un crime a bel et bien été commis. Je suis désolé de vous décevoir mais l'expérience m'a appris que les assassins sont loin d'être aussi malins. À vrai dire, ils sont souvent d'une bêtise exceptionnelle. C'est pourquoi ils tuent : leurs facultés intellectuelles sont si limitées qu'ils n'ont pas trouvé d'autre moyen de s'en sortir. (L'inspecteur Canavan fronce pensivement ses sourcils gris foncé.) Et malgré tout le foin que les médias font autour des tueurs en série, je n'en ai encore jamais rencontré personnellement. Alors que j'ai enquêté sur plus de sept cents homicides. Je vous suggère d'arrêter de faire la maligne, en ce qui concerne Christopher Allington, mademoiselle Wells. Je serais désolé que vous perdiez votre boulot pour une raison de ce genre.

Je suis tellement déçue que je n'essaie même plus de le cacher. Mes épaules s'affaissent et je baisse la tête en murmurant :

– Je vous remercie, inspecteur.

Canavan me tend sa carte en me priant de l'appeler si je me souviens d'un détail susceptible de l'aider dans son enquête. Puis, après avoir posé à Cooper une ou deux questions au sujet de Dieu sait quelle filature qu'il l'a surpris à mener dans les parages, il nous invite à prendre congé.

Cooper hèle un taxi. Tout au long du trajet, il garde une expression on ne peut plus sérieuse. Il semble avoir pris à cœur mon accusation – comme quoi il me considérait toujours comme la gamine nunuche d'autrefois – et faire tout ce qui est en son pouvoir pour me prouver que je me trompe. Dans le taxi, il va jusqu'à me dire que Canavan est un bon enquêteur et un brave homme, et que c'est l'homme de la situation s'il faut pousser l'enquête plus loin, à Fischer Hall.

Ce qui me remonte le moral. Enfin, plus ou moins.

Une fois de retour à la maison – je sais que je devrais retourner au bureau mais, maintenant que je suis là, je décide d'aller rapidement promener Lucy –, je m'arrête un instant devant le miroir ancien, à cadre doré, du vestibule. Je me remets une couche de rouge à lèvres, pendant que Cooper va à son bureau consulter ses messages. J'ai pris soin d'inspecter les lieux pour m'assurer qu'il ne reste aucune trace des galipettes que Jordan et moi avons faites, la veille au soir, sur le tapis de l'entrée.

C'est pourquoi, lorsque Cooper sort de son bureau, une seconde plus tard, et me demande « Qu'est-ce qui se passe, au juste, entre toi et Jordan ? », je manque d'avoir une attaque cardiaque.

– Qu'est-ce que... qu'est-ce que tu veux dire ? je bafouille.

– Eh bien, qu'est-ce qu'il faisait devant Fischer Hall aujourd'hui, pour commencer ?

– Oh, je soupire, soulagée. Rien. On discutait, c'est tout.

– Je vois.

Cooper s'adosse au chambranle, son regard bleu plus vif qu'à l'ordinaire.

– Dans ce cas, poursuit-il, tu ne dois probablement rien savoir au sujet de cette blonde qu'il embrasse devant ma porte, sur la photo du *Post* ?

J'avale ma salive. Je n'arrive pas à croire qu'il l'ait vue ! Le destin cessera-t-il un jour de s'acharner sur moi ? Ai-je déjà épuisé toute ma chance ? Vous savez, ces dix années de chance auxquelles chacun d'entre nous est censé avoir droit dans sa vie, à ce que j'ai lu quelque part ? Cette décennie magique où tout marche comme sur des roulettes ou, du moins, presque tout.

Ma décennie chanceuse est-elle derrière moi ? Et, si oui, n'est-il pas possible de tout reprendre de zéro ? Parce que franchement, si quelqu'un m'avait proposé « Hé, Heather, tu aimes mieux avoir la baraka de quatorze à vingt-quatre ans, ou de vingt-quatre à trente-quatre ans ? », j'aurais choisi la seconde possibilité. Sans hésiter.

Qui voudrait que ses meilleures années aient été ses années de *lycée* ?

Je suppose que mon extrême affliction se lit sur mon visage. Car Cooper se redresse presque instantanément et, d'une voix suggérant qu'il se soucie de moi, me demande :

– Qu'est-ce qui se passe ?

Ce qui me donne envie d'éclater en sanglots, là, tout de suite, dans l'entrée.

– Tout va bien, je réponds. Je t'assure.

Tu parles que tout va bien ! Même si personne ne me croit, je sais avec certitude que quelqu'un essaie de me tuer. J'ai couché avec mon ex, qui est fiancé à une autre à la carrière bien plus brillante que la mienne et aux hanches bien plus fines. Et, pour couronner le tout, Cooper a vu la preuve photographique de ma faute... ou du moins, de ses prémices.

– Non, ça ne va pas, dit Cooper, en venant près de moi devant le miroir. Ne prétends pas le contraire. N'oublie pas que c'est mon métier d'observer les gens. Tu as ce petit pli entre les yeux quand tu es contrariée. Tu le vois ? demande-t-il en montrant mon reflet du doigt.

Mon Dieu ! Il a raison. Le souci creuse un petit sillon entre mes sourcils. Nom de Dieu, si je continue comme ça, je serai ridée à trente ans.

Je me force à prendre une expression plus détendue.

– C'est rien, dis-je hâtivement, en m'arrachant à l'examen de mon reflet. Vraiment... ce truc, hier soir avec Jordan... c'était un petit bisou de rien du tout, comme ça, pour se dire au revoir.

Cooper me regarde, l'œil sceptique.

– Un petit bisou pour se dire au revoir, répète-t-il.

– Ouais. Parce que c'est vraiment fini, crois-moi, entre Jordan et moi. (Je m'éclaircis la gorge.) Vraiment, vraiment fini, tu peux me croire.

Cooper hoche la tête, même s'il n'a toujours pas l'air convaincu.

– OK. Puisque tu le...

– On est tous les deux prêts à aller de l'avant, je l'interromps, de plus en plus prise par mon histoire. Ce n'est pas trop tôt. Il fallait qu'on trouve un moyen de conclure, tu comprends. Vu comment ça s'est fini... vu que je suis partie sur un coup de tête, et tout ça... c'était pas très sain, tu comprends. Maintenant, les choses sont claires... lui et moi, on sait que c'est fini pour de bon.

– Si c'est vraiment, vraiment fini entre vous, que faisait-il devant Fischer Hall ce matin, quand ce pot de fleurs lui est tombé sur la tête ?

Flûte ! J'avais oublié ça !

Aucune importance. Je maîtrise la situation.

– Oh, ça ? je demande avec un rire décontracté.

Eh oui, je parviens à rire avec décontraction ! Peut-être, comme Britney Spears ou Mandy Moore, puis-je espérer faire du cinéma ? Je devrais peut-être prendre des cours d'art dramatique, comme Marnie. Peut-être, un jour, remporterai-je un Oscar que je mettrai sur l'étagère, à côté de mon prix Nobel. Une seconde... le prix Nobel, c'est une statuette ou une médaille ? J'ai oublié.

– Ouais, dis-je (toujours aussi à l'aise). Il est passé me rendre un… euh… un CD que j'avais laissé chez nous. Tu sais, quand j'ai déménagé.

– Un CD ?

– Ouais ouais. Mon… euh… la BO de *Tank Girl*. On ne la trouve plus. C'est devenu une rareté.

– Je vois.

À présent qu'il a retiré sa veste en cuir, je m'efforce de ne pas remarquer que ses biceps – que l'on voit à peine, au-dessous des manches courtes de son tee-shirt gris uni – sont aussi sculptés que ceux de son frère…

Sauf que c'est dû au travail, et pas à la musculation, je le sais. Les détectives ne se contentent pas de prendre des photos en douce. J'imagine que Cooper doit aussi… je ne sais pas, moi… soulever des trucs. Je me demande s'il lui arrive de transpirer et, ce faisant, d'être obligé de retirer son tee-shirt parce qu'il a tellement chaud…

Waouh… Il est temps que je me remette au boulot.

Mais ces histoires de détective m'ont rappelé quelque chose. Et je me sens plus audacieuse, maintenant que je suis parvenue à éviter de fondre en larmes.

– Ouais… et en fait, puisque tout est réglé entre Jordan et moi, j'ai bien envie… à vrai dire, j'ai bien envie de faire la fête !

– De faire la fête ? répète Cooper d'une voix blanche.

– Ouais. Tu vois bien, je ne sors plus du tout. C'est pourquoi j'ai pensé : « Hé, pourquoi ne pas aller au… euh… au bal du Coquelicot ce soir ? »

– Au bal du Coquelicot ?

Cooper ne me quitte pas des yeux. J'espère qu'il n'est pas en train de me scruter pour savoir si je dis vrai. J'ai *réellement* envie d'aller au bal du Coquelicot. Et pas seulement pour les raisons que je viens de citer.

– Ouais. C'est un bal en l'honneur des administrateurs et des membres du personnel qui ont reçu un Coquelicot. Pour services rendus à l'université, tu sais. Rachel va être décorée.

Mon imagination me joue-t-elle des tours ? À peine ai-je prononcé le nom de ma chef que Cooper se désintéresse soudain de la conversation. D'ailleurs, il se dirige vers le courrier, que l'on vient de glisser sous la porte, et qui suscite chez Lucy un vif intérêt. Après le lui avoir arraché de haute lutte, il commence à le passer en revue.

– Rachel, hein ?

– Ouais. Cela dit, les billets coûtent dans les deux cents dollars. Pour le bal. Dieu sait que c'est au-dessus de mes moyens. Mais j'ai pensé... ton grand-père était un donateur, pas vrai ? Je suis sûre que tu pourrais t'en procurer... des invitations, je veux dire...

– Sans doute, répond Cooper, en donnant à mastiquer à Lucy, qui gémit piteusement, un catalogue de vente par correspondance.

– Et tu crois que je pourrais en avoir une ? je demande, pleine de tact.

C'est tout moi : la subtilité faite femme !

– Pour que tu puisses espionner Christopher Allington ? rétorque Cooper, sans même lever les yeux de son courrier. Pas question !

J'en reste bouche bée.

– Mais...

– Heather, tu n'as donc pas écouté un mot de ce qu'a dit l'inspecteur ? C'est lui qui va s'en charger. Discrètement. En attendant, tu ferais mieux de te tenir à carreau. Au mieux, tout ce que peuvent te valoir tes efforts, c'est d'être poursuivie pour diffamation.

J'insiste, en levant trois doigts pour faire le serment d'honneur des scouts (sauf que ça ne compte pas, vu que je n'ai jamais été girl-scout !).

– Je jure de ne pas lui parler ! De ne même pas l'approcher !

– Corrige-moi si je me trompe, réplique Cooper. Mais est-ce que tu n'es pas convaincue qu'il a essayé de te tuer aujourd'hui ?

– Eh bien, c'est justement ce que je cherche à découvrir. Allez, Cooper ! Qu'est-ce qui pourrait bien arriver au bal du Coquelicot, nom de Dieu ! Il ne va pas s'en prendre à moi là-bas, devant tout le monde...

– Non, il ne le fera pas. Parce que je ne te quitterai pas d'une semelle.

J'écarquille les yeux. Une seconde. Ai-je bien entendu ?

– Tu... tu veux m'accompagner ?

– Juste parce que, si je ne veille pas sur toi, qui sait ce qui va te tomber sur la tête la prochaine fois... (Cooper pose le courrier. Son regard bleu me scrute, éblouissant comme les phares d'une voiture.) Et aussi parce que je n'ai qu'à te regarder pour savoir que tu réussiras Dieu sait comment à te procurer un billet. Même s'il te faut, pour ça, séduire un malheureux péquenaud du département de géologie.

Je n'en reviens pas ! Cooper m'emmène au bal du Coquelicot. Cooper et moi allons sortir ce soir. C'est presque un...

... presque un rendez-vous.

– Oh, Cooper ! dis-je dans un souffle. Je te remercie du fond du cœur. Tu n'as pas idée de ce que ça signifie pour moi...

Cooper s'en retourne déjà vers son bureau, en secouant la tête. Il garde ses pensées pour lui, mais je n'ai pas de mal à deviner qu'il n'est pas, comme moi, en train d'angoisser en se demandant ce qu'il va bien pouvoir porter ce soir.

C'est tellement plus facile, pour les mecs.

20

Tu prends tout de travers
Tout ce que je te dis
Tout de travers
Sinon pourquoi
Tu me ferais ça ?
Tout de travers
Tu crois que je te mens
Tout de travers
Et à dire vrai
Que tu prennes tout de travers
J'en ai assez !

« Tout de travers ! »
Interprété par Heather Wells
Paroles et musique : Dietz/Ryder
Extrait de l'album *Été*
Disques Cartwright

Le reste de ma journée de travail me paraît interminable, tant mon impatience est grande.

Comme tout le monde me demande des nouvelles de Jordan, je réalise, non sans honte, que je ne sais même pas comment il va. Je n'ai guère eu le temps d'y songer, depuis que je suis sortie de l'hôpital : je me suis entretenue avec des enquêteurs, j'ai été invitée (façon de parler...) au bal du Coquelicot par mon idéal masculin, et j'ai dû me creuser la tête pour savoir comment m'habiller pour cette occasion...

J'appelle donc l'hôpital St Vincent. Après avoir été baladée de poste en poste une bonne demi-douzaine de fois dans un souci de respect de la vie privée – vu que Jordan est une star, et tout le tralala... –, je finis par tomber sur quelqu'un qui m'apprend (après que j'ai assuré que je n'étais pas journaliste, et même fredonné quelques mesures d'« Une envie de sucré » pour les convaincre que j'étais vraiment moi) que l'état de santé de Jordan est considéré comme très satisfaisant et que les docteurs s'attendent à un complet rétablissement.

Lorsque je communique la nouvelle à Rachel, elle s'exclame :

– Oh, formidable ! J'étais tellement inquiète. Quelle chance, Heather, que le pot de fleurs l'ait atteint, lui, et pas toi ! Tu aurais facilement pu être blessée.

Magda ne se réjouit pas autant du diagnostic.

– Dommage ! dit-elle carrément. J'espérais qu'il allait mourir.

– Magda ! je m'écrie, horrifiée.

– Regardez mes jolies petites stars de cinéma ! lance-t-elle à un groupe d'étudiants venus dîner de bonne heure, lorsqu'ils lui présentent leur carte de resto U.

Elle les prend, les passe au lecteur de cartes magnétiques et, s'adressant à moi :

– Ben quoi, il méritait bien de se prendre un coup sur la tête, vu comment il t'a traitée !

Magda a vraiment de la chance. À ses yeux, tout est blanc ou noir. L'Amérique est un grand pays, et tant pis pour ceux qui ne sont pas d'accord. Et les chanteurs de boys band qui trompent leurs copines ? Ils méritent de se prendre des pots de fleurs sur la tête, un point, c'est tout.

Patty est soulagée de m'entendre, quand je l'appelle. Elle a dû drôlement flipper, quand elle a traversé le parc, et a vu tout ce sang répandu sur le trottoir devant Fischer Hall. Elle s'est persuadée qu'il m'était arrivé quelque chose et est restée une bonne vingtaine de minutes prostrée à la cafétéria, la tête sur les genoux, ne la relevant que pour manger les deux esquimaux que Magda l'a pressée d'accepter, avant d'avoir enfin la force de héler un taxi pour rentrer chez elle.

– Tu tiens vraiment à obtenir ce diplôme universitaire, Heather ? demande-t-elle d'une voix soucieuse. Parce que, sinon, je suis sûre que Frank peut t'arranger un rendez-vous avec les gens de sa maison de disques...

– Ce serait chouette, dis-je. Sauf que je doute que les producteurs de Frank soient très impressionnés par le fait que la plupart de mes concerts aient eu lieu dans des centres commerciaux.

– Tu crois qu'ils se préoccupent de ça ? s'écrie Patty.

C'est super-gentil de sa part, mais c'est précisément le genre de chose dont les producteurs se soucient, comme j'ai déjà pu m'en rendre compte.

– On peut essayer de te dégoter un rôle dans une comédie musicale ? suggère Patty. Tu sais, comme Debbie Gibson. Il y a beaucoup de stars qui...

– Tu viens de prononcer le mot clé. *Star*. Et je n'en suis pas une.

– Je pense simplement que tu devrais cesser de travailler dans ce dortoir, Heather, reprend Patty, visiblement inquiète. C'est trop risqué. Ces filles qui meurent... ces gens qui se prennent des pots de fleurs sur la tête...

Je suis touchée par son attention.

– Oh, Patty ! Ne t'inquiète pas pour moi !

– Je parle sérieusement, Heather. On en a parlé, Cooper et moi. Et on a tous les deux le sentiment que...

– Cooper et toi avez parlé de *moi* ?

J'espère ne pas paraître trop pressante. De quoi ont-ils bien pu discuter ? Je me le demande. Cooper a-t-il avoué à Patty qu'il me voue, depuis longtemps, une profonde passion ? Passion qu'il n'ose exprimer, du fait que je suis l'ex-copine de son frère et, en quelque sorte, son employée à lui.

Mais, s'il lui avait confié ça, ne me l'aurait-elle pas répété tout de suite ?

– Cooper et moi avons le sentiment – et Frank est d'accord avec nous – que si toute cette histoire de meurtre est fondée il se pourrait que tu te sois mise en danger...

Visiblement, Cooper a omis de mentionner la grande passion qu'il éprouverait pour moi. Rien d'étonnant à ce que Patty ne m'ait pas aussitôt appelée pour cafter.

– Patty. Tout va bien. Vraiment. J'ai le meilleur garde du corps au monde.

C'est alors que je lui parle du bal du Coquelicot, et du fait que Cooper m'y emmène.

Patty ne se montre pas aussi emballée que j'aurais imaginé. Certes, elle propose de me prêter sa robe – la robe Armani rouge qu'elle a portée aux Grammy Awards alors qu'elle était enceinte de sept mois, dans laquelle j'espère par conséquent pouvoir entrer. Mais elle ne s'écrie pas : « Oh, il t'invite enfin à sortir avec lui ! »

Sans doute parce que ce n'est pas vraiment le cas. Ce n'est pas un *vrai* rendez-vous quand le mec vous accompagne uniquement pour s'assurer que personne ne vous tuera.

Nom de Dieu. Ce que Patty a mûri !

– Eh bien, promets-moi de faire attention à toi, Heather, dit-elle, toujours inquiète. D'après Cooper, cette histoire de tentative de meurtre est... assez peu vraisemblable. Mais je n'en suis pas si sûre. Et je ne tiens pas à ce que tu sois la prochaine victime.

Je m'efforce de convaincre Patty que je ne risque absolument rien, bien que je sois persuadée du contraire. Ici, à Fischer Hall, quelqu'un veut bel et bien ma mort.

Ce qui signifie que j'ai certainement vu juste en concluant à l'assassinat d'Elizabeth Kellogg et de Roberta Pace.

Ce n'est qu'après avoir raccroché que je sens un regard posé sur moi. Levant les yeux, je vois Sarah assise à son bureau, occupée à fourrer des Carambar dans des sachets en plastique, qu'elle compte offrir à chacun des RE ; ils ont besoin d'un petit remontant après un début de semestre aussi agité, avec ces deux décès et tout le reste...

Or, je constate que Sarah a interrompu sa tâche pour me fixer, avec des yeux ronds comme des soucoupes derrière ses lunettes à double foyer. Elle ne porte ses lentilles que dans les grandes occasions. Pour la rentrée universitaire par exemple (au cas où elle rencontrerait de charmants papas célibataires) ou pour les lectures de poésie à l'église St Mark (au cas où elle rencontrerait de charmants poètes sans le sou).

– Je n'ai pas fait exprès d'écouter ta conversation, commence-t-elle, mais je t'ai bien entendue dire que quelqu'un voulait te *tuer* ?

– Euh...

Comment présenter cela de manière à ne pas l'effrayer pour rien ? Après tout, si je rentre chez moi tous les soirs, elle est, elle, obligée de vivre ici. Que va-t-elle ressentir quand elle saura qu'un dangereux psychopathe déambule librement dans Fischer Hall ?

Certes, Sarah a perdu sa virginité dans un kibboutz israélien, l'été suivant sa première année de fac (ou, du moins, c'est ce qu'elle m'a raconté). Elle ne constitue donc pas une victime potentielle.

Je hausse les épaules.

– Oui, je réponds enfin.

Alors, comme Rachel est montée à son appartement afin de se préparer pour le bal (elle s'est débrouillée pour passer chez Bloomingdale et se trouver quelque chose à mettre, qu'elle a refusé de nous montrer « pour ne pas gâcher la surprise »), j'expose à Sarah ma théorie en ce qui concerne Chris Allington et la mort d'Elizabeth Kellogg et de Roberta Pace.

– Tu as parlé de tout ça à Rachel ? me demande-t-elle, une fois mon récit achevé.

– Non. Rachel a suffisamment de soucis comme ça, tu ne crois pas ?

Qui plus est – et je me garde bien de le mentionner –, s'il s'avère que je me suis trompée, mieux vaut que ça ne figure pas dans le rapport sur ma période d'essai... Le fait que j'ai soupçonné le fils du président d'être l'auteur d'un double meurtre, je veux dire.

– Bien, ne lui en parle pas ! m'ordonne Sarah. Est-ce que tu as jamais songé que tout ça – ta conviction qu'Elizabeth et Roberta ont été assassinées, par exemple – n'était peut-être que la manifestation de ton insécurité, après que tu as été trahie et abandonnée par ta mère ?

J'écarquille les yeux.

– Hein ?

– Eh bien, poursuit-elle en remontant ses lunettes sur son nez. Ta mère t'a volé tout ton argent, puis elle s'est enfuie avec ton manager. Ça a dû être l'événement le plus traumatisant de ton existence. Enfin, tu as tout perdu : tes économies, et les personnes qui te paraissaient les plus fiables. Et ton père qui n'a quasiment jamais été là, avec la longue peine de prison dont il a écopé pour avoir signé des chèques en bois ! Pourtant, quand quelqu'un fait allusion à tout ça, tu préfères changer de sujet, comme si c'était sans importance.

– Non, ce n'est pas vrai !

Parce que ce n'est pas vrai. Ou, si c'est le cas, je ne m'en rends pas compte.

– Si ! insiste Sarah. Tu n'es même pas fâchée avec ta mère. Je t'ai entendue parler avec elle au téléphone, l'autre jour. Vous discutiez, toutes les deux, de ce que vous alliez offrir à ton père pour son anniversaire – en prison ! La femme qui t'a volé tout ton argent et s'est enfuie en Argentine !

– Et alors ? dis-je, légèrement sur la défensive. Elle reste ma mère, quoi qu'elle ait fait.

J'ai toujours du mal à me faire comprendre, en ce qui concerne ma mère. C'est sûr, quand j'ai fait savoir aux Disques Cartwright que je tenais désormais à écrire les paroles de mes chansons et que le père de Jordan m'a virée sans cérémonie (il est vrai que je ne battais plus des records de vente) – bref quand tout a commencé à sentir le roussi –, ma mère a fichu le camp.

Mais c'est sa nature. Je lui en ai pas mal voulu pendant un bout de temps, évidemment.

Or, en vouloir à ma mère, c'est comme être en colère parce

qu'il pleut. Elle n'est pas responsable de ses actions, pas plus que les nuages ne le sont de la pluie.

Si Sarah entendait ça, elle prétendrait sans doute que c'est du déni, voire pire.

– Est-ce que tu ne crois pas que tu transfères sur ce malheureux Christopher Allington la violence que t'inspire le comportement de ta mère ? me demande-t-elle.

Je commence à en avoir assez de me répéter :

– Pardonne-moi, mais ce pot de fleurs n'est pas tombé du ciel. Enfin, si, dans un sens, mais pour ça il a fallu que quelqu'un le pousse !

– Et il se pourrait aussi que l'attention de tes fans te manque, au point que tu sois prête à saisir n'importe quel prétexte pour te faire remarquer. C'est pourquoi tu aurais imaginé ce grand mystère que tu es censée résoudre.

Je me souviens avec un pincement au cœur des paroles de Cooper, devant l'ascenseur de service. N'a-t-il pas dit quelque chose dans ce goût-là ? Que je voulais retrouver l'excitation que j'éprouvais, du temps où j'étais la reine des centres commerciaux...

Toutefois, il me semble qu'il y a une sacrée différence entre vouloir démasquer un assassin qui a tué deux personnes sur votre lieu de travail, et chanter devant des milliers de gens occupés à faire leurs courses.

Pas vrai ?

– Euh... peut-être. J'en sais rien.

Voilà tout ce que je trouve à répondre aux allégations de Sarah.

Tout ce que je sais, c'est que Sarah a de la chance de l'avoir rencontré, son fameux Yael. Le mec du kibboutz, je veux dire... Sinon, elle aurait fait une victime toute désignée pour Chris.

Sauf qu'il n'aurait peut-être pas apprécié sa manie de vous psychanalyser en permanence. Ça peut devenir lassant, à la longue !

Il y a une éternité que je ne suis pas allée à une soirée habillée. Quand je quitte enfin le bureau, le soir venu, j'ai donc un tas de choses à prévoir. Tout d'abord, je dois aller chez Patty chercher la robe, qui me va, Dieu merci, mais tout juste.

Ensuite, il faut que je me fasse une séance de pédicure et manucure maison, car je n'ai plus le temps de me faire faire les ongles par des pros. Puis, que je me lave les cheveux et me rase les jambes (et les aisselles, étant donné que la robe de Patty est une robe-bustier). Enfin, par précaution, je me fais aussi le maillot parce qu'on ne sait jamais, même s'il est peu probable que je touche deux fois le gros lot en deux jours. Ah... j'oubliais le masque. Et le massage corporel hydratant. Il ne me reste plus qu'à m'épiler les sourcils, à me sécher et à me coiffer les cheveux, à me maquiller et à me parfumer.

C'est alors que je remarque que les talons de mes escarpins rouges ont dû avoir maille à partir avec une grille de métro. Je résous le problème grâce à un marqueur magique rouge.

Et bien sûr, au milieu de tout ça, je m'accorde une ou deux pauses grignotage : quelques biscuits fourrés pour m'aider à tenir le coup – je n'ai rien mangé depuis le sandwich à la viande fumée de cet après-midi, que Magda m'a fait passer en douce.

Cooper frappe à la porte de mon appartement à l'instant précis où je m'efforce de remonter la fermeture éclair de la robe de Patty, en me demandant pourquoi je n'y parviens plus alors que j'y arrivais deux heures plus tôt, dans son loft.

– Une seconde !

Qu'est-ce que je vais bien pouvoir porter, nom de Dieu, si je ne peux pas la fermer...

Enfin, le mécanisme se décoince. Je saisis mon étole et mon sac à main, et descends bruyamment les escaliers, tout en regrettant de ne pas avoir quelqu'un pour ouvrir la porte et dire : « Elle sera là dans une minute », afin de pouvoir faire une entrée digne d'une héroïne de série télévisée. Au lieu, comme à présent, de me battre avec Lucy pour atteindre la porte.

Je suis au regret d'avouer que je ne prends pas la peine d'observer la réaction de Cooper lorsqu'il m'aperçoit – à supposer qu'il en ait eu une, ce dont je doute –, étant moi-même trop stupéfaite de ce que je vois... Cooper possède un smoking. Drôlement bien coupé, d'ailleurs.

Et ça le rend sexy en diable.

D'où vient le pouvoir du smoking ? Pourquoi ça va si bien aux hommes ? Parce que ça fait ressortir le torse et les épaules, peut-être ? Ou est-ce que cela tient au contraste saisissant entre le blanc immaculé de la chemise et l'élégant revers noir de la veste ?

Quoi qu'il en soit, je crois que je n'ai jamais vu un type à qui ça n'allait pas. Mais Cooper est l'exception. Ça ne lui va pas bien.

Ça lui va *sublimement* bien.

Je suis tellement éblouie que j'en oublie que je vais au bal pour démasquer un tueur. L'espace d'une seconde – à peine ! –, je me laisse aller à croire que Cooper et moi devons sortir en amoureux. Surtout lorsqu'il s'exclame :

– Tu es en beauté !

La réalité reprend néanmoins ses droits lorsqu'il consulte sa montre et lance d'un air détaché :

– On y va, tu veux bien ? J'ai quelqu'un à voir un peu plus tard. Alors si on doit y aller, c'est maintenant ou jamais.

Mon cœur se serre. Quelqu'un à voir ? Qui ça ? Qui doit-il voir ? Un client ? Un indic ?

Ou une *petite amie* ?

– Heather ? demande Cooper, le sourcil levé. Ça va ?

– Très bien, je réponds d'une voix faiblarde.

– Tant mieux, réplique Cooper en me prenant le coude. Allons-y !

Je descends l'escalier et franchis le seuil dans son sillage, en me disant que je suis une idiote. Il doit voir quelqu'un plus tard ? Qu'est-ce que ça peut me faire ! Ceci n'est pas un rendez-vous. Si j'ai rendez-vous avec quelqu'un, ce soir, c'est avec le tueur d'Elizabeth Kellogg et de Roberta Pace.

Je me le répète inlassablement, tandis que nous coupons par le parc, dépassons le monument de Washington Square et traversons la rue jusqu'à la bibliothèque où la soirée doit avoir lieu – transformée pour l'occasion en salle de bal grâce à des ampoules colorées, des bannières et des tapis savamment disposés.

Pour parvenir à l'imposant bâtiment ocre, il nous faut contourner quelques limousines extra-longues, ainsi qu'une poignée de gardiens en uniforme gantés de blanc, un sifflet entre les lèvres. (Pete a été prié de faire des heures supplémentaires, mais il a refusé, car sa fille prépare un exposé de sciences.) Il y a des cordes en velours, pour tenir le populo à distance... sauf que le populo en question n'a pas du tout l'air de vouloir taper l'incruste. Seuls traînent quelques étudiants en licence pressant contre eux leurs sacs à dos, visiblement furieux que la soirée leur interdise l'accès à la bibliothèque.

Cooper montre les billets à un gars posté devant la porte, et l'on nous fait entrer dans le bâtiment. Aussitôt, nous sommes assaillis par une horde de serveurs proposant des boissons et des champignons farcis au crabe. Assez savoureux, je dois dire. Quant aux biscuits fourrés, ils me pèsent un peu sur l'estomac, sous ma culotte gainante.

Cooper chope deux verres au passage, préférant l'eau gazeuse au champagne.

– Ne jamais boire d'alcool quand on bosse ! me conseille-t-il.

Je repense à Nora Charles et aux cinq gins vermouth qu'elle descend dans L'*Introuvable*, quand elle tente de faire aussi fort que Nick. Imaginez combien de meurtres ils auraient pu résoudre s'ils avaient suivi les conseils de Nick en restant sobres !

– À la santé des assassins ! ironise Cooper en choquant son verre contre le mien.

Ses yeux bleus lancent une étincelle. Une fois de plus, leur éclat me coupe le souffle.

– Tchin, dis-je avant d'en prendre une gorgée, tout en balayant du regard la vaste salle à la recherche de visages familiers.

Un orchestre interprète une version jazzy de « Moon River », près de la section des dictionnaires. Sur de longues tables disposées devant les ascenseurs, un buffet a été dressé, et les gambas disparaissent à une vitesse alarmante. Les gens s'empressent tout autour, et semblent prendre un plaisir inhabituel à discuter les uns avec les autres. J'aperçois le docteur Flynn, parlant rapidement à la directrice du premier cycle, une femme au regard rendu vitreux par l'ennui ou par l'alcool – c'est difficile à déterminer.

Je repère une poignée d'administrateurs planqués derrière une bannière dorée de l'université de New York, telle une famille de réfugiés d'Ellis Island tapie dans l'ombre de la statue de la Liberté. Les administrateurs, j'ai remarqué, n'inspirent pas un grand respect aux étudiants ni aux professeurs. Le plus souvent, ceux qui gèrent les résidences de l'université de New York sont perçus comme des espèces de chefs de camp. Le docteur Jessup et son équipe de coordinateurs et d'assistants sont un peu méprisés. Ce qui est injuste vu qu'ils... bon, d'accord, que *nous* travaillons comme des malades, bien plus que la plupart des professeurs qui passent en coup de vent donner une heure de cours par semaine, et emploient le reste du temps à poignarder leurs collègues dans le dos, à coups d'articles publiés dans les revues littéraires.

Pendant que Cooper se fait mettre le grappin dessus par un des membres du conseil d'administration – un vieil ami de la famille Cartwright –, j'observe mes supérieurs hiérarchiques, planquée derrière mon verre d'eau. Le docteur Jessup paraît mal à l'aise dans son smoking. Près de lui, une femme sculpturale, qui doit être son épouse, puisqu'elle a l'air d'échanger des plaisanteries avec celle qui est, sans aucun doute, la moitié du docteur Flynn. Toutes deux sont minces, et élégamment vêtues de scintillantes robes-fourreaux.

Mais ni l'une ni l'autre n'arrive à la cheville de Rachel. Elle se tient à côté du docteur Jessup, et ses yeux pétillent autant que la coupe de champagne dans sa main. Moulée dans la soie, elle resplendit. Sa robe bleu nuit contraste de façon saisissante avec la blancheur de sa peau, que fait également ressortir sa chevelure sombre, ramassée sur le haut de la tête à l'aide d'épingles ornées de brillants.

Quand je pense qu'elle est passée chez Bloomingdale en vitesse, alors que j'étais à l'hôpital, sous prétexte qu'elle n'avait « rien à se mettre » ! On peut dire qu'elle a réussi son coup.

À tel point, en fait, que je commence à me sentir méchamment boudinée, dans la robe de Patty.

Il me faut un moment pour repérer l'illustre directeur de l'université. Je finis par l'apercevoir derrière le guichet des emprunts. Le président Allington a renoncé au débardeur, pour une fois. C'est peut-être pour ça que j'ai mis tant de temps à le remarquer. Il porte un smoking, qui lui donne l'air étonnamment distingué.

Hélas, on ne peut pas en dire autant de la malheureuse Mme Allington. Les amples manches de son tailleur-pantalon en velours noir tire-bouchonnent sur ses bras chaque fois qu'elle porte un verre à ses lèvres... ce qu'elle fait avec une fréquence alarmante.

Où peut bien être le rejeton des Allington, le mielleux Chris/Todd/Mark ? Je ne le vois nulle part, alors que j'étais certaine de le trouver ici. Quel joli garçon de vingt et quelques années pourrait ne pas être tenté par une telle soirée ? Allons... pouvoir picoler à l'œil ?

Cooper parle caméras miniature, ou un truc dans ce goût-là, avec un monsieur d'âge mûr qui m'a appelée « mademoiselle » et m'a complimentée à propos de ma robe (sur un ton si sincère que je me suis aussitôt assurée que la fermeture Éclair avait bien tenu), lorsqu'une femme très mince, très séduisante et toute de noir vêtue, s'approche soudain.

– Cooper ? articule-t-elle d'une voix très surprise.

La femme, qui se débrouille pour avoir l'air aussi intello que glamour, lui prend le bras. Elle veut marquer son territoire, comme si elle avait autrefois touché Cooper à des endroits bien plus intimes et qu'elle était libre, par conséquent, de disposer librement de son bras.

– Qu'est-ce que tu fais ici ? demande-t-elle. J'ai l'impression qu'il y a des mois que tu ne m'as pas donné de nouvelles. Où étais-tu passé ?

Cooper ne paraît certes pas pris de panique. Mais, tout de même, on dirait vraiment qu'il préférerait être ailleurs.

– Marian, dit-il, lui posant une main sur le dos et se penchant pour l'embrasser – sur la joue. Quel plaisir !

Après l'avoir présentée au vieux type, il se tourne vers moi.

– Heather, je te présente le professeur Marian Braithwaite. Marian enseigne l'histoire de l'art. Marian, voici Heather Wells. Elle est également employée par l'université de New York.

Marian lève le bras pour me serrer la main. Ses doigts palpitent comme un oisillon pris au piège entre mes grosses patoches. Malgré tout, je parie qu'elle fréquente régulièrement la salle de sport de l'université. Et qu'elle prend des douches, et non des bains. On le devine rien qu'à la regarder.

– Ah oui ? réplique Marian en exhibant un sourire aussi éclatant que celui d'Isabella Rosselini. Vous enseignez quelle matière ?

– Euh...

J'aimerais tant que quelqu'un me balance un pot de fleurs sur la tête, à cet instant précis, pour m'épargner d'avoir à répondre. Malheureusement, cela reste un souhait vain.

– ... je n'enseigne pas, en fait. Je suis directrice adjointe dans un des dortoirs... une des résidences universitaires, je veux dire, des étudiants de premier cycle.

– Oh.

Marian conserve son sourire impeccable mais je vois, à la façon dont elle regarde Cooper, qu'elle ne désire qu'une chose : l'entraîner et lui arracher tous ses vêtements, de préférence avec les dents. Et non rester plantée là, à discuter avec la directrice adjointe d'une résidence universitaire. Je peux difficilement lui en vouloir.

– Comme c'est charmant ! Alors, Cooper, tu étais en voyage ? Tu n'as pas répondu à un seul de mes appels...

Je ne distingue pas la suite de sa conversation, car quelqu'un me saisit le bras. Quand je me retourne, ce n'est pas un ex que j'aperçois – ce qui serait bien sûr impossible, le mien étant à l'hôpital – mais Rachel.

– Salut, Heather ! s'écrie-t-elle.

Ses joues sont d'une rougeur inhabituelle. Je réalise qu'elle est pompette. Elle a dû abuser du champagne.

– Je ne savais pas que tu venais ce soir. Tu vas bien ? Et Jordan ? Je me suis fait tellement de souci pour lui. Comment va-t-il ?

Je réalise, avec une ombre de mauvaise conscience, que je n'ai pas pensé une seule fois à Jordan de toute la soirée. Depuis que j'ai ouvert la porte de chez moi et posé les yeux sur Cooper, en fait.

– Euh... il va bien. Son état est très satisfaisant, même. Il n'aura pas de séquelles.

– Quel semestre on a eu, hein ! s'exclame Rachel, en me donnant un petit coup amical dans les côtes. On aurait vraiment besoin de quelques semaines de vacances, toi et moi, après tout ce qu'on a enduré. J'en reviens toujours pas ! Deux morts en deux semaines ! (Elle jette un coup d'œil alentour, craignant qu'on ait pu surprendre ses paroles.) J'en reviens pas !

Je lui souris. Rachel est complètement saoule. À moins, et c'est plus probable, qu'elle n'ait rien mangé du tout, et que le champagne lui soit aussitôt monté à la tête. La plupart des amuse-gueules, que ce soit les champignons fourrés au crabe ou les feuilletés à la crevette, n'ont pas l'air très diététiques. Rachel se sera sans doute abstenue.

Ça me fait quand même plaisir de la voir de bonne humeur, pour une fois – bien que je m'étonne qu'une soirée comme celle-ci, qui me paraît guindée et barbante, suffise à révéler la fêtarde qui est en elle. Mais bon, je ne suis jamais allée à Yale, et ceci explique peut-être cela.

– Moi non plus, dis-je. Au fait, tu es ravissante. Cette robe te va drôlement bien.

– Merci, réplique-t-elle, rayonnante. J'ai dû y mettre le prix, mais je pense que ça vaut la peine. (Son regard se pose sur Cooper, et se met à briller d'un éclat encore plus vif.) Heather, chuchote-t-elle d'une voix tout excitée. Tu es venue avec Cooper ? Tous les deux, est-ce que vous...

Tournant la tête, je jette un coup d'œil à mon cavalier, qui tente visiblement d'expliquer au professeur Braithwaite où il a passé les derniers mois. (Dans notre maison, voilà où il les a passés... Aurait-il essayé de plaquer Marian. Sinon, pourquoi ne l'a-t-il jamais rappelée ? Bien que ça dépasse mon entendement, qu'un mec puisse larguer pareille conquête. Elle a tout pour elle : la beauté, l'intelligence, la réussite. Et, en plus, elle prend des douches... Nom de Dieu, à la place de Cooper, je sortirais avec elle.)

Je sens mes joues s'empourprer à la pensée que Cooper et moi pourrions... vous savez... être ensemble.

– Euh... non. Il avait une invitation en plus, et j'en ai profité. On est amis, rien de plus.

Et nous ne serons jamais plus que ça. Selon toute évidence.

– Comme Jordan et toi, fait remarquer Rachel.

– Ouais, je réponds en parvenant Dieu sait comment à sourire. Comme Jordan et moi.

Ce n'est pas sa faute. Elle ne peut pas savoir qu'elle enfonce le clou.

– Il faut que je te laisse, me glisse-t-elle. J'ai promis à Stan de lui ramener un de ces amuse-gueules au crabe...

– Oh, je t'en prie. À plus tard.

Rachel s'éloigne, flottant sur son petit nuage. Je me demande s'il y a du vrai, dans les bruits de couloir que Pete m'a répétés. Rachel serait sur le point d'obtenir une très grosse promotion. Cela ne m'étonnerait pas. Personne d'autre, sur le campus, n'a dû tâter autant de pouls en deux semaines. Que pourrait faire l'université pour lui exprimer sa reconnaissance, si ce n'est lui offrir une promotion ? Un Coquelicot, ce n'est pas suffisant. Après tout, Magda prétend que Justine a reçu la médaille pour avoir prêté son annuaire à un étudiant.

– Ohé, la blonde ! lance une voix derrière moi.

Je l'ignore et me concentre sur Cooper. Il est toujours en

train de discuter avec Marian Braithwaite, qui le mange des yeux et glousse en l'écoutant raconter Dieu sait quoi. Comment se sont-ils rencontrés ? Peut-être Marian l'a-t-elle engagé alors qu'elle soupçonnait son professeur de mari de la tromper ? Elle a fait appel à lui, et il lui a prouvé qu'elle s'inquiétait pour rien. C'est pourquoi elle est si contente de le voir, et n'arrête pas de lui toucher le bras...

– La blonde !

Une main se pose sur mon épaule. Je me retourne, surprise, m'attendant à ce que l'un des sbires du président exige de voir mon billet d'entrée...

... et voilà que mes yeux rencontrent le regard gris et amusé de son fils.

21

Lance-toi
Tu sais que j'attends que ça !
Lance-toi !

Lance-toi !
Je ferai jamais le premier pas !
Lance-toi !
Il se pourrait bien que je dise oui

« Lance-toi »
Interprété par Heather Wells
Paroles et musique : Roberts/Ryder
Extrait de l'album *Été*
Disques Cartwright

– Ohé ! s'exclame Chris avec un grand sourire. Tu me remets ?

Je le fixe avec terreur, incapable de prononcer un mot.

Christopher Allington. Christopher Allington est venu vers moi. *Chris Allington* me tient le bras et me sourit comme si nous étions deux vieux copains qui viennent de se croiser au bowling. Il me propose même une coupe de champagne.

Ça ne se refuse pas.

Je prends la flûte en silence, mon cœur battant à tout rompre. Christopher Allington. Christopher Allington. Oh, mon Dieu ! Comment oses-tu te tenir là, devant moi, et me parler comme si de rien n'était ! Tu as essayé de me tuer aujourd'hui, tu te souviens pas ?

– On s'est rencontrés hier soir, devant Fischer Hall, précise-t-il, croyant que je ne le situe pas – comme si je risquais de l'oublier ! C'était bien toi, non ?

Je fais mine de retrouver soudain la mémoire.

– Oh, je réponds d'un ton dégagé (bien que je sois très sensible au contact de ses doigts sur ma peau). Ah oui ! Tu vas bien ?

Il me lâche. Ce n'était pas désagréable, sa main sur mon bras. Loin de là.

Bizarre... ç'aurait pourtant dû l'être, vous ne pensez pas ? Vu que c'est un assassin et tout le bazar.

Vraiment bizarre.

– Oui, je vais bien, dit-il.

Ce qui est sûr, c'est que le smoking lui va bien. Le sien est beaucoup mieux coupé que celui de son père. Au nœud papillon, Chris a préféré une cravate ordinaire. Et, sur lui, c'est tout ce qu'il y a de chic.

– En fait, je suis soulagé de te rencontrer, poursuit-il. J'ai horreur de ce genre de soirées, pas toi ?

Je hausse les épaules.

– Oh, j'en sais rien. C'est pas si terrible que ça. Au moins, il y a à boire.

Je vide d'un trait la coupe de champagne qu'il m'a tendue, bien que Cooper m'ait déconseillé de boire pendant le boulot. Après le choc que je viens de subir en voyant Chris débouler de nulle part, je mérite bien ça.

Chris m'observe, amusé.

– Alors, tu es venue avec qui ? demande-t-il. Les billets d'entrée ne sont pas vraiment bon marché. Tu es déléguée étudiante ?

Je hausse à nouveau les épaules, et me rappelle les paroles de l'inspecteur Canavan – comme quoi l'expérience lui avait appris que les tueurs étaient souvent des crétins finis. Je pense que, dans le cas de Christopher, c'est peut-être vrai. Car, enfin, le fait que j'ai presque dix ans de plus que la majorité des RE n'a pas l'air de le troubler...

... et c'est tant mieux. Puisque j'opère incognito, et que j'espère ainsi le piéger, lui faire avouer des trucs, et ainsi de suite... Même si je suis encore loin de savoir comment je vais m'y prendre.

Au moins, contrairement à d'autres, Chris a l'air de me trouver à son goût dans la robe empruntée à Patty. Je vois son regard s'attarder à plusieurs reprises sur mon décolleté. Et ce n'est pas parce que la fermeture a craqué et que tout ballotte de tous les côtés – j'en suis sûre, parce que je vérifie.

Le groupe commence par un slow. Et, à ma totale surprise, des couples se dirigent nonchalamment vers ce qui fait office de piste et se mettent à danser. Parmi eux, le papa et la maman de Chris. Je vois le président Allington entraîner sa femme et, dans un geste ample, la faire ployer en arrière, sous les rires et les applaudissements des membres du conseil d'administration.

C'est presque attendrissant.

Du moins jusqu'à ce que Mme Allington se prenne les pieds dans son pantalon pattes d'éléphant, et manque de s'étaler face contre terre. Par bonheur, le président Allington la fait aussitôt tourbillonner comme s'il s'agissait d'un mouvement complexe délibérément exécuté.

C'est encore plus attendrissant. Chris n'est peut-être pas

aussi malchanceux que je l'aurais imaginé. Côté parents, je veux dire.

– Hé ! s'exclame Chris, me surprenant à nouveau, cette fois-ci en m'arrachant ma coupe de champagne des mains pour la poser sur le plateau qu'un des serveurs fait circuler. Tu danses ?

Je tourne si vite la tête vers lui qu'une longue mèche de cheveux frappe ma bouche et se fixe à mon gloss.

– Hein ?

Je m'efforce désespérément de l'enlever. La mèche, bien sûr – qui me colle à la bouche.

– Tu danses ? répète Chris.

Son sourire est légèrement moqueur – il réalise aussi bien que moi que danser au bal du Coquelicot est... plutôt ringard. Mais il est prêt à jouer le jeu, et tient à me le faire savoir.

Son sourire est contagieux. C'est le sourire qu'ont les capitaines des équipes de foot, les plus beaux gars de la fac... le sourire de ces mecs si sûrs d'eux et de leur physique qu'ils ne songent pas une seconde qu'une fille pourrait répondre « Tu rêves, mon coco ! » quand ils l'invitent à danser... Tout ça, parce qu'on ne leur a sans doute jamais dit non.

Et ce n'est pas moi qui vais commencer.

Pas seulement parce que je veux découvrir si Chris est, oui ou non, l'assassin d'Elizabeth et de Roberta.

– Bien sûr, dis-je avec un grand sourire, avant de le suivre sur la piste.

Je suis loin d'être la meilleure danseuse du monde, mais ça n'a pas d'importance, car Chris est bon. Il a dû fréquenter l'une de ces prépas où l'on enseigne la valse, ou Dieu sait quoi. Il est tellement fort qu'il parvient à discuter en dansant.

Alors qu'il me faut compter dans ma tête. Un-deux-trois. Un-deux-trois... changement de direction... Ah non, je me trompe de danse !

– Alors, dit Chris d'une voix décontractée, en serrant mon corps contre lui et en me faisant pivoter d'une main experte (sans même ciller lorsque je lui écrase les pieds). C'est quoi, ta matière principale ?

Je cherche, discrètement, Cooper des yeux. Il est censé veiller sur moi, non ?

Mais je ne le vois nulle part. Marian non plus, d'ailleurs. M'a-t-il lâchée pour une de ses ex ? Après m'avoir rebattu les oreilles sur le fait que je risquais ma vie à traquer l'assassin de Fischer Hall, voilà qu'il me laisse sur le carreau ?

Eh bien ! C'est comme ça qu'il se soucie de moi !

Certes, je n'ai pas vraiment le droit de m'en plaindre – vu qu'il me loge presque gratuitement. Après tout, combien d'habitants de Manhattan ont si facilement accès à une machine à laver-sèche-linge ?

– Euh... j'ai pas encore choisi, dis-je.

Là, au moins, je dis la vérité.

– Vraiment ? demande Chris, avec une curiosité non feinte. Bravo. Il vaut mieux se donner le temps de choisir. Je trouve que les gens s'inscrivent trop souvent en fac avec des idées toutes faites quant au métier qu'ils feront une fois qu'ils auront obtenu leur diplôme. Ils acceptent le tronc commun en ne s'intéressant qu'à leur matière, sans s'accorder la possibilité de changer de voie. Tu sais, de découvrir pour quoi ils sont doués. Ça pourrait être quelque chose à quoi ils n'ont jamais pensé. Confectionner des bijoux, par exemple...

Waouh. J'ignorais qu'il existait des UV de fabrication de

bijoux. Vous imaginez ? Pouvoir *porter* son examen de fin d'études ? Drôlement pratique !

– Et tu aimerais t'orienter vers quoi ? m'interroge Chris.

Je suis sur le point de répondre « des études de médecine ». Mais je me ravise au dernier moment.

– La criminologie, je prétends, pour voir comment il va réagir.

Mais il ne s'enfuit pas pour aller, terrorisé, se tapir dans un coin. Au lieu de ça, il réplique calmement :

– Ouais, c'est fascinant, la criminologie. Moi aussi, j'ai songé à m'orienter dans cette voie.

Tu m'étonnes !

Prenant un ton taquin, je m'intéresse :

– Alors, pourquoi un grand étudiant en droit comme toi traîne-t-il encore dans une résidence universitaire ?

Au moins Chris a-t-il la délicatesse de paraître embarrassé.

– Eh bien, mes parents habitent ici.

– Tout comme une quantité de charmantes résidentes.

Tu te souviens pas ? Tu en as tué deux !

– Il y a aussi ça, réplique-t-il avec un sourire. Je reconnais que les filles de ma section ne sont pas vraiment...

Regardant par-dessus l'épaule de Chris, j'aperçois enfin Cooper. Il discute avec le professeur Braithwaite devant le buffet, et leur conversation semble des plus houleuses. Cooper jette un coup d'œil dans ma direction.

Il ne m'a pas oubliée. Il veille toujours sur moi.

Et se dispute avec son ex, visiblement.

Mais veille tout de même sur moi.

Comme il ne sait pas à quoi ressemble Chris, je réalise qu'il n'a sans doute pas saisi que je dansais avec mon principal suspect. Je lui désigne donc le dos de Chris, en mimant les mots : *C'est lui, c'est Chris.*

Malheureusement, ça n'a pas l'effet escompté. Certes, Cooper reçoit le message cinq sur cinq.

Mais Marian aussi. Voyant Cooper relâcher son attention, elle suit son regard et m'aperçoit.

Ignorant comment régir, j'agite mollement la main. Marian détourne les yeux avec froideur.

Gloups... désolée !

– Les filles de la fac de droit...

Je mets un moment à réaliser que Chris me parle.

– Eh bien, disons qu'elles ne voient pas meilleure manière d'employer leurs soirées que potasser jusqu'à minuit à la bibliothèque, explique-t-il avec un clin d'œil.

Qu'est-ce qu'il raconte ?

Ah oui, ça me revient ! Il comparait les résidentes de Fischer Hall aux étudiantes en droit. Ah oui, c'est vrai... mon enquête !

J'approuve d'un air entendu.

– Ah, les filles de la fac de droit ! Rien à voir avec ces première année fraîchement débarquées de leur cambrousse, pas vrai ?

Il éclate de rire.

– Tu es marrante. Tu es en quelle année ?

Je hausse les épaules, en m'efforçant de ne pas laisser voir que ça fait... euh... sept ou huit ans que la loi m'autorise à boire de l'alcool.

– Ton nom, au moins, me presse-t-il d'une voix grave – dont, j'en suis sûre, une de ses ex lui a dit qu'elle la trouvait sensuelle.

– Tu peux continuer à m'appeler « la blonde », je minaude. Comme ça, au moins, tu pourras me distinguer de tes autres petites copines.

Chris écarquille les yeux et sourit.

– Quelles autres petites copines ?

– Oh, toi alors ! dis-je d'un ton perçant, en lui donnant une tape sur le bras. On m'en a raconté, à ton sujet. J'étais copine avec Roberta, figure-toi !

Il me regarde comme si je déraillais.

– Qui ça ?

Nom de Dieu, ce mec est balèze ! Son regard gris ne trahit pas la moindre culpabilité.

– Roberta.

J'avoue que mon cœur bat à tout rompre, tant mon audace est grande. Je me suis lancée ! Je mène l'enquête ! Je me suis lancée pour de bon !

– Roberta Pace, je répète.

– Je ne sais pas de qui tu parles.

Franchement, ce type est incroyable.

– Bobby, je fais.

Le voilà qui éclate soudain de rire.

– *Bobby* ? Tu es une copine de *Bobby* ?

Je ne peux m'empêcher de noter qu'il insiste sur le « tu », et qu'il parle au présent. Après tout, je suis détective. Ou, du moins, je m'occupe de la comptabilité d'un détective.

– J'*étais* une copine de Roberta.

J'ai cessé de sourire ou de faire mine d'avoir moins de vingt et un ans. Parce que le calme de ce type me semble insensé. Même pour un tueur.

– Jusqu'à ce qu'elle tombe de cet ascenseur la semaine dernière.

Chris arrête aussitôt de danser.

– Une seconde ! Tu as dit quoi ?

– Tu as très bien entendu. Bobby Pace et Beth Kellogg. Elles sont toutes les deux mortes, prétendument parce qu'elles auraient surfé dans l'ascenseur. Et toi, tu as couché avec les deux, juste avant que ça ne se produise.

Je n'avais pas l'intention de tout lâcher comme ça. Cooper se serait montré plus subtil, aucun doute là-dessus. Mais j'ai pété un câble. Le voir conserver un ton si léger, en évoquant la mort de Roberta et d'Elizabeth...

Les vrais détectives ne pètent pas un câble, je suppose. Les vrais détectives conservent leur sang-froid.

Peut-être ne suis-je pas destinée à devenir l'associée de Cooper, après tout ?

Chris s'est figé, à croire que ses pieds sont collés au dallage noir et blanc.

Mais ses mains restent crispées sur ma taille. Resserrent même leur étreinte, à vrai dire, jusqu'à ce que nos corps soient l'un contre l'autre.

– Quoi ? demande-t-il, les yeux si écarquillés que ses iris bleu-vert semblent flotter comme des billes dans des mares jumelles, d'un blanc de lait. Quoi ? répète-t-il.

Même ses lèvres sont devenues livides.

À peine quelques centimètres séparent nos deux visages. Sur le sien, je lis l'incrédulité et, malgré mes piètres qualités de détective, une horreur grandissante.

C'est alors que l'évidence me frappe.

Il n'est pas au courant. Pour de bon. Chris ignorait, jusqu'à ce que je le lui révèle, que les deux victimes de Fischer Hall étaient les filles avec qui il avait... euh... batifolé peu de temps auparavant.

Est-il dragueur au point de ne connaître que les prénoms, voire les surnoms, des femmes qu'il séduit ?

On dirait bien que oui.

Chris est de toute évidence très affecté par mes révélations. Ses doigts me triturent la taille et il commence à secouer la tête d'avant en arrière, comme Lucy après un bon shampooing.

– Non. Ce n'est pas vrai. C'est pas possible !

Je comprends soudain que j'ai fait une énorme erreur.

Ne me demandez pas pourquoi. Après tout, je ne suis pas très expérimentée en la matière.

J'en suis sûre, c'est tout. Comme je suis sûre du taux de matières grasses dans un Milky Way.

Christopher Allington n'a pas assassiné ces filles.

D'accord, il a couché avec. Mais il ne les a pas tuées. Quelqu'un d'autre s'en est chargé. Quelqu'un de dangereux, de beaucoup plus dangereux que lui...

– C'est bon maintenant, dit une voix grave, derrière moi.

Une main se pose lourdement sur mon épaule.

– Désolé, Heather. Mais, à présent, faut qu'on parte, annonce Cooper.

D'où sort-il ? Je ne peux pas partir. Pas *maintenant*.

– Euh, dis-je. Une petite seconde, tu veux bien ?

Mais Cooper n'a pas l'air disposé à attendre. Il semble pressé de prendre la fuite.

– Faut qu'on parte, répète-t-il. Tout de suite !

Il me saisit alors le bras, et tire.

– Cooper ! je m'écrie en essayant de me libérer.

Je vois que Chris est encore sous le choc. Il est très probable que je pourrais lui extirper davantage d'informations, en traînant ici un moment. Cooper ne voit-il pas que je suis en train de mener un interrogatoire crucial ?

– Pourquoi ne pas aller te chercher quelque chose à manger ? je suggère à Cooper. On se retrouve au buffet dans une minute...

– Non ! rétorque Cooper. On s'en va ! Maintenant.

Je comprends que Cooper soit pressé de partir. Franchement. Après tout, certaines personnes ne gèrent pas leurs rapports avec leurs ex en... en couchant avec sur le tapis du vestibule.

Néanmoins, je sens qu'il ne faut pas que je parte tout de suite. Pas après avoir fait cette découverte capitale. Chris est réellement troublé. Si troublé qu'il ne semble même pas s'être rendu compte qu'un détective privé a surgi devant sa cavalière. Il m'a tourné le dos et quitte la piste de danse en vacillant, en direction des ascenseurs.

Où a-t-il l'intention d'aller ? Dans le bureau de son père, au douzième étage, pour y boire des boissons vraiment fortes, ou juste pour téléphoner ? Ou bien va-t-il monter sur le toit et se jeter dans le vide ? Je devrais le suivre, ne serait-ce que pour m'assurer qu'il ne va pas faire une bêtise.

Or, quand je m'apprête à le faire, Cooper m'en empêche.

– Cooper, je peux pas m'en aller maintenant ! dis-je en luttant pour me dégager. Je lui ai fait admettre qu'il les connaissait ! Roberta et Elizabeth ! Et tu sais quoi ? À mon avis, il ne les a pas tuées ! Je suis sûre qu'il ne savait même pas qu'elles étaient mortes !

– Formidable, réplique Cooper. Maintenant, on y va. J'ai un rendez-vous, je t'avais prévenue. Et je suis déjà bien assez en retard.

– Un rendez-vous ? Un *rendez-vous* ?

Je n'en crois pas mes oreilles.

– Cooper, tu ne comprends donc pas ? Chris m'a dit que...

– J'ai entendu. Félicitations ! Allons-y, à présent. Je suis venu avec toi. Je n'ai pas promis de rester toute la soirée. J'ai de vrais clients, tu sais, des clients qui paient pour mes services.

Je réalise qu'il est inutile d'insister. Même si Cooper changeait d'avis et me laissait partir, j'ignore totalement où Chris a bien pu disparaître. Et ce n'était sans doute pas une très bonne idée de vouloir le suivre, étant donné ce qui est arrivé aux dernières filles avec lesquelles il a – comment dire ? –, ah oui, « batifolé ». Hé, je devrais peut-être m'inscrire dans un atelier d'écriture ? Comme ça, je pourrais devenir écrivain ET médecin ET détective. ET créatrice de bijoux...

Cooper et moi nous esquivons. Je n'ai même pas le temps de saluer qui que ce soit, ou de féliciter Rachel pour son Coquelicot. Je n'ai jamais vu un mec si pressé de quitter un endroit.

– Ralentis un peu, tu veux bien ? je proteste, tandis que Cooper m'entraîne jusqu'au trottoir. J'ai des talons hauts, tu sais ?

– Désolé.

Cooper me lâche le bras. Puis siffle avec ses doigts pour arrêter un taxi.

– On va où ? je demande avec curiosité, comme le taxi s'arrête au coin de la rue, dans un crissement de freins.

– Toi, tu rentres à la maison, commande Cooper.

Il ouvre la portière à l'arrière du véhicule, et me fait signe de m'y engouffrer. Puis il donne au chauffeur l'adresse de la maison de son grand-père.

– Hé ! je lance, en tendant le cou. C'est à deux pas d'ici. Je peux y aller à pied...

– Pas toute seule. Et moi, je vais dans la direction opposée.

– Pourquoi ?

Je ne manque pas de remarquer que Marian, le professeur d'histoire de l'art, vient juste de franchir les portes de la bibliothèque, juste après nous.

Au lieu de s'avancer vers nous pour rejoindre Cooper, elle lui jette un regard noir et s'éloigne d'un pas rapide.

Cooper, qui tourne le dos à la bibliothèque, ne voit ni le professeur, ni ses yeux furibonds.

– J'y vais, se contente de me dire Cooper, en me fourrant dans la main un billet de cinq dollars. J'ai d'autres chats à fouetter. Ne m'attends pas.

– Comment ça, des chats à fouetter ? Pourquoi fouetter des chats, Cooper ? Tu ne voudrais pas plutôt aller promener Lucy ?

Mais le taxi est déjà pris dans le flot des voitures. Cooper fait volte-face et s'éloigne à grands pas en direction de la Troisième Rue. Je le perds rapidement des yeux.

Qu'a-t-il bien pu vouloir dire ? Sérieusement. Je sais que ses clients comptent beaucoup pour lui, et tout le tralala. Et que tous ces crimes commis dans le bâtiment n'existent que dans mes fantasmes, etc.

Tout de même. Il aurait pu m'écouter, au moins.

C'est alors que le chauffeur de taxi, qui semble être indien – indien d'Inde, et non d'Amérique –, dit gentiment :

– Je crois que c'est une expression.

Je croise son regard dans le rétroviseur.

– Quoi ?

– « Avoir d'autres chats à fouetter », répond le chauffeur. Comme « pierre qui roule n'amasse pas mousse ». Vous voyez ?

Je m'enfonce à nouveau dans mon siège. Non, je ne le savais pas. Je ne sais pas grand-chose, apparemment.

Certes, ce n'est pas une nouveauté. Car enfin, c'est bien pour ça que j'ai trouvé un emploi à l'université de New York : pour pouvoir faire des études.

C'est sûr, j'apprends beaucoup de choses ces derniers temps. Dire que je n'ai même pas commencé les cours !

22

Tu as enchanté ma vie
Par toi je suis
Ensorcelée
Tous mes amis
L'ont remarqué
Par toi je suis
Ensorcelée

« Ensorcelée »
Interprété par Heather Wells
Paroles et musique : Dietz/Ryder
Extrait de l'album *Ensorcelée*
Disques Cartwright

Après que nous avons quitté le bal, Cooper et moi (et Chris Allington), Rachel s'est vu remettre son Coquelicot, en récompense de sa conduite exemplaire au sein de l'université.

Elle me montre la petite broche en forme de coquelicot le lendemain matin, ses jolis yeux marron brillants de fierté. Elle la porte au revers de sa veste de tailleur en lin noir, comme si c'était la Légion d'honneur.

J'imagine que c'est quasiment ça à ses yeux. Il est vrai qu'il lui a fallu affronter davantage de drames en un seul semestre que la plupart des administrateurs pendant toute leur carrière.

Moi, je n'ai jamais rien gagné de ma vie. Bon, à part un contrat dans une maison de disques. Je sais qu'il est rare que des chansons comme « Une envie de sucré » soient primées. Mais tout de même, je n'ai jamais remporté de People's Choice Award non plus. Ni de Teen People's Choice.

J'étais pourtant la reine des ados. Du moins, jusqu'à ce que je cesse d'en être une.

Je m'efforce de ne pas laisser paraître ma jalousie devant Rachel. Non que je sois si jalouse que ça. Juste un peu vexée.

Car c'est moi qui suis allée chercher, au sous-sol, les cartons où nous avions rangé les affaires de Roberta et d'Elizabeth. Et c'est moi qui me suis chargée de faire les paquets et les transporter à la poste pour les faire expédier. Je trouve que je mérite moi aussi une récompense. Peut-être pas un Coquelicot, mais au moins un Pissenlit...

Tant pis. Quand je serai en mesure de prouver que les filles ne sont pas mortes accidentellement mais qu'elles ont été tuées, et que je démasquerai leur meurtrier, on me récompensera peut-être en me donnant les clés de la ville. Ou un truc dans le genre. Je rigole pas ! Le maire me les remettra en personne, et la cérémonie sera retransmise sur New York Première. Cooper la verra et réalisera que, bien que je ne sois pas professeur d'histoire de l'art et que je ne rentre pas dans du trente-six, je suis tout de même drôlement maligne, et mignonne comme tout. Alors, il me demandera de sortir avec lui et nous nous marierons. De notre union naîtront Jack, Emily et Charlotte Wells-Cartwright...

On a bien le droit de rêver, pas vrai ?

Je suis tout de même heureuse pour Rachel. Je la félicite et, tout en sirotant mon café, je l'écoute me décrire ce que ça lui a fait de recevoir une récompense aussi prestigieuse devant ses pairs. Elle me raconte comment le docteur Jessup l'a serrée dans ses bras, et comment le président Allington l'a personnellement remerciée pour avoir rendu à l'université des services allant bien au-delà des limites de sa fonction. Elle s'étend sur le fait qu'elle est la première administratrice dans l'histoire de l'université de New York à avoir fait l'objet de sept propositions de nomination, plus que n'importe qui à ce jour – et tout cela alors qu'elle n'est employée que depuis quatre mois ! Elle se réjouit, dit-elle, de s'être orientée vers l'université plutôt que vers les affaires ou le droit, comme nombre de ses anciens camarades de Yale.

– Ça fait du bien, n'est-ce pas, Heather, de savoir qu'on est si utile aux autres ?

– Euh... sûrement.

Bien que je sois sûre que ceux à qui j'apporte le plus, les RE, ne désirent qu'une seule chose : le retour de Justine.

Pendant que Rachel redescend de son petit nuage, je décroche le téléphone afin de réparer quelques-unes de mes négligences.

Pour commencer, j'appelle Amber dans sa chambre. Lorsqu'elle braille « ouais », d'une voix ensommeillée, je raccroche discrètement. OK, Amber est toujours en vie.

Puis j'appelle l'hôpital St Vincent pour prendre des nouvelles de Jordan. On m'apprend qu'il va beaucoup mieux, cependant, ils préfèrent le garder en observation une nuit de plus. Je n'en ai pas franchement envie, mais je me dis que je devrais lui parler – c'est quand même ma faute s'il a pris ce pot de fleurs sur la tête.

Mais, lorsque la standardiste me passe sa chambre, c'est une femme qui répond. Tania. Je n'ai pas le courage d'affronter les fiancées de si bonne heure, et je préfère raccrocher.

Me sentant aussitôt coupable, je commande une demi-douzaine de ballons à l'hélium à un fleuriste, en demandant à ce qu'ils soient livrés à l'hôpital St Vincent avec un message archi-personnel, du style *Rétablis-toi vite, Jordan. Heather.* Il y a de grandes chances pour qu'il se perde dans la multitude de cadeaux que ses fans ne manquent pas de lui envoyer – visiblement, il y a eu une veillée aux chandelles, toute la nuit. devant le parking des ambulances – mais au moins, je pourrai me dire que j'ai fait un effort.

Penser à Jordan et à son coup sur la tête me ramène à Christopher Allington. Une détective digne de ce nom reprendrait la conversation là où elle l'a abandonnée la veille.

Je décide donc de tenter le coup une fois de plus. Je dis à Rachel que je vais aux toilettes. Mais, en réalité, je prends l'ascenseur et monte au vingtième étage.

Personne n'est supposé s'y rendre, à part les Allington et leurs invités. C'est pourquoi le couloir menant à l'appartement des Allington est équipé d'un tapis détecteur de mouvement, qui se met en branle chaque fois que quelqu'un l'emprunte, y compris les Allington. Cette alarme déclenche une caméra, et l'image de l'intrus est aussitôt transmise sur un écran dans le bureau des gardiens, à l'entrée du bâtiment.

Comme c'est Pete qui est de service aujourd'hui, je n'ai pas trop peur d'être chopée. On a surpris bon nombre d'étudiants de première année au vingtième étage, pour la plupart envoyés là par des étudiants plus âgés, afin d'y trouver « la piscine de Fischer Hall ». L'introuvable piscine a bel et bien existé, mais au sous-sol et non au vingtième étage. C'est une blague classique, chez les aînés : envoyer les malheureux nouveaux venus là-haut, en sachant très bien qu'ils vont déclencher les détecteurs et se faire choper pour s'être approchés de l'appartement du président.

Je foule avec audace le tapis que rien ne distingue d'un tapis ordinaire, et lève un doigt pour appuyer sur la sonnette d'entrée des Allington. Je distingue un étrange sifflement derrière la porte, et réalise que cela doit provenir des oiseaux de Mme Allington, les cacatoès pour lesquels elle s'inquiète à n'en plus finir quand elle a trop bu. Lorsque j'appuie sur la sonnette, le sifflement se mue en un cri glaçant et, l'espace d'une seconde, je suis saisie de panique. J'en oublie ma future carrière de détective/romancière/médecin/créatrice de bijoux, et m'apprête à regagner l'ascenseur en courant.

Mais, avant que j'aie pu battre en retraite, la porte s'ouvre et Mme Allington, vêtue d'un caftan en velours vert, pose sur moi son regard vitreux.

– Oui ? demande-t-elle.

Son ton est étonné et peu amical, quand on songe qu'à peine deux semaines plus tôt je lui ai tenu la main pendant qu'elle vomissait dans une des plantes vertes du hall d'entrée. En arrière-fond, j'entrevois une cage en osier de deux mètres de haut, contenant deux grands oiseaux blancs qui me hurlent à la figure.

– Euh... salut, dis-je gaiement. Christopher est là ?

Mme Alington écarquille un peu ses yeux bouffis, puis retrouve son expression habituelle.

– Quoi ?

– Chris. Votre fils Christopher. Il est là ?

Mme Allington paraît totalement excédée. Parce que je l'ai réveillée, j'imagine tout d'abord. Mais ce n'est qu'un aspect des choses.

Non, mon crime est, avant tout, de ne pas avoir respecté la bienséance.

Je sais... qui aurait cru qu'elle s'en souciait ! Or il s'avère que si.

Elle répond, en articulant comme si je comprenais à peine l'anglais :

– Non, Chris n'est pas là, Justine. Et si vous aviez reçu une éducation correcte, vous sauriez qu'il est très inconvenant, pour une jeune femme, de harceler ainsi les garçons.

Elle me claque alors la porte au nez. Les oiseaux, surpris, s'égosillent de plus belle.

Je reste une minute ou deux plantée devant la porte. Je suis, je le reconnais, un peu blessée. J'avais pensé que Mme Allington et moi-même étions proches.

Or elle m'appelle toujours Justine.

Sans doute devrais-je m'en aller. Mais voilà il faut que je sache où trouver Chris.

C'est pourquoi je lève à nouveau la main vers la sonnette. Le cri des oiseaux se fait frénétique et, lorsque Mme Allington m'ouvre la porte cette fois-ci, elle ne paraît pas simplement exaspérée, mais prête à tuer.

– Quoi encore ?

– Désolée, je déclare d'une voix aussi polie que possible. Je ne voudrais vraiment pas vous déranger. Mais pourriez-vous me dire où je peux trouver Chris ?

Mme Allington a la peau flasque. Un petit lifting ne lui ferait pas de mal, mais elle n'est pas le genre à se faire ravaler la façade. C'est plus le genre vieille Angleterre, issue d'une de ces anciennes familles fortunées, où les gens parlent en ouvrant à peine la bouche. Un peu comme Mme Cartwright. En plus flippante.

Toujours est-il que la chair flasque tremble sous son menton tandis qu'elle me fusille des yeux.

– Vous ne pouvez pas le laisser tranquille, vous et les autres filles ? Toujours à le poursuivre, et à lui causer des ennuis. Vous ne voulez pas courir après un autre garçon ? Il y en a pourtant plein dans ce dortoir...

Je la reprends :

– Dans cette résidence universitaire.

– Quoi ?

– C'est une résidence universitaire. Vous avez dit « dortoir ». Alors que c'est une...

– Allez au diable ! rétorque-t-elle en me claquant une seconde fois la porte au nez.

Waouh... Dans le genre hostile, on ne fait pas mieux ! Au lieu de passer ses journées à me psychanalyser, Sarah devrait concentrer son attention sur les Allington. Ils ont beaucoup plus de problèmes que moi.

En soupirant, je pivote sur mes talons, et appuie sur le bouton de l'ascenseur. Je n'en suis pas certaine, mais je parierais que Mme Allington a déjà commencé à picoler – et il n'est pas encore dix heures du matin ! Est-elle toujours bourrée de si bonne heure, est-ce une occasion particulière ?... Peut-être a-t-elle voulu fêter le Coquelicot de Rachel ?

En bas dans l'entrée, je manque de percuter une fille maigrichonne. Elle se dirige vers le bureau de Rachel. Comme je lui demande si je peux l'aider, elle se retourne, et je reconnais Amber.

Oui, c'est bien elle.

Amber, la copine de Christopher, fraîchement débarquée de l'Idaho. Que je viens de réveiller par téléphone.

– Oh ! dit-elle, en me reconnaissant. Salut.

Son « salut » est tout sauf enthousiaste. Ce qui n'a rien d'étonnant, car elle est encore à moitié endormie. Elle est toujours en pyjama, d'ailleurs.

– Vous ne seriez pas... vous ne seriez pas la directrice de la résidence ?

– Non, pourquoi ?

– Parce qu'on vient de m'appeler pour que je passe voir Rachel Walcott de toute urgence...

À ce moment-là, Rachel sort de son bureau dans un claquement de talons, un dossier pressé sur la poitrine.

– Oh, Heather, te voilà ! Cooper est là.

Il se peut que je pousse, sans m'en rendre compte, un petit cri de surprise. Car Rachel me scrute avec perplexité et ajoute :

– Si, si, il est là.

Puis son attention se porte sur la jeune fille à côté de moi.

– Amber ?

– Oui, m'dame, répond Amber d'un ton docile.

Mais quel étudiant de dix-huit ans obligé de se réveiller à dix heures parce qu'il est convoqué chez la directrice de la résidence n'aurait pas un ton docile ?

– Par ici, Amber, dit Rachel en lui posant la main sur l'épaule. Heather, si tu veux bien prendre mes appels pendant quelques minutes...

– Pas de problème.

J'entre dans notre bureau. Où, évidemment, je trouve

Cooper qui secoue la tête, les yeux rivés sur le bocal de préservatifs, sur mon bureau.

– Salut, Cooper ! dis-je, un peu inquiète.

Ce qui n'a rien d'étonnant : la dernière fois qu'il s'est pointé ici, c'était pour me révéler que mon ex était fiancé à une autre. À quoi dois-je m'attendre, cette fois-ci ?

Soudain, je repense à Marian Braithwaite, et un vent de panique s'abat sur moi. Oh, mon Dieu ! Cooper et elle se sont réconciliés et ont décidé de se marier, et il est venu m'avertir qu'il veut récupérer l'appartement car ils vont y installer la nounou...

– Salut, Heather, lance Cooper, qui a retrouvé son look habituel – jean et veste en cuir. Tu as une minute ?

Salut, Heather, tu as une minute ? Salut, Heather, tu as une minute ? Est-ce ainsi qu'on débute une conversation ? Y a-t-il quatre mots plus glaçants que ceux-là ? *Tu as une minute ?* Non, non, non ! Je n'ai pas une minute ! Pas si tu as l'intention de m'annoncer ce que je redoute d'entendre ! Pourquoi elle ? POURQUOI ? Juste parce qu'elle est brillante, jolie, mince, et qu'elle a réussi dans la vie...

– Bien sûr, je réponds d'une voix que je voudrais calme et pleine d'assurance mais qui, j'en suis certaine, ressemble davantage à un glapissement.

Je fais signe à Cooper de s'asseoir et je me tasse sur ma chaise, en regrettant de ne pas avoir de bouteille à portée de main pour pouvoir m'en jeter un derrière la cravate – comme Mme Allington l'a fait toute la matinée.

– Écoute, Heather, commence Cooper. C'est au sujet d'hier soir...

Non ! S'il existe une expression pire que *Tu as une minute ?* c'est bien celle-ci : *C'est au sujet d'hier soir...*

Dire que j'ai droit aux deux, l'une après l'autre. Ce n'est pas juste !

D'ailleurs, qu'est-il arrivé, au juste, la veille au soir ? Rien du tout ! Après être sortie du taxi dans lequel m'a fourrée Cooper, je suis tout de suite allée me coucher.

OK, avant ça, j'ai passé à peu près une heure à travailler sur une nouvelle chanson...

Et cette chanson parlait peut-être de lui.

Mais il n'a pas pu entendre. Je jouais hyper-doucement. Et à aucun moment je n'ai distingué le bruit de la porte d'entrée.

Oh, pourquoi ça m'arrive à moi ? POURQUOI ?

– Je crois que je te dois une explication.

Je ne m'attendais pas à ça. Une seconde ! *Je te dois une explication ?* Ce n'est pas comme ça qu'on commence quand on veut demander à quelqu'un de déménager... Ça ressemble davantage à des excuses. Pourquoi diable Cooper voudrait-il me faire des excuses ?

– J'ai fait un saut au bureau du coroner, hier soir, après qu'on a quitté le bal. J'y ai retrouvé une amie, et elle m'a dit...

Une seconde ? *Une* amie ? Cooper m'a lâchée pour une autre fille ?

– C'est là que tu es allé ? je laisse échapper, avant d'avoir pu me raviser. Retrouver une *fille* ?

Oh... mon Dieu ! Qu'est-ce qui ne va pas chez moi ? Pourquoi est-ce que je n'arrive pas à me maîtriser et à rester calme comme... comme Rachel, par exemple ? Pourquoi faut-il toujours que je me comporte comme une andouille ?

Par chance, Cooper, qui ignore tout de mes plans d'avenir

(à savoir que nous allons nous marier, qu'il sera le père de mes trois enfants, et que j'obtiendrai, grâce à lui, le prix Nobel de médecine), ne saisit pas que je suis jalouse. Il semble plutôt penser que je lui en veux toujours de m'avoir obligée à quitter la soirée de bonne heure.

– Je ne voulais pas t'en parler avant, poursuit-il. Au cas où elle n'aurait rien eu à m'apprendre. Mais le fait est que l'examen des corps a révélé quelque chose d'anormal.

Je me contente de le fixer. Parce que j'ai du mal à y croire. Ce qui m'étonne, ce n'est pas tant que son « amie » du bureau du coroner ait constaté qu'un truc clochait, mais que Cooper se soit donné le mal de la consulter suite à mes soupçons.

– Mmm... mais... je bafouille. Je pensais que... que tu pensais... que j'avais tout inventé... parce que je ne supportais pas de ne plus me produire en public...

– C'est vrai, dit Cooper en haussant les épaules. Du moins, c'est ce que je croyais. Mais j'ai estimé qu'il ne serait pas mauvais de m'en assurer.

– Alors ? je demande avec avidité, me penchant en avant. Qu'est-ce qu'ils ont trouvé ? De la drogue ? Elles étaient droguées, c'est ça ? Pourtant, d'après Canavan, on n'a décelé aucune trace de drogue dans leur organisme.

– Non, en effet. Aucune drogue. Mais des brûlures.

– Des brûlures ? Quel genre de brûlures ? Du type... brûlures de cigarette ?

– Non. Angie est encore dans le flou.

Angie ? Cooper a, au bureau du coroner, une amie qui s'appelle Angie ? Comment se sont-ils donc rencontrés, cette Angie et lui ? Ce n'est pas un prénom de médecin légiste,

Angie ! De strip-teaseuse, peut-être. Mais pas de médecin légiste !

– Il faut tenir compte du fait que les corps... eh bien, qu'ils sont dans un sale état, poursuit Cooper. Mais Angie dit qu'ils ont trouvé des traces de brûlures, dont la nature leur échappe, sur le dos des deux filles. Ça ne suffit pas à changer la conclusion du coroner – à savoir que la mort était accidentelle. Mais c'est... bizarre.

– Bizarre, je répète.

– Ouais. Bizarre.

– Alors...

Je n'arrive pas à le regarder dans les yeux. Je n'en reviens pas, qu'il me prenne enfin au sérieux ! *Moi*, Heather Wells, révélée par *Une envie de sucré* !

Et deux petits meurtres avaient suffi...

– Alors je n'ai peut-être pas tout inventé parce que je transfère sur les autres le sentiment d'hostilité que m'inspire ma mère ?

Cooper tombe des nues.

– Je n'ai jamais dit une chose pareille.

Ah oui, en effet, c'était Sarah...

– Mais tu me crois maintenant ? Tu ne me vois plus comme l'ex-copine givrée de ton petit frère, mais comme une personne raisonnable ?

– Je t'ai toujours considérée comme une personne raisonnable, rétorque Cooper, l'air un peu contrarié.

Puis, voyant mon expression, il ajoute :

– Un peu fofolle, d'accord. Mais pas déraisonnable. Sérieusement, Heather. Je ne sais pas où tu vas chercher tout ça. Je t'ai toujours considérée comme...

Comme une des plus belles, des plus envoûtantes créatures que tu aies jamais rencontrées ? Comme la plus intelligente, la plus sublime de toutes les femmes de ta connaissance ?

Malheureusement, avant qu'il ait le temps de m'avouer ce qu'il a toujours pensé de moi – ou de s'agenouiller pour me demander ma main (ça ne coûte rien, de rêver !) –, le téléphone sonne.

– Garde la suite pour plus tard ! je lance à Cooper en décrochant. Fischer Hall. Ici, Heather.

– Heather ? (C'est Tina, la réceptionniste.) Ne quitte pas ! Julio veut te parler.

Julio lui succède à l'appareil.

– Oh, Heather, je suis désolé, se lamente-t-il. Mais il remet ça !

– Qui remet ça ?

– Ce garçon, Gavin. Mlle Walcott a prétendu que...

– OK, Julio, dis-je, prenant soin de ne rien laisser deviner à Cooper, étant donné ce qui s'était passé la fois précédente. Je te retrouve à l'endroit habituel.

Je raccroche.

Tu parles d'une tuile ! Alors que Cooper était sur le point de me dire ce qu'il pense vraiment de moi !

Quoique, en réfléchissant bien, je ne suis pas sûre de vouloir le savoir. Et si c'était un truc du genre : « Je t'ai toujours considérée comme une des meilleures aides-comptables que j'ai jamais connues » ?

– Ne bouge pas d'ici ! dis-je à Cooper.

– Quelque chose ne va pas ? demande-t-il, l'air soucieux.

– Ce sera réglé en moins de deux. (Mon Dieu, quelle expression ringarde, « en moins de deux » !) Je reviens tout de suite.

Sans lui laisser le temps de répliquer, je me précipite hors du bureau et fonce vers l'ascenseur de service. À Julio, qui m'attendait, je demande d'actionner le levier. *Allez, allez, allez !*

Plus vite on en aura fini, plus vite je pourrai découvrir s'il me reste un espoir avec Cooper, ou s'il me faut déjà oublier l'amour. Peut-être l'université de New York propose-t-elle une formation de bonne sœur ? Histoire de renoncer une fois pour toutes aux hommes – car j'ai bien l'impression que ma destinée, c'est le célibat.

Pendant que Julio me conduit au dixième étage, j'escalade les cloisons de l'ascenseur et me hisse au-dehors par le panneau de maintenance ouvert. La cage d'ascenseur est tiède et silencieuse, comme d'habitude.

Sauf que je n'entends pas ricaner Gavin, ce qui n'est pas habituel. Peut-être a-t-il finalement été décapité par un câble coulissant ? Rachel lui a souvent répété que c'est ce qui risquait d'arriver. Il se peut aussi qu'il soit tombé... Oh, mon Dieu, ne me dites pas qu'il gît au fond de cette cage d'ascenseur !

Je réfléchis à cela – à ce que je vais bien pouvoir faire si, sur le toit de la cabine numéro un, je trouve le cadavre décapité de Gavin – tandis que l'ascenseur de service se rapproche des deux autres cabines, arrêtées au dixième étage.

Aucun signe de Gavin, avec ou sans tête. Pas de bouteilles de bière, pas de gloussements hystériques, rien. À croire que Gavin n'a jamais mis les pieds ici.

Soudain, un coup de tonnerre déchire le silence de la cage d'ascenseur, me provoquant un bourdonnement d'oreilles semblable au bruit des vagues, en mille fois plus fort.

Je me suis redressée en vacillant pour mieux observer les toits des cabines au-dessous de moi, lorsque l'explosion retentit, et que le sol se dérobe sous mes pieds. Instinctivement, je m'agrippe à ce qui se présente.

C'est comme si un millier de lames de rasoir me lacéraient les mains... Je réalise alors que je me retiens à un câble métallique qui vibre encore frénétiquement, suite à la détonation. Cependant je résiste, car lui seul me sépare du gouffre. En d'autres termes, je me balance au-dessus du vide. Il y a un instant à peine, je me tenais sur le toit de l'ascenseur de service... et voilà que le toit s'est effondré sous mes pieds, aplati comme un paquet de chips.

Des chips... miam miam.

Marrant, les trucs qui vous traversent la tête, quand vous êtes à deux doigts de mourir.

C'est un coup de chance si je parviens à éviter la pluie d'acier qui s'abat autour de moi. Le câble auquel je me suis raccrochée continue de trembler violemment, mais je m'y cramponne des quatre fers en positionnant mes pieds l'un au-dessus de l'autre.

Quelque chose me heurte l'épaule, assez fort pour manquer de me faire lâcher prise. La douleur me coupe le souffle.

Baissant les yeux, je constate, effarée, que la cabine de service n'est plus là.

Enfin, elle est toujours là... mais tombe en chute libre, au-dessous de moi, comme une canette balancée dans un vide-ordures. Les câbles distendus, à l'exception de celui auquel je m'agrippe, l'accompagnent dans sa chute comme le tulle d'un voile de mariée.

Elle ne peut pas s'écraser, me dis-je pour me rassurer. Un jour, j'ai demandé aux types de l'équipe de maintenance si ce qu'on voit dans le film *Speed* pouvait arriver pour de bon.

Ils m'ont répondu que non. Parce que, même si tous les câbles auxquels est suspendue la cabine cédaient simultanément (ce qui, d'après eux, ne peut en aucun cas se produire. Mais... euh... nous y sommes presque), un contrepoids coulissant dans la paroi empêcherait la cabine de se fracasser sur le sol.

Or, les câbles sectionnés retombent sur le toit avec un fracas assourdissant, la cage d'ascenseur vibrant sous les impacts consécutifs. Je reste fermement agrippée au seul câble restant, avec une seule pensée en tête : dans tout ce chahut, je n'ai pas entendu une fois la voix de Julio. Je sais qu'il est toujours dans la cabine. Le contrepoids lui aura évité de se retrouver broyé au contact du sol. Les câbles, en retombant, ont tout de même défoncé le toit de la cabine. Et Julio est sous cet enchevêtrement d'acier...

Dieu sait s'il est encore en vie.

Le silence qui succède à la chute de la cabine est encore plus terrifiant que l'effroyable vacarme des câbles sectionnés. J'avais un faible pour la cage d'ascenseur, le seul endroit silencieux de la résidence. À présent, ce silence s'ajoute aux ténèbres entre le sol et moi. Plus il s'installe, plus la panique m'envahit... Jamais, auparavant, je n'ai éprouvé une telle peur.

De ma gorge nouée, un son s'échappe enfin... c'est alors que je me mets à hurler.

23

Je tombe...
Je tombe amoureuse de toi
Et ça fait mal, crois-moi !
Alors tends les bras !
Et rattrape-moi !
Car je tombe
Je tombe amoureuse de toi

« Je tombe »
Interprété par Heather Wells
Paroles et musique : Dietz/Ryder
Extrait de l'album *Ensorcelée*
Disques Cartwright

L'attente me paraît interminable. Pourtant, il ne s'est peut-être pas écoulé une minute entière, lorsqu'une voix masculine, criant mon nom, me parvient depuis les étages inférieurs.

– Je suis là ! je hurle. Là-haut ! Au dixième étage !

La voix dit quelque chose. Puis, au-dessous de moi sur la gauche, les deux ascenseurs restants commencent à descendre.

Si j'avais eu la moindre présence d'esprit, j'aurais sauté afin d'atteindre le toit de la cabine la plus proche.

Mais plus d'un mètre cinquante m'en sépare : la distance qu'Elizabeth et Roberta ont tenté de franchir d'un bond, avant de rater leur coup – à supposer qu'elles soient vraiment mortes en surfant dans l'ascenseur. Et la peur me paralyse.

Néanmoins, j'ai conscience que mes forces m'abandonnent. Mon épaule est engourdie par la douleur, après avoir été heurtée par Dieu sait quoi. Quant à mes mains, écorchées par le câble rouillé et rendues glissantes par le sang, elles risquent à tout instant de lâcher prise...

C'est alors qu'un vague souvenir me traverse l'esprit, qui remonte aux cours de gym de l'école primaire. La corde lisse n'était pas mon fort – pas plus qu'aucune autre activité physique, d'ailleurs –, mais je me rappelle tout de même que le truc, pour rester suspendu à la corde, c'était de s'en enrouler un morceau autour du pied.

S'enrouler un câble métallique autour du pied s'avère beaucoup plus ardu, mais je finis par y parvenir. Je sais que cela ne pourra, tout au plus, que me faire gagner quelques minutes. Mon épaule et mes mains me font affreusement souffrir. De plus, mon seuil de tolérance à la douleur a toujours été peu élevé. En fait je suis un gros bébé – plutôt renoncer et mourir qu'endurer ça plus longtemps !

Et puis j'aurai eu une belle vie, après tout ! Certes, certaines périodes auront été plus mouvementées que d'autres. Mais j'ai eu une enfance plutôt cool – au moins, mes parents ont toujours fait en sorte que je n'aille pas me coucher l'estomac vide.

On ne m'a jamais battue ou violentée. Et j'ai réussi professionnellement – OK, j'avais dix-huit ans à l'apogée de ma carrière !

N'empêche que j'ai dîné dans pas mal de très bons restaurants.

Et je sais que je n'ai pas à m'inquiéter de l'avenir de Lucy. Cooper veillera sur elle, si quelque chose doit m'arriver...

Or voilà qu'à la pensée de Cooper je me dis que je n'ai pas la moindre envie de mourir ! Pas maintenant, alors que les choses commençaient à devenir intéressantes. Si je meurs, je ne saurai jamais ce qu'il pense de moi ! Il allait justement me le dire... Et je raterais ça !

À moins que la mort ne permette de parvenir à la connaissance universelle.

Et si ce n'est pas le cas ? Et s'il n'y a rien après la mort ?

Dans ce cas, on ne s'en soucie guère, j'imagine.

Et l'équipe de maintenance, alors ? Ils m'ont bien affirmé que les câbles ne pouvaient pas céder. D'accord, il se peut qu'il y en ait un qui casse, mais pas tous en même temps. Ces câbles n'ont pas rompu par hasard. Quelqu'un les a délibérément sabotés. Je revois la boule de feu qui a surgi sous mes pieds, et je songe aussitôt à une bombe.

Oui, une bombe !

Quelqu'un a essayé de me tuer.

Une fois de plus.

Et cette question, « Qui peut bien vouloir ma mort ? », me taraude à nouveau, me faisant oublier la douleur – et même mes interrogations au sujet de Cooper – l'espace d'une minute ou deux. Bien sûr, il y a Christopher Allington, qui m'a peut-être déjà balancé un pot de fleurs sur la tête parce que je le soupçonne de meurtre. Il a intérêt à avoir un alibi en béton, cette fois-ci.

Mais comment Christopher Allington a-t-il pu savoir que je me trouverais dans cette cabine ? J'emprunte rarement l'ascenseur de service. Je ne le prends que pour traquer les ados surfeurs.

Gavin McGoren serait-il en quelque façon impliqué dans la mort de Beth Kellogg et de Bobby Pace ? Ça me semble tiré par les cheveux, mais il faut bien qu'il y ait une explication. Impossible que Julio soit l'assassin. Pour ce que j'en sais, il se peut qu'il soit mort, sous ce tas de ferraille. Pourquoi aurait-il voulu se tuer, et me tuer *moi aussi* ?

Soudain, la cabine la plus proche revient. Cette fois, il y a quelqu'un sur le toit. Et ce n'est pas Gavin McGoren. Clignant les yeux à cause de la fumée qui envahit la cage d'ascenseur, je reconnais Cooper, qui vient à mon secours avec une mine de déterré.

Ce qui veut sans doute dire qu'il m'aime bien. Au moins, un peu. Sinon, pourquoi risquerait-il sa vie pour sauver la mienne ?

– Heather ! lance-t-il d'une voix aussi maîtrisée et autoritaire qu'à l'ordinaire. Ne bouge pas, d'accord ?

– Où veux-tu que j'aille ? je rétorque.

Je ne distingue qu'une sorte de gémissement inintelligible. Ça ne sort pas de moi, tout de même ?

– Écoute-moi, Heather !

Perché sur le toit de la cabine numéro un, il s'agrippe à l'un de ses câbles. À travers le rideau de fumée, je vois qu'il a pâli, sous son teint hâlé. Pourquoi ça ? Je me le demande...

– Je veux que tu fasses ce que je vais te demander, dit-il.

– OK, je réponds – ou du moins, j'essaie.

– Je veux que tu te propulses par ici. Ne t'inquiète pas ! Je t'attraperai.

– Euh...

Je commets l'erreur de regarder en bas.

– ... Non !

Je suis tout de même parvenue à articuler un mot.

– Ne regarde pas en bas ! ordonne Cooper. Allez, Heather ! Tu peux le faire. Il y a à peine un mètre cinq...

– Pas question que je me propulse ! dis-je, me cramponnant un peu plus fermement à mon câble. J'attends ici l'arrivée des pompiers.

– Heather ! insiste Cooper, retrouvant ce ton impatient qu'il a souvent quand il s'adresse à moi. Écarte-toi du mur et propulse-toi vers moi. Lâche le câble à mon signal. Je te jure que je te rattraperai.

– Tu es complètement fêlé ! dis-je d'une voix étrangement aiguë, en secouant la tête. Je comprends que ta famille t'ait coupé les vivres !

– Heather, répète Cooper. D'après le gardien, le câble auquel tu t'accroches n'est pas fiable du tout. Il pourrait céder à tout moment, comme les autres...

– Oh.

Ça change tout.

– À présent, fais ce que je te demande !

Sur la cabine, Cooper se penche en avant, autant que possible, tout en gardant un appui.

– Repousse le mur du pied et propulse-toi jusqu'ici. Je te rattraperai, ne t'inquiète pas !

Un grognement s'élève du toit de la cabine de maintenance. Je jurerais que ça ne vient pas de moi. Du câble auquel je me cramponne, plus probablement.

Super.

Je ferme les yeux et me balance en arrière, vers le côté

opposé de la cage d'ascenseur. Puis je libère mon pied et, rassemblant mes forces, donne une poussée contre le mur de brique. Telle une pierre lancée par une fronde, me voilà propulsée en direction de Cooper, qui m'attend les bras grands ouverts...

... mais qui me semble loin, tellement loin.

Et pourtant il s'écrie :

– Lâche ! Lâche, Heather, maintenant !

Ça y est. Je suis morte ! Du coup, j'aurai peut-être droit à une soirée spéciale sur MTV...

Je lâche le câble.

Et je ressens, l'espace d'une seconde, ce qu'ont dû ressentir Elizabeth et Roberta : l'horrible sensation de tomber dans le vide, sans filet ni plan d'eau, au-dessous de vous, pour amortir votre chute...

Sauf qu'au lieu de plonger tout droit vers la mort, je sens des doigts fermes se refermer autour de mes deux poignets. Mes épaules manquent de se démettre, tandis que le reste de mon corps frappe le flanc de la cabine d'ascenseur. Les yeux toujours fermés, je sens que l'on me hisse, lentement...

J'agite les pieds pour trouver une prise, jusqu'à ce que je sente enfin quelque chose de solide sous mes fesses...

Ouvrant alors les yeux, je constate que Cooper a réussi à me remonter saine et sauve. Nous avons tous deux le souffle court, à cause des efforts et de la peur. En tout cas, moi j'ai eu peur...

Mais nous sommes en vie. Je suis en vie !

Un grognement se fait à nouveau entendre, au-dessus de nos têtes. Dans l'instant qui suit, le câble auquel je m'étais agrippée et la poulie à laquelle il était relié se détachent de leurs supports, sont précipités dans le vide, et viennent s'écraser sur le toit de la cabine, au fond de la cage d'ascenseur.

Parvenant enfin à lever les yeux de l'épave, je réalise que je me cramponne à la chemise de Cooper, et qu'il m'entoure de ses bras dans un geste protecteur. Son visage a la couleur de la fumée qui nous entoure. Mes mains ont laissé, sur l'étoffe de sa chemise, des traces de rouille et de sang.

– Oh ! dis-je en lâchant le coton chiffonné et souillé. Je suis désolée.

Cooper desserre aussitôt son étreinte.

– Aucune importance.

Sa voix reste assurée. Mais il y a quelque chose dans son regard bleu que je n'avais encore jamais vu...

Avant que j'aie pu deviner quoi, une voix fuse de l'intérieur de la cabine sur laquelle nous sommes assis.

– Alors, elle est saine et sauve ?

Jetant un coup d'œil par la trappe de maintenance ouverte, je vois une expression de soulagement s'inscrire sur le visage de Pete.

– Tu nous as fichu la trouille de notre vie, Heather. (En effet, sa voix de grand gaillard de Brooklyn frémit d'émotion.) Ça va ?

– Très bien.

Et je m'efforce de le démontrer en me laissant fébrilement glisser dans la cabine quasiment sans assistance. Un élancement à l'épaule finit par me rappeler à la prudence, mais la main ferme de Peter sur mon coude et celle de Cooper au niveau de ma ceinture m'empêchent de perdre l'équilibre. Une fois à l'intérieur, il s'avère que j'ai du mal à tenir debout sans m'appuyer tant mes genoux tremblent.

J'y parviens, en m'adossant mollement à la paroi.

– Et Julio ? je demande.

Cooper et Pete échangent un coup d'œil.

– Il est vivant, répond Cooper, la mâchoire serrée.

– Du moins, il l'était il y a une minute, précise Pete, faisant tourner la clé qu'il a insérée dans le bouton d'accès prioritaire. Quant à savoir s'il le sera toujours lorsqu'ils l'extirperont de...

La tête mc tourne.

– Qu'ils l'extirperont... ?

– Vont devoir utiliser les cisailles...

Je consulte Cooper du regard, attendant des explications plus détaillées, mais il ne m'en fournit guère.

Et, soudain, je ne suis plus sûre d'avoir envie de savoir.

Pour la seconde fois en deux jours, je me retrouve aux urgences de l'hôpital St Vincent.

Sauf que cette fois-ci c'est moi la patiente.

Étendue sur un chariot, j'attends de passer une radio de l'épaule. Cooper est allé me chercher un sandwich thon-crudités, car la peur m'a creusé l'estomac.

Pendant ce temps, je considère avec tristesse mes doigts et mes paumes déchiquetés, enveloppés dans de la gaze. Ça me tiraille là où on m'a fait des points de suture. Il me faudra des semaines, m'a expliqué un médecin à la jeunesse irritante, pour en recouvrer pleinement l'usage. D'ici là, je peux oublier la guitare. C'est à peine si j'arrive à tenir un stylo.

Je me demande avec angoisse comment je vais bien pouvoir faire mon travail, alors que je ne peux plus (ou presque) me servir de mes mains – Justine, elle, aurait très certainement trouvé une solution –, lorsque l'inspecteur Canavan fait son apparition, mâchouillant son sempiternel cigare éteint. Je ne jurerais pas que c'est le même que la dernière fois, mais on dirait.

– Ah, bonjour, mademoiselle Wells ! lance-t-il, d'un ton aussi décontracté que s'il m'avait croisée dans une galerie marchande. À ce qu'on raconte, vous avez eu une matinée agitée.

– Oh. Vous faites allusion au moment où on a essayé de me tuer, enfin, réessayé ?

– Précisément, répond Canavan, en retirant son cigare de sa bouche. Vous m'en voulez ?

Oui, je l'ai un peu mauvaise. En même temps, ce n'est pas sa faute. Après tout, ce pot aurait pu tomber accidentellement. Et Elizabeth et Roberta auraient vraiment pu mourir en surfant dans l'ascenseur.

Sauf que rien ne s'était passé comme ça.

– Je vous comprendrais, croyez-moi ! dit l'inspecteur Canavan, sans me laisser le temps de répliquer. À présent, on a un des Backstreet Boys blessé à la tête, et un gardien en soins intensifs.

Je lui rafraîchis la mémoire :

– Et deux mortes. N'oubliez pas les deux filles qui sont mortes.

L'inspecteur Canavan s'assied sur une chaise orange vissée au mur, devant la salle de radiologie.

– Ah ouais. Et deux mortes. Sans oublier une certaine directrice adjointe qui devrait être morte à l'heure qu'il est.

Il remet le cigare dans sa bouche :

– Nous pensons que c'était une bombe artisanale.

– Une quoi ? je hurle.

– Une bombe artisanale. Rudimentaire, mais efficace. Dans un espace clos, comme la cage d'ascenseur en brique, ç'a été beaucoup plus destructeur que ça ne l'aurait été dans une valise, une voiture ou ailleurs...

L'inspecteur Canavan mâchouille son cigare.

– Quelqu'un a drôlement envie de vous zigouiller, mon petit.

Je le regarde. Un frisson me parcourt le corps. Cooper m'a jeté sa veste en cuir sur les épaules dès que nous nous sommes retrouvés dans le hall car, Dieu sait pourquoi, je m'étais mise à grelotter. Et, à leur arrivée, les ambulanciers ont ajouté une couverture par-dessus.

Mais je suis transie depuis que j'ai vu la cabine de service au fond de la cage d'ascenseur, écrabouillée comme une boîte de conserve. Les pompiers ont tenté d'écarter les portes avec d'énormes pinces – « les mâchoires de la vie », qu'ils appellent ça –, mais le métal déformé s'est contenté d'émettre un gémissement de protestation. Et Julio, qui était prisonnier de ce tas de ferraille... Par la suite, j'ai appris qu'il souffrait de fractures multiples, mais qu'il avait de bonnes chances de s'en sortir. Toujours est-il que, depuis que j'ai vu l'épave de l'ascenseur, la sensation de froid ne m'a plus quittée. Mes mains me font l'effet de deux morceaux de glace.

– Une bombe ? je répète. Comment quelqu'un a-t-il pu...

– On l'a placée sur le toit de l'ascenseur. C'est facile à fabriquer, avec un mode d'emploi. Il suffit d'un tuyau d'acier, fileté aux deux extrémités, de façon à pouvoir le boucher. Vous percez deux trous sur les côtés, pour les deux mèches. Dans ces deux trous, vous introduisez deux pétards, vous mettez un peu de colle pour qu'ils restent en place, et vous calez avec des cigarettes. Et ensuite vous n'avez plus qu'à bourrer votre tuyau de poudre de soufre. Un jeu d'enfant !

Un jeu d'enfant ! Ça m'a l'air plus balèze que les examens d'entrée à la fac !

Remarquant mon expression de surprise, Canavan retire le cigare de sa bouche.

– Je voulais dire un jeu d'enfant pour qui sait s'y prendre. Quoi qu'il en soit, quelqu'un a allumé la mèche quelques minutes avant que vous et... c'est quoi son nom, déjà ? (Canavan consulte son bloc-notes.) Ah oui, M. Guzman ! Avant que M. Guzman et vous ne preniez l'ascenseur. À présent, vous voudriez bien m'expliquer ce que vous fichiez sur le toit de la cabine ?

Troublée, je tente de faire un effort de mémoire. Une bombe artisanale avec des mèches faites de cigarettes ? Je ne sais pas du tout à quoi ça peut ressembler, mais je suis certaine de ne rien avoir vu de tel lorsque j'étais perchée sur le toit de la cabine. Certes, avec toutes ces poulies et ces mécanismes, on pourrait aisément dissimuler une petite bombe.

Tout de même... une bombe ! Une bombe artisanale à Fischer Hall !

Derrière les portes de la salle d'attente, une infirmière s'écrie :

– Monsieur ! Vous n'avez pas le droit d'entrer ! Monsieur, attendez...

Cooper franchit en trombe la porte battante, les bras chargés de sacs en papier. Une jolie infirmière lui emboîte le pas, visiblement furieuse.

– Monsieur, vous ne pouvez pas entrer ici comme dans un moulin. Je vais devoir alerter les gardiens...

– Calmez-vous, madame l'infirmière, exige l'inspecteur Canavan, exhibant son portefeuille ouvert pour lui montrer son insigne. Il est avec moi.

– Il serait avec l'Académie royale de médecine que ça ne changerait rien ! rétorque l'infirmière. Il n'a rien à faire ici !

– Prenez donc un cornet à la crème, propose Cooper, plongeant la main dans un des sachets.

L'infirmière le fixe comme s'il était fou à lier.

– Allez ! insiste-t-il. Prenez-en un ! Je vous l'offre.

Dégoûtée, l'infirmière prend le cornet à la crème, mord dedans à pleines dents et s'éloigne en mastiquant. Cooper hausse les épaules, et gratifie Canavan d'un regard franchement hostile.

– Ça alors ! Le flic le plus doué de New York ! s'exclame-t-il.

– Cooper ! je m'écrie, surprise. L'inspecteur Canavan venait juste de me dire que...

– Quoi ? Que tu as imaginé tout ça ? rétorque Cooper avec un rire amer, avant de pointer son index vers l'inspecteur stupéfait. Permettez-moi de vous expliquer ceci, Canavan : il est impossible que les six câbles reliés à une cabine d'ascenseur cèdent au même moment, à moins que quelqu'un ne les ait délibérément...

– Cooper ! je crie, tandis que Canavan glousse.

– Du calme, jeune homme ! dit-il en agitant son cigare. Nous avons déjà établi que votre petite amie venait d'être victime d'une seconde tentative de meurtre. Personne ne prétend que ce qui s'est passé dans l'ascenseur était un accident. Pas la peine de retrousser vos manches, je suis de votre côté.

Cooper paraît déconcerté, puis me regarde. Je m'attends à ce qu'il rétorque un truc du genre : « C'est pas ma petite amie. » Il n'en fait rien. Au lieu de ça, il dit :

– Le thon-crudités n'avait pas l'air frais. J'ai préféré te prendre un saucisson-beurre.

– Super !

Cooper me tend un sandwich long de trente centimètres au moins. Ce qui me convient tout à fait.

L'inspecteur Canavan examine les nombreux sacs.

– Vous n'auriez pas des chips ?

– Désolé, répond Cooper, en sortant le sandwich de son emballage et en y prélevant des morceaux que je peux mettre directement dans la bouche, vu que je ne peux me servir de mes mains. Des olives ?

L'inspecteur Canavan semble déçu.

– Non, merci. Alors, reprend-il comme si nous n'avions jamais interrompu notre discussion, qui vous a ordonné de prendre cet ascenseur ?

J'ai trop faim pour attendre davantage, et c'est la bouche pleine que je lui réponds :

– Tout ce que je sais, c'est qu'on m'a appelée de la réception pour me dire que Gavin – ce gosse qui vit à la résidence – avait remis ça, dans la cage d'ascenseur. On y est donc allés, Julio et moi, pour essayer de le coincer.

– Ah ouais ? Et quand vous vous êtes retrouvés là-bas, il s'est passé quoi ?

Je lui décris l'explosion, qui s'était produite alors que je réalisais tout juste que Gavin n'était pas là...

– Eh bien, fait Canavan. Qui a demandé à la gamine de l'accueil de vous appeler ?

– Ça, nous le savons tous ! l'interrompt Cooper, d'un ton vibrant de rage contenue. Pourquoi restez-vous assis là, Canavan, au lieu d'aller tout de suite l'arrêter ?

– Arrêter qui ? intervient Canavan.

– Allington. C'est lui, l'assassin. Heather lui a fichu une peur bleue !

– Tu parles, Charles ! réplique Canavan, en secouant la tête. Chris a quitté la ville hier soir. Sa voiture est garée devant chez ses parents, dans les Hamptons. Il n'a pas pu poser cette bombe, pas sans aide extérieure. Il se trouve à trois heures de route d'ici, par la voie express. Quelqu'un veut tuer votre petite amie, c'est certain. Mais ce n'est pas Chris Allington.

24

Cette nuit, oui, cette nuit
Nous nous dirons tout, toi et moi
Cette nuit, oui, cette nuit
Je l'attends depuis si longtemps
Cette nuit, oui, cette nuit
J'en rêve depuis la nuit des temps
Cette nuit, oui, cette nuit
Nous nous aimerons, toi et moi

« Cette nuit »
Interprété par Heather Wells
Paroles et musique : Dietz/Ryder
Extrait de l'album *Ensorcelée*
Disques Cartwright

La radio se révèle plutôt douloureuse, le radiologue devant me faire prendre plusieurs positions alambiquées afin de saisir l'angle qui l'intéresse. Mais on ne me donne rien pour soulager mes souffrances, à part un comprimé de Nurofen.

Hé, pour ça il n'y a même pas besoin d'ordonnance ! Où est le Valium ? Et la morphine ? On ne trouve plus rien, dans les hôpitaux !

Une fois la radio effectuée, on me ramène dans une salle d'attente sur mon chariot. Là, d'autres patients sont étendus sur des brancards.

La plupart paraissent bien plus mal en point que moi. Mais beaucoup plus gâtés, rayon analgésiques.

Par chance, on me permet de garder mon sandwich. C'est ma seule source de réconfort. Enfin, ça et les chips de maïs que je suis allée chercher au distributeur, à l'autre bout de la salle. Pas facile, croyez-moi, d'insérer des pièces de vingt-cinq cents dans une fente quand on a, comme moi, les doigts enveloppés dans de la gaze.

Les chips ne suffisent cependant pas à me ragaillardir. Après tout, je devrais être morte à l'heure qu'il est. Cette bombe aurait vraiment dû me tuer. Mais voilà, j'ai survécu.

Contrairement à Elizabeth Kellogg et Roberta Pace. Quelles pensées leur ont traversé l'esprit alors qu'elles étaient suspendues dans le vide, à quatorze ou seize étages du sol ? Se sont-elles débattues quand on les a poussées ? Rien ne l'indique, apparemment. Il y a juste ces traces de brûlures...

Mais quel genre de traces ?

Et pourquoi m'en suis-je sortie, tandis qu'elles sont mortes ? Dans quel but le sort m'a-t-il épargnée ? Ai-je une tâche à mener à bien ? Découvrir l'assassin, peut-être ?

Ou bien suis-je destinée à accomplir des choses encore plus nobles ? Faire moi-même carrière dans la médecine, par exemple, et m'assurer que les futures victimes de bombes artisanales auront droit à des analgésiques plus puissants à leur arrivée à l'hôpital ?

Un médecin, visiblement pas plus vieux que moi, finit enfin par arriver, alors que je termine mon paquet de chips. Il a mes radios à la main, et le sourire aux lèvres. Du moins, jusqu'à ce qu'il me dévisage...

– Vous ne seriez pas...

Il s'interrompt, affolé.

Je suis trop fatiguée pour jouer à ce petit jeu.

– Oui. Je suis Heather Wells. C'est moi qui chantais « Une envie de sucré ».

– Oh. (Il a l'air déçu.) Je vous avais prise pour Jessica Simpson.

Jessica Simpson ! Je suis si consternée que je reste sans voix, même lorsqu'il m'annonce gaiement que je n'ai rien de grave à l'épaule, hormis une contusion profonde. Je ne dois plus bouger et, non, il ne peut rien me prescrire contre la douleur.

Je jurerais que je l'entends siffloter, en s'éloignant, le refrain du dernier tube de Jessica Simpson.

Je n'ai rien de commun avec Jessica Simpson ! D'accord, on a toutes les deux de longs cheveux blonds. Mais ça s'arrête là.

Enfin, j'imagine...

Je trouve enfin des toilettes, et j'entre. J'étudie mon reflet dans le miroir, au-dessus du lavabo, et suis soulagée de constater que je ne ressemble pas du tout à Jessica Simpson.

À vrai dire, je ne ressemble à rien – en tout cas à rien d'humain. Mon jean porte des traces de sang et de cambouis. J'ai la veste en cuir de Cooper et une couverture orange sur les épaules, le visage souillé de sang et de poussière, les cheveux gras et enchevêtrés, et mon rouge à lèvres s'est totalement estompé.

Bref, je fais peur à voir.

Je répare les dégâts du mieux que je peux. Le résultat ne me donne guère envie de sauter de joie.

J'ai été bien inspirée de me rafraîchir un peu. Car, à peine ai-je franchi le seuil de la salle d'attente, ma note d'hôpital en poche (mille sept cents dollars, totalement pris en charge par l'université de New York), que je suis mitraillée par les flashs. Une douzaine de personnes que je n'ai jamais vues sont là, à crier : « Mademoiselle Wells ! », « Par ici, mademoiselle Wells ! », « Juste une petite question, mademoiselle Wells ! », pendant qu'un des gardiens s'efforce désespérément d'empêcher un nouveau flot de reporters de pénétrer dans l'hôpital.

– Heather ! s'écrie une voix familière, noyée dans la foule.

Mais aussitôt une femme au visage tartiné de fond de teint et à la coiffure volumineuse me colle un micro sous le nez.

– Mademoiselle Wells, confirmez-vous que vous et votre ancien fiancé, l'ex-chanteur du groupe Easy Street, Jordan Cartwright, êtes à nouveau ensemble ?

Sans me laisser le temps de répliquer, un autre journaliste me lance :

– Mademoiselle Wells, est-il exact que c'est la seconde fois qu'on tente de vous tuer en deux jours ?

– Mademoiselle Wells, glisse un troisième, faut-il ajouter foi aux rumeurs selon lesquelles cette attaque fait partie d'un complot terroriste de grande envergure, visant à éliminer les ex-vedettes préférées des Américains ?

– Heather ! s'exclame à nouveau la voix familière.

Cooper se dresse au-dessus des micros tendus et des caméras. D'un geste, il me désigne une petite porte sur laquelle on peut lire « Réservé au personnel ».

Or, avant que j'aie pu me frayer un chemin jusqu'à la porte en question, une main se referme sur mon épaule endolorie, et quelqu'un s'écrie :

– Heather, est-il vrai que vous allez faire votre retour sur scène pour le lancement du prochain parfum Calvin Klein, lors de la présentation des collections automne-hiver ?

Dieu merci, un flic apparaît, franchit la barrière de journalistes et s'empare de mon bras valide. Il me propulse littéralement hors de leur groupe, les écartant avec le bout de sa matraque pour accélérer le mouvement.

– Écartez-vous, écartez-vous, répète-t-il avec ce morne accent de Brooklyn, que j'ai appris à reconnaître et à aimer depuis que je vis à New York. Laissez passer la dame. Ayez un peu de compassion pour la patiente, et libérez le passage.

L'agent anonyme me conduit jusqu'à la porte « Réservé au personnel », et se poste devant, tel un super-héros de bande dessinée.

Je me retrouve dans un couloir, qui s'avère être celui où j'ai laissé Cooper et l'inspecteur Canavan quand je suis allée passer ma radio. Ils ont été rejoints, depuis, par tout un groupe de gens. Parmi eux, Patty, Frank, Magda, Pete et – Dieu sait pourquoi – le docteur Jessup.

Patty et Magda poussent des gémissements horrifiés lorsqu'elles m'aperçoivent. Je ne comprends pas pourquoi. J'ai pourtant fait un brin de toilette !

Néanmoins, Patty bondit hors de sa chaise et me serre dans ses bras tentaculaires. Un geste amical, sans doute, mais affreusement douloureux. Elle pleure en bafouillant des propos tels que :

– Je t'avais conseillé de chercher un autre boulot ! Celui-ci n'est pas pour toi. Il est trop dangereux.

Pendant ce temps, Magda examine mes mains, bouche bée, les yeux ronds comme des soucoupes.

– Oh mon Dieu ! s'exclame-t-elle en boucle, en jetant des regards accusateurs en direction de Pete. Tu m'avais dit que c'était sérieux, mais pas à ce point-là.

– Je vais bien. Je t'assure, Patty, je vais bien...

– Nom de Dieu, Pat, tu lui fais mal ! s'exclame Frank, en s'efforçant de la détacher de moi.

Ce faisant, il me jette un regard soucieux :

– Ça va, mon petit ? Tu es dans un sale état !

– Ça va.

C'est un mensonge. Je suis encore drôlement secouée. Pas tant par l'épisode de l'ascenseur que par l'épreuve des journalistes. D'où sortent-ils ? Et comment ont-ils été prévenus si vite, pour la bombe ? L'université de New York fait rarement l'objet de gros titres – et quand c'est le cas, c'est en bien. Quelles conséquences tout cela aura-t-il sur mon bilan, au terme de mes six mois d'essai ? Est-ce que ça ne risque pas de me nuire ?

Le docteur Jessup toussote, et tous les regards se dirigent vers lui. Il tient dans ses bras un énorme bouquet de tournesols. Pour *moi*. Le docteur Jessup m'a apporté des fleurs.

– Wells, dit-il de sa voix rocailleuse. Il faut toujours que vous soyez sous les feux des projecteurs, pas vrai ?

Je souris, muette d'émotion. Après tout, le docteur Jessup est un homme débordé, avec son siège de vice-président et tout le reste. Je n'en reviens pas, qu'il ait pris le temps de venir jusqu'à l'hôpital pour m'apporter un bouquet de fleurs.

Mais le docteur Jessup ne s'arrête pas là. Il se penche et m'embrasse la joue.

– Heureux que vous soyez saine et sauve, Wells. C'est de la part du département.

Il me fourre le bouquet sous le nez. Je lève mes mains entourées de bandages dans un geste d'impuissance. Magda s'avance pour les prendre à ma place. Le docteur Jessup fait mine de ne pas remarquer son air renfrogné. Et de ne pas l'entendre marmonner :

– Il lui offre des fleurs, quand il ferait mieux de lui accorder une grosse augmentation...

– Rachel me charge de vous dire qu'elle est désolée de ne pas avoir pu venir. Mais il faut bien que quelqu'un garde la maison ! (Il sourit de toutes ses dents.) Bien sûr, elle ne savait pas qu'il y aurait tous ces paparazzi. Je suis sûr qu'elle regrettera d'avoir loupé ça, quand elle l'apprendra ! Alors, à quelle chaîne de télé allez-vous vendre votre histoire ?

– Le *Post* t'offrira un max, m'informe Magda – qui n'a pas compris que le docteur Jessup plaisantait. Ou bien l'*Enquirer*.

– Ne vous inquiétez pas, dis-je aimablement. Je n'ai pas l'intention de parler à la presse.

Le docteur Jessup n'a pas l'air convaincu. Son visage n'exprime plus le souci et la bienveillance, mais la méfiance. Je réalise soudain que, s'il est venu me voir, c'est uniquement pour s'assurer que je ne vais pas m'exprimer publiquement sur cette affaire.

J'aurais dû m'en douter. Si le docteur Jessup est là, ce n'est pas par bonté d'âme. Il n'a qu'un seul but : limiter les dégâts.

Je pense qu'il redoutait le pire – pourquoi, sinon, se coltiner les embouteillages pour parvenir jusqu'ici ? –, mais que la réalité dépasse ses inquiétudes les plus folles. Une bombe qui explose dans le dortoir – euh... la résidence universitaire – de l'université de New York, ça c'est un scoop ! Des faits similaires s'étaient produits à Yale. CNN en avait parlé, et les chaînes de télé locales en avaient fait l'ouverture de leur JT, même si la piste terroriste avait été vite abandonnée.

Et le fait que l'une des victimes soit une ex-vedette de

variétés ? Eh bien, ça rend l'histoire encore plus juteuse. Ma disparition de la scène musicale n'est pas passée inaperçue, et les raisons de cette éclipse (parmi lesquelles l'installation de ma mère dans un ranch argentin, afin d'y élever des bovins) ont été évoquées dans tous les détails. J'imagine déjà la première page du *New York Post* :

UNE BLONDE EXPLOSIVE

> **L'ex-chanteuse de variétés Heather Wells a failli être déchiquetée par une bombe à l'université de New York, où elle est contrainte d'exercer un emploi mal rémunéré depuis que sa carrière a touché le fond et que son ex-petit ami Jordan Cartwright, ancien membre d'Easy Street, l'a jetée à la rue.**

Néanmoins, je comprends que le docteur Jessup se fasse du mouron. Avoir deux employés blessés dans un accident d'ascenseur, c'est une chose.

Mais une bombe dans l'une des résidences étudiantes ! Pire encore, une bombe dans *la* résidence où vit le président de l'université ? Que va-t-il raconter aux membres du conseil d'administration ? Sans doute craint-il de devoir dire adieu à la vice-présidence.

Je ne peux pas lui en vouloir de tenir davantage à sa peau qu'à la mienne. Après tout, il a des gamins. Moi, je n'ai qu'un chien.

– Heather, reprend le docteur Jessup. Je suis sûr que vous me comprenez. C'est un cauchemar, pour les administrateurs. Il ne faudrait pas que les gens s'imaginent que nos résidences sont mal gérées...

À ma grande surprise, l'inspecteur Canavan interrompt le vice-président. Il se racle bruyamment la gorge puis, après avoir cherché en vain un endroit où cracher, déglutit à contrecœur.

– Hé, désolé de vous interrompre, mais plus Mlle Wells s'attarde ici, plus il devient difficile pour mes hommes de canaliser la foule.

Je sens qu'on me passe un bras autour de l'épaule. Levant la tête, je constate avec étonnement que ce bras appartient à Cooper. Mais il ne me regarde pas. Il a les yeux rivés sur la porte.

– Viens, Heather. Frank et Patty sont venus en voiture. Ils l'ont garée en bas, au parking. Ils nous raccompagnent à la maison.

– Oh oui, allons-y ! réplique vivement Patty, son beau visage crispé par une grimace de dégoût. Je déteste les hôpitaux, et je déteste encore plus les journalistes !

Ses yeux noirs en amande se posent sur le docteur Jessup, et elle paraît sur le point d'ajouter : « Mais ce que je hais par-dessus tout, ce sont les bureaucrates collet monté. » Elle se ravise, dans mon intérêt – car, à cet instant-là, je juge opportun de lui écraser le pied si fort qu'elle laisse échapper un gémissement de douleur.

Après que j'ai salué Pete et Magda, qui promettent de ne pas lever le camp tant qu'ils n'auront pas vu Julio, une administratrice nous accompagne de bon gré jusqu'au parking souterrain. Elle est bien prête à se donner cette peine pour se débarrasser de nous, et, par la même occasion, des journalistes.

Pendant que nous marchons vers la voiture, je n'ai qu'une

idée en tête : *Mon Dieu, ça y est, je suis virée !* Du moins, lorsque je ne suis pas en train de me demander ce que fait le bras de Cooper autour de mon épaule...

Mais, comme il le retire dès que nous prenons place sur la banquette arrière, il ne me reste vite qu'un seul sujet d'angoisse.

– Oh, mon Dieu ! ne puis-je m'empêcher de dire, d'une voix brisée.

– Personne ne va te virer, Heather, m'assure Cooper. Ce type veut juste protéger ses intérêts.

– Si cet homme te jette ne serait-ce qu'un regard de travers, je te jure qu'il aura affaire à moi ! grogne Patty, les mains crispées sur le volant.

Patty est une conductrice pleine d'assurance – agressive, même, pourrait-on dire. C'est pourquoi c'est elle, et non Frank, qui conduit, lorsqu'ils roulent en ville. Elle appuie sur le Klaxon, alors qu'un taxi lui fait une queue-de-poisson.

– Que personne n'aille chercher des crosses à ma meilleure copine !

Frank, assis sur le siège passager, se retourne vers moi.

– Cooper t'a donné sa veste ?

Je baisse les yeux sur la veste que je porte toujours sur les épaules. Elle sent, comme Cooper, le cuir et le savon. Je voudrais ne jamais avoir à la retirer. Mais je sais que je vais devoir le faire, une fois à la maison.

– Non. Enfin... il me l'a juste prêtée.

– Oh, réplique Frank. Parce qu'elle est couverte de sang, tu sais...

– Frank, siffle Patty. Tais-toi !

– C'est pas grave, dit Cooper en observant, par la vitre, tous les originaux qui font de West Village une sorte de parc d'attractions permanent.

C'est pas grave ! Mon cœur bat plus fort. Cooper dit que ce n'est pas grave, si j'ai mis plein de sang sur sa veste ! Serait-ce que notre histoire va enfin commencer, et qu'il a l'intention de me donner sa veste de toute façon ? Et je l'aurais toujours avec moi – ainsi que Cooper – pour me tenir chaud...

Mais voilà qu'il ajoute :

– Je connais un teinturier qui est très fort pour retirer les taches de sang.

Décidément, ce n'est pas mon jour !

25

Allô
Est-ce que j'ai fait le bon numéro ?
Allô
Oui, je cherche l'homme que j'aimais
Allô
Pouvez-vous aller me le chercher ?
Allô
Je sais que c'est là qu'il habitait
Allô
Et je sais aussi qu'il m'aimait
Allô
Je vous en prie, je voudrais lui parler

« Allô »
Interprété par Heather Wells
Paroles et musique : Jones/Ryder
Extrait de l'album *Ensorcelée*
Disques Cartwright

Patty arrête la voiture devant la maison, même si Frank ne cesse de répéter que je n'y serai pas en sécurité, puisque quelqu'un essaie de me tuer et tout le tralala.

Tout ce que je veux, c'est prendre un bain, me mettre au lit, et dormir un millier d'années. Et non discuter à n'en plus finir au sujet de l'assassin, et du fait qu'il sait peut-être où je vis. Or Frank insiste pour que j'aille dormir chez eux.

Jusqu'à ce que Cooper fasse remarquer que ça pourrait mettre Indy en danger. Tout d'abord, je suis choquée que

Cooper puisse dire quelque chose d'aussi affreux. C'est seulement en constatant la rapidité avec laquelle Frank réplique qu'« il vaut effectivement mieux que je reste avec Cooper, vu que c'est son métier de lutter contre le crime », que je comprends où Cooper voulait en venir. Il sait que je veux rentrer à la maison. Il sait que je n'ai pas envie de dormir dans la chambre d'ami, chez Frank et Patty.

Et parce que c'est Cooper, et qu'il me vient toujours en aide dans les situations critiques (en m'hébergeant quand je n'ai nulle part où aller, et que je n'ai pas l'argent pour payer un loyer ; en m'accompagnant à une soirée à laquelle il n'a pas vraiment envie d'aller, car il pourrait y croiser une ex avec qui les choses ont mal fini ; en risquant sa vie pour sauver la mienne...), il a fait en sorte que j'obtienne ce que je désire.

Sauf, bien sûr, ce que je désire le plus au monde.

Mais qu'il n'est visiblement pas près de me donner, pour des raisons que j'ignorerai sans doute toujours – et que je préfère, de toute façon, ne pas connaître.

Ce qui ne me pose aucun problème. Je suis compréhensive, comme fille. J'ouvrirai toute seule mon cabinet médical, mon agence de détective, ou ma boutique de bijoux.

Bien sûr, j'aurai plus de mal à faire les enfants sans lui, mais je trouverai bien un moyen.

Heureusement, mon téléphone est sur liste rouge et, lorsque nous nous arrêtons devant la maison, aucun journaliste ne rôde autour de la maison. Juste les dealers habituels.

À ma vue, Lucy saute de joie – même si c'est Cooper qui va devoir la promener, puisque je suis incapable de tenir une laisse, vu l'état de mes mains. Lorsqu'ils sont tous deux sortis, je monte à mon appartement. Là, je retire mes vêtements crasseux et me glisse enfin dans la baignoire.

Or, prendre un bain avec des points de suture aux mains n'est pas une mince affaire. Avant de pouvoir me laver les cheveux, il me faut sortir de la baignoire, aller à la cuisine, trouver des gants en caoutchouc et les enfiler. Le docteur m'a bien dit que si je mouille les points de suture, je risque de perdre mes mains, ou un truc dans ce goût-là.

Une fois débarrassée de tout ce sang et de tout ce cambouis, je reste étendue dans la baignoire, à laisser tremper mon épaule, et à m'interroger sur la marche à suivre.

Car, tout de même, les choses se présentent mal. Quelqu'un essaie de me tuer, et ce quelqu'un a, sans doute, déjà tué au moins deux personnes. Le seul point commun entre les deux victimes paraît être le fils du président de l'université.

Or, à en croire la police, Chris n'a vraisemblablement pas pu essayer de me faire sauter, puisqu'il n'était pas en ville au moment des faits.

Ce qui signifie qu'un individu, autre que Chris, cherche à me tuer. Et que ce serait cet individu, et non Chris, qui aurait tué les deux filles.

Mais qui ? Et pourquoi ? Et d'abord, pour quelle raison pourrait-on vouloir assassiner Elizabeth Kellogg et Roberta Pace ? Qu'ont-elles bien pu faire pour mériter de mourir ? À part s'installer à Fischer Hall, bien sûr. Oh, et avoir une aventure, aussi brève fût-elle, avec Chris Allington.

Est-ce *ça* ? *Ça* qui a provoqué leur mort ? Le fait qu'elles soient sorties avec Chris ? Magda aurait-elle vu juste ? Pas en suggérant que les filles se sont suicidées quand elles ont découvert – après avoir patiemment conservé leur virginité jusque-là – que le sexe était loin d'être une expérience aussi transcendante qu'on le prétend. Mais en laissant entendre que les filles sont mortes à cause du sexe. Seulement, elles ne se sont pas suicidées. Quelqu'un, qui désapprouvait leur conduite, les a tuées.

Une personne dans le genre de Mme Allington, par exemple ? Qu'est-ce qu'elle m'a dit, au juste, avant l'incident de l'ascenseur ? Quelque chose au sujet des « filles comme moi ».

« Les filles comme vous n'arrêtent pas de lui courir après », a-t-elle affirmé. Ou un truc dans ce goût-là.

« Les filles comme vous. » Son attitude envers moi a été des plus hostiles, et va bien au-delà de la simple contrariété d'avoir été réveillée par mon coup de sonnette. Mme Allington serait-elle l'une de ces mères abusives, qui pensent qu'aucune femme n'est digne de leur précieux rejeton ? Mme Allington aurait-elle tué Elizabeth et Roberta ? Puis tenté de me tuer, moi, lorsque j'ai menacé de percer son secret à jour ?

Euréka ! J'ai trouvé ! C'est Mme Allington l'assassin ! Mme Allington ! Ce que je suis fortiche ! La plus grande détective depuis Sherlock Holmes ! Une seconde... c'est un personnage de fiction, non ? Il n'a pas existé pour de bon...

Eh bien, disons... la plus grande détective depuis... depuis... Eliot Ness ! Il a existé, lui ?

– Heather ?

Je sursaute, faisant gicler l'eau savonneuse.

Ce n'est que Cooper.

– Je voulais m'assurer que tu allais bien, dit-il à travers la porte close. Tu as besoin de quelque chose ?

Euh, oui. De toi, tout nu, avec moi dans la baignoire. Et tout de suite !

– Non, ça va bien.

Devrais-je lui révéler que j'ai deviné qui m'a fait cela ? Ou vaut-il mieux que j'attende d'être sortie du bain ?

– Bon, on pourrait manger un morceau, quand tu auras fini. Je nous fais livrer un truc. Ça te va, de la nourriture indienne ?

Miam miam... des samoussas aux légumes.

– Super !

– Très bien. Dépêche-toi de sortir. Il faut que je te parle.

Faut qu'il me parle ? De quoi ? De ce qu'il éprouve réellement pour moi ? *Je t'ai toujours considérée comme...* J'ignore toujours ce qu'il pense de moi, vu qu'il n'a jamais fini sa phrase.

Va-t-il me le dire enfin ? Et ai-je vraiment envie de savoir ?

Deux minutes plus tard, emmitouflée dans un peignoir en tissu-éponge et mes cheveux mouillés enveloppés d'une serviette, je m'installe à la table de la cuisine, sur mon siège habituel. Oh, j'ai envie de savoir, aucun doute là-dessus !

– C'était rapide, me lance Cooper, assis en face de moi.

Puis il ouvre son ordinateur portable.

Une minute ! Son ordinateur portable ? A-t-on déjà entendu parler de types utilisant des supports audiovisuels pour dire aux filles ce qu'ils pensaient d'elles ?

– Que sais-tu, au juste, de Christopher Allington ? demande Cooper.

– Christopher Allington ?

Ma voix se brise. Peut-être parce que j'ai tellement crié, plus tôt dans la journée. Ou parce que j'ai la gorge nouée tant je suis choquée de découvrir que Cooper veut juste me parler de ses soupçons à l'égard de Chris, et non de ses sentiments pour moi. C'est rageant, à la fin.

– Ça ne peut pas être Chris, dis-je, histoire de changer de sujet et d'en revenir à... à moi, quoi ! L'inspecteur Canavan affirme que...

– Lorsque j'enquête sur une affaire, interrompt Cooper d'une voix calme, je l'examine sous toutes les coutures. Pour le moment, Christopher est le seul dénominateur commun entre les victimes. Et ce que je te demande, c'est : que sais-tu de lui, au juste ?

Peut-être pourrais-je encore une fois lui imposer mes pensées par télépathie, comme dans *Star Trek* ? C'EST QUOI, CE QUE TU AS TOUJOURS PENSÉ DE MOI ?

– Eh bien. Pas grand-chose...

– Tu sais où il a fait son premier cycle ?

– Non.

C'EST QUOI, CE QUE TU AS TOUJOURS PENSÉ DE MOI ?

Levant les yeux vers lui, j'ajoute :

– Pourquoi ? Tu le sais, toi, où Chris a fait son premier cycle ?

– Oui, dit Cooper. À Earlcrest.

– Où ça ?

La suggestion télépathique n'a pas l'air de marcher ! La preuve, au lieu de me dire ce qu'il pense de moi, il ne fait que déblatérer au sujet de Chris Allington. Qui se soucie de Chris ? Et moi, alors ! QU'EST-CE QUE TU PENSES DE MOI ?

– À l'université d'Earlcrest, dit-il. C'est là que Chris a effectué son premier cycle.

J'ai le ventre qui gargouille. Bon, alors, ils arrivent, ces samoussas ?

– Qu'est-ce que tu racontes, Cooper ? Et d'abord, comment sais-tu où Chris a fait ses études ?

Il hausse ses larges épaules

– Le SIE.

– L'essieu ? je répète, confuse.

– Non. Le SIE. Le système d'information sur les étudiants.

Comme je continue à le fixer sans comprendre, il pousse un soupir.

– Ah oui... J'avais oublié que tu étais nulle en informatique.

– C'est pas vrai ! Je passe mon temps à surfer sur le Net. Et je fais toute ta compta...

– Mais, à ton bureau, ils ont un train de retard. Le SIE n'a pas encore trouvé sa voie jusqu'à la direction des dortoirs...

– Des résidences universitaires !

– Des résidences universitaires.

Cooper est en pleine action. Il pianote sur son clavier plus vite que je ne change les accords à la guitare.

– Regarde ! J'entre dans le système d'information. Tu vas comprendre ce que je voulais dire, à propos de Christopher Allington. Ça y est ! Allington, Christopher Phillip. Jette un coup d'œil !

Je fixe l'écran miniature. Il y a là tout le dossier scolaire de l'étudiant Christopher Allington, enrichi d'informations supplémentaires, tels les résultats de ses examens et ses emplois du temps. Il s'avère que Chris a fréquenté bon nombre de lycées privés. Il a été renvoyé d'un établissement suisse pour avoir triché. Et d'un autre, dans le Connecticut, pour un motif non précisé. Tout cela ne l'a pas empêché d'entrer à l'université de Chicago, qui a pourtant la réputation d'être sélective. Je me demande quelles ficelles son père a bien pu tirer pour faciliter son admission.

Le séjour de Chris dans la ville venteuse a été de courte durée. Il a laissé tomber au bout d'un semestre. Et a fait un break... qui a visiblement duré quatre ans.

Et puis, soudain, il a débarqué à Earlcrest, d'où il est sorti l'année dernière, avec quelques années de plus que ses camarades, mais ayant tout de même obtenu sa licence.

– L'université d'Earlcrest. Dont son père était président avant d'être nommé à l'université de New York, je me souviens.

– Ah, le népotisme ! s'exclame Cooper avec un sourire. Toujours bel et bien présent dans les couloirs de nos universités.

– D'accord, dis-je, toujours dans l'incompréhension. Alors il a été viré de quelques bahuts quand il était gosse, et la seule fac où il a pu entrer est celle dont son père est président. Ça prouve quoi ? Ça n'en fait pas forcément un tueur psychopathe.

Je n'en reviens pas, de me retrouver à prendre la défense de Chris. Sa mère est-elle tellement plus crédible, comme meurtrière ?

– Comment es-tu parvenu à accéder à ce fichier, d'ailleurs ? Ce n'est pas censé être confidentiel ?

– J'ai ma technique ! dit Cooper en orientant à nouveau l'écran vers lui.

– Mon Dieu. (Y a-t-il une chose que cet homme ne sache pas faire ?) Tu as piraté le système !

– Tu t'es toujours demandé à quoi je passais mes journées, réplique-t-il en haussant les épaules. À présent, tu le sais. En partie, du moins.

– J'en reviens pas ! Je savais pas que tu étais un petit génie informatique !

Ça change tout. À présent, il va falloir qu'on ouvre un(e) cabinet médical/agence de détectives/boutique de bijoux/service de dépannage informatique. Une seconde ! Et mes chansons, alors ?

Cooper fait celui qui n'a rien entendu.

– On devrait trouver quelque chose là-dedans, dit-il en tapotant son ordinateur. Quelque chose qui nous a échappé. Le seul rapport entre ces deux filles, pour le moment, c'est Allington. Du moins, c'est le seul que nous connaissons. Mais, à ce que je vois ici, il doit sûrement y avoir autre chose. Je veux dire, à part le fait que ces deux filles étaient vierges, qu'elles avaient un dossier au secrétariat, et qu'elles n'avaient jamais fait parler d'elles avant que Chris ne les touche...

Mme Allington. Je suis à deux doigts de dire : « Et Mme Allington ? » Après tout, elle a un mobile. Elle a, de toute évidence – comment Sarah appellerait-elle ça ? Le complexe d'Œdipe. Mais à l'envers, car elle n'est pas amoureuse de son père, mais de son fils...

Bon, d'accord, Mme Allington trouve son fils sexy et en veut aux filles qui lui courent après. Au point de les tuer ? Et puis, Mme Allington a-t-elle pu fabriquer cette bombe, celle qui a été placée sur le toit de l'ascenseur ? Si l'on pouvait aller s'acheter une bombe dans les grands magasins, je pense que Mme Allington n'hésiterait pas à se procurer la sienne.

Comme on ne peut pas, on est contraint de la faire soi-même. Et pour faire une bombe, mieux vaut être sobre. Du moins, il me semble.

Or, depuis que Mme Allington vit à Fischer Hall, je ne l'ai jamais vue sobre une seule fois.

Avec un soupir, je jette un coup d'œil à la fenêtre. Je vois que l'appartement du président est éclairé. Que font les Allington à l'heure qu'il est ? Je me le demande. Il est près de sept heures. Sans doute regardent-ils les actualités.

Ou peut-être complotent-ils d'assassiner d'autres vierges innocentes ?

Lorsque la sonnerie de la porte d'entrée retentit, je sursaute.

– C'est le dîner, dit Cooper en se levant. Je reviens tout de suite.

Il descend chercher la nourriture indienne. Pendant ce temps, je garde les yeux rivés sur la fenêtre. Aux étages inférieurs, d'autres fenêtres s'illuminent tandis que les étudiants reviennent de leurs cours, de la cafétéria, de la salle de gym ou de leurs répétitions. L'une des minuscules silhouettes que j'aperçois aux fenêtres est peut-être celle d'Amber, la petite rousse fraîchement débarquée de l'Idaho. Est-elle assise sur son lit, à attendre un coup de fil de Chris ? Sait-elle qu'il est allé se planquer dans les Hamptons ? Pauvre petite Amber ! Je n'imagine pas ce qu'elle a pu faire, pour être convoquée par Rachel, ce matin.

C'est alors que je réalise...

J'ouvre la bouche pour parler mais, l'espace d'une minute, je suis incapable de prononcer un mot. Amber ! J'ai complètement oublié Amber et sa convocation de ce matin ! Pourquoi Rachel voulait-elle la voir ? Amber elle-même ignorait pourquoi la directrice l'a priée de se rendre à son bureau. Qu'a-t-elle fait, au juste ?

Amber n'a rien fait du tout. Hormis discuter avec Chris Allington.

C'est tout ce qu'elle a fait.

Et Rachel le sait, car elle m'a vue en leur compagnie après le concours de play-back.

Tout comme elle a vu Roberta et Chris à la soirée de la résidence. Et Elizabeth et Chris... où ça ? Où les a-t-elle surpris ensemble ? À une réunion d'information, peut-être ? Ou à une projection de film ?

Mais quelle importance, au fond ?

C'est Rachel qui a dit à Julio d'aller me chercher, sous prétexte que Gavin avait remis ça dans la cage d'ascenseur.

Et c'est sans doute elle qui s'est faufilée sur la terrasse des Allington et a tenté de me balancer ce pot sur la tête.

Et, lorsque la seconde fille est morte, Rachel ne se trouvait pas là où elle aurait dû être, c'est-à-dire à la cafétéria. Non... je l'ai rencontrée qui sortait des toilettes, situées juste à l'angle, juste après l'escalier, qu'elle a dû dévaler en courant après avoir poussé Roberta Pace dans le vide.

La clé qui a reparu aussi vite qu'elle avait disparu ? C'est Rachel qui l'avait. Rachel, la seule personne à qui le RE de service ne ferait pas signer le registre si elle empruntait une clé. La seule, aussi, dont la présence derrière le comptoir d'accueil n'attirerait pas l'attention... Parce qu'elle est la directrice de la résidence.

Quant aux deux victimes, ce n'est pas parce qu'elles avaient des dossiers dans le bureau de Rachel qu'elles sont mortes.

Elles avaient leurs dossiers dans le bureau de Rachel, parce que cette dernière avait décidé qu'elles devaient mourir.

– J'espère que tu as faim, dit Cooper en remontant à mon

appartement, tenant un grand sac en plastique avec « J'aime New York » écrit dessus. Ils se sont plantés dans la commande, et nous ont mis un curry de crevettes *et* un curry de poulet... (Il s'interrompt, et me fixe bizarrement, d'un air soucieux.) Heather ? Ça va ?

Je parviens à peine à articuler :

– Earlcrest...

Cooper pose le sac sur la table de la cuisine.

– Oui.. Earlcrest... Et alors ?

– C'est où ?

– Je n'en ai pas la moindre... marmonne Cooper, en se penchant pour consulter son ordinateur. Oh, c'est dans l'Indiana. À Richmond, dans l'Indiana.

Je secoue la tête si fort que la serviette se détache, et mes cheveux humides me retombent sur les épaules. Non ! Pas possible !

– Oh mon Dieu ! je m'écrie, haletante. Oh mon Dieu !

Cooper me regarde comme si j'étais cinglée. Et vous savez quoi ? Je crois que c'est le cas, je crois que je suis cinglée. Sinon, comment expliquer que je n'aie rien vu quand, depuis le début, l'évidence était là, sous mon nez...

– Rachel y a travaillé, dis-je enfin d'une voix rauque. Rachel travaillait dans une résidence universitaire à Richmond avant de venir ici.

Cooper, qui était en train de sortir les barquettes de nourriture du sac en plastique, se fige soudain.

– Qu'est-ce que tu racontes ?

– À Richmond, dans l'Indiana, je répète.

Mon cœur bat à tout rompre, si fort qu'il me semble voir le revers de mon peignoir se soulever à chaque battement.

– C'est là que Rachel a occupé son poste précédent. À Richmond, dans l'Indiana.

Le visage de Cooper s'éclaire soudain. Il a compris.

– Rachel a travaillé à Earlcrest ? Tu crois que... Tu crois que c'est *Rachel* qui a tué ces filles ? demande-t-il en secouant la tête. Mais pourquoi ? Tu penses qu'elle serait allée jusque-là pour obtenir un Coquelicot ?

– Non.

Impossible que Rachel se soit amusée à pousser des gens dans la cage d'ascenseur pour obtenir un Coquelicot ni une promotion d'aucune sorte.

Car ce que veut Rachel, ce n'est pas une promotion.

C'est un homme.

Un hétérosexuel pesant plus de cent mille dollars par an, en comptant ses biens sous tutelle.

Christopher Allington. Christopher Allington est cet homme-là.

– Heather, dit Cooper. Heather ? Écoute, je suis désolé, mais c'est impossible. Rachel Walcott n'est pas une meurtrière.

Je retiens mon souffle. Puis :

– Et comment peux-tu l'affirmer ? Pourquoi ça ne pourrait pas être elle, autant que n'importe qui d'autre ? Parce que c'est une femme ? Parce qu'elle est jolie ?

– Parce que c'est de la folie. Allez, tu as eu une journée épuisante. Tu devrais peut-être te reposer.

– Je ne suis pas fatiguée. Réfléchis-y, Cooper. *Sérieusement.* Elizabeth et Roberta ont eu une entrevue avec Rachel juste avant de mourir... Ces trucs dans leur dossier, comme quoi leurs mères auraient appelé, je parie que ce n'est même pas vrai. Je parie que leurs mères n'ont jamais appelé. Et voilà qu'Amber...

– Sept cents étudiants résident à Fischer Hall, fait remarquer Cooper. Est-ce que tous ceux qui ont été convoqués par Rachel Walcott sont morts ?

– Non, juste les filles qui ont aussi eu une relation avec Christopher Allington.

Cooper secoue la tête.

– Heather, je t'en prie, sois logique. Comment Rachel Walcott pourrait-elle avoir suffisamment de force pour pousser dans une cage d'ascenseur une jeune femme adulte et capable de se débattre ? Rachel ne doit pas peser plus de cinquante-cinq kilos. C'est impossible, Heather.

– Je ne sais pas comment elle y parvient, Cooper. Je sais juste que c'est un peu gros, comme coïncidence. Rachel et Christopher étaient à Earlcrest l'année dernière, et à présent, comme par hasard, ils se retrouvent tous les deux à l'université de New York. Je te parie ce que tu veux que Rachel a suivi Christopher Allington, et ses parents, ici.

Comme Cooper semble toujours dubitatif, je me lève, repousse ma chaise contre la table, et lui lance :

– Il n'y a qu'une façon de s'en assurer !

26

Qu'est-ce que j'ai fait
Pour tellement t'enrager ?
Qu'est-ce que j'ai dit
Qui t'a tellement meurtri ?
Ce n'est pas ce que je voulais
Je te jure, je mentais
Car, ô mon amour,
Je t'aime depuis toujours
Oh, ne sois pas fâché
Viens dans mes bras
Et laisse-moi t'aimer

« Pardonne-moi »
Interprété par Heather Wells
Paroles et musique : Caputo/Valdez
Extrait de l'album *Été*
Disques Cartwright

C'était à prévoir, Cooper rechigne à l'idée de prendre la voiture à sept heures du soir et en semaine, pour rouler jusqu'aux Hamptons, et ce dans le seul but de discuter avec un homme que la police elle-même n'a pas jugé utile d'interroger.

Lorsque j'objecte que Chris sera plus disposé à nous parler à nous qu'à la police, Cooper ne semble toujours pas convaincu. Il soutient qu'après l'agression que j'ai subie ce matin, j'ai davantage besoin d'une bonne nuit de sommeil que de six heures de voiture – le temps qu'il faut pour effectuer l'aller-retour.

Je lui rappelle alors que c'est notre devoir de citoyen de faire en sorte que cette femme se retrouve derrière les barreaux avant d'avoir pu tuer à nouveau. Cooper me promet d'appeler l'inspecteur Canavan dans la matinée afin de lui exposer ma théorie.

– Mais, demain matin, Amber sera peut-être morte ! je crie.

Je sais qu'elle est toujours en vie parce que je viens de l'appeler et que j'ai appris, par sa camarade de chambre, qu'elle était en train de regarder un film chez une autre étudiante, au bout du couloir.

– Si la directrice de la résidence la convoque, dis-je d'un ton quasi hystérique à la camarade d'Amber, dites à Amber qu'IL NE FAUT PAS qu'elle y aille. C'est bien compris ?

– Mouais, marmonne la jeune fille. OK.

– Je ne plaisante pas ! ai-je le temps de crier avant que Cooper ne parvienne à m'arracher le téléphone des mains. Dites à Amber que la directrice adjointe de Fischer Hall lui défend de se rendre à une éventuelle convocation de la directrice de la résidence. Ou même de lui ouvrir la porte. Vous saisissez ? Vous réalisez que vous aurez des comptes à rendre à la directrice adjointe de Fischer Hall, si vous ne transmettez pas ce message ?

– Ben... ouais, je lui transmettrai le message.

J'aurais pu m'y prendre de manière plus subtile. Mais au moins je suis sûre qu'Amber ne risque rien.

Pour le moment.

– Il faut qu'on y aille, Cooper ! dis-je d'un ton pressant,

à peine le téléphone raccroché. Faut que je sache la vérité ! Maintenant !

– Heather, rétorque Cooper, visiblement fâché. Je te jure, de tous les gens que j'ai rencontrés dans ma vie, tu es la plus...

Je retiens mon souffle. Il va le dire ! Ce qu'il s'apprêtait à dire, ce matin, dans mon bureau. Il va le dire...

Sauf qu'alors – ce matin – j'avais tout lieu de croire qu'il allait me faire un compliment. Or, là, à voir son visage crispé, je crains que ses paroles ne soient beaucoup moins tendres. En fait, je crois que je n'ai plus du tout envie de les entendre.

Et puis, sincèrement, la priorité c'est de coincer Rachel.

C'est pourquoi je lance :

– Je suis bête, j'y avais pas pensé... Il y a des trains pour les Hamptons. Je vais consulter les horaires sur Internet et...

Il finit par céder. Sans doute parce qu'il réalise que c'est le seul moyen de me faire taire. Ou parce qu'il craint que je n'aille m'amocher un peu plus pendant le trajet en train. Peut-être cherche-t-il juste à calmer la foldingue convalescente que je suis ?

Quoi qu'il en soit, le temps que je m'habille, Cooper va récupérer sa voiture au parking. C'est une BMW datant de 1974, qui suscite les huées des dealers de la rue – les modèles récents étant les seuls à trouver grâce à leurs yeux. Ça semble énerver Cooper, comme tout le reste, d'ailleurs. À vrai dire, je suis à peu près certaine qu'il maudit le jour où il m'a proposé de venir vivre sous son toit.

Et j'ai sacrément mauvaise conscience, je le reconnais.

Mais pas assez pour lui proposer de laisser tomber. Parce que, tout de même, la vie d'une jeune fille est en jeu.

Nous n'avons pas de mal à localiser la résidence secondaire des Allington – ils sont dans l'annuaire d'East Hampton. S'ils n'avaient pas souhaité qu'on passe les voir, ils se seraient mis sur liste rouge, pas vrai ?

Certes, il y a une haute grille en fer forgé au bout de l'allée, avec Interphone et tout le tralala, qui pourrait laisser croire que les visiteurs impromptus ne sont pas les bienvenus.

Mais on ne me décourage pas si facilement ! Je bondis hors de la voiture et vais appuyer sur le bouton. Même lorsque personne ne répond, je ne m'avoue pas vaincue.

– Heather ! crie Cooper par la vitre baissée de sa voiture. Je ne pense pas que quelqu'un va...

C'est alors que l'Interphone grésille et qu'une voix – celle de Chris, de toute évidence – répond :

– Qu'est-ce que c'est ?

Je comprends qu'il paraisse irrité. Je me suis pour ainsi dire appuyée de tout mon poids sur l'Interphone, dans l'idée de rendre dingue celui qui l'entendrait, et de l'obliger par conséquent à réagir. C'est un truc que j'ai appris grâce aux paparazzi qui faisaient le siège de la maison que nous habitions, Jordan et moi.

– Euh... salut, Chris ! dis-je dans l'Interphone. C'est moi.

– Qui ça, moi ? demande Chris, d'une voix toujours agacée.

– Tu sais bien... je réponds, sur le ton du flirt. Allez, laisse-moi entrer !

C'est alors que j'ajoute les cinq mots magiques. Ceux auxquels, à en croire les fiches de Justine, aucun étudiant (et Chris en est un, après tout) ne peut résister :

– J'apporte de la pizza !

Un silence. Puis la grille s'ouvre lentement.

Je me précipite vers la voiture. Cooper me paraît – je me fais peut-être des idées – quelque peu épaté.

– De la pizza... répète-t-il. Faudra que je m'en souvienne !

– Ça marche à tous les coups.

Je me garde de préciser mes sources. J'en ai ma claque de Justine, à vrai dire.

Nous nous engageons dans l'allée circulaire. La villa des Allington se dresse devant nous, resplendissante avec sa façade de stuc blanc.

Je suis déjà allée dans les Hamptons, bien sûr. Les Cartwright y possèdent une propriété au bord de l'eau, entourée sur trois côtés par une réserve d'oiseaux protégée par l'État, si bien que personne ne peut construire, et leur gâcher la vue.

J'ai aussi eu l'occasion d'y visiter d'autres demeures, considérées comme des merveilles d'architecture, et même, une fois, un château du sud de la France, transporté et reconstruit pierre par pierre. Je ne plaisante pas.

Cependant, je n'ai jamais rien vu qui ressemble à la résidence des Allington. Du moins, pas dans les Hamptons. Imposante, éclatante de blancheur, dotée de gracieuses arcades de style méditerranéen et entourée de plantes en fleurs, elle est aussi violemment illuminée que le Rockefeller Center.

Mais au lieu de la grande statue dorée de Prométhée qui domine la patinoire, on a une immense maison blanche dominant la piscine.

– Que dirais-tu, suggère Cooper lorsque nous sortons de la voiture, de me laisser parler, pour une fois ?

Je scrute son visage.

– Tu ne vas pas le frapper, au moins ?

– Pourquoi je ferais une chose pareille ? demande-t-il, surpris.

– Tu ne frappes jamais les gens ? Je veux dire... dans l'exercice de ta profession ?

– Si ça m'est arrivé, j'ai oublié, réplique doucement Cooper.

Ça me déçoit un peu.

– Je crois que Christopher Allington est le genre de type qu'on peut avoir envie de cogner. Si on est violent, s'entend.

– Je suis d'accord, approuve Cooper en esquissant un sourire. Mais je ne lèverai pas la main sur lui. Du moins, pas dans l'immédiat.

Tout d'abord, nous distinguons le son de leurs voix. Puis, écartant un rideau d'ipomées retombant des arcades, nous les voyons. Nous esquivons les plantes grimpantes, et nous retrouvons dans le jardin, à l'arrière de la maison. À gauche de la piscine, la vapeur d'un Jacuzzi s'élève dans la fraîcheur du soir.

Dans le Jacuzzi, il y a deux personnes. Je suis soulagée de constater qu'il ne s'agit ni du président Allington ni de son épouse. Je crois que je n'aurais pas survécu à la vision du président Allington en maillot de bain.

Ils ne nous remarquent pas immédiatement. À cause, sans doute, de la vapeur, et de l'éclat des projecteurs de la piscine – tandis que le Jacuzzi est, lui, plongé dans l'ombre. Des chaises longues à coussinet rose pâle sont disséminées çà et là sur le parquet à larges planches du patio. En retrait de la piscine, on a construit un bar. Un vrai, avec comptoir, tabourets et étagères éclairées remplies de bouteilles.

Je m'approche du Jacuzzi, et me racle bruyamment la gorge.

Chris, qui a le nez fourré dans les seins de la fille qui est avec lui, relève la tête et nous fixe. Il est saoul, selon toute apparence.

Et la fille aussi.

– Hé, elle a même pas de pizza ! s'exclame-t-elle, déçue, même si, rayon blé, ils n'ont pas vraiment l'air en manque.

– Salut, Chris, dis-je.

Je m'assieds sur l'une des chaises longues. Sous mes fesses, le coussinet est humide. Il a plu récemment, dans les Hamptons.

Chris met quelques secondes à me reconnaître. Et, lorsqu'il y parvient, ça ne semble pas lui faire plaisir.

– La blonde ? (Il plaque en arrière des mèches qui lui tombaient dans les yeux.) C'est toi ? Qu'est-ce que tu fais ici ?

– On est juste venus te poser quelques questions.

Lucy nous accompagne – je n'ai pas pu me résoudre à l'enfermer dans la maison toute la soirée. Elle frotte sa tête contre mes genoux, puis se couche, haletant joyeusement.

– À part ça, tu vas bien ? j'ajoute.

– Ouais, ça va pas mal. (Il jette un coup d'œil à Cooper.) C'est qui, lui ?

– Un ami, répond Cooper. Enfin, un ami à elle, précise-t-il.

De manière à ce qu'il n'y ait pas de confusion, j'imagine.

– Ah, dit Chris.

Puis, s'efforçant de tirer le meilleur parti d'une situation impossible :

– Je vous offre un verre ?

– Non merci, réplique Cooper. Ce qu'on voudrait surtout, c'est vous parler d'Elizabeth Kellogg et de Roberta Pace.

Ça n'a pas l'air d'impressionner Chris. À vrai dire, ça n'a même pas l'air de le surprendre.

– Oh, bien sûr. Bien sûr. Mais où est mon sens de l'hospitalité ? Faith, mon chou, tu veux bien aller nous préparer un petit truc à bouffer ? Et rapporte-nous une bouteille de vin, pendant que tu y es.

La fille fait la moue.

– Mais, Chris...

– Allez, vas-y, mon chou !

– Mon nom c'est Hope, pas Faith.

– Comme tu voudras !

Il lui tapote les fesses tandis qu'elle se hisse hors du Jacuzzi, ruisselante comme une sirène. Elle porte un maillot deux pièces, mais le top est si étriqué et sa poitrine si imposante que les minuscules triangles de Lycra sont purement symboliques.

Cooper remarque tout de suite le phénomène, comme l'indiquent ses yeux écarquillés. Un pro ne laisse rien passer.

Son derrière est aussi impressionnant que son buste. Pas un gramme de cellulite. Je me demande si, comme Rachel, elle l'a chassée en transpirant sur son stepper.

– Alors, Chris, dit Cooper dès qu'elle a disparu, qu'est-ce que tu traficotes avec Rachel Walcott ?

Chris manque de s'étouffer avec son chardonnay.

– Que... Quoi ? bafouille-t-il, lorsqu'il peut à nouveau parler.

Cooper examine Chris comme il pourrait examiner un gros insecte un peu dégueu qu'il vient de trouver dans sa salade.

– Rachel Walcott. C'était la directrice de la résidence où tu vivais, quand tu étais en licence à Earlcrest. À présent, elle dirige Fischer Hall, où habitent tes parents. Et où travaille Heather, ici présente.

Chris s'empare du briquet et des cigarettes posés au bord du Jacuzzi. D'une main tremblante, il en tire une du paquet, et l'allume. Il inhale la fumée. Le bout de la cigarette rougeoie dans la pénombre.

– Merde ! se contente-t-il de dire.

J'ai beau ne pas être une pro, je trouve sa réponse un peu louche.

– Alors, quels sont vos rapports à tous les deux ? l'interroge Cooper. Au cas où t'aurais pas remarqué, il y a des gens qui meurent...

– J'ai remarqué, rétorque Chris. OK ? Qu'est-ce que vous croyez, bordel !

Visiblement, Cooper juge que Chris aurait pu s'abstenir. De jurer, s'entend. Car le voilà qui réplique, d'un ton bien plus vif qu'avant :

– Tu savais ? Et depuis quand ?

Chris plisse les yeux, dans la vapeur du bain.

– Quoi ? demande-t-il, comme s'il n'était pas sûr d'avoir bien entendu.

– Depuis quand ? répète Cooper.

Vu le ton qu'il emploie, je suis contente qu'il s'adresse à Chris et non à moi. Ça me fait aussi douter de ses propos. Vous savez, comme quoi il n'en vient jamais aux mains...

– Depuis quand sais-tu que c'est Rachel qui assassine ces filles ?

Chris me semble aussi blafard que l'éclairage subaquatique

de la piscine, et ce n'est pas à cause de la fumée de sa cigarette.

Je le comprends. À moi aussi, Cooper fiche un peu la frousse...

– Je ne savais pas, répond Chris d'une voix étranglée, très différente de celle, pleine d'assurance, avec laquelle il nous parlait il y a un instant. Je n'avais pas fait le rapprochement avant hier soir, quand on... (il me regarde) quand on a dansé, toi et moi, et que tu m'as dit que Beth et Bobby étaient... que c'étaient elles qui...

– Ça suffit, Chris, interrompt Cooper. Tu ne t'attends quand même pas à ce qu'on te croie, avec toute la pub qu'il y a eu sur le campus, suite à ces prétendus accidents...

– Je savais pas !

Chris souligne l'effet de ses paroles en frappant la surface du Jacuzzi, ce qui fait gicler l'eau sur les pattes de Lucy. Celle-ci les regarde d'un air dubitatif, puis se met à les lécher.

– Sur la tête de ma mère, j'étais pas au courant ! J'ai pas beaucoup de temps libre et, quand c'est le cas, je ne le perds pas à lire *La Gazette du campus*. Enfin, j'ai entendu dire, bien sûr, que deux filles étaient mortes. Mais j'ignorais que c'étaient mes deux copines.

– Et ça t'a pas étonné, qu'elles ne te rappellent pas ?

Chris baisse la tête. Je jurerais qu'il a honte.

– Parce que toi-même, tu ne les as jamais rappelées, c'est ça ? demande Cooper, d'une voix glaçante.

Chris paraît sur la défensive.

– Et vous, alors ? rétorque-t-il à Cooper. Vous appelez toujours la fille, le lendemain ?

– Si j'ai envie de la revoir, répond Cooper sans une seconde d'hésitation.

– Précisément, dit Chris d'une voix pleine de sous-entendus.

Au début, je ne saisis pas le sens de ses paroles.

Et puis, je pige.

Oh.

Cooper secoue la tête, son expression de dégoût reflétant parfaitement mon sentiment. Enfin, presque...

– Tu veux me faire croire que tu ignorais que ces filles étaient mortes, jusqu'à ce qu'Heather te l'apprenne hier soir ?

– C'est pourtant ce qui s'est passé.

Chris envoie, d'une chiquenaude, sa cigarette dans les rhododendrons. Puis il s'extirpe brusquement du Jacuzzi. Il porte un caleçon de bain flottant. Son corps est mince mais musclé, sa peau légèrement hâlée. Il n'a pas la moindre touffe de poils sur le corps, si ce n'est des frisottis au niveau des aisselles.

– Et quand j'ai su, je me suis empressé de venir ici, poursuit Chris en s'enveloppant dans un drap de bain rose pâle. Il fallait que je prenne un peu le large, pour réfléchir et pour...

– Pour éviter d'être embarqué et interrogé par les flics, conclut Cooper.

– Ça aussi. Écoutez, j'ai couché avec elles...

C'est plus que je n'en puis supporter. Vraiment. J'ai envie de vomir, et pas seulement à cause de la nourriture indienne qu'on a mangée dans la voiture.

Non, ce n'est pas un problème d'ordre digestif. C'est le dégoût.

– Ne fais pas comme si c'était pas grave, Chris, dis-je. Le fait d'avoir couché avec ces filles, et de ne jamais les avoir rappelées. De ne même pas leur avoir donné ton vrai nom, pour qu'elles ne puissent pas deviner qui était ton père. Parce que *c'est* grave. Ou du moins, ça l'était, à leurs yeux. Tu t'es servi d'elles. Tu t'en es servi, parce que tu sais que tu... tu sais que tu n'assures pas vraiment, côté sexe.

– Hein ? rétorque Chris, visiblement choqué. C'est pas vrai !

– Bien sûr que si. Sinon, pourquoi vas-tu chercher des filles qui n'ont aucune expérience sexuelle ? (D'accord, Hope a l'air d'être une exception.) Parce qu'elles ne peuvent pas juger de ta performance, puisqu'elles n'ont aucun point de comparaison !

Chris semble aussi stupéfait que si je l'avais giflé.

Et, en effet, il s'est pris une grande claque.

Cooper me tire par la manche et me murmure à l'oreille :

– Du calme, la tigresse ! Ne confondons pas les rôles. C'est moi, le flic méchant. Toi, t'es le flic sympa.

Il me tapote doucement le dos, comme je fais avec Indy pour qu'il s'arrête de pleurer. Puis, s'adressant à Chris, qui a viré à l'écarlate :

– Écoute, personne ne t'accuse d'avoir tué qui que ce soit. On veut juste connaître la nature de tes rapports avec Rachel Walcott.

– Pourquoi ?

Chris a cessé d'avoir peur, et repris son ton arrogant. Ma remarque – comme quoi il n'assurait pas côté sexe – l'a vexé. Sans doute parce que j'ai mis dans le mille.

Chris dépasse Cooper à grands pas et se dirige vers la piscine.

– Il y a eu un truc entre vous ? lance Cooper.

– Vous voulez dire une histoire ?

Chris laisse glisser le drap de bain et grimpe sur le plongeoir. Aussitôt, il saute dans la piscine, éclaboussant à peine les alentours tandis que son corps long et fin décrit un arc en fendant la surface. Il nage vers nous et, parvenu à notre niveau, sort la tête de l'eau. À ce qu'on dirait, son plongeon lui a éclairci les idées :

– Très bien. Je vais vous raconter tout ce que je sais.

27

Elle dit
Qu'elle te trouve séduisant
Elle dit
Ce n'est qu'une question de temps
Elle dit
Que tu finiras dans ses bras
Mais moi je dis
Hé ! Pas touche à ce mec-là !

Parce que tu es
Mon genre de mec
Oh oui, tu es
Mon genre de mec,
Mes amis me trouvent cinglée
Mais toi tu es
Mon genre de mec

« Mon genre de mec »
Interprété par Heather Wells
Paroles et musique : Dietz/Ryder
Extrait de l'album *Été*
Disques Cartwright

– OK, avoue Chris en claquant des dents. OK, j'ai couché avec elle pendant quelques mois. Je lui ai pas demandé de m'épouser ni quoi que ce soit. Mais elle a pété les plombs, vous comprenez ? J'ai cru qu'elle allait me couper les couilles !

Je ramasse le drap de bain et recouvre ses épaules secouées

de frissons. Il ne semble pas s'en rendre compte, trop impatient qu'il est, maintenant, de cracher le morceau. Il est sorti de la piscine et se dirige vers la demeure. Nous le suivons, Cooper, Lucy et moi. On dirait la petite cour de...

... Eh bien, d'une star du rock.

– Quand ça a commencé, j'étais en DEUG.

À présent qu'il s'est mis à parler, impossible de l'arrêter. Ou de lui faire ralentir le rythme. Difficile de ne pas admirer la méthode de Cooper : ne pas cogner, voilà le secret !

– On nous avait chopés, un groupe de potes et moi, à fumer de l'herbe dans le dortoir. On a donc été convoqués chez la directrice, Rachel, pour qu'elle nous sanctionne. On était tous certains de se faire virer. C'est pourquoi ils m'ont sorti des trucs du genre : « Hé, Chris, fais-lui du rentre-dedans ! » vu que j'étais plus âgé qu'eux, et que j'avais cette réputation avec les filles, vous voyez...

J'imagine Rachel, en escarpins Manolo Blahnik et tailleur Armani, se faire draguer par ce blond Adonis à la voix mielleuse. Certes, on est loin du séduisant homme d'affaires qu'elle espérait capturer avec ses fesses archi-fermes et son brushing impeccable.

Mais c'était sans doute ce qui s'en approchait le plus à Richmond, dans l'Indiana.

– Quoi qu'il en soit, elle nous a laissés tranquilles. Pour l'histoire des joints, je veux dire. Elle a dit que ce serait notre secret, raconte-t-il avec un petit sourire qui n'a rien de gai. Au début, j'ai cru que si elle avait fait ça, c'était parce que j'étais le fils de mon père. Et puis j'ai commencé à la croiser dix fois par jour, à la cafétéria et ailleurs. Enfin, c'est elle qui se débrouillait pour qu'on se croise, vous saisissez ? Et les copains en rajoutaient une couche : « Vas-y, mon pote ! Si tu sors avec la directrice, on pourra faire toutes les conneries qu'on veut ! » Comme j'avais pas de petite copine à ce moment-là, j'ai pensé : « Pourquoi pas ? » Et, de fil en aiguille, on s'est retrouvés à la colle.

Baissant la tête, il s'engage dans une galerie à arcades. Nous le suivons, et franchissons à sa suite une porte-fenêtre coulissante qui ouvre sur un salon en contrebas, faiblement éclairé. Niveau déco, c'est le cuir noir qui donne le ton. Les canapés revêtus de cuir noir, tout comme les méridiennes et, à première vue, le manteau de cheminée.

Ça ne peut pas être le cas... Ça prendrait feu, non ?

– J'étais son premier amant, explique Chris.

Il se dirige vers la cheminée et fait tourner un cadran. Soudain, la pièce baigne dans une lumière d'un rose irréel. On se croirait dans un bordel, ou dans l'un de ces bars branchés de SoHo.

– Elle n'a pas toujours été aussi... raffinée. À vrai dire, elle était plutôt... Quand je l'ai rencontrée, à Richmond, Rachel était plutôt grosse.

J'écarquille les yeux.

– Hein ?

D'un regard, Cooper me ramène à l'ordre. Maintenant que Chris s'est mis à table, pas question de l'interrompre.

– Eh bien oui, dit-il en haussant les épaules. Elle était grosse. Enfin, pas vraiment grosse. Mais... très enrobée. Et elle ne portait quasiment que des sweat-shirts. Je ne sais pas ce qui lui est arrivé depuis, elle a dû suivre une sacrée cure d'amaigrissement et se faire... je sais pas, moi... relooker de la tête aux pieds. Parce qu'en ce temps-là...

– Une seconde ! (J'ai du mal à avaler ça !) Rachel était *grosse* ?

– Ouais, répond-il en haussant les épaules. Tu as peut-être raison, m'avoue-t-il. C'est peut-être moins intimidant, de sortir avec quelqu'un qui n'a pas de points de comparaison. Sans doute y avait-il quelque chose d'excitant dans le fait de sortir avec une nana plus âgée, très brillante dans certains domaines, et complètement ignare pour le reste...

– Elle était *grosse* ? (Je n'en reviens toujours pas !) Elle court plus de six kilomètres par jour. Elle ne mange que de la laitue. Sans vinaigrette !

– Eh bien, c'était pas le cas alors. Elle m'a confié qu'elle avait été en surpoids toute sa vie, et que c'est pour ça qu'elle n'avait jamais... vous savez quoi. Couché avec un mec.

Ça alors ! Rachel était encore vierge à sa sortie de la fac ? Elle n'avait rencontré personne au lycée ? Ni même à l'université ?

Visiblement, non.

– Ça a duré combien de temps, cette aventure ? demande Cooper, s'efforçant selon toute apparence, de me faire lâcher mon refrain – *Rachel était grosse !*

Chris s'enfonce dans l'un des canapés en cuir noir, sans paraître se soucier de mouiller les coussins. Ça n'a pas grande importance, j'imagine, pour quelqu'un d'aussi riche que lui.

– Jusqu'à la moitié de ma seconde année de DEUG. J'ai réalisé, alors, que j'allais devoir me mettre au boulot si je voulais réussir mes examens d'entrée pour le second cycle. Après m'avoir laissé faire l'andouille jusqu'à vingt et quelques années, mes parents me tannaient pour que j'entre en fac de droit. Je lui ai donc déclaré – à Rachel – que j'allais devoir prendre un peu de recul. Ça me semblait une bonne manière de rompre. Parce qu'enfin ça ne pouvait pas continuer, elle et moi, une fois que j'aurais obtenu mon diplôme. Pas question que je traîne à Richmond.

– Tu lui as dit tout ça ? demande Cooper.

– Quoi, ça ?

Le visage de Cooper se crispe.

– Tu lui as dit que ça ne pouvait pas continuer, elle et toi ?

– Oh, répond Chris en évitant de croiser nos regards. Ouais.

– Et ?

– Ça l'a rendue dingue, mec. Et pas qu'un peu... Elle s'est mise à hurler et à tout casser. Elle a pris mon écran d'ordinateur et l'a balancé en travers de la piaule. Je plaisante pas ! J'ai tellement flippé que je me suis installé, jusqu'à la fin de l'année, chez des copains qui vivaient en dehors du campus.

– Et tu ne l'as jamais revue ?

D'un côté, j'ai du mal à croire ce que raconte Chris. De l'autre, je n'y crois que trop. Non qu'il me soit facile d'imaginer Rachel balançant un écran d'ordinateur en travers d'une pièce.

Mais je ne l'imagine pas non plus en train de tuer deux filles ni de tenter de tuer trois autres personnes.

– Non. Jusqu'à il y a quelques semaines de ça, quand je suis revenu de Richmond. J'y avais passé l'été, à faire du bénévolat – ça faisait partie du deal avec mon père, au sujet de la fac de droit. J'avais à peine franchi le seuil de Fischer Hall que j'ai vu Rachel à la réception, en train d'engueuler un gosse pour Dieu sait quoi. Elle était... mince comme tout. J'ai failli me trouver mal, croyez-moi. Mais elle s'est contentée de sourire et, le plus naturellement du monde, m'a demandé comment j'allais, depuis le temps. Puis elle m'a affirmé qu'elle ne m'en voulait plus, et tout le tralala.

– Et tu l'as crue ? réplique Cooper d'une voix neutre.

– Ouais, soupire Chris. Elle semblait vraiment s'être détachée de tout ça. J'ai pensé que... vous savez... la perte de poids, la nouvelle coiffure, les vêtements. J'ai pensé qu'elle était passée à autre chose.

– Et tu n'as pas trouvé louche qu'elle se soit débrouillée pour être nommée directrice du bâtiment où habitent tes parents ? Un peu curieux, non, si elle avait si bien « dépassé ça » ?

– Faut croire que non. Jusqu'à... jusqu'à ce que j'apprenne, hier soir...

– Ah ! vous êtes là ! braille une voix féminine. Je vous ai cherchés partout, dans le jardin. Je savais pas que vous étiez rentrés.

Hope descend d'un pas traînant les marches menant au salon. Elle apporte, sur un plateau, ce qui a tout l'air de mini-feuilletés aux épinards. De sa main libre, elle tient l'extrémité de son long peignoir à motif léopard.

– Les amuse-gueules sont prêts, annonce-t-elle. Vous les voulez ici ou au bord de la piscine ?

– Au bord de la piscine, tu veux bien, mon chou ? On te rejoint dans une minute.

Très accommodante, Hope repart avec le sourire vers la porte-fenêtre.

– Ne tardez pas trop ! nous lance-t-elle. Ça va refroidir.

À peine a-t-elle tourné le dos que Chris reprend :

– J'ai pas arrêté d'y penser – enfin, depuis notre conversation d'hier soir. De me demander si Rachel est capable de ça, d'avoir assassiné ces filles. OK, je suis pas mal... mais de là à ce qu'on tue pour moi !

Il sourit vaguement à sa petite plaisanterie. Pas Cooper. J'imagine qu'on joue toujours au flic méchant et au flic sympa. Comme je suis censée être le flic sympa, je souris moi aussi. Je n'ai même pas besoin de me forcer. Parce que, malgré tout, je ne parviens pas à le détester. Je n'y peux rien. Il est tellement... bref, il n'y en a pas deux comme lui.

– Quand nous avons rompu, poursuit Chris comme si de rien n'était, elle est devenue... violente, comme je vous l'ai expliqué. Elle a balancé mon écran en travers de la piaule, qui était loin d'être petite. Elle est très forte. Une fille... une fille menue comme Beth ou Bobby, Rachel n'aurait pas de mal à avoir le dessus. À condition d'être suffisamment remontée.

– Et d'après toi, c'est ce qui est arrivé à ces filles ? demande Cooper, visiblement désireux de s'en assurer. Elles ne sont pas mortes accidentellement ? C'est Rachel qui les a tuées ?

– Oui, répond Chris d'une voix faible. Enfin... c'est la seule explication possible, non ? Toutes ces histoires de saut entre ascenseurs... Les filles ne surfent pas dans l'ascenseur !

Je jette à Cooper un regard du style « je te l'avais bien dit ! ». Il ne remarque rien, tout occupé qu'il est à fusiller Chris du regard.

Dans le silence qui s'ensuit, je distingue le chant d'un criquet, à l'extérieur. J'avoue que je suis un peu... comment dire... émue par la confession de Chris. D'accord, c'est un enfoiré, et tout ce que vous voudrez. Mais, au moins, il ne s'en cache pas. C'est déjà ça.

Cooper est loin de paraître aussi touché que moi.

– Chris, à présent, tu vas rentrer en ville avec nous. Et, demain matin, nous irons voir la police.

Ce n'est pas une proposition. C'est un ordre.

Chris fait la grimace.

– Pourquoi ? Ça va m'avancer à quoi ? Ils vont m'arrêter, c'est tout. Ils ne croiront jamais que Rachel est coupable. Jamais.

– Ils ne t'arrêteront pas, si tu as des alibis.

Soudain, le visage de Chris s'éclaire.

– J'en ai un. J'étais en cours quand la seconde fille, Bobby, a été tuée. Je le sais parce qu'on a entendu le hurlement des sirènes, et on est tous allés aux fenêtres voir ce qui se passait. Fischer Hall est dans la même rue que le bâtiment de la fac de droit...

Chris secoue la tête. Sa chevelure, en séchant, forme un casque d'or sur sa tête.

– Ils ne croiront jamais que Rachel Walcott tue les filles avec qui je couche. Sérieusement... Rachel vient juste de gagner un putain de Coquelicot pour son dévouement à la communauté ou un truc dans le genre...

Cooper ne le quitte pas des yeux.

– Les filles avec qui tu as couché cette année... elles sont toutes mortes, non ?

Chris paraît mal à l'aise.

– Euh, oui, mais...

Je jette un coup d'œil par-dessus mon épaule, vers les arcades menant à la piscine.

– Et Hope, dans tout ça ?

– Comment ça, Hope ? réplique Chris.

– Tu veux qu'elle finisse comme les deux autres ?

– Non ! s'exclame Chris, visiblement horrifié. Mais enfin… c'est juste la fille au pair des voisins. Comment Rachel pourrait-elle… ?

– Chris, dit Cooper. Tu n'as jamais songé à oublier les filles pendant un petit moment ?

Chris avale sa salive.

– À vrai dire, si. Je commence à penser que ce serait pas une mauvaise idée.

28

Je ne veux pas de fleurs
Quelle que soit leur couleur
Pas non plus de diamants
Que les filles aiment tant
Je ne veux pas d'argent
Je sais ce qu'il fait aux gens
Je ne veux que toi
Je ne veux que toi
Je ne veux que toi

« Je ne veux que toi »
Interprété par Heather Wells
Paroles et musique : Dietz/Ryder
Extrait de l'album *Ensorcelée*
Disques Cartwright

– Imagine un peu, dis-je à Patty. Rachel rencontre ce type, vraiment très beau, qui se comporte comme si elle lui plaisait pour de bon, et c'est peut-être le cas, en partie.

– Ouais, la partie qu'il cache dans son caleçon, commente Patty d'un ton ironique.

– Quoi qu'il en soit, c'est le premier mec qui se soit jamais intéressé à elle. Et, en plus, il correspond en tous points à son idéal. Il est sexy, riche, hétéro. Bon, d'accord, il a un petit côté glandeur... (Je m'interromps pour soulever le verre de jus d'orange qui se trouve sur ma table de nuit, et en boire quelques gorgées.) Et il vit de l'argent que ses grands-parents lui ont mis de côté. Mais à part ça...

– Ne quitte pas ! dit Patty. Lâche ça tout de suite ! lance-t-elle à son fils. Excuse-moi, Heather. On en était où ?

– À Rachel.

– Ah oui. Le fameux Christopher ! Il est si sexy que ça ?

– Il est sexy, oui. En plus, c'est un étudiant. Comme on n'est pas censé coucher avec les étudiants, ça lui donne l'attrait du fruit défendu. Elle commence à fantasmer sur lui… Après tout, quoi d'étonnant ? Elle a trente ans passés, et c'est une femme de son temps. Elle veut tout : la réussite professionnelle, le mariage, les gamins…

– Et pour ça, elle est prête à tuer.

– Tu m'étonnes ! Or voilà qu'au moment où tout semble réuni pour son bonheur ce cher Chris décide de jouer les cowboys solitaires, et de partir tout seul dans le soleil couchant.

– Une seconde, Heather… Indy, j'ai dit non ! Indy !

Je tiens le téléphone à distance de mon oreille, pendant que Patty gronde son bébé. C'est bien agréable d'être couchée dans un lit douillet sans avoir à traquer les assassins, pendant que les autres, qui ont enfin décidé de s'en charger, s'agitent de tous les côtés. Je tenais vraiment à aller voir l'inspecteur Canavan avec Cooper et Chris. Hier soir, avant de me traîner jusqu'à mon lit, j'ai même demandé à Cooper de me réveiller ce matin.

C'était compter sans le contrecoup suite à toute l'agitation de la journée (l'explosion, la visite à l'hôpital, le trajet aller-retour jusqu'à Long Island). Car, lorsque Cooper a frappé à la porte de ma chambre, je lui ai ordonné de fiche le camp.

Ce dont je ne me souviens absolument pas. Bien sûr, je n'aurais jamais osé lui parler comme ça si j'avais été consciente. Il m'a laissé un petit mot pour m'expliquer la situation, lequel se termine par : *Ne va pas travailler aujourd'hui ! Reste à la maison et repose-toi. Je t'appelle dans la journée. Cooper.*

J'aurais préféré : *Je t'embrasse tendrement. Cooper.*

Toujours est-il qu'il doit m'estimer davantage, maintenant qu'il s'est avéré que je n'ai pas inventé tout ça. Que quelqu'un a réellement essayé de me tuer, et tout le tralala... À l'heure qu'il est, il doit se dire que ce serait génial de m'avoir pour associée dans son agence de détective.

Et qui sait où ça peut nous entraîner ? Ne serait-il pas logique qu'ensuite il tombe follement amoureux de moi ?

C'est pourquoi je suis de bonne humeur. Dehors, il pleut à verse, mais je m'en bats l'œil. Je suis tellement bien, dans mon lit, à regarder les dessins animés du matin, avec Lucy couchée près de moi. Peut-être parce que j'ai bien failli la perdre, je trouve que la vie est belle, si belle...

C'est ce que j'ai expliqué à Patty d'une voix enthousiaste.

Elle s'est montrée très impressionnée par ma théorie. J'espère que l'inspecteur Canavan le sera tout autant une fois qu'il aura entendu Chris. Et qu'il se précipitera à Fischer Hall avec un mandat d'arrêt.

– Me revoilà ! dit Patty. On en était où ?

– À Rachel. Soudain, la voilà seule à mener sa barque. Et que fait-elle alors, en vraie femme du XXIe siècle ?

– Oh, attends, attends, laisse-moi deviner. Elle forme un... c'est comment, déjà ? Elle forme un gang ?

– Non. Elle décide d'éliminer ses rivales. Parce qu'elle est assez tordue pour s'imaginer qu'en tuant toutes les petites amies de Christopher, elle le récupérera « par défaut ». Elle aura éliminé toutes les autres, et il sera donc forcé de lui revenir.

– Waouh ! Et elle s'y prend comment ?

– Comment ça, elle s'y prend comment ? Elle les précipite dans la cage d'ascenseur.

– Oui... mais de quelle manière, Heather ? Comment cette garce de Rachel, maigre comme elle est, parvient à pousser des femmes adultes – qui n'ont certainement pas envie de mourir – dans une cage d'ascenseur ? Moi-même, je n'arrive pas à mettre dans son sac le fichu chihuahua de ma sœur, et ce n'est qu'un minuscule chien... Tu réalises comme ce doit être difficile de précipiter dans une cage d'ascenseur quelqu'un qui n'a aucune envie de mourir ? Pour commencer, il faut ouvrir les portes. Et les filles, elles font quoi, pendant ce temps ? Pourquoi ne se débattent-elles pas ? Pourquoi Rachel n'a-t-elle pas de traces de griffures sur le visage et sur les bras ? Le chien de ma sœur me griffe méchamment quand j'essaie de le mettre dans son sac.

Je me creuse la tête pour me souvenir de toutes ces connaissances acquises devant ma télé.

– Elle a dû les endormir. Avec du chloroforme.

– Le médecin légiste en aurait détecté la trace, non ?

Ça alors ! Elle est fortiche. Surtout pour quelqu'un qui prétend ne pas avoir le temps de regarder *Les Experts*.

– OK, OK. Peut-être qu'elle les assomme avec une batte de base-ball avant de les traîner, inconscientes, jusqu'à l'ascenseur.

– Et le médecin légiste ne s'en serait pas rendu compte ?

– Elles ont fait une chute de seize étages. C'est quoi, une bosse de plus ou de moins ? (Un bip. C'est mon signal d'appel.)

Oh, c'est sûrement Cooper. Écoute, Patty, je te rappelle plus tard. On pourrait bruncher ensemble, demain, histoire de fêter ça ? Pas avant que ma boss ait été arrêtée, bien sûr.

– Super. Je m'en réjouis d'avance.

Patty raccroche. Je bascule sur le deuxième appel et dis « allô » dès le déclic. Or, la voix que j'entends n'est pas celle de Cooper. C'est celle d'une femme.

Et la femme en question sanglote.

– Heather ?

Il me faut quelques secondes pour réaliser qui c'est.

– Sarah ? C'est toi ?

– Oui, répond-elle en reniflant.

– Ça va ? je demande en me redressant. Sarah, que se passe-t-il ?

– C'est... c'est Rachel.

Ça alors ! Les flics sont-ils déjà venus l'arrêter ? Ça va être dur à encaisser, pour le personnel de la résidence. On avait déjà une voleuse de radiateurs céramique, et nous voici maintenant avec une tueuse en série !

Mais ils s'en remettront. Et si je faisais une distribution générale de beignets, demain ?

– Ouais ? dis-je, soucieuse de ne pas laisser paraître que je suis pour quelque chose dans l'arrestation de Rachel – du moins, pour le moment. Quoi, Rachel ?

– Elle... elle est *morte*.

Je manque de laisser tomber le téléphone.

– Hein ? je m'écrie. Rachel ? Morte. Qu'est-ce que...

Je n'en reviens pas. C'est impossible. Rachel. Morte ? Comment diable...

– Je crois qu'elle s'est tuée, bredouille Sarah entre deux

sanglots. Heather, je suis entrée dans le bureau, et elle... elle était pendue là. À la grille d'aération, entre vos deux bureaux.

Oh mon Dieu !

Rachel s'est pendue. Rachel a réalisé qu'elle avait perdu la partie. Et, au lieu de se retirer bien gentiment, elle a préféré se tuer. Oh, mon Dieu !

Il faut que je reste calme. Dans l'intérêt de la résidence. C'est moi qui en suis responsable, à présent. Il n'y a plus de directrice. Il n'y a plus que moi, la directrice adjointe. J'ai intérêt à assurer. Je vais devoir réconforter tout le monde, au cours des sombres jours prochains.

Pour ça, aucun souci. Je m'y attendais. Ça n'aurait pas été différent, si Rachel avait été emprisonnée. Elle est partie ailleurs, voilà tout. De toute façon, il aurait fallu faire sans elle.

– Je sais pas quoi faire ! gémit Sarah, sa voix partant dans les aigus. Si quelqu'un entre et voit ça...

– Fais en sorte que personne n'entre ! je rétorque.

Mon Dieu... les RE. C'est bien la dernière chose dont ils aient besoin.

– Sarah, ne laisse personne entrer. Et ne touche à rien ! (C'est ça, non ? C'est ce qu'ils conseillent toujours dans *New York District*, pas vrai ?) Appelle une ambulance. Et la police. Immédiatement ! N'ouvre à personne, à part à la police. OK, Sarah ?

– OK, dit-elle en reniflant. Mais... Heather ?

– Ouais ?

– Tu peux venir ? J'ai... j'ai tellement peur.

J'ai déjà bondi hors de mon lit, et je tends le bras vers mon jean.

– Je viens tout de suite. Tiens bon, Sarah, j'arrive.

29

C'est bon d'être chez soi
Du moins, c'est ce qu'on dit
Je n'ai jamais eu de chez-moi
Alors, je n'en sais trop rien

C'est bon d'être chez soi
Là où tout le monde vous aime
Où tout ce qu'on attend de vous
C'est que vous soyez vous-même

Mais moi j'en sais trop rien
Je n'ai jamais eu de chez-moi
Tout ça, je le connais pas

Heather Wells
« Un chez-soi »

C'est ma faute.

Si Rachel est morte, je veux dire.

J'aurais dû m'en douter. J'aurais dû savoir que ça arriverait. Elle était instable, de toute évidence, et craquerait dès qu'elle se sentirait menacée. J'ignore comment elle a réalisé que nous la soupçonnions. En tout cas, elle a compris.

Et a choisi la seule issue possible, à ses yeux.

À présent, je ne peux plus rien y faire. À part soulager ceux que la mort de Rachel risque d'affecter en premier lieu : le personnel de la résidence.

J'appelle Cooper sur son portable. Il ne répond pas, et je lui laisse donc un message, où je lui répète ce que m'a dit Sarah. Je lui demande de prévenir l'inspecteur Canavan. Et de me rejoindre à Fischer Hall dès que possible.

Impossible, évidemment, de mettre la main sur un parapluie. C'est toujours pareil, quand on en a vraiment besoin !

Rentrant la tête pour me protéger du crachin, je me précipite vers Washington Square West. La rapidité avec laquelle les dealers disparaissent quand il fait mauvais temps me stupéfie. Où vont-ils donc quand il pleut ? Au troquet du coin ? Faudrait que je m'en assure, un de ces quatre. Sans doute doivent-ils s'y envoyer d'énormes escalopes panées !

Parvenue à Fischer Hall, je m'engouffre à l'intérieur, secoue ma chevelure mouillée et adresse à Pete – qui fait des heures sup au contrôle – un sourire gêné. Est-il au courant ? Se doute-t-il de quelque chose ?

– Heather ! s'écrie-t-il. Qu'est-ce que tu fais là ? Après tout ce que tu as subi hier, j'aurais cru qu'ils te donneraient un mois de congé maladie. Tu ne vas pas travailler, quand même ?

– Non.

Il ne sait rien. Mon Dieu ! Il n'est pas au courant.

Et je ne peux rien lui dire. Car le RE qui tient l'accueil est là, à nous observer.

– Oh, fait Pete. Tiens, au fait, Julio va beaucoup mieux. Ils le laissent sortir dans quelques jours.

– Génial ! dis-je, aussi enthousiaste que possible. À plus tard, alors.

– À plus !

Je franchis le couloir en courant jusqu'à la direction. À ma grande surprise, la porte est entrouverte, alors que j'avais bien précisé à Sarah de la fermer. N'importe qui pourrait entrer et voir Rachel, se balançant au bout de sa corde... À moins qu'elle ne soit de son côté de la grille d'aération. Ce qui serait plus logique, d'ailleurs. Son bureau est collé au mur, au-dessous de la grille. Elle a dû grimper dessus pour se pendre, puis sauter...

– Sarah ?

J'ouvre grand la porte. Nulle trace de Rachel. Le premier bureau est désert. Sarah et le corps doivent être dans le bureau de Rachel.

– Sarah ? Tu es là ?

– Oui, je suis là, répond une voix geignarde.

Je jette un coup d'œil à la grille. Rien n'y est accroché. Sarah a dû détacher Rachel. Aussi terrible que ç'ait pu être de la voir ainsi, Sarah n'aurait pas dû toucher au corps. Ça s'apparente à de la destruction d'indices, non ?

– Sarah, dis-je. Je t'avais demandé de ne pas...

Ma voix se brise. Pas parce qu'il me faut affronter le spectacle d'une Sarah en pleurs, tenant dans ses bras le corps sans vie de Rachel. Mais parce que je me retrouve face à une Rachel en grande forme, vêtue d'un nouveau et ravissant twin-set en cachemire et d'un pantalon anthracite. Elle se tient appuyée contre son bureau, un pied botté calé sur sa chaise...

... à laquelle elle a attaché Sarah avec le fil du téléphone et des câbles d'ordinateur.

– Oh, salut Heather ! s'exclame Rachel d'une voix guillerette. Tu as fait vite.

– Heather, bafouille Sarah, qui sanglote si fort que les verres de ses lunettes sont embués. Pardonne-moi ! Elle m'a obligée à t'appeler...

– La ferme ! rétorque Rachel en lui flanquant une grosse gifle.

Le claquement me fait sursauter.

Et me réveille.

C'est un piège. Je suis prise au piège. Sans réfléchir, je me retourne vers la porte et...

– Ne bouge pas ou je la bute !

La voix de Rachel refroidit instantanément l'atmosphère de la pièce. Même les *Nymphéas* de Monet sont impuissants à la réchauffer.

Je me fige. Rachel me bouscule et se dirige vers la porte du premier bureau, qu'elle referme à clé.

– Voilà. C'est mieux. Comme ça, on ne nous embêtera pas.

Je la regarde, tout en serrant plus fort la bretelle de mon sac à dos, en dépit des points de suture. Peut-être que je pourrais lui en balancer un coup sur la tête ? Un coup de sac à dos, je veux dire. Bien qu'il n'y ait rien de lourd à l'intérieur. Juste une brosse à cheveux, mon portefeuille, et du rouge à lèvres. Oh, et une barre chocolatée, en cas de petit creux.

Comment a-t-elle su ? Comment a-t-elle deviné qu'on la soupçonnait ?

– Rachel...

Je ne reconnais pas le son de ma voix. C'est parce que j'ai la gorge sèche. Je ne me sens pas très bien, soudain. Mes doigts sont gelés, et me font mal.

Ça y est, ça me revient !

J'ai un aérosol de défense dans mon sac à dos. Il est vieux de plusieurs années, et le bouchon est plein de sable, suite à une balade à la plage. Fonctionnera-t-il tout de même ?

Reste calme. Voilà ce que je me répète. Comment Cooper se comporterait-il, face à un tueur ? Il garderait son calme.

– Waouh ! je fais, espérant paraître aussi décontractée que le serait Cooper. C'est quoi toute cette histoire, Rachel ? Un moyen d'éprouver notre confiance, ou un truc dans le genre ? Quoi qu'il en soit, permets-moi de te dire que Sarah n'a pas l'air de trouver ça drôle.

– Arrête tes conneries, Heather ! rétorque Rachel.

Je ne l'ai jamais entendue parler sur ce ton. Pas même aux joueurs de l'équipe de basket. Mon sang se glace. C'est aussi la première fois que je l'entends s'exprimer de façon vulgaire.

– Le coup de la blonde idiote, ça marche peut-être avec les autres, ça n'a jamais marché avec moi ! Je sais exactement quel genre de fille tu es et, crois-moi, je ne t'ai jamais prise pour une idiote. Du moins, jusqu'à aujourd'hui, ajoute-t-elle en me jetant un regard méprisant.

Elle n'a pas tort. Je n'en reviens pas d'être tombée dans son piège. Mais Sarah sanglotait pour de bon, au téléphone… simplement, pas pour les raisons qu'elle invoquait.

– Autant que tu le saches… je sais tout, au sujet d'hier soir.

Je fais mine de ne pas saisir.

– Hier soir ? Rachel, je…

– Hier soir, répète-t-elle d'un ton amusé. Votre petite excursion dans les Hamptons. Pas la peine de nier ! Je vous ai vus.

– Tu… tu y étais ?

Je ne sais absolument pas comment réagir. J'ai le sentiment que tous les atomes de mon corps me crient : « Fais demi-tour et sauve-toi ! »

Mais je reste figée sur place, les doigts crispés sur la bretelle de mon sac à dos. Je ne peux pas laisser Sarah ici. Si je m'enfuis, qu'est-ce que Rachel va lui faire ?

– Évidemment, j'y étais, me révèle Rachel d'une voix dédaigneuse. Normal, que je ne perde pas de vue mes intérêts, non ? À ton avis, pourquoi je garde ma voiture ? Personne n'a besoin de voiture dans cette ville... à moins de vouloir suivre des gens jusque dans les Hamptons.

Nom de Dieu ! J'avais oublié cette satanée voiture, qu'elle gare dans un parking de West Side Highway.

Je m'efforce de parler doucement pour que Rachel ne sente pas ma panique :

– OK. J'y suis allée. Je suis au courant pour Chris et toi. Et alors ? Rachel, je suis solidaire. Je comprends très bien ce que tu as vécu. Moi aussi, je me suis fait larguer par des mecs. Pourquoi ne pas en parler plus...

Rachel secoue la tête avec incrédulité. À croire que c'est moi qui pète un câble, et pas elle.

– Il n'est pas question d'en parler, dit-elle dans un éclat de rire. Il est fini, le temps de la discussion... et mettons tout de suite les choses au point, Heather.

Elle décroise les bras, et pose la main droite sur quelque chose de saillant, sous son gilet, que je n'avais pas remarqué auparavant.

– C'est moi la directrice ! poursuit-elle. C'est moi qui commande, et c'est à moi de décider si nous allons oui ou non en parler. Puisque c'est moi qui t'ai convoquée, tout comme j'ai convoqué Elizabeth et Roberta. Tout comme je reconvoquerai Amber, un peu plus tard. C'est moi qui ai arrangé cette rencontre entre toi et moi. C'est donc moi qui commande. Tu sais ce qui m'en donne le droit, Heather ?

Je hoche la tête en silence, les yeux rivés sur la protubérance, sous son gilet. Je crois que c'est un revolver. Pas de discussion possible : celui qui a le revolver a tous les droits.

Or, voilà : ce n'est pas un revolver. C'est un objet en plastique noir, qu'elle tient bien en main. Il a deux petites antennes métalliques à son extrémité, laquelle rappelle une tête de cafard. Je ne vois pas du tout de quoi il s'agit, jusqu'à ce que Rachel appuie sur un bouton. Aussitôt, une décharge électrique dessine une fine ligne bleue entre les deux languettes.

Je devine ce que c'est avant qu'elle ne me l'explique :

– Heather, je te présente le *Taser*, ou pistolet électrique si tu préfères (elle dit ça avec cet orgueil qu'ont certains parents en vous présentant leur enfant, le jour de son installation dans la résidence). Une seconde au contact de sa décharge de cent vingt mille volts entraîne la confusion, la perte de l'équilibre et des réflexes et une paralysie qui dure plusieurs minutes. Le plus merveilleux, c'est que la décharge traverse les vêtements et ne laisse qu'une brûlure minime sur la peau. C'est une arme défensive d'une redoutable efficacité, qu'on peut se procurer dans de nombreux catalogues américains. Le mien n'a coûté que quarante-neuf dollars et quatre-vingt-dix-neuf cents, pile neuf volts non comprise. D'accord, c'est illégal de posséder un pistolet électrique, ici, à New York. Mais on s'en tape !

Je fixe le faisceau bleu crépitant.

Alors, c'est ainsi qu'elle s'y est prise. Pas avec du chloroforme ou un coup de batte de base-ball sur la tête. Elle a juste sonné à la porte de Beth, et plus tard de Bobby, puis les a neutralisées grâce au pistolet électrique. Avant de pousser leurs corps inertes dans la cage d'ascenseur. Un jeu d'enfant !

Et l'inspecteur Canavan qui prétendait que les tueurs étaient des imbéciles. Rachel n'a rien d'une imbécile. Comment un crétin aurait-il pu concevoir un tel plan ? Il arrive si fréquemment que des jeunes gens se tuent en jouant à des jeux dangereux – en sautant d'une cabine d'ascenseur à l'autre, par exemple... Personne ne pouvait songer que ces filles avaient été assassinées, vu que leur mort ne paraissait même pas suspecte.

Personne, si ce n'est une tarée comme moi.

Non, Rachel n'est pas idiote.

Et pas folle non plus. Elle a élaboré un plan idéal pour se débarrasser de ses rivales. Personne n'aurait rien soupçonné, si je ne m'en étais pas mêlée.

Mais si je ne m'en étais pas mêlée, Sarah et moi ne serions pas sur le point de devenir ses troisième et quatrième victimes.

– Ce n'est pas la seule chose qui me donne le droit de décider de tout, tu sais, m'affirme Rachel, agitant tranquillement son pistolet électrique pour souligner l'effet de ses paroles. Je suis diplômée en génie physique. Tu savais ça, Heather ?

Je secoue la tête. Peut-être l'un des RE va-t-il ouvrir le bureau pour ramasser son courrier ? Ouais. Et Cooper va bien finir par écouter mon message...

– C'est étonnant, tout ce qu'on peut faire, grâce à un diplôme de génie physique. On peut apprendre à fabriquer de petits engins explosifs, par exemple – rudimentaires, et pourtant si efficaces. Tu sais ce qu'est un engin explosif, Heather ? Non, j'imagine que non... Tu étais trop occupée à remuer du popotin sur des scènes ringardes pour aller jusqu'au bac, non ? Tiens, tu la connais, celle-ci ? Comment fait-on, pour faire rire une blonde le vendredi ?

Je jette un coup d'œil à Sarah. Elle sanglote toujours, mais en silence, pour ne pas recevoir une nouvelle gifle.

Je secoue la tête.

Rachel émet un rire glaçant et s'exclame :

– On lui raconte une blague le lundi, Heather !

– Waouh, Rachel ! dis-je, en revenant sur mon opinion précédente. (En fait, elle est complètement cinglée.) C'est vraiment marrant. Mais bon... Maintenant, il faut que j'y aille. Cooper m'attend devant le bureau du gardien. Si je le fais attendre trop longtemps, il va forcément venir me chercher ici.

– Il pourra chercher autant qu'il voudra, rétorque Rachel en haussant les épaules. Il n'a pas la clé. Et comme on ne va pas lui ouvrir... On a du *travail*, Heather. Et pas n'importe lequel.

– Tu sais quoi, Rachel ? Si on ne lui ouvre pas la porte, Cooper demandera à Pete de la lui faire ouvrir par un des RE.

– Les RE n'ont plus les clés du bureau. J'ai fait changer la serrure.

Rachel a les joues en feu, et ses yeux brillent d'un éclat aussi vif que le faisceau qui jaillit des électrodes de l'arme serrée dans sa main.

– Parfaitement, confirme-t-elle joyeusement. J'ai fait changer la serrure hier, pendant que tu étais à l'hôpital, et je suis la seule à avoir la clé. (Elle me fixe de son regard trop intense) Tu saisis, n'est-ce pas, Heather ? Tu n'es pas faite pour ce métier. Pour toi, c'est un boulot comme un autre. Directrice ajointe de Fischer Hall. Une petite pause entre deux séries de concerts, c'est ça ? Un chèque qui tombe tous les mois, jusqu'à ce que tu aies le cran d'entreprendre un come-back, après ta petite dispute avec ta maison de disques. Pour toi, ce poste ne compte pas plus que ça. Pour moi, c'est différent, Heather. L'université, c'est toute ma vie. Toute ma vie, Heather. Ou du moins, ça l'était. Jusqu'au jour où... (elle dirige à nouveau vers moi l'éclat perçant de ses yeux) où je l'ai rencontré, conclut-elle simplement.

J'ai envie de m'asseoir. J'ai les genoux qui tremblent chaque fois que je jette un coup d'œil à l'arme.

Mais je n'ose pas. Assise, je serai encore plus vulnérable. Non... il faut que je parvienne, d'une façon ou d'une autre, à l'empêcher de nous faire subir, à Sarah et moi, ce qu'elle a décidé (et dont j'ai une vague idée).

– Qui ça, Rachel ? dis-je en m'efforçant de paraître amicale, comme si nous étions en train de discuter en buvant un expresso à la cafétéria – ce qui nous est d'ailleurs arrivé une ou deux fois, avant le début du massacre. Tu parles de Christopher, n'est-ce pas ?

Elle laisse échapper un ricanement, qui m'effraie davantage que tout le reste, pistolet électrique compris.

– Christopher, répète-t-elle en se délectant de chaque syllabe. (À croire qu'elle savoure un carré de chocolat – ce qu'elle ne s'autorise jamais. Trop calorique !) Oui, Chris. Tu ne peux pas comprendre, Heather. Je l'aime, vois-tu. Et toi, tu n'as jamais aimé personne à part toi-même. Tu ne peux pas savoir ce que c'est. Tu ne peux pas savoir ce que ça fait quand un seul individu tient ta vie et ton bonheur entre ses mains... et que cet individu se détourne de toi, et te repousse...

Le regard qu'elle braque sur moi suffirait à congeler un

croissant chaud. Je songe à lui faire remarquer que je ne sais que trop bien de quoi elle parle... C'est exactement ce que j'ai ressenti avec Jordan, lequel, en ce moment même, doit jouer au docteur avec Tania Trace dans son lit d'hôpital.

Hélas, j'ai comme l'impression qu'elle ne m'écouterait pas.

– Non, tu ne peux pas comprendre, poursuit Rachel. Tu as toujours eu tout ce que tu désirais, pas vrai, Heather ? Tout t'a été offert sur un plateau d'argent. Il y en a qui ont dû trimer pour obtenir ce qu'ils ont, figure-toi ! Moi, par exemple. Tu crois que j'ai toujours été aussi belle ? (Elle passe la main sur son ventre plat et ferme, grâce à ses exercices quotidiens.) Eh bien, non. J'étais grosse. Une grosse vache. Un peu comme toi maintenant. Je faisais du quarante-six. (Nouvel éclat de rire.) Je m'empiffrais de sucreries pour oublier mes malheurs, je ne faisais jamais de sport, comme toi. On ne m'a jamais invitée à sortir, pas une seule fois, avant l'âge de trente ans. Pendant que tu te pavanais comme une petite pétasse pour les Disques Cartwright, j'avais le nez fourré dans mes bouquins et je bossais comme une malade, parce que je savais que personne n'allait débarquer pour *me* faire signer un contrat avec une maison de disques. Pour échapper à ma chienne de vie, je savais que j'allais devoir me servir de ma tête.

Je jette un coup d'œil à Sarah. Elle regarde par la fenêtre, espérant de toutes ses forces que quelqu'un va passer devant le bâtiment et se rendre compte de ce qui se trame à l'intérieur.

Mais il pleut des cordes et les rues sont quasi désertes. Les rares personnes qui sont encore dehors pressent le pas, recroquevillées sous leur parapluie.

– Avec lui, j'ai fait pareil, continue Rachel. Je le voulais, et j'ai fait ce qu'il fallait pour l'avoir. J'étais pas son genre. Je l'ai réalisé quand... quand il m'a quittée. J'ai su, alors. J'ai su que j'allais devoir changer, de manière à être son type. Tu ne peux pas comprendre ça, bien sûr. Sarah et toi, vous pensez que les hommes devraient vous aimer pour votre *personnalité*, pas vrai ? Les hommes s'en fichent pas mal, de la personnalité. Crois-moi, Heather, si tu ne t'étais pas laissée aller comme ça, Jordan Cartwright t'appartiendrait toujours. Et tout ce pataquès, pour pouvoir chanter tes chansons à toi... Nom de Dieu, tu crois qu'il s'en souciait ? Les hommes se fichent qu'une fille soit intelligente ou pas. À propos, c'est quoi, les six pires années de la vie d'une blonde ?

Je secoue la tête.

– Crois-moi, Rachel, je ne...

– L'année du bac !

Rachel renverse la tête en arrière et part à nouveau d'un grand éclat de rire.

Eh ouais... c'est fichu pour moi. Aucun doute là-dessus.

30

Quand viendra le jour
Où je pourrai voler
Sans me brûler les ailes ?

Quand viendra le jour
Où ils cesseront de dire
« Elle ne changera jamais » ?

Quand viendra le jour
Où l'on me trouvera forte et déterminée
Et non bête et paumée ?

Quand viendra le jour
Où je t'entendrai dire :
À présent, c'est ton tour !
À présent, c'est ton tour !
À présent, c'est ton tour !

Heather Wells
« Quand viendra le jour ? »

Elle est folle. Car, enfin, seule une folle pourrait rester plantée là à me raconter des histoires de blondes en me menaçant avec un pistolet électrique.

J'ai déjà eu affaire à des cinglés. Avec toutes ces années où j'ai travaillé dans le show-biz... Neuf personnes sur dix étaient pathologiquement atteintes, dans le milieu que je fréquentais, y compris ma propre mère.

Puis-je dissuader Rachel de me tuer ?

Je peux toujours essayer.

– Il me semble, dis-je d'un ton prudent, que c'est à Christopher Allington que tu devrais en vouloir. C'est lui qui t'a fait du tort, Rachel. C'est lui qui t'a trahie. Comment ça se fait que tu n'aies jamais cherché à le buter ?

– Parce que c'est mon futur époux, Heather, répond Rachel en me fusillant du regard. Décidément, tu piges rien ! Je sais que pour toi les hommes sont interchangeables. Ça ne marche pas avec Jordan et, hop, tu t'installes avec son frère ! Contrairement à toi, je crois au véritable amour. Comme celui qui nous lie, Christopher et moi. Il faut juste que j'élimine toutes ces choses qui peuvent le distraire, et il me reviendra, j'en suis sûre.

– Rachel, dis-je, en faisant appel au peu de raison qu'il lui reste. Ces « choses », ce sont des *êtres humains*.

– Eh bien, ce n'est pas ma faute si ces malheureuses étaient désespérées que Chris les largue, au point de tenter quelque chose d'aussi casse-gueule que le saut entre ascenseurs. J'ai fait de mon mieux pour les mettre en garde. Pareil pour toi, Heather. Mais bon... que tu aies choisi de te suicider n'étonnera personne. Tu n'as plus vraiment de raison de vivre, de toute façon.

Elle a l'esprit tellement tordu que j'ai du mal à suivre son raisonnement. Mais maintenant qu'elle m'a clairement fait savoir que je serai sa prochaine victime, je fais mon maximum pour l'embobiner, croyez-moi.

– Enfin, Rachel, ça ne marchera jamais... je suis déjà allée voir les flics...

– Et ils t'ont crue ? demande Rachel d'un ton serein. Quand ils découvriront ton corps désarticulé et sanguinolent, ils sauront que tu as fait tout ça pour attirer l'attention sur toi... que tu as placé la bombe avant de te suicider, quand tu t'es su démasquée. Et ce ne sera pas difficile à admettre : tout va tellement mal pour toi, ces derniers temps. Jordan qui est fiancé avec une autre. Et son frère... franchement, tu ne sembles pas beaucoup l'intéresser, pas vrai ? Et nous savons toutes deux que tu l'aimes à la folie. Ça se lit sur ton visage chaque fois qu'il apparaît devant toi.

Est-ce la vérité ? Tout le monde sait-il que j'aime Cooper ? *Cooper* sait-il que j'aime Cooper ? Mon Dieu, comme c'est embarrassant !

Hé, une seconde ! Qu'est-ce qui me prend, d'écouter cette cinglée ?

– Très bien, Rachel, dis-je en jouant le jeu parce que je ne vois pas comment je pourrais m'en tirer autrement. Très bien. Tue-moi ! Mais Sarah ? Elle ne t'a rien fait, la malheureuse. Pourquoi ne pas la libérer ?

– Sarah ? (Rachel regarde son assistante comme si elle venait de se rappeler sa présence.) Ah oui, Sarah. Tu sais, je crois que Sarah va devoir... disparaître.

Sarah laisse échapper un hoquet épouvanté. Un regard de Rachel la réduit au silence.

– Oui, reprend Rachel. Je crois qu'on va envoyer Sarah se reposer quelques semaines dans sa famille, après le traumatisme qu'aura suscité ta mort. Seulement, elle n'arrivera jamais là-bas. Elle va disparaître quelque part sur la route. Ça s'est déjà vu.

– Oh non, supplie Sarah d'une voix étranglée. Ne me fais pas disparaître. Je t'en prie...

– La ferme ! hurle Rachel.

Elle lève la main pour flanquer une nouvelle claque à Rachel, lorsque retentit la sonnerie de mon téléphone de bureau, si bruyamment que Rachel sursaute, et que le mince faisceau bleuté, entre les électrodes, oscille dangereusement vers moi. Je fais un bond en arrière et viens heurter la porte. Alors, opérant une rapide volte-face, je saisis la poignée.

En une fraction de seconde, Rachel est sur moi, son bras osseux serre mon cou comme un étau. Je suffoque... Elle est d'une force peu commune, pour quelqu'un de sa stature. Néanmoins, je pourrais parvenir à me dégager si...

Si elle ne me flanquait pas sous le nez l'arme crépitante, en sifflant :

– Laisse tomber ! N'y songe même pas ! Ou je t'envoie ça dans la figure ! Et, ensuite, je vous tue toutes les deux...

Je m'immobilise, le souffle court. Rachel s'accroche à mon dos, comme une cape. Le téléphone continue à sonner. Trois... Quatre... Je devine, au type de sonnerie, que c'est un appel interne, passé depuis la résidence.

D'une voix brisée par la peur, je murmure :

– Rachel, l'appel provient sûrement de l'accueil. Tu sais que j'ai dit à Cooper de m'attendre. Il est chez le gardien.

Rachel desserre l'étreinte de son bras, en maintenant néanmoins l'extrémité du pistolet électrique à quelques centimètres de mon cou.

– Dans ce cas, il faut qu'on bouge. (Elle jette à Sarah un regard menaçant.) Je m'occuperai de toi plus tard !

Elle ouvre alors la porte du bureau. Un coup d'œil à droite, puis à gauche, et elle me pousse dans le couloir désert...

... sans cesser, néanmoins, de me tenir en joue. Elle m'oblige à me diriger vers les ascenseurs, en face de nos bureaux – lesquels sont hélas intacts, après l'explosion d'hier –, et appuie sur le bouton d'appel. Je prie pour voir apparaître, à l'ouverture des portes, l'équipe de basket au grand complet – j'ai besoin d'un coup de main pour maîtriser Rachel.

Pas de bol. La cabine était arrêtée au premier étage et, lorsque ses portes s'ouvrent, elle est vide.

– Entre ! ordonne Rachel.

Je m'exécute.

Elle s'engouffre elle aussi dans la cabine, insère son passe à l'endroit prévu à cet effet et appuie sur le bouton du vingtième étage.

Nous allons à l'appartement terrasse. Sans escale.

– Les filles comme toi, Heather... dit-elle sans me regarder. Toute ma vie, j'ai eu affaire à des filles comme toi. Les jolies filles, vous êtes toutes les mêmes. Vous croyez depuis toujours que tout vous est dû. C'est vous qui raflez les contrats avec les maisons de disques, les promotions, et les mecs craquants. Et les gens comme moi, pendant ce temps ? C'est nous qui nous tapons tout le boulot. Sais-tu que le Coquelicot est la première récompense que j'ai reçue, dans l'exercice de ma profession ?

Je la fusille du regard. Cette femme va me tuer. Je ne vois pas pourquoi je me forcerais encore à être polie.

– Ouais, et tu l'as obtenue pour avoir tout remis en état après tes propres crimes. Toutes ces choses, dans les dossiers des filles... La mère d'Elizabeth qui ne voulait pas qu'elle reçoive de garçons dans sa chambre, Mme Pace qui n'aimait pas Lakeisha... Tout ça, c'est inventé, pas vrai ? Ces femmes ne t'ont jamais appelée. Il te fallait un prétexte pour justifier les convocations. D'ailleurs, de quoi leur as-tu parlé quand tu les as rencontrées ? Quel genre de trucs tordus et malsains tu leur as raconté pour les terroriser ?

– Heather, dit Rachel, en me considérant d'un œil critique. Tu ne comprendras jamais, pas vrai ? Toute ma vie, j'ai travaillé dur pour obtenir ce que j'ai. Ce n'est pas comme toi, je n'ai jamais rien eu facilement. Rien. Ni les hommes, ni les boulots, ni les amis. Et ce que j'ai, je le garde. Christopher, par exemple. Ou ce boulot. Est-ce que tu imagines le mal que je me suis donné pour dégoter un poste ici, dans le même bâtiment que lui ? Alors, tu comprends pourquoi il faut que tu meures. Parce qu'à cause de toi je risque de perdre tout ça. Si tu n'avais pas eu idée de fourrer ton nez partout, je t'aurais épargnée. Je trouvais qu'on formait une bonne équipe, toi et moi. Quand on nous voit ensemble, j'ai l'air encore plus mince. C'est le genre de chose qu'on apprécie vraiment, chez une assistante.

Un tintement. Puis les portes s'ouvrent. Nous sommes au vingtième étage, dans le couloir menant à l'appartement terrasse du président Allington. Je sais qu'à la seconde où nous poserons le pied sur la moquette, le détecteur de mouvement se déclenchera. Pete jettera-t-il alors un coup d'œil à l'écran de contrôle, et verra-t-il Rachel et son pistolet électrique ?

Je t'en prie, Pete, regarde ! me dis-je, m'essayant une fois de plus à la télépathie, bien qu'il se trouve vingt étages plus bas. *Regarde, Pete, regarde. Regarde, Pete, regarde...*

Rachel me pousse dans le couloir.

– Allez, viens ! dit-elle, tirant de sa poche un passe-partout. Je parie que tu as toujours voulu savoir où vivait le président.

Eh bien, c'est l'occasion ou jamais. Dommage qu'il te reste si peu de temps pour en profiter.

Rachel ouvre la porte de l'appartement, et me guide dans le vestibule au sol recouvert de carrelage noir et blanc. C'est là que Mme Allington m'a reproché de courir après son fils. Le vestibule débouche sur un salon spacieux, dont deux côtés consistent en une baie vitrée, donnant sur le toit en terrasse. Comme dans la villa des Hamptons, le cuir noir est à l'honneur, c'est le moins qu'on puisse dire. Mme Allington n'est pas du genre à se meubler chez Ikea. En fait, je m'en serais doutée...

– Joli, n'est-ce pas ? demande Rachel, d'un ton décontracté. À part ces horribles oiseaux !

Un peu en retrait du vestibule, dans une cage en osier haute de deux mètres, les cacatoès sifflotent et s'agitent en roulant vers nous des yeux soupçonneux. Rachel dirige le pistolet électrique vers eux, et ils poussent de hauts cris à la vue de l'éclair bleuté.

– Crétins d'oiseaux ! s'exclame-t-elle.

Elle me saisit par le bras et commence à m'entraîner vers l'une des portes-fenêtres.

– Viens ! Il est temps de passer au dernier acte. J'ai pensé qu'une star comme toi méritait une fin vraiment spectaculaire. C'est pourquoi je te réserve autre chose que la cage d'ascenseur. Tu vas te précipiter du toit de Fischer Hall. Un peu comme cette tortue, dans ce film dont ta tarée de copine de la cafétéria parle tout le temps. Sauf que toi, malheureusement, tu ne seras pas sauvée par une corde jaillissant de ta carapace !

Avant que j'aie pu réagir, une porte s'ouvre toute grande à

l'autre bout du salon. Mme Allington nous regarde fixement, dans son jogging rose.

– Que diable… qu'est-ce que vous faites là, vous deux ? demande-t-elle.

Rachel sourit aimablement.

– Ne faites pas attention à nous, Eleanor. Nous n'allons pas vous embêter longtemps.

– Comment êtes-vous entrées ici ? (Mme Allington se dirige vers nous à grands pas, visiblement furieuse.) Sortez immédiatement ou j'appelle la police !

– Je voudrais bien, Eleanor, réplique Rachel à la femme qui, dans une autre vie, aurait pu être sa belle-mère. Mais il y a des raisons officielles à notre présence ici…

– Je me contrefiche de vos raisons, rétorque Mme Allington, tendant la main pour s'emparer d'un téléphone mural. Vous ne savez donc pas qui est mon mari ?

Soudain, je pousse un cri :

– Attention, madame Allington !

Trop tard. Rapide comme un cobra passant à l'attaque, Rachel a brandi son arme.

Mme Allington se raidit, écarquillant les yeux comme quelqu'un qui vient de recevoir une très mauvaise nouvelle (les résultats des partiels de son fils, par exemple…).

Puis elle est comme propulsée sur le dossier d'un canapé en cuir, et se tortille jusqu'à se retrouver, prostrée, sur le parquet. Elle a les yeux exorbités et la mâchoire qui tombe. Un filet de bave lui coule sur le menton.

– Oh mon Dieu ! je m'écrie.

C'est, sans aucun doute, la pire scène à laquelle il m'ait

jamais été donné d'assister... C'est bien pire que ce que j'ai vu Tania faire à Jordan, alors qu'il était toujours mon fiancé.

– Rachel, tu l'as tuée.

– Elle n'est pas morte ! affirme Rachel sans chercher à dissimuler son mépris. Quand elle reprendra connaissance, elle ne saura pas ce qui s'est passé. Elle ne se souviendra pas de son nom de famille, et encore moins de moi. Mais après tout, elle en a l'habitude ! Allez, viens ! dit-elle en me saisissant à nouveau par le bras.

À présent que j'ai pu observer les effets du pistolet électrique, je ne suis pas trop pressée de les subir à mon tour. Je comprends quelle lourde erreur j'ai commise, en ne tentant pas de m'échapper tant que nous étions en bas. D'accord, elle aurait pu me neutraliser, puis me traîner jusqu'à l'ascenseur. Mais j'aurais été un poids mort, et ça lui aurait compliqué la tâche. Alors que là, ça la lui facilite, tandis que ça me la complique ! Que faire à présent, si ce n'est tomber de haut...

À cette pensée, je décide de tenter l'impossible. Je dégage brusquement mon bras et me mets à courir. J'ignore pourquoi, mais je fonce vers la porte par où Mme Allington est apparue. Je ne peux pas courir très vite, mon corps étant encore tout engourdi, du fait des événements de la veille. Mais, au hurlement de rage que pousse Rachel, je comprends que je l'ai prise au dépourvu. Cela me rassure, car ça signifie qu'elle n'a plus le dessus.

Je me fais un rapide aperçu des pièces que je traverse à toute allure : une salle à manger où je jurerais qu'aucun dîner n'a eu lieu depuis longtemps, avec sa longue table de douze couverts en acajou soigneusement cirée, et son buffet décoré de faux fruits – oui, faux ! Une cuisine d'une propreté impeccable, carrelée de bleu et de blanc. Puis une sorte de petit salon, lui aussi équipé de baies vitrées sur deux côtés, avec une télé grand format disposée devant un énième canapé en cuir – vert foncé, cette fois-ci. La télé diffuse un vieux film avec Debbie Reynolds. Sur le canapé, un panier contenant des pelotes de laine et une bouteille de vodka. Mme Allington sait profiter de son temps libre...

Je me jette sur l'unique porte ne donnant pas sur la terrasse, et déboule dans une chambre à coucher plongée dans la pénombre, tous les rideaux des portes-fenêtres coulissantes étant tirés. Le lit deux places est défait, et les draps gris en soie sont enchevêtrés dans un coin. Une autre télé à écran large, réglée sur un talk-show, le son baissé. Un slip noir traîne sur le sol. Serait-ce la chambre de Chris ? Mais Chris habite la résidence étudiante de la fac de droit. Ce qui ne peut signifier qu'une chose : les Allington font chambre à part. Tu parles d'un scoop !

Il n'y a plus de portes, hormis celle de la salle de bains. Me voilà prise au piège.

J'entends Rachel qui approche. Elle claque les portes et hurle comme une possédée. Je cherche fébrilement des yeux quelque chose qui pourrait me servir d'arme. En vain. Le plafond en miroir (pas de chance !) étant équipé d'un système d'éclairage, il n'y a même pas de lampe à débrancher et à lui balancer à la figure. Je songe à me glisser sous le lit ou à me dissimuler derrière les rideaux en soie damassée, mais je sais qu'elle me découvrirait. Parviendrai-je à trouver les arguments pour qu'elle m'épargne ? Oh, je me suis tirée de pires situations... Quand ça, au juste ? Je ne me souviens plus !

Rachel déboule dans la pièce, trébuchant sur le pas de la

porte. Elle plisse les yeux, tandis qu'ils s'accoutument à l'obscurité. À l'autre bout de la pièce, derrière le lit, j'essaie de ne pas me laisser distraire par mon reflet au plafond.

– Écoute, Rachel, dis-je doucement d'une voix saccadée. T'es pas obligée de me tuer. Ni moi ni Sarah. Je te jure qu'on ne répétera rien de tout ça. Ce sera notre secret, entre filles... Je comprends à fond ce que tu as ressenti. Moi aussi, je me suis fait jeter par des mecs. Enfin... Chris ne mérite pas que tu ailles en prison pour...

– Je n'irai pas en prison, Heather. J'organiserai ton hommage funèbre. Et mon mariage. Je ne manquerai pas de faire jouer tes plus grands tubes à ces deux occasions. Du moins, s'il y en a plus d'un... N'étais-tu pas une de ces « stars d'un seul tube » ? Quel gâchis... Je me demande si quelqu'un assistera à ton enterrement. Tu te rends compte, tu es déjà *has-been* à... tu as quel âge, d'ailleurs ? Vingt-cinq ans ? Vingt-six ? Une ex-Lolita pop qui s'est laissée aller...

– Vingt-huit. Très bien, tue-moi ! Mais pas Sarah. Enfin, Rachel, c'est qu'une gamine.

Rachel sourit et secoue la tête.

– Oh, si c'est pas mignon ! Tu me supplies de lui laisser la vie sauve. À Sarah ! Alors qu'en réalité je sais combien elle te tape sur le système ! Crois-moi, Heather, c'est ça votre problème, à toi et aux filles dans ton genre : vous êtes trop *gentilles*. Vous n'êtes pas des tueuses. Dès que les choses se corsent, vous vous rebiffez. Au départ, vous avez tout pour vous, et puis vous balancez tout. Tu t'es laissée grossir, tu as laissé ton mec se tirer et ta carrière toucher le fond. Nom de Dieu... Tu as même laissé ta mère te piquer tout ton fric. Et avec ça, tu restes... une *gentille fille* ! Et ne parlons pas de

Jordan et toi. Toujours amis. Tu ne supportes pas Sarah, et tu es là, à m'implorer de l'épargner. Je parie que tu envoies toujours une carte à ta maman pour la fête des mères, pas vrai ?

J'avale ma salive. Et hoche la tête.

Qu'est-ce que je pourrais bien dire ?

– Tu vois, continue Rachel, c'est vraiment triste. Les gentilles filles arrivent toujours les dernières. En te tuant, je vais rendre un service au monde. C'est la sélection naturelle, au fond. Une blonde de moins pour nous faire pitié !

En disant ces mots, Rachel s'avance vers moi et plonge vers le lit, tenant l'arme à bout de bras.

Je virevolte, écarte les rideaux, ouvre le loquet de la première porte-fenêtre, et me précipite sur la terrasse.

31

Debout, regarde autour de toi !
Ils ont tous les pieds sur terre
Jamais, ça m'arrivera à moi
Je ne t'aime plus, c'est fini
On n'y peut rien, c'est comme ça
Sors de ma vie, à présent
Je ne veux pas t'épouser
Je ne suis pas ta maman
Va-t'en, prends la porte !
Fini de m'embobiner,
Je ne t'aime plus, c'est fini
Plus rien à espérer
Je ne t'aime plus, c'est fini

Heather Wells
« Sors de ma vie ! »

Il pleut toujours, et de plus en plus fort, à vrai dire. Tout autour de moi, le ciel est couleur de plomb.

Je ne l'avais jamais réalisé avant ce jour, mais Fischer Hall est le bâtiment le plus élevé, de ce côté-ci du parc. La terrasse offre des vues sidérantes sur Manhattan. Au nord, sur l'Empire State Building, à peine visible dans la brume. Au sud, sur le vide laissé par les tours du World Trade Center, enveloppé d'un linceul de brouillard. On voit aussi East Village et West Village baignés par la pluie.

L'endroit rêvé pour tourner une scène de film. *Les Tortues Ninja*, par exemple.

Mais voilà, je ne suis pas en train de jouer dans un film. C'est la réalité. *Ma* réalité. Que je ne vais pas tarder à quitter pour l'autre monde...

Il souffle un vent violent au vingtième étage, et les gouttes de pluie tambourinent sur mon visage. J'ai du mal à choisir une direction car, où que je regarde, je vois des géraniums en pots, simplement posés sur une balustrade en pierre peu élevée, par-dessus laquelle on doit pouvoir facilement être balancée...

Faute de mieux, je baisse la tête et entreprends de contourner le bâtiment, histoire de rejoindre l'autre côté de la terrasse. Rachel ne me collant pas au train, j'ai le temps de m'arrêter, d'ouvrir mon sac à dos et d'y farfouiller pour y dégoter mon aérosol de défense. J'ignore si ce truc marche encore mais, au point où j'en suis, tout ce qui peut m'aider à éviter de recevoir la décharge de ce pistolet électrique est bienvenu.

Je trouve enfin l'aérosol. Je retire le bouchon de sécurité, lorsqu'un vacarme assourdissant se fait entendre. Dans une explosion d'éclats de verre et de bois, Rachel franchit la porte-fenêtre, telle une Tortue ninja, sans s'être donné la peine de l'ouvrir avant. Elle me percute violemment, et nous tombons toutes deux à la renverse sur les dalles trempées.

Je tombe sur mon épaule meurtrie. La douleur me coupe le souffle. J'essaie de rouler sur moi-même, malgré les morceaux de verre et de bois, afin de m'éloigner d'elle.

Elle est debout la première, et fonce vers moi. Dans toute

cette agitation, elle est parvenue à ne pas lâcher le pistolet électrique.

Mais j'ai toujours l'aérosol, dissimulé dans mon poing crispé. Elle se penche sur moi. La pluie plaque ses cheveux noirs sur son visage, sa bouche est crispée en un rictus qui me rappelle l'expression de Lucy, quand elle tient dans sa gueule une balle de tennis ou un catalogue de vente par correspondance.

– Tu es vraiment une pauvre fille ! lance-t-elle, pleine de mépris, en agitant le pistolet sous mon nez. Comment est-ce qu'on reconnaît une brune ?

Je tente de me positionner de façon à pouvoir lui envoyer le jet de l'aérosol en pleine figure. Je ne voudrais pas que le vent renvoie ce machin vers moi.

– Je comprends rien à ce que tu racontes, dis-je d'une voix faible, n'ayant toujours pas retrouvé mon souffle après ma chute. Mon Dieu ! Je n'en reviens pas d'avoir, un jour, offert *des fleurs* à cette femme !

D'accord, elles venaient de la supérette du coin, mais quand même...

– Alors, comment est-ce qu'on reconnaît une brune ? répète-t-elle, son visage à quelques centimètres du mien. On prend une blonde, et on la met à l'envers !

Tandis qu'elle tente de m'envoyer une décharge de cent vingt mille volts dans la hanche droite, je lève la main et lui vaporise le produit à la figure. Rachel pousse un cri et bondit en arrière, ramenant un bras devant elle pour protéger son visage.

Sauf que le bouton-poussoir refuse de s'enfoncer à fond.

Tant et si bien que le liquide toxique, au lieu de l'atteindre aux yeux, mousse et dégouline le long du cylindre.

– Aïe ! je m'écrie lorsqu'il atteint mes points de suture.

Comprenant qu'elle n'a pas été touchée, Rachel éclate de rire.

– Nom de Dieu ! Ce que tu peux être pathétique, Heather !

Mais lorsqu'elle se jette à nouveau sur moi, j'ai eu le temps de me relever, et je suis prête à la recevoir.

– Rachel. Il y a un truc que j'ai toujours voulu te dire. C'est pas parce qu'on fait du quarante-six... (les doigts endoloris crispés sur le cylindre métallique, je la frappe au visage de toutes mes forces) qu'on est grosse !

Mes articulations me font horriblement mal. Rachel pousse un hurlement, et vacille en arrière, portant les mains à son nez, duquel jaillit une prodigieuse quantité de sang.

– Mon nez ! s'écrie-t-elle. Tu m'as cassé le nez ! Espèce de salope !

Je tiens à peine debout. J'ai des élancements à l'épaule, des éclats de verre dans le dos, les articulations de la main droite engourdies, et le liquide de l'aérosol me brûle les mains. Du sang s'écoule d'une plaie, à proximité de mon front. Je me frotte les yeux à cause de l'eau et du sang. Je n'ai qu'une envie : retourner à l'appartement et m'étendre un petit moment. En regardant la chaîne cuisine, par exemple.

Seulement je ne peux pas. Parce que j'ai ma cinglée de boss sur le dos.

Elle est là, tenant son nez d'une main et le pistolet électrique de l'autre. Je la saisis à bras-le-corps, la ceinturant et la soulevant du sol. Elle tombe et se tortille afin de se dégager, tandis que je tente de lui arracher le pistolet des mains.

Et pendant tout ce temps, elle sanglote. Non de peur, comme elle le devrait (car, croyez-moi, j'ai bien l'intention de la tuer), mais de fureur. Son regard brille d'une telle haine que je m'étonne de ne pas m'en être aperçue plus tôt.

– Alors comme ça, les gentilles filles arrivent les dernières ? je demande, en lui donnant un violent coup de pied dans le genou. Tu me trouves encore trop gentille, là ?

Sauf que j'ai l'impression de frapper un de ces mannequins à apparence humaine utilisés pour les *crash tests*. Rachel semble insensible à la douleur... à moins que son visage ne soit touché. Son précieux petit nez, par exemple...

Et elle est forte... tellement plus forte que moi, bien que je sois folle de rage, plus grande et plus épaisse. Impossible de lui arracher le pistolet des mains. J'ai lu quelque chose au sujet de gens qui, dans des moments désespérés, voient leurs forces décuplées : des mères qui soulèvent des véhicules pour sauver leurs enfants, des flics de la garde montée extirpant leur cheval du trou où il est tombé... ce genre de chose. Rachel, quant à elle, est forte comme un homme... un homme qui voit sa vie se désintégrer.

Elle n'abandonnera pas avant qu'une de nous deux soit morte. Et quelque chose me dit que ce sera moi.

Je ne peux rien faire d'autre que maintenir mes mains sur les siennes, toujours crispées sur le pistolet. J'ai les doigts glissants de pluie et de sang, endoloris par les points de suture et la brûlure du gaz de défense. Difficile de tenir bon. Rachel a réussi à se remettre debout malgré mes coups de pied, et voilà que nous nous disputons l'arme sous la pluie battante. La violence de notre corps à corps nous a projetées dangereusement près de la balustrade.

Rachel parvient, Dieu sait comment, à faire volte-face. Si bien que c'est *mon* dos qui s'appuie à présent contre un pot de géraniums ruisselant d'eau, lequel ressemble à s'y méprendre à celui qui a failli tuer Jordan. Mon visage est orienté vers le ciel et je ne vois plus rien, avec toute cette pluie qui me tombe dans les yeux. Je baisse les paupières et tente de me concentrer sur cette tâche quasi impossible : maintenir les bras de Rachel en hauteur, et la tête crépitante de l'arme à distance de mon corps. Je sens le pot de fleurs osciller, puis tomber. Je garde les yeux fermés, mais j'entends ce bruit terrible lorsqu'il s'écrase sur le trottoir quelques secondes plus tard.

C'est ça le plus effrayant : le temps qui s'écoule entre le moment où le pot a basculé, et celui où il a touché le sol. J'ai eu le temps de compter jusqu'à dix.

Plusieurs secondes en chute libre... à regarder la mort en face.

Mes bras faiblissent. Je sens que je pleure, car le sel de mes larmes picote mon visage éraflé.

Et, au-dessus de moi, Rachel éclate de rire en constatant que mes forces m'abandonnent.

– Tu vois. Je t'avais prévenue, Heather. Tu es trop gentille pour gagner. Trop faible. Pas assez sportive. Parce que quand on fait du quarante-six, on *est* grosse ! Oh, je sais ce que tu vas me dire... Que les femmes américaines font, en moyenne, du quarante-six. Mais tu sais quoi ? Les Américaines sont grosses, Heather !

– Oh mon Dieu ! dis-je en crachant de l'eau et du sang. Tu es cinglée, Rachel. Il y a vraiment un truc qui va pas chez toi. Tu devrais te faire aider...

– De toute façon, tu n'as plus de raison de vivre, continue-t-elle comme si elle n'avait rien entendu – ce qui est sans doute le cas. Ta carrière musicale est à l'eau, ton petit copain t'a larguée, et ta propre mère t'a poignardée dans le dos. Tu aurais dû mourir hier, dans l'ascenseur. Et tu aurais dû mourir avant-hier, mais j'ai loupé mon coup. Laisse tomber, Heather. Les gentilles filles ne gagnent jamais...

En prononçant ces derniers mots, Rachel commence à faire fléchir mes bras. C'est elle la plus forte, et je ne vais pas pouvoir lutter plus longtemps. Je pleure franchement à présent, tandis que je me débats en m'efforçant de ne pas écouter sa voix chantonnante :

– Pense un peu... Ils parleront de toi aux nouvelles, sur MTV. Ta mort va faire les gros titres. Peut-être pas du *Times*, mais du *New York Post*. Et qui sait ? La chaîne divertissement fera peut-être une émission spéciale... sur les stars d'un seul tube qui meurent avant trente ans...

J'ouvre les yeux et lui jette un regard noir. Je suis incapable de dire un mot tant je mobilise toutes mes forces pour l'empêcher de m'électrocuter.

Et, lorsque je sens un tremblement parcourir mes muscles épuisés, le rire triomphant de Rachel me parvient aux oreilles. Et une dernière blague :

– Il faut combien de blondes pour changer une ampoule ?

C'est alors que sa tête explose devant moi.

Sérieusement. Elle est là, à me rigoler au nez. Et soudain, elle n'est plus là, escamotée par l'impact d'un objet, si violent que le sang jailli de la blessure m'aveugle. Le pistolet électrique retombe, en même temps que son corps, lequel s'affaisse sur les dalles avec un bruit sourd.

Je m'agrippe à la balustrade et, secouée de sanglots, m'essuie les yeux du revers de la main, le seul endroit où je ne suis pas blessée. Je ne distingue aucun son, si ce n'est le sifflement de la pluie et... une respiration haletante.

Il me faut quelques instants pour réaliser que ce n'est pas la mienne. Lorsque je peux enfin me servir de mes yeux, je vois Rachel étendue à mes pieds, du sang s'échappant d'une blessure à la tempe. Autour d'elle, les flaques ont pris une teinte rosée.

Et devant moi, une bouteille de vodka ensanglantée à la main, se tient Mme Allington. Son jogging rose est trempé, elle respire avec peine, et c'est avec le plus grand mépris qu'elle toise le corps de Rachel, étendu face contre terre.

Mme Allington secoue la tête.

– Je fais du quarante-six ! dit-elle.

32

Vas-y, trouve ta voie
Oublie les jours bons ou mauvais
Oublie les jours d'autrefois
Personne ne sait
Ce qui sera
On est toujours seul
Au début du chemin
Fais quelques pas
Ne t'arrête pas
Et un jour tu diras :
Me voilà chez moi !

Heather Wells
« Sans titre »

Pour finir, je passe la nuit à l'hôpital à cause des points de suture qui n'ont pas tenu, de multiples contusions et de tous ces éclats de verre qui me sont rentrés dans les chairs.

C'est tout de même une nuit de trop, si vous voulez mon avis. Vous savez ce qu'ils servent comme dessert, à l'hôpital ? Une espèce de gelée aux fruits. Sans même les petits morceaux de guimauve qu'on y ajoute parfois.

En plus, il n'y a même pas de baignoire. Pour se laver, c'est soit la douche, soit le gant de toilette.

Je m'efforce tout de même de tirer le meilleur parti de mon séjour à l'hôpital. Je quitte mon étage en douce pour aller rendre visite à Julio, lequel se remet bien des blessures subies suite à l'explosion. Il est censé reprendre le travail le mois prochain, sans trop de séquelles.

Tant que j'y suis – à l'hôpital, je veux dire –, je vais aussi voir Jordan dans sa chambre.

Il semble très gêné de me voir. Et sa fiancée, Tania ? Carrément agressive. Pour un peu, je pourrais penser qu'elle se sent menacée par moi, ou un truc dans ce goût-là.

Je ne vois vraiment pas pourquoi ce serait le cas. Son dernier single, « Garce », vient d'entrer dans la liste des dix disques les plus vendus.

Je leur souhaite tout le bonheur du monde, néanmoins. Je leur dis qu'ils sont faits l'un pour l'autre.

Le pire, c'est que je le pense vraiment.

S'il ne me reste qu'une nuit à l'hôpital, Fischer Hall m'a tout de même accordé deux semaines de congé maladie (payé). Je suppose que c'est comme ça qu'on vous remercie, à l'université de New York, quand vous parvenez à coincer votre boss coupable d'un double homicide. Même si vos droits ne sont pas encore ouverts, en théorie.

À mon retour au bureau, quinze jours plus tard, le climat s'est rafraîchi. Dans le parc de Washington Square, le feuillage des arbres commence à prendre des nuances rouges ou dorées – pâles, en regard des teintures de cheveux qu'arborent les étudiants.

Honnêtement, j'ai l'impression de vivre dans un cirque.

Beaucoup d'autres choses ont changé, à Fischer Hall. Pour commencer, avec Rachel en prison dans l'attente de son procès, j'aurai bientôt une nouvelle boss. Que je ne connais pas encore. Ils ont encore des candidats à voir pour le poste. Mais le docteur Jessup n'engagera personne sans mon feu vert.

Je crois que ce serait chouette, pour une fois, d'avoir *un* boss. Comprenez-moi bien : j'adore bosser pour des femmes et tout le tralala. Mais un peu moins d'œstrogènes au bureau, ça nous fera du bien.

Sarah est d'accord avec moi. Elle et tous les autres RE sont beaucoup plus gentils avec moi depuis que j'ai risqué ma vie pour démasquer la personne qui tuait leurs camarades. Je n'entends plus parler de Justine. Sauf l'autre jour, quand Tina est venue me dire : « Tu sais, Justine ne venait jamais travailler en jean, comme toi. Soi-disant, elle n'en trouvait pas à sa taille, tellement elle était mince. C'est un truc que je détestais, chez elle. »

Même Gavin s'est mis à m'écouter, et il a définitivement renoncé à surfer dans l'ascenseur. Au lieu de ça, il explore les égouts de la ville.

J'imagine qu'il ne va pas tarder à laisser tomber aussi, parce que son odeur ne le rend pas très populaire.

Oh, et les Allington ont déménagé. Dans le bâtiment juste à côté (celui sur lequel Donatello, ou je ne sais quelle autre Tortue ninja, sautait, dans cette fameuse scène du film). Assez loin de leur ancien foyer, cependant, pour que Mme Allington ait le sentiment que les oiseaux et elle seront plus au calme... d'autant plus qu'ils vivent désormais dans un bâtiment qu'ils n'auront pas à partager avec sept cents étudiants de premier cycle, ainsi que le personnel de la résidence.

On ne peut pas dire que les Allington aient été regrettés par les étudiants. En revanche, leur fils l'a été. Chris est devenu une sorte de célébrité : utilisant comme rampe de lancement la notoriété que lui a conférée la passion de Rachel – à laquelle tous les journaux ont consacré leurs gros titres –, il a ouvert sa propre boîte de nuit à SoHo. La fac de droit était apparemment une idée de son père. À présent que des magazines et des chaînes de télé veulent lui acheter son histoire, Chris s'est libéré du joug paternel et se débrouille par ses propres moyens.

Je parie que ces moyens ne vont pas tarder à lui attirer des ennuis avec la justice.

Les résidents de Fischer Hall, les RE et le personnel ont décidé, ensemble, de quelle façon il convenait de rendre hommage à Elizabeth Kellogg et Roberta Pace : nous avons planté deux arbres, des cornouillers identiques, dans une jolie partie du parc. Au-dessous, sur une plaque, on peut lire *À la mémoire de* suivi des noms, prénoms, dates de naissance et de décès des deux jeunes filles, et des mots *Nous les regretterons.* Des millions de gens verront la plaque et les arbres – qui fleuriront au printemps, m'assurent les gars du département d'horticulture. Et des centaines d'étudiants bénéficieront de la bourse d'études que nous venons également d'instituer, et qui portera les noms de Beth et de Bobby.

J'ai hâte de voir les arbres en fleurs. Il n'y a pas grand-chose d'autre que j'attende avec impatience, ces temps-ci. Car j'ai (enfin) découvert ce que Cooper pense de moi.

Non qu'il sache que je le sais. Il s'imagine sans doute que j'ai tout oublié. Ça s'est passé lorsqu'il a déboulé sur la terrasse, quelques secondes après que Mme Allington eut assommé Rachel avec la bouteille de vodka. Il avait écouté mon message et avait aussitôt rappliqué avec l'inspecteur Canavan. Et avait appris, de la bouche de Pete – qui nous avait vues sur son écran de contrôle –, non seulement que Rachel était vivante, mais que nous étions toutes deux montées rendre visite à Mme Allington. (L'image n'était pas assez bonne pour que Pete puisse voir que Rachel pressait, au même instant, un pistolet électrique sur ma nuque. Il va nous falloir améliorer la qualité du matériel de surveillance sur tout le campus.)

Pendant que l'inspecteur se chargeait d'une Rachel inconsciente et d'une Mme Allington au bord de la crise de nerfs, Cooper s'est agenouillé près de moi, sous la pluie, et m'a demandé comment j'allais.

Je me rappelle l'avoir fixé en croyant que c'était une hallucination. Tout comme le coup que Rachel s'était pris sur la tête. À ce moment-là, je croyais être en train de mourir, à cause de la brûlure du spray sur mes points de suture, des éclats de verre enfoncés dans mon dos, de mon épaule meurtrie, et de tout le reste...

Ce qui explique sans doute pourquoi je répétais inlassablement (tout au moins, dans mon souvenir) : « Promets-moi de t'occuper de Lucy. Quand je serai morte, promets-moi de t'occuper de Lucy. »

Cooper a retiré sa veste, celle qui était toute tachée de mon sang, et m'en a recouverte. Elle avait la tiédeur de son corps – ça, je m'en souviens – et aussi son odeur.

– Ne t'inquiète pas pour ça ! a dit Cooper. Et tu ne vas pas mourir. Écoute, je sais que ça fait mal. Les secours seront là d'une minute à l'autre. Tout va bien se passer, crois-moi.

– Non, c'est pas vrai ! j'ai rétorqué.

Parce que j'étais certaine d'être agonisante. Plus tard, l'un des secouristes m'a appris que j'étais en état de choc, à cause de la douleur, du froid, de la pluie, etc.

Mais je n'avais pas moyen de le savoir, alors.

– Je n'aurai pas dépassé les vingt-huit ans, ai-je expliqué à ce que je prenais pour un Cooper imaginaire. La star d'un seul tube ! Voilà ce que je suis ! Fais en sorte qu'on inscrive sur ma pierre tombale : *Ci-gît la star d'un seul tube.*

– Heather, a déclaré Cooper, en souriant (j'en suis sûre). Tu ne vas pas mourir. Et tu n'es pas une star d'un seul tube.

– Oh, d'accord.

Alors, j'ai éclaté de rire. Puis éclaté en sanglots. Sans parvenir à m'arrêter.

Il paraît que c'est aussi un grand classique, en cas de choc. Mais là aussi, je ne pouvais pas m'en douter.

– Rachel avait raison, je me rappelle avoir affirmé avec amertume. Elle a raison ! J'avais tout, et j'ai tout fichu en l'air. Je suis la fille la plus lamentable du monde !

C'est alors que Cooper m'a forcée à me redresser, et serrée dans ses bras.

– Heather, a-t-il dit d'une voix très ferme. Tu n'es pas lamentable ! Tu es l'une des personnes les plus courageuses que j'aie jamais rencontrées. N'importe qui d'autre ayant subi ce que tu as subi – avec ta mère, mon frère, ta carrière et tout le reste – aurait renoncé. Mais, toi, tu as continué. Tu es repartie de zéro. J'ai toujours admiré la façon dont, quoi qu'il arrive, tu es toujours d'attaque.

Je suis désolée de devoir avouer que j'ai alors répliqué :

– Comme ce petit lapin rose qui joue du tambour ?

Mettons cela sur le compte du choc...

Cooper a joué le jeu :

– Exactement comme le petit lapin rose qui joue du tambour. Tu n'es pas lamentable, Heather. Et tu ne vas pas mourir. Tu es une gentille fille, et tu vas te remettre d'aplomb.

Ces paroles de Cooper n'ont pas manqué de troubler mon esprit déjà embrumé, vu la conversation que j'avais eue, un peu plus tôt, avec la femme qui avait voulu me tuer.

– Mais... les gentilles filles arrivent toujours en dernier.

– Il se trouve que j'aime les gentilles filles, a dit Cooper.

Et puis, il m'a embrassée.

Juste une fois. Et sur le front. Vous savez, comme le grand frère de votre ex-copain pourrait vous embrasser si... si vous aviez été attaquée par une folle meurtrière, que vous étiez en état de choc, et qu'il pensait que vous seriez, de toute façon, incapable de vous en souvenir.

N'empêche qu'il l'a fait. Et que je m'en souviens.

Il me trouve courageuse. Non, mieux que ça ! Il trouve que je suis l'une des personnes les plus courageuses qu'il ait jamais rencontrées.

Et il m'aime bien. Parce qu'il aime les gentilles filles.

D'accord, ce n'est pas grand-chose. Mais vous savez quoi ?

Ça me suffit. Pour le moment.

Ah, et puis, j'allais oublier : je ne suis jamais retournée dans cette boutique pour acheter le jean taille quarante-deux. D'abord, parce que je ne vois pas en quoi c'est un problème, de faire du quarante-six.

Ensuite, parce que j'ai été trop occupée. J'ai réussi ma période d'essai de six mois. Je démarre en janvier ma première année d'études à l'université de New York. Mon premier cours ?

Introduction à la justice pénale.

Il faut bien commencer quelque part, non ?

CE ROMAN VOUS A PLU ?

Composition Nord Compo

Imprimé en Espagne par RODESA
Dépôt légal 1re publication : mai 2015
80.5569.5 – ISBN : 978-2-01-225675-0

Édition 01 – mai 2015

Loi n° 49-956 du 16 juillet 1949
sur les publicationd destinées à la jeunesse.